천일야화 *3*
Les mille et une nuits

앙투안 갈랑 엮음 **임호경 옮김**

LES MILLE ET UNE NUITS
by ANTOINE GALLAND (1704~1717)

일러두기

1. 이 책은 앙투안 갈랑의 『천일야화 *Les mille et une nuits*』를 대본으로 하여 번역하였습니다. 이는 갈랑이 14세기의 아랍어로 쓰인 사본을 토대로 작업한 여덟 권(1704~1709)과 알레포 출신의 마론파 교도인 한나가 들려준 이야기에 기초해 추가된 네 권(1712, 1717)이 합쳐진, 총 열두 권으로 구성되어 있습니다.

2. 『천일야화』는 아랍의 설화로 구성되어 있으나 앙투안 갈랑의 번안을 존중하여 인명, 지명 등의 고유명사는 프랑스어 발음을 따랐고, 관행적으로 굳어진 일부 용어(예: 알라딘←알라뎅Aladdin)의 경우에만 한글 맞춤법에 준하여 표기하였습니다.

3. 프랑스어판에서 갈랑과 편집자의 각주가 구분되지 않았으므로, 이 책에서도 구분 없이 모두 〈원주〉로 표기하였습니다. 그 외의 각주는 모두 옮긴이가 단 것입니다.

4. 본문 일러스트는 조판공 달지엘Dalziel 형제가 1864년 발행한 *Dalziel's Illustrated Arabian nights' entertainments*에 수록되어 있던 것으로, 이는 J. Millais(1829~1896), A. Houghton(1836~1875), T. Dalziel(1823~1906), J. Watson(1832~1892), J. Tenniel(1820~1914), G. Pinwell(1842~1875) 등 여섯 삽화가의 공동 작업입니다.

이 책은 실로 꿰매어 제본하는 정통적인 사철 방식으로 만들어졌습니다.
사철 방식으로 제본된 책은 오랫동안 보관해도 손상되지 않습니다.

이발사의 이야기
651

아불하산 알리 이븐 베카르와
칼리프 하룬알라시드의 총비 솀셀니하르 이야기
729

〈칼레단의 자식들의 섬〉의 왕자 카마르알자만과
중국 공주 바두르의 사랑 이야기
841

암지아드 왕자와 아사드 왕자 이야기
952

이발사의 이야기

 가난한 사람들에게 너그럽기로 유명한 무스탄시르 빌라[62] 칼리프께서 천하를 다스리던 시절이었습니다. 오래전부터 바그다드 인근 도상에는 열 명의 도적이 출몰하며 강도질을 비롯한 온갖 잔학한 짓을 자행하고 있었습니다. 칼리프는 바이람 축제가 있기 전 어느 날 포도대장을 불러들여 도성 근방이 몹시 어지러워졌음을 알렸습니다. 그리고 당장 이자들을 모조리 잡아 오라고 명하며, 그러지 못할 경우 포도대장 자신의 목숨을 내놓아야 할 것이라고 호통쳤습니다……

 여기까지 말한 셰에라자드가 이야기를 멈추고 인도의 술탄에게 날이 밝아 오고 있음을 상기시켜 주자, 군주는 자리에서 일어났다. 그리고 이튿날, 왕비는 다음과 같이 이야기를 다시 시작했다.

---

 62 압바스 왕조의 서른여섯 번째 칼리프였던 무스탄시르 빌라는 헤지라 623년, 다시 말해 서력 1226년에 즉위했다 — 원주.

포도대장은 지체 없이 왕명을 받들어 수많은 부하를 투입하여 체포 작전을 벌였고, 그 결과 바이람 축제일에 도적 열 명을 모두 사로잡을 수 있었습니다. 그런데 그날 마침 티그리스 강변을 산책하고 있던 저는 화려한 옷을 입은 열 명의 사내가 배에 오르는 광경을 보았습니다. 그때 만일 제가 그들 옆에 붙어 감시하고 있는 포졸들을 조금만 주의 깊게 살펴보았더라면, 그들이 체포된 도적들이라는 사실을 눈치챘을 것입니다. 하지만 미처 포졸들을 보지 못한 저는 사내들이 바이람 축제를 즐기러 가는 사람들이라고 생각하고는 슬그머니 배에 올라탔습니다. 아무 말 않고 있다가 어영부영 그들 틈에 섞여 가자는 속셈이었죠. 배는 티그리스 강을 따라 내려가 칼리프의 궁 앞 강변에 닿았습니다. 그제야 저는 제가 크게 실수했다는 사실을 깨닫게 되었습니다. 배에서 내리자마자 포도대장 휘하의 다른 포졸들이 우리를 에워싸더니 전원 결박하여 칼리프 앞으로 끌고 가는 것이었습니다. 저 역시 다른 도적들처럼 끽소리 못하고 끌려가는 수밖에 별다른 도리가 없었습니다. 그 상황에서 설명하고 저항해 봐야 무슨 소용이 있었겠습니까? 어차피 포졸들은 제 말을 듣기는커녕 오히려 더 힘하게 다뤘을 게 뻔합니다. 본시 포졸들이란 거칠기만 하고 말이 통하지 않는 자들인 데다가, 누구라도 도적들 틈에 섞여 있는 저를 보면 그들과 한통속이라고 생각했을 테니까요.

우리가 칼리프 앞에 끌려가자마자 그분은 이 악당들을 처벌하라고 명하셨습니다.

「당장 이 열 도적놈들의 목을 베어라!」

명이 떨어지자마자 망나니는 죄인들을 한 줄로 무릎을 꿇렸는데, 다행히도 저는 제일 끝에 서게 되었습니다. 망나니는 도적들의 목을 차례로 베어 오다가, 제 앞에서 딱 멈추었습니다. 칼리프께서는 망나니가 제 목을 치지 않고 머뭇대는 것을 보고는 화를 내면서 물으셨습니다.

「내가 열 놈의 목을 다 베라고 하지 않았더냐? 왜 아홉 놈만 베고 한 놈은 놔두는 것이냐?」

「신자들의 사령관이시여!」 망나니가 대답했습니다. 「제가 어찌 폐하의 지엄한 분부를 거역하겠습니까? 보시옵소서! 여기 제가 목을 벤 열 명의 시체와 그 목들이 있습니다. 폐하께서 친히 세어 보시옵소서!」

칼리프께서는 망나니의 말이 옳다는 것을 확인하시고 저를 놀란 눈으로 쳐다보셨습니다. 그리고 제가 도적놈처럼 생기지 않았다고 느끼시고는 이렇게 물으셨습니다.

「노인 양반! 어쩌다가 천벌을 받아 마땅할 이놈들과 함께 있었던 거요?」

저는 대답했습니다.

「신자들의 사령관이시여! 사실을 말씀드리겠습니다. 소인은 방금 폐하의 정의로운 형벌을 받은 이자들이 배에 타는 모습을 우연히 보게 되었습니다. 그리고 이들이 우리 종교 최고의 명절인 오늘, 어디론가 놀러 가서 진탕 먹고 마시리라 짐작하고는 슬그머니 끼어들었던 것입니다.」

칼리프께서는 제 사연을 들으시고는 너털웃음을 터뜨리셨습니다. 그리고 저를 수다쟁이 취급하는 아까의 절름발이 젊은 놈과는 달리, 어떻게 이처럼 위급한 상황 속에서도 잠잠히 있을 수 있었는지 몹시 놀랍다고 말씀하셨습니다. 이에 저는 이렇게 설명해 드렸습니다.

「신자들의 사령관이시여! 그렇습니다! 다른 사람 같았으면 한시라도 빨리 사실을 밝히고 싶어서 입이 몹시 근질거렸을 것입니다. 하지만 저는 함부로 입을 열지 않는 사람으로 유명하답니다. 그래서 〈과묵 남〉이라는 영예로운 칭호까지 얻게 되었지요. 사람들이 제게 이런 칭호를 붙인 까닭은 저를 저의 여섯 형제들과 구별하기 위해서입니다. 제가 말수가 적은 것은 나름의 철학이 있기 때문입니다. 어쨌거나 이 미덕은 저의 모든 영광과 행복의 근원인 셈이지요.」

이 말에 칼리프께서는 미소를 지으시며 말씀하셨습니다.

「사람들이 그대에게 어울리는 별호를 지어 주었다 하니 내 마음도 매우 흡족하오. 그런데 그대의 형제들이 어떤 부류의 사람들인지 내게 이야기해 줄 수 있겠소? 그들은 어떤 사람들이오?」

「정말이지 제 형들은 우열을 가리기 힘들 정도의 수다쟁이들이옵니다. 그리고 외모도 저와는 영 딴판이지요. 첫째는 꼽추요, 둘째는 이가 숭숭 빠졌으며, 셋째는 애꾸요, 넷째는 장님, 다섯째는 양쪽 귀가 잘렸고, 여섯째는 언청이이옵니다. 만일 폐하께서 허락하신다면 그들 각각의 성격을 잘 알 수 있게 해주는 이야기들을 들려 드릴 수도 있습니다만.」

이에 칼리프께서 몹시 듣고 싶은 표정을 지으셨으므로, 저는 그분이 분부를 내리시기도 전에 다음과 같이 이야기를 시작했습니다.

이발사의 첫째 형 이야기

폐하! 사람들이 〈꼽추 박북〉이라고 불렀던 저의 큰형님의 직업은 재봉사였습니다. 형님은 도제 과정을 마친 후에 어느 방앗간 앞에 가게를 얻으셨습니다. 하지만 아직 일감이 많지 않았던지라 근근이 살아가는 형편이었습니다. 반면 앞집에 사는 방앗간 주인은 매우 부유한 데다가 아름다운 아내도 있었습니다. 어느 날이었습니다. 가게에서 일하던 형님이 우연히 고개를 들어 보니, 방앗간집 마누라가 창밖을 내다보고 있는 모습이 눈에 띄었습니다. 그 모습이 너무도 아름다워 형님은 대번에 반해 버렸습니다. 하지만 이런 형님을 보지 못한 그녀는 창문을 닫아 버렸고, 그날은 다시 모습을 드러내지 않았습니다. 불쌍한 형님은 일을 하면서 계속 눈을 들어 창문을 올려다보았습니다. 여러 차례 손가락이 바늘에 찔렸고 일도 제대로 할 수 없을 정도였습니다. 저녁이 되어 가게 문을 닫아야 할 시간이 되었는데도 형님은 머뭇거렸습니다. 그녀가 다시 창문을 열고 나타나지나 않을까 하는 미련 때문이었죠. 결국 문을 닫고 자신의 누추한 집으로 돌아오긴 했지만 여인의 모습이 눈앞에 어른거려 제대로 잠을 이룰 수 없었습니다.

다음 날 아침, 형님은 날이 밝기가 무섭게 자리에서 일어나 마음속의 연인을 보고 싶은 마음에 나는 듯이 가게로 달려갔습니다. 하지만 그날은 전날만큼 운이 좋지 못했습니다. 하루 종일 눈이 빠져라 지켜보았지만 그녀의 모습을 볼 수 있었던 시간은 단 한순간에 불과했던 것입니다. 하지만 이 짧은 순간은 형님을 세상에서 가장 열렬한 남자로 만들어 놓았습니다. 세 번째 날에는 앞의 두 날보다 훨씬 행복한 일이 일어났습니다. 방앗간집 여편네가 창밖을 내다보다가 우연히 자신을 훔쳐보고 있는 형님을 발견하게 되었던 것입니다. 남정네의 눈빛을 본 그녀는 그의 마음속에 어떤 일이 일어나고 있는지 금세 눈치챘습니다…….

아침 빛이 밝아 와 셰에라자드는 이 대목에서 이야기를 중단하지 않을 수 없었다. 다음 날 밤, 그녀는 이야기의 끈을 이어 인도의 술탄에게 다음과 같이 말했다.

백예순여덟 번째 밤

폐하! 이발사는 칼리프 무스탄시르 빌라에게 그의 큰형의 이야기를 계속 들려주었습니다.

신자들의 사령관이시여! 형님의 속마음을 꿰뚫어 본 방앗간집 여편네는 성을 내지 않았습니다. 대신 장난 좀 치고 싶은 마음에 그를 향해 살포시 미소를 지어 보였습니다. 그 모습을 본 형님은 씩 하고 미소를 마주 보냈는데, 그 모습이 얼마나 우스꽝스러웠던지 여인은 급히 창문을 닫고는 마음껏 웃음을 터뜨렸습니다. 하지만 순진하기 이를 데 없는 박북 형님은 착각에 사로잡혔습니다. 그녀의 이런 행동이 자신의 멋진 모습에 부끄러워졌기 때문이라고 해석하고는 내심 흐뭇해한 것입니다.

한편 방앗간집 여편네는 형님을 데리고 좀 더 장난을 쳐야겠다고 마음먹었습니다. 그녀는 전부터 옷을 지으려고 보관해 온 고운 옷감 한 필을 꺼내 비단 자수가 놓인 보자기에 싸서 여종을 시켜 형님에게 보냈습니다. 형님의 가게에 도착한 여종은 방앗간집 여편네가 시킨 대로 전했습니다.

「우리 마님께서 당신에게 안부 전해 드리래요. 그리고 여기 가져온 옷을 본으로 하여 이 옷감으로 옷을 한 벌 지어 달래요. 사실 마님께서는 옷을 자주 바꿔 입으시는 편이랍니다. 재봉사님으로선 아주 잘된 일이죠.」

이 말을 들은 형님은 방앗간집 여편네가 자신을 좋아한다고 확신하게 되었습니다. 아까 둘이 시선을 교환하고 나서 자신의 감정을 읽은 그녀가 자신의 마음속에도 동일한 움직임이 일고 있다는 사실을 전하기 위해 일부러 일감을 보내왔다고 생각한 것입니다. 이런 착각에 사로잡힌 형님은 만사를 제치고 이튿날 아침까지 그녀가 원하는 옷을 지어 놓겠노라고 전해 달라고 말했습니다. 그리고 여종이 떠나자마자 맹렬히 작업을 계속한 끝에 그날이 다 가기 전에 옷을 완성해 놓았죠.

다음 날, 옷이 다 지어졌는지 보러 온 여종에게 형님은 벌써 곱게 개어 놓은 옷을 내주었습니다.

「어떤 분이 부탁하신 옷인데 내가 소홀히 했겠나? 자, 이처럼 만사 제치고 신속히 만들어 놨다네. 앞으로도 이 몸이 필요하다면 언제든지 봉사할 준비가 되어 있다고 전해 드리게!」

옷을 받아 든 여종은 문 쪽으로 몇 걸음 옮기다 말고 몸을 돌리더니 나지막한 음성으로 말했습니다.

「아 참! 마님께서 전하라고 하신 말씀을 깜빡 잊을 뻔했네요. 그분께서는 당신께 인사를 전해 달라고 말씀하시면서, 간밤을 어떻게 보내셨는지 물어보라고 하셨어요. 제가 보기에 불쌍한 우리 마님은 당신을 너무도 사랑하시는 나머지 밤새 잠을 한숨도 이루지 못하시는 것 같더군요.」

이 말에 저의 숙맥 형님은 터질 듯한 기쁨을 억누르지 못하고 외쳤습니다. 「내 마음속에서도 그녀에 대한 열정이 너무나 거세게 타올라, 지난 나흘간 전혀 눈을 붙이지 못했다고 전해 주게!」

여종의 말을 듣고 난 형님은 이제 그녀가 자신을 오래 기다리게 하지 않으리라고 확신했습니다. 여종은 떠난 지 얼마 되지 않아서 또다시 공단 한 필을 들고 나타났습니다.

「마님께서 재봉사님이 지어 주신 옷에 아주 만족하셨어요. 제가 보아도 세상에 그렇게 잘 어울릴 수가 없더라니까요! 한데 마님은 이 옷이 너무나 예뻐서 속치마도 새것으로 받쳐 입어야겠다고 말씀하시면서, 이 공단을 전해 드리라고 하셨어요. 가급적 빨리 한 벌을 지어 달라고 부탁하셨지요.」

「아무 걱정 말게!」 형님은 힘차게 외쳤습니다. 「내가 오늘 이 가게 문을 나서기 전까지 다 만들어 놓을 테니.」

방앗간 여편네는 이따금 창문에 모습을 드러내 온갖 추파를 보내면서 형님의 힘을 북돋워 주었습니다. 이에 고무되어 씩씩대며 작업하고 있는 형님의 모습이란 참으로 볼만했지요! 잠시 후, 속치마가 완성되자 여종이 다시 받으러 왔습니다. 하지만 그녀는 옷과 속치마의 재봉비는 고사하고, 옷을 짓는 데 들어간 재료에 대한 비용조차 치르지 않았습니다. 자신이 속고 있다는 사실을 전혀 눈치채지 못한 불쌍한 형님은 그날 온종일 쫄쫄 굶었으므로, 주린 배를 채우기 위해 남에게 돈을 빌리지 않을 수 없었습니다. 이튿날 형님이 가게에 도착했을 때였습니다. 또다시 여종이 쪼르르 오더니 이번에는 방앗간 주인 양반이 그를 보고 싶어 한다는 것이었습니다. 그러고는 이렇게 덧붙였습니다.

「마님께서 당신이 지어 준 옷을 보여 주면서 어찌나 칭찬을 하셨던지, 주인님께서도 자기 옷을 부탁하고 싶어 하세요. 그런데 마님이 이렇게 하신 데에는 다 뜻이 있답니다. 주인님하고 당신하고 친해지면 당신과 마님의 갈망을 이루는 데 도움이 될 게 아니겠어요?」

이 말을 곧이들은 형님은 여종과 함께 방앗간으로 갔습니다. 방앗간 주인은 그를 반갑게 맞이한 후, 옷감 한 필을 보여 주면서 말했습니다.

「나는 저고리가 몇 벌 필요하오. 자, 여기 옷감 한 필이 있으니 이걸로 저고리 스무 벌을 지어 주셨으면 하오. 그리고 남는 옷감은 모두 돌려주시오……」

여기까지 말한 셰에라자드는 샤리아의 궁실을 밝히기 시작한 아침 빛에 흠칫 놀라 입을 다물었다. 다음 날 밤, 그녀는 다음과 같이 박북의 이야기를 계속했다.

백예순아홉 번째 밤

형님이 대엿새나 고생한 끝에 저고리 스무 벌을 완성하여 방앗간 주인에게 가져다주자, 이자는 또다시 옷감을 내주면서 이번에는 홑바지 스무 벌을 만들어 달라고 했습니다. 이번에도 박북 형님이 군소리 없이 그가 원하는 대로 만들어 가져다주자, 이를 받아 든 그는 일에 대한 보수로 얼마나 주면 되는지 물었습니다. 이에 형님이 이십 드라크마 정도면 되겠다고 하자 방앗간 주인은 돈의 무게를 달기 위해 여종에게 저울을 가져오라고 분부했습니다. 그러자 여종은 형님을 화난 눈초리로 흘겨보면서 만일 돈을 받으면 모든 일을 그르치게 될 것이라는 눈짓을 보냈습니다. 이를 이해한 형님은 보수를 사양했습니다. 지금 당장 돈이 몹시 필요한 데다가, 심지어는 저고리와 바지 수십 벌을 만드는 데 필요한 재료를 사느라 여기저기에서 돈을 꾸어 썼음에도 말이죠. 방앗간에서 나온 형님은 곧장 저의 집에 들러 일하고도 보수를 받지 못했으니 돈 좀 꾸어 달라고 사정했습니다. 저는 주머니를 털어 동전 몇 닢을 드렸고, 그것으로 형님은 며칠을 연명할 수 있었죠. 그동안 형님이 먹은 것이라곤 멀건 죽뿐이었는데, 그나마 마음껏 먹지도 못했습니다.

어느 날 형님이 방앗간에 들렀더니 방아를 돌리고 있던 주인은 그가 돈을 받으러 온 것이라 생각하고 얼마간의 액수를 꺼내 주었습니다. 한데 옆에 있던 어린 종년이 또다시 눈짓을 보내어 돈을 받지 못하게 했습니다. 이에 형님은 돈을 받기 위해 온 것이 아니요, 단지 안부를 물으러 들렀다고 말했죠. 그러자 방앗간 주인은 고맙다며 다시 겉옷 한 벌을 지어 달라고 부탁했습니다. 물론 박북 형님은 즉시 만들어서 다음 날 가져다주었습니다. 주인이 허리춤에서 돈주머니를 꺼내자 종년은 다시 형님을 슬쩍 흘겨보았습니다. 화들짝 놀란 형님은 손을 내저었습니다.

「아이고, 아닙니다! 급할 것 없으니 다음번에 계산해 주셔도 됩니다.」

이렇게 이 불쌍한 사내는 세 개의 병에 걸린 몸으로 집에 돌아왔습니다. 〈사랑〉, 〈굶주림〉, 〈무일푼〉……. 이것이 바로 그 세 병의 이름이었던 것입니다.

방앗간집 여편네는 탐욕스럽고도 못된 여자였습니다. 그 여편네는 형님이 받아야 할 보수를 떼먹는 것으로도 모자라서, 그가 자신을 좋아하고 있다는 사실을 남편에게 알려 주고는 그를 혼쭐내 주라고 부추겼습니다. 그리하여 어느 날 저녁, 방앗간 주인은 형님을 저녁 식사에 초대해 놓고는 형편없는 음식을 먹인 다음 그에게 말했습니다.

「여보게! 집에 들어가기에는 시간이 너무 늦지 않았나? 그냥 우리 집에서 자고 가게!」

그는 형님을 방앗간 한구석에 있는 침대에 데려다 주고는 자기는 마누라와 자러 들어갔습니다. 그리고 한밤중이 되자 다시 돌아와서 형님을 깨웠습니다.

「여보게! 자고 있는가? 지금 급히 빻아야 할 밀이 좀 있는데 내 노새가 그만 병이 들어 버렸다네. 녀석 대신 자네가 방아 좀 돌려 주면 참 고맙겠네만.」

박북 형님은 자신의 선의를 증명하고 싶었습니다. 그래서 자신은 무슨 일이라도 도와 드릴 준비가 되어 있으니 시켜만 달라고 대답했죠. 그러자 방앗간 주인은 형님의 허리에 줄을 둘러 마치 노새처럼 방아에 매어 놓았습니다. 그러고는 채찍으로 등짝을 후려치면서 소리쳤습니다.

「이랴, 어서 나가라!」

「애고고! 왜 나를 때리는 거죠?」 졸지에 매질을 당한 형님이 놀라 소리쳤습니다.

「자네를 격려해 주기 위해서지. 우리 노새도 이렇게 하지 않으면 앞으로 나가지 않거든.」

박북 형님으로서는 놀라 자빠질 일이었지만 감히 불평할 생각도 못했습니다. 그렇게 대여섯 바퀴를 돌고 난 후, 너무도 힘이 들어 쉬려고 했지만 방앗간 주인은 형님의 등을 정확하게 노려 세차게 후려치면서 소리쳤습니다.

「이봐, 힘을 내라고! 멈추지 말고 계속 돌란 말이야! 숨 쉴 틈 없이 계속 돌지 않으면 내 밀가루를 망쳐 버린다고!」

셰에라자드는 날이 밝은 것을 보고 여기에서 이야기를 중단했다. 다음 날 그녀는 다음과 같이 다시 이야기를 이어 나갔다.

백일흔 번째 밤

이렇게 방앗간 주인은 형님으로 하여금 밤새도록 방아를 돌리게 했습니다. 그리고 새벽이 되자 그를 방아에서 풀어 주지도 않고 자기 마누라 방으로 들어가 버렸죠. 불쌍한 형님은 방아에 묶인 채로 거기 남아 있어야 했습니다. 결국 어린 여종이 나타나 깜짝 놀란 척, 급히 그를 풀어 주며 소리쳤습니다.
「어머나, 불쌍하기도 해라! 주인님이 당신을 이 꼴로 만들어 놓으셨군요! 쇤네와 마님은 아무 상관 없는 일이랍니다.」
하지만 불쌍한 박북 형님은 대답하지 않았습니다. 녹초가 된 데다 실컷 두들겨 맞아 아무 생각이 없었던 것입니다. 하지만 곧장 집으로 향하면서 다시는 방앗간 여편네를 생각조차 않으리라 굳게 결심했답니다.

이 이야기를 들은 칼리프께서는 한바탕 크게 웃으셨습니다. 그러고는 이렇게 말씀하셨습니다.
「자, 됐네! 이젠 자네 집으로 돌아가게! 그리고 자네가 고대하던 잔치를 놓친 것에 대한 보상으로 뭔가를 선물하도록 하겠네.」
「신자들의 사령관이시여!」 저는 다시 아뢰었습니다. 「폐하의 귀한 선물에 대한 보답으로 다른 형님들의 이야기도 모두 들려 드리고 싶사옵니다. 제발 허락해 주시옵소서!」
칼리프께서는 아무 말도 없으셨지만, 그 침묵은 결국 제 청을 허락하신다는 뜻이었습니다. 그래서 저는 다음과 같이 이야기를 계속했습니다.

이발사의 둘째 형 이야기

〈이 빠진 박바라〉라고 불리는 저의 둘째 형은 어느 날 시내를 걸어가다가, 외진 거리에서 어떤 노파를 만났습니다. 노파는 형에게 다가와 말을 건넸습니다. 「당신에게 할 말이 있으니 잠깐만 걸음을 멈출 수 있겠수?」

형은 걸음을 멈추고 무슨 일이냐고 물었습니다. 그러자 노파가 다시 말했습니다.

「시간이 있으면 나와 함께 가지 않으려우? 당신을 근사한 궁전으로 안내하리다. 거기 가면 햇빛보다도 아름다운 아가씨가 당신을 반갑게 맞아 주고 맛난 음식과 술을 대접해 줄 거요. 내 더 이상은 말하지 않으리다.」

이 말에 형은 눈이 휘둥그레져서 다시 물었습니다.

「그 말이 사실이오?」

「내가 거짓말할 것 같수? 나는 오직 사실만을 말하는 사람이라우. 하지만 거기 가려면 몇 가지 조건이 있다우. 첫째 현명해야 하며, 둘째 말을 많이 하지 말 것이며, 셋째 아주 상냥한 태도를 지녀야 한다우.」

박바라 형님이 이 조건들을 다 받아들이겠다고 하자 노파가 앞장섰습니다. 잠시 후 그들은 어느 커다란 궁전에 당도했는데, 대문 앞에는 수많은 집사들과 종복들이 서 있었습니다. 그중 어떤 이들은 형을 저지하려 했지만 노파가 뭐라고 속삭이자 이내 태도를 바꾸어 안에 들어가게 해주었습니다. 그러자 노파는 형에게 몸을 돌려 경고했습니다.

「한 가지만 유념하슈. 당신이 곧 만나게 될 아가씨는 부드

럽고도 진중한 남자를 좋아한다우. 자기한테 따지고 드는 남자를 아주 싫어한단 말이우. 이 점만 주의한다면 당신은 그녀에게서 원하는 것을 얻게 될 거라우.」

형님은 이 충고에 감사하며 반드시 이를 지키겠노라고 약속했습니다.

노파는 형을 멋진 내궁으로 인도했습니다. 그 내궁은 장려한 궁전에 걸맞은 커다란 장방형의 건물로, 회랑으로 빙 둘러싸인 내정에는 매우 아름다운 정원이 꾸며져 있었습니다. 노파는 형을 푹신한 좌단에 앉히고는, 그가 왔다고 아가씨에게 알릴 터이니 잠시만 기다리라고 말했습니다.

이처럼 으리으리한 장소에 한 번도 들어와 본 적이 없던 형은 휘둥그레진 눈으로 사방을 둘러보았습니다. 모든 것이 호화롭기 이를 데 없었습니다. 황홀해진 형님은 큰 행운을 잡았다는 생각에 터질 듯한 기쁨을 억누를 수 없었죠. 잠시 후 큰 소리가 들려와 고개를 돌려 보니, 한 무리의 여종들이 쾌활한 표정으로 깔깔거리면서 그를 향해 다가오고 있었습니다. 그 가운데는 눈부시게 아름다운 아가씨가 있었는데, 그녀를 대하는 다른 여인들의 공손한 태도로 보아 그네의 여주인임을 쉽사리 짐작할 수 있었습니다. 그녀와 단둘이서 만나게 되리라고 기대하고 있었던 형님은 그녀가 이렇듯 한 무리의 여인들과 함께 나타나자 적잖이 당황했습니다. 여종들은 형님과 가까운 곳에 이르자 아까와는 달리 사뭇 엄숙한 표정을 지었습니다. 아가씨가 좌단에 다가오자 형님은 벌떡 일어나 허리를 깊이 숙여 인사했습니다. 아가씨는 상석에 자리를 잡은 다음, 형님도 자기 옆에 앉게 하고는 생글거리는 낯으로 입을 열었습니다.

「당신을 만나게 되어 무척 기뻐요. 그리고 당신이 원하는 모든 일이 이루어지길 빌겠어요.」

「아가씨! 제가 지금 이렇듯 영광스럽게도 아가씨와 함께 있게 되었는데, 그 이상 무얼 더 바랄 수 있겠습니까?」

「호호! 당신은 무척 성격이 좋으신 분 같군요! 그리고 우리와 함께 즐거운 시간을 보내고 싶어 하시는 것 같아요. 안 그래요?」

그녀는 간식거리를 내오라고 분부했습니다. 명령이 떨어지기가 무섭게 식탁에는 각종 과일과 당과를 담은 바구니들이 한 상 가득 올랐습니다. 그녀는 형님과 여종들과 함께 식탁에 앉았습니다. 형님은 아가씨와 마주 앉았는데, 음식을 먹느라 입을 크게 벌린 통에 아가씨는 형님의 이가 숭숭 빠져 있는 것을 발견했습니다. 그녀는 이 사실을 넌지시 여종들에게 알려 주고는 그들과 함께 깔깔대며 웃었습니다. 음식을 먹으면서 가끔씩 아가씨를 훔쳐보던 형님은 이를 보고 그녀가 자신을 만난 것이 좋아서 웃는 것이며, 따라서 조금 있으면 자기와 단둘이만 남기 위해 다른 여종들을 물러가게 할 것이라고 믿어 의심치 않았습니다. 아가씨는 형이 이런 달콤한 착각에 빠져 있는 것을 눈치챘습니다. 그녀는 그를 데리고 좀 더 장난치기로 마음먹고는, 지극히 달콤한 말들을 건네며 손수 가장 맛있는 것들을 골라 권해 주었습니다.

간식을 먹고 나자 모두들 식탁에서 일어났습니다. 열 명의 여종은 악기를 하나씩 들고 연주하면서 노래를 불렀고, 다른 여종들은 음악에 맞추어 춤을 추기 시작했습니다. 형도 흥을 돋우고자 춤을 추었고, 심지어는 아가씨까지 합세했습니다. 이렇게 모두들 한바탕 신나게 춤을 춘 후 숨을 고르려고 자리에 앉았습니다. 아가씨는 포도주 한 잔을 가져오게 하여 건배의 뜻으로 형님에게 미소를 지어 보이면서 술잔을 들어 올렸습니다. 이에 감격한 형님은 벌떡 일어나서 그녀가 술을 다 마실 때까지 서 있었죠. 술잔을 다 비운 그녀는 다시 한 잔을 가득 채워 형에게 권했습니다.

셰에라자드는 이야기를 계속하고 싶었으나 날이 밝은 것을 보고 중단했다. 다음 날 밤, 그녀는 다시 입을 열어 인도의 술탄에게 이야기를 들려주었다.

백일흔한 번째 밤

술잔을 건네받은 형님은 아가씨의 손등에 입을 맞추고는 이런 영광을 베풀어 준 데 대한 감사의 뜻으로 일어선 채 잔을 비웠습니다. 그러자 아가씨는 형님을 자기 옆에 앉히더니 온갖 교태를 부리기 시작했습니다. 심지어는 손바닥으로 뒤통수를 탁탁 토닥여 주기까지 했습니다. 완전히 넋이 나간 형님은 세상에서 가장 행복한 남자가 된 듯한 기분이었습니다. 자신 또한 이 매력적인 아가씨의 친밀한 행동에 화답하여 같이 희롱해 보고 싶은 마음이 굴뚝같았지만, 주위에서 여종들이 깔깔대면서 둘을 계속 주시하고 있었기에 감히 그러지는 못했습니다.

한데 이렇게 머리를 다정스럽게 두드려 주던 아가씨가 느닷없이 형님의 뒤통수를 세차게 한 대 갈기는 것이 아닙니까? 너무도 갑작스럽고 거친 일격이었던지라 형님은 화가 치밀어 올랐습니다. 그는 시뻘게진 얼굴로 벌떡 몸을 일으켜 이 무례한 여인과 멀리 떨어진 자리로 가서 앉았습니다. 그러자 그를 여기에 데리고 온 노파가 눈짓을 보내왔습니다. 절대 그런 식으로 행동해서는 안 되며, 어떤 일이 있어도 상냥한 태도를 잃지 말라고 한 자신의 말을 기억하라는 눈짓이었죠. 순간 잘못을 깨달은 형님은 실수를 만회하기 위해 지금 자신이 감정이 상해서 떨어져 앉은 것이 아니라는 것을 보여 주려고 다시 그녀 곁으로 갔습니다. 그러자 그녀는 그의 팔을 끌어당겨 자기 곁에 앉히고는 아까처럼 짓궂은 애무를 계속했습니다. 여종들 역시 상전의 장난에 끼어들었습니다. 어떤 여종은 있는 손가락을 힘껏 튕겨 그의 코를 때렸고, 다른 여종은 귀를 뽑아 버릴 듯 잡아당겼습니다. 또 다른 여종들은 그의 뺨을 세차게 갈겨 댔는데, 이미 장난의 한계를 벗어난 행동들이었죠. 하지만 형님은 이 모든 모욕을 놀라운 인내심으로 견뎌 냈습니다. 그는 짐짓 명랑한 얼굴로 억지로 미소를 지으며 노파를 향해 말했습니다.

「할머니 말이 맞았어요! 정말이지 이 아가씨는 매우 착하고 유쾌하고 매력적이군요! 이 은혜를 어떻게 갚아야 할지 모르겠습니다.」

「이건 아무것도 아니라우! 그녀들이 하는 대로 내버려 두구려! 그러면 더 좋은 일이 있을 테니.」

그러자 아가씨가 형님에게 말했습니다.

「당신은 참 좋은 분이에요. 내가 짓궂게 장난을 쳤는데도 이렇듯 너그럽고 상냥하게 다 받아 주니 말이에요. 당신 성격이 나와 딱 어울리는 것 같아 너무 좋아요!」

「아가씨!」 그녀의 칭찬에 황홀해진 박바라 형님이 대꾸했습니다. 「이 몸은 더 이상 제 것이 아니라, 몽땅 아가씨 것이올시다. 그러니 저를 가지고 마음대로 하셔도 좋습니다.」

「당신의 복종하는 태도가 나를 얼마나 기쁘게 하는지 몰라요! 나는 당신에게 아주 만족했어요. 그리고 당신 역시 내게 만족하게 해드리겠어요. 얘들아!」 그녀는 여종들에게 명했습니다. 「이분에게 향과 장미수를 가져다 드려라!」

이 말이 떨어지자 두 여종이 어디론가 가더니 곧 돌아와, 한 사람은 알로에 나무가 타고 있는 향로를 들고 그 그윽한 향을 형님에게 쐬어 주었고, 다른 여종은 장미수를 손과 얼굴에 뿌려 주었습니다. 이처럼 귀한 대접을 받은 형은 너무도 황홀하여 정신을 차릴 수가 없었습니다.

이 의식이 끝나자 아가씨는 조금 전에 악기를 연주하고 노래를 부른 여종들에게 다시 음악을 연주하라고 말했습니다. 그녀의 명에 따라 여종들이 음악을 연주하기 시작하자 아가씨는 한 여종에게 형님을 데려가라고 명했습니다.

「자! 이분을 모셔 가거라! 어떻게 해야 할지는 말 안 해도 잘 알겠지? 그리고 일이 끝나면 다시 내게 모셔 오너라!」

이 말을 들은 박바라 형님은 재빨리 일어나, 자신을 따라가기 위해 역시 몸을 일으키고 있는 노파와 여종에게 다가가 대체 무엇 때문에 자신을 데려가는지 물었습니다.

「우리 아가씨는 유난히 호기심이 많으시다우.」 그녀가 나지막하게 대답했습니다.「그래서 당신이 여장하면 어떤 모습일까 한번 보고 싶어 하는 거유. 당신을 데려가는 이 여종이 당신의 눈썹을 그려 주고 콧수염을 밀고 여자 옷을 입혀 줄 거라우.」

형이 깜짝 놀라 말했습니다.

「눈썹을 그리는 일이라면 얼마든지 괜찮소! 그런 일이라면 동의할 수 있소. 나중에 물로 씻어 버리면 그만이니 상관없는 일이지! 하지만 콧수염을 미는 것은 허락할 수 없소. 콧수염도 없는 꼴로 어떻게 밖을 돌아다닐 수 있단 말이오?」

「이곳에 있으려거든 요구하는 것을 거부하려 들지 마슈!」 노파가 쏘아붙였습니다.「지금 일이 아주 잘 진행되고 있는데 망치고 싶은 거유? 우리는 당신을 좋아하고, 그래서 행복하게 만들어 주려고 애쓰고 있수. 한데 그깟 별 볼 일 없는 콧수염 때문에 남자가 가질 수 있는 가장 귀중한 기회를 포기하겠단 말이우?」

노파의 말이 그럴 듯해 박바라 형님은 더 이상 아무 말 않고, 여종이 이끄는 대로 방으로 가서 눈썹을 빨갛게 칠하게 했습니다. 그런데 콧수염을 면도한 여종이 이번에는 턱수염마저 밀어 버리려 했습니다. 이쯤 되니 아무리 온순한 형님이라도 버럭 소리를 지르지 않을 수 없었죠.

「안 돼! 턱수염 자르는 것은 절대로 허락할 수 없어!」

이에 여종은 턱수염을 자르지 않고 콧수염만 자르는 것은 별 의미가 없으며, 그런 모습으로는 결코 여장이 어울리지 않을 것이라고 설명했습니다. 이어 덧붙이기를, 바그다드에서 가장 아름다운 여인을 정복하기 직전에 그까짓 턱수염 따위에 연연하다니 참으로 놀라운 일이라고 비꼬았습니다. 이에 노파도 끼어들어 그런 식으로 행동하면 아가씨의 마음이 돌아설 것이라고 을러댔습니다. 결국 형님은 그들이 원하는 대로 하지 않을 수 없었지요.

형님이 여자 옷을 입고 다시 방에 들어서자 아가씨는 좌단 위를 데굴데굴 구르며 웃어 대기 시작했고 여종들 역시 손뼉을 치면서 폭소를 터뜨렸습니다. 형님은 당황하여 어쩔 줄 몰라 멍청하게 서 있었습니다. 아가씨는 웃음을 멈추고 몸을 일으키더니 형님에게 말했습니다.

「나를 즐겁게 해주려고 이렇게 애쓰시는데, 내가 마음 다해 당신을 좋아하지 않는다면 그건 잘못된 일이겠지요. 하지만 나에 대한 사랑을 증명하기 위해 당신이 해줘야 할 일이 하나 더 있어요. 자, 우리와 함께 춤을 추어요!」

형님은 순종했습니다. 그를 보면서 미친 듯이 웃어 대는 아가씨와 여종들과 함께 춤을 추었던 것입니다. 그렇게 얼마간 춤을 추고 난 후 여자들은 다시 이 불쌍한 사내에게 달려들어 따귀를 때리고 주먹질과 발길질을 퍼부어 댔고, 결국 그는 실신하다시피 바닥에 쓰러졌습니다. 하지만 형님이 미처 화를 내기도 전에 노파가 얼른 그를 부축해 일으켜 주며 귀엣말을 했습니다.

「자, 자! 이제 기뻐하슈! 마침내 당신의 모든 고통은 끝났고 이제 상을 받을 일만 남아 있으니……」

벌써 밝아 오기 시작한 아침 빛은 셰에라자드로 하여금 이 대목에서 입을 다물게 만들었다. 다음 날 밤, 그녀는 다음과 같이 이야기를 계속해 나갔다.

백일흔두 번째 밤

노파는 박바라 형님에게 계속 말했습니다.
「자, 이제 한 가지 일만 더 하면 되는데, 아주 간단한 일이라우. 우리 상전은 한 가지 버릇이 있다우. 오늘처럼 한잔 걸친 날, 팬티만 남기고 옷을 홀랑 벗지 않은 남자들은 절대 접근하지 못하게 하는 거지. 남자는 그런 차림을 하고 기다리고 있다가, 그녀가 몇 발자국 앞에서 출발하면 쫓아가 붙잡아야 하는 거라우. 그렇게 그녀를 붙잡을 때까지 둘이서 이 복도 저 복도, 이 방 저 방을 뛰어다니며 술래잡기 놀이를 즐기는 거라우. 이것은 그녀의 남다른 기벽 중 하나지. 하지만 그녀가 아무리 앞에서 출발한다 해도 당신처럼 재빠른 남자라면 금방 붙잡을 수 있을 거유. 그러니 어서 내의만 남기고 다 벗으슈. 자! 체면 차리지 말고!」

여기서 물러서기에는 지금까지 희생한 것이 너무 많았습니다. 형님은 옷을 벗었습니다. 아가씨 역시 좀 더 편하게 달릴 수 있도록 드레스를 벗어 던지고 짧은 속치마 차림이 되었습니다. 이렇게 둘 다 준비를 마치자, 아가씨는 형님보다 스무 걸음쯤 앞에 서더니 놀라운 속도로 뛰기 시작했습니다. 형님은 있는 힘을 다해 그녀의 뒤를 쫓았고, 그 모습은 여종들을 박장대소하게 만들었습니다. 형님은 열심히 달렸지만 그녀와의 거리는 좁혀지기는커녕 점점 더 멀어지기만 할 뿐이었습니다. 그렇게 복도를 서너 바퀴 돈 후에 아가씨는 길고 어두운 통로로 들어가더니, 곧 자기만 아는 샛길로 빠져 어디론가 숨어 버렸습니다. 아가씨를 따라 통로에 들어선 형님은 사방이 컴컴한 데다 아가씨의 모습도 보이지 않아 속도를 늦출 수밖에 없었죠. 그러다가 한쪽에 붙은 입구가 환하게 빛나고 있는 것을 발견하고는 아무 생각 없이 그쪽으로 달려 나갔습니다. 그런데 이게 웬일입니까? 입구를 빠져나오자마자 뒤에서 쾅 하고 문이 닫히는 소리가 들리더니, 자신은 가죽장이들의 거리 한복판에 서 있는 게 아니겠습니까? 형님의 모습을 본 가죽장이들 역시 그 못지않게 놀랐습니다.

눈 주위는 시뻘겋게 칠하고 콧수염도 턱수염도 민둥하게 밀어 버린 어떤 사내가 속옷 차림으로 길 한가운데 멍청하니 서 있었으니까요. 그들은 손뼉을 치면서 형님을 놀려 대기 시작했고, 뒤를 따라오며 가죽끈으로 엉덩이를 때렸습니다. 심지어 어떤 이들은 형님을 붙잡아 당나귀에 태우고는 온 시내를 끌고 다니면서 웃음거리로 만들었습니다.

설상가상으로 그를 태운 당나귀는 포도청 앞을 지나게 되었고, 이 광경을 본 포도대장은 대체 웬 소동인지 물었습니다. 이에 가죽장이들은 그들의 거리에 대재상 댁 여인들이 거처하는 내궁으로 통하는 문이 하나 나 있는데, 그 문에서 이자가 이런 꼴을 하고서 난데없이 튀어나왔다고 대답했습니다. 이 말을 들은 포도대장은 불쌍한 우리 형님의 발바닥에 곤장 백 대를 가한 후, 도성 밖으로 추방하여 다시는 들어오지 못하게 했습니다.

「자, 신자들의 사령관이시여!」 저는 칼리프 무스탄시르 빌라께 말했습니다. 「이상이 제가 폐하께 들려 드리고 싶었던 제 형님 박바라의 이야기였습니다. 아마도 폐하께서는 모르고 계셨겠지요? 권세 있는 귀족 집안의 여인네들은 이따금 우리 멍청한 청년들을 함정에 빠뜨려서 이 같은 장난을 즐기곤 한답니다……」

날이 밝아 왔기 때문에 세에라자드는 여기서 이야기를 멈추어야만 했다. 다음 날 밤, 그녀는 인도의 술탄을 향해 다시 이야기를 이어 나갔다.

폐하! 이발사는 말을 멈추지 않고 그의 세 번째 형의 이야기로 넘어갔습니다.

이발사의 셋째 형 이야기

신자들의 사령관이시여! 박박이라는 이름을 가진 저의 셋째 형은 장님인 데다가 팔자가 기구하여 이 집 저 집을 돌아다니며 문전걸식하는 신세였습니다. 그는 오래전부터 거리를 혼자 걸어다니곤 했기 때문에 인도해 주는 사람 없이도 잘 돌아다닐 수 있었습니다. 그런데 그에게는 구걸하는 집 대문을 두드린 다음, 안에 있는 사람이 누구냐고 물어 와도 대답하지 않는 버릇이 있었습니다.

어느 날, 형님이 어느 집 문을 두드리자, 혼자 있던 집주인이 〈누구요?〉라고 소리쳤습니다. 하지만 박박 형님은 아무 대답도 하지 않은 채 다시 문을 두드렸습니다. 집주인이 다시 누구냐고 물었지만 역시 대답이 없었죠. 이에 주인은 계단을 내려와 문을 열고, 거기 서 있는 형님에게 무얼 원하느냐고 물었습니다.

「하느님의 사랑으로 부탁드립니다. 뭐라도 좋으니 적선해 주십시오!」

「보아하니 소경인 모양이구려?」

「아아! 그렇답니다!」

「자, 그렇다면 손을 이리 내밀어 보시오!」

집주인의 말에 형님은 무언가를 주려나 보다 생각하고는 손을 내밀었습니다. 하지만 집주인은 그의 손을 잡더니 자기 방으로 데리고 갔습니다. 형님은 아마도 무언가 같이 먹으려나 보다 생각했습니다. 동냥을 하다 보면 그런 일이 종종 있기 때문이죠. 방 안에 들어서자 주인은 그의 손을 놓아 방 가운데 혼자 서 있게 해놓고는 원하는 게 뭐냐고 또다시 물었습니다.

「벌써 말씀드리지 않았습니까? 제게 무언가를 주실 수 없는지 부탁드렸습니다.」

「여보시오, 소경 양반! 하느님께서 그대의 눈을 뜨게 해주시길 바라오. 그래, 난 이 말을 하고 싶었소.」

「그런 말이라면 아까 문 앞에서 해도 되지 않았습니까? 그랬으면 구태여 여기까지 힘들게 올라오지 않았을 텐데요.」

「흥! 순진한 척하기는! 그렇다면 왜 당신은 내가 처음에 누구냐고 물었을 때 아무 대답도 하지 않았던 거요? 왜 굳이 힘들게 나가서 문을 열게 했던 거냐고?」

「그럼 이제 어떻게 하실 겁니까?」

「다시 한 번 말하는데, 난 당신에게 줄 게 아무것도 없소.」

「그렇다면 제가 아래로 내려갈 수 있도록 좀 도와주세요.」

「당신 앞에 층계가 있으니 내려가고 싶으면 마음대로 내려가시오!」

하는 수 없이 형님은 혼자서 더듬거리며 내려가기 시작했습니다. 하지만 층계 중간에서 발을 헛짚어 미끄러졌고, 허리와 머리를 계단에 세차게 부딪히며 층계 아래까지 와당탕 굴러떨어졌습니다. 끙끙대면서 간신히 몸을 일으킨 형님은 그 꼴을 보고도 고소한 듯 웃고만 있는 집주인에게 욕을 퍼부으면서 집을 나왔습니다.

그렇게 박박 형님이 집에서 나오고 있는데, 형님의 장님 친구 둘이서 근처를 지나가다가 그의 목소리를 들었습니다. 그들은 걸음을 멈추고 형님에게 무슨 일인지 물었습니다. 이

에 그는 방금 일어난 일을 들려준 다음, 오늘 하루 종일 아무 것도 얻은 게 없어서 배가 고파 죽겠다고 말했습니다. 그러고는 이렇게 덧붙였죠.「나와 함께 우리 집으로 가지 않겠나? 돈을 좀 꺼내어 저녁거리를 사려고 하는데, 이 돈은 우리가 함께 모아 놓은 것이니 여기에 손을 대려면 자네들이 보는 앞에서 해야 하지 않겠나?」 두 장님은 이 말에 동의하고 그를 집으로 데려갔습니다.

그런데 형님을 그렇게 못되게 다룬 집주인은 사실 도둑으로, 아주 약삭빠르고 교활한 자였습니다. 그는 창문을 통해 형님이 친구들에게 하는 소리를 듣고는, 잽싸게 층계를 내려와 세 사람의 뒤를 몰래 따라가서는 형님이 사는 누추한 집 안으로까지 숨어 들어갔습니다. 장님들이 자리에 앉자 형님이 말했습니다.

「여보게들! 문을 닫고, 혹시 낯선 사람이 집 안에 들어왔는지 확인해 주게나!」

이 말에 방 안에 있던 도둑은 몹시 당황했습니다. 하지만 천장에 밧줄이 하나 걸려 있는 것을 보고 그것을 붙잡고 대롱대롱 매달렸습니다. 그래서 장님들이 문을 닫고 방을 돌아다니면서 지팡이를 이리저리 휘둘러 사람이 있는지 확인하고 다녔는데도 들키지 않을 수 있었습니다. 이 일이 끝나자 그들은 다시 자리에 앉았고, 도둑도 살그머니 바닥에 내려와 형님 곁에 앉았습니다. 형님은 집 안에 세 사람만 있다고 생각하고는 다시 입을 열었습니다.

「여보게들! 자네들은 오래전부터 우리 셋이 동냥해서 얻은 돈을 내게 위임하여 보관하도록 해왔네. 자, 오늘 내가 자네들의 믿음에 부끄럽지 않은 사람이라는 걸 보여 주겠네. 이전에 함께 세어 보았을 때 돈은 모두 만 드라크마였고, 우리는 그것을 열 개의 자루에 담아 놓지 않았었나? 자, 내가 여기에 손끝 하나 대지 않았다는 사실을 보여 주도록 하지.」

박박 형님은 옆에 있는 넝마 더미 아래 손을 쑥 집어넣더니, 거기서 열 개의 자루를 차례로 꺼내 동료들에게 건네주었습니다.

「자, 여기 있네! 무게만으로도 돈이 그대로 있다는 것을 대충 확인할 수 있을걸세. 만일 원한다면 세어 보아도 좋네.」

친구들이 그를 믿는다고 말하자 형님은 자루 하나를 열어 열 드라크마를 꺼냈고, 다른 두 장님도 저마다 같은 액수를 꺼냈습니다.

형님이 열 개의 자루를 원래의 자리에 넣어 두자 한 친구는 오늘 자기가 동냥해 온 양이 세 사람이 먹기에 충분하므로 굳이 저녁거리를 사기 위해 돈을 쓸 필요가 없다고 말했습니다. 그가 망태기에서 빵, 치즈, 과일 등을 꺼내어 식탁 위에 올려놓자, 세 장님은 함께 먹기 시작했지요. 형님의 오른쪽에 앉아 있던 도둑 역시 가장 좋은 것을 골라 그들과 함께 먹었습니다. 하지만 소리를 내지 않으려고 조심했음에도 그가 씹는 소리가 박박 형님의 귀에 들렸습니다. 형님은 즉시 소리쳤습니다.

「우린 망했다! 누군가 이 안에 들어왔어!」

형님은 대충 뻗친 손에 도둑의 팔이 잡히자, 〈도둑이야〉를 외치며 그에게 달려들어 마구 주먹질하기 시작했습니다. 다른 두 장님 역시 고함을 지르며 달려들어 도둑을 때렸습니다. 도둑은 맞지 않으려고 방어하다가 자신의 팔을 잡고 있는 형의 손아귀에서 풀려나자, 이번에는 반격을 시작했습니다. 워낙 완력이 있는 데다가 그들과는 달리 앞을 볼 수 있었던 그는 한 사람씩 겨냥하여 세차게 후려쳤습니다. 그뿐 아니었습니다. 그는 장님들보다도 더 큰 소리로 〈도둑이야〉를 외쳐 댔습니다. 이 소란스러운 소리에 이웃들이 달려와 문을 부수고

집 안에 들어왔습니다. 그들은 서로 엉겨 붙어 싸우고 있는 사람들을 떼어 낸 후 대체 무슨 일이냐고 물었습니다.

「여러분!」 그때까지 도둑의 멱살을 놓지 않고 있던 형님이 외쳤습니다. 「내가 붙잡고 있는 이자는 도둑놈입니다. 벼룩의 간을 빼먹는다고, 이 자는 얼마 안 되는 우리 돈을 훔치려고 여기 기어 들어온 겁니다.」

하지만 도둑은 이웃들이 나타나자마자 두 눈을 딱 감고는 장님 흉내를 내면서 둘러댔습니다.

「여러분! 이자는 거짓말쟁이입니다. 하느님의 이름과 칼리프의 생명을 걸고 맹세하거니와, 나는 이자들의 동업자입니다. 그런데 이들은 내가 받아야 할 정당한 몫을 주려 하지 않고, 이렇게 함께 달려들어 나를 구타하고 있는 것입니다. 그러니 여러분께서 심판해 주십시오!」

상반된 주장을 하고 있는 이들의 싸움에 끼어들고 싶지 않았던 이웃들은 네 사람 모두를 포도대장에게 데려갔습니다.

그들 모두 포도대장 앞에 이르자, 도둑은 여전히 장님 시늉을 하면서 묻기도 전에 냉큼 말했습니다.

「칼리프의 위임을 받아 이 땅에 정의를 집행하고 계신 포도대장 나리! 하느님께서 나리의 권능을 더욱 창대하게 해주시길 빕니다! 오늘 저는 나리께 고할 말씀이 있사옵니다. 사실 이 세 친구와 나, 이렇게 저희 네 사람은 모두가 죄인들이옵니다. 하지만 그 지은 죄에 대해서는, 우리 네 사람이 태형을 당하기 전에는 입을 열지 않기로 서로 간에 굳게 맹세하였사옵니다. 따라서 저부터 시작하여 곤장을 때려 주시면 무슨 죄인지 알게 되실 것이옵니다.」

박박 형님은 항변하려 했지만 포도대장은 입을 열 기회조차 주지 않았습니다. 그러고는 도둑부터 시작하여 곤장을 치게 했습니다……

여기까지 말한 셰에라자드는 날이 밝은 것을 보고 이야기를 중단했다. 그리고 다음 날, 그녀는 그 뒷부분을 시작했다.

백일흔네 번째 밤

포졸들은 도둑에게 곤장을 내려치기 시작했습니다. 도둑은 일부러 이삼십 대 정도는 꾹 참고 맞았습니다. 그러고는 너무 아파 더 이상 견디지 못하겠다는 표정을 지으면서 먼저 한쪽 눈을 떴습니다. 곧이어 비명을 지르며 다른 쪽 눈까지 번쩍 뜨고는, 제발 자비를 베풀어 매질을 멈춰 달라고 애원했습니다. 포도대장은 장님인줄 알았던 도둑이 두 눈을 뜨자 몹시 놀라서 물었습니다.

「이 못된 놈 같으니라고! 그래, 이 기적은 무엇을 의미하는고?」

「나리! 소인을 사면해 주신다면 한 가지 중요한 비밀을 실토하겠습니다. 나리께서 손가락에 끼고 계신 그 반지 도장을 걸고 저의 사면을 약속해 줄 수 있으십니까? 그리하면 소인이 비밀을 모두 밝혀 드리겠습니다.」

포도대장은 매질을 멈추게 한 다음 자기 반지를 빼 주면서 사면을 약속했습니다. 그러자 도둑이 다시 입을 열었습니다.

「나리의 약속을 믿고서 말씀드리겠습니다. 소인을 비롯한 우리 네 사람은 사실은 멀쩡한 자들입니다. 저희는 장님인 척하면서 이 집 저 집 기웃거리다가 기회가 생기면 힘없는 부녀자들이 거처하는 방으로 들어가 재물을 털어 왔으며, 이런 방법을 사용하여 지금까지 만 드라크마에 달하는 액수를 벌어들였죠. 하지만 저는 더 이상 이런 짓을 할 수는 없다고 판단했습니다. 그래서 제가 오늘 이들에게 제 몫인 이천오백 드라크마를 내놓으라고 요구했더니 이들은 거절하였습니다.

제가 이 일에서 손을 떼겠다고 하니 자기들을 관에 고발할까 겁이 났던 것이죠. 그리고 제 요구를 들어주기는커녕 일제히 달려들어 저를 구타했습니다. 이 사실은 저희를 이곳까지 데려온 이웃분들이 증언해 줄 것이옵니다. 그러니 나리! 제 몫인 이천오백 드라크마를 받을 수 있도록 공의로운 나리께서 선처해 주시옵소서! 제 동료들도 소인이 말한 사실을 실토할 것이옵니다. 다만 저들에게 곤장을 제가 받은 것의 세 배만 더 내려 주시옵소서! 그러면 저들 모두가 눈을 번쩍 뜨고는 사실을 불 것이옵니다.」

박박 형님과 다른 두 장님은 이는 끔찍한 모함이라고 항변하려 들었습니다. 하지만 포도대장은 그들의 말은 들으려 하지도 않고 호통을 쳤습니다.

「이 악당들아! 그래, 네놈들이 그런 식으로 장님 흉내를 내면서 선량한 사람들의 동정심을 유발하여 그들을 속이고 또 온갖 고약한 짓들을 하고 다녔단 말이지?」

「완전한 모함입니다요! 우리가 앞을 볼 수 있다는 말은 새빨간 거짓말입니다요! 하느님을 증인 삼아 맹세할 수 있습니다요!」

형님이 외쳐 보았지만 아무런 소용이 없었습니다. 그와 두 친구는 곤장 이백 대씩 맞아야 했지요. 그들이 아무리 맞아도 눈을 뜨지 않자, 포도대장은 이들이 엄청나게 독하고 끈질긴 자들이라고 생각했습니다. 한편 도둑은 이렇게 얻어맞고 있는 장님들을 보면서 말했습니다.

「에구, 불쌍한 사람들아! 왜 그리 고집을 부리는가? 그냥 눈을 떠버리게! 그렇게 몽둥이찜질을 당하다 죽으면 어쩌려고들 그러는가?」 그러고는 다시 포도대장을 향해서 아뢰었습니다. 「나리! 저들은 연극을 끝까지 밀고 나가려는 모양입니다. 결코 눈을 뜨지 않을 것 같습니다. 아마도 자신들을 경멸

하는 타인들의 시선을 마주 보는 것이 너무도 수치스러워 차마 눈을 뜨지 못하는 거겠지요. 그러니 저들을 그냥 용서해 주시는 것이 어떻겠습니까? 그리고 제게 다른 사람을 붙여 보내시면 숨겨 놓은 만 드라크마를 찾아오도록 하겠습니다.」

포도대장은 그의 말을 따랐습니다. 그는 도둑에게 부하 한 명을 붙여서 열 개의 자루를 가져오게 했습니다. 그리고 이천 오백 드라크마를 세어 도둑에게 주고 나머지는 자신이 간직했습니다. 한편 세 장님에 대해서는 약간 불쌍한 마음이 들어서, 그냥 도성 밖으로 추방하는 것으로 만족했지요.

저는 이 소문을 듣자마자 형님에게 달려갔습니다. 형님에게 그 불행한 사연을 듣고, 저는 비밀리에 그를 다시 도성으로 데리고 들어왔습니다. 마음 같아서는 당장에라도 포도대장을 찾아가 형님을 변호하고 도둑놈을 벌주고 싶었습니다만, 감히 그러지는 못했습니다. 그러다 자칫 제게도 좋지 못한 일이 일어나게 될까 두려웠기 때문입니다.

이렇게 저는 저의 소경 형님에 얽힌 이야기를 끝냈습니다. 하지만 칼리프께서는 이 슬픈 이야기가 몹시 재미있으셨던지 이번에도 큰 웃음을 터뜨리시면서, 신하들에게 제게 무언가를 하사해 주라고 분부하셨습니다. 하지만 저는 왕명이 집행되기를 기다리지 않고 곧바로 넷째 형님의 이야기를 시작했습니다.

이발사의 넷째 형 이야기

제 넷째 형님의 이름은 알쿠즈입니다. 그가 어떻게 해서 애꾸가 되었는지, 지금부터 그 사연을 폐하께 들려 드리고자 합니다. 형님은 푸주한이었습니다. 싸움용 숫양을 기르고 훈련시키는 데 남다른 재주가 있어서, 양의 싸움을 즐기고 또 이런 목적으로 집에서 숫양들을 기르는 높으신 귀족 나리들과 친분을 쌓을 수 있었죠. 형님의 가게는 매우 번창했습니다. 그곳에는 항상 최상품 고기가 걸려 있었는데, 이는 부자였던 형님께서 최고의 고기를 얻기 위해서라면 돈을 아끼지 않았기 때문입니다.

어느 날 형님이 가게에 있는데, 허연 수염을 길게 늘어뜨린 노인네 하나가 오더니 고기 여섯 근을 사고 돈을 지불한 후에 떠나갔습니다. 그런데 그가 주고 간 은화는 색깔이 새하얀 것이 아주 예뻤을 뿐 아니라 주조된 형태도 너무도 멋진 것이어서, 크게 감탄한 형님은 이를 조그만 궤짝 속에 따로 넣어 잘 보관해 두었습니다. 이 노인네는 이후 다섯 달 동안 하루도 빠짐없이 나타나 같은 양의 고기를 사고 같은 종류의 은화를 지불했으며, 형님 역시 이렇게 받은 은화들을 같은 궤짝 속에 넣어 두기를 계속했습니다.

이렇게 다섯 달이 지난 후, 양 몇 마리를 사게 된 알쿠즈 형님은 대금을 지불하기 위해 은화를 넣어 둔 궤짝을 열었습니다. 그런데 이게 웬일입니까? 놀랍게도 궤짝 속에는 은화 대신 둥그런 형태로 잘린 나뭇잎들만 잔뜩 들어 있는 것이었습니다. 대경실색한 형님은 손바닥으로 자기 머리를 치면서 고함을 질러 댔고, 이 소리를 들은 이웃들이 몰려왔습니다. 그리고 형님의 설명을 들은 그들 역시 형님만큼 놀라지 않을 수 없었습니다.

「오, 하느님!」 알쿠즈 형님은 울부짖었습니다. 「그 사기꾼 늙은이가 그 위선적인 낯짝을 하고 다시 이곳에 들르게 해주옵소서!」

그런데 이 말이 끝나기가 무섭게 멀리서부터 오고 있는 그

노인의 모습이 보였습니다. 이에 형님은 득달같이 달려가 노인의 멱살을 잡고는 고래고래 소리쳤습니다.

「이슬람 신자들이여! 모두들 나를 도와주시오! 이 못된 인간이 내게 어떤 사기를 쳤는지 한번 들어 보시오!」

그러고는 주위에 둘러선 군중에게 아까 이웃들에게 한 이야기를 그대로 들려주었습니다. 그런데 그가 이야기를 마치자 노인은 눈 하나 깜짝하지 않고 차갑게 내뱉었습니다.

「당신! 나를 그냥 가게 하는 편이 나을 것이오. 안 그러면 이 많은 사람 앞에서 모욕당한 내가 당신에게 훨씬 더 큰 모욕을 되돌려 줄지도 모르니 말이오.」

「뭐라고? 당신이 무슨 할 말이 있단 말이오? 난 정직하게 내 직업에 종사하고 있는 사람으로, 아무것도 두려울 것이 없소이다.」

「진정 내가 모든 사람 앞에서 이 사실을 밝혀야만 하겠소?」 노인은 아까와 같은 어조로 말하고는 둘러서 있는 군중을 향해 덧붙여 말했습니다. 「모두들 알고 있소? 이 푸주한은 양고기 대신에 사람 고기를 팔고 있단 말이오!」

「아니, 이런 사기꾼을 봤나!」 형님은 어이가 없어서 소리쳤습니다.

「아니오, 아니오! 내가 당신에게 말하고 있는 지금 이 순간에도 양처럼 목이 잘린 사람 하나가 가게 앞에 매달려 있소. 모두들 가보면 내 말이 진실임을 알게 될 거요.」

그날 아침에 알쿠즈 형님은 평소처럼 양 한 마리를 잡아 털을 벗겨 내고 손질하여 가게 앞에 진열해 놓았었습니다. 형님은 노인이 거짓말을 하고 있다며 항변했습니다. 하지만 단순한 군중은 인간으로서 어떻게 그토록 잔혹한 짓을 할 수 있느냐며 당장에 사실을 확인하려 했습니다. 그들은 노인을 놓아주게 한 후, 대신 형님을 끌고서 가게 앞으로 몰려갔습니다. 그런데 이게 웬일입니까? 과연 가게 앞에는 노인이 말한 대로 목이 잘린 사람 하나가 매달려 있는 게 아니겠습니까? 사실 이 노인은 마술사로, 군중들의 눈을 홀려 양을 사람으로 보게 했던 것입니다. 전에 형님으로 하여금 나뭇잎을 반짝이는 은화로 보게 했듯이 말입니다.

어쨌든 이 광경을 본 군중 가운데 한 사람이 형님을 주먹으로 후려치면서 소리쳤습니다.

「이 나쁜 놈! 그러니까 네놈이 지금까지 우리에게 사람 고기를 먹여 왔단 말이지?」

같이 따라온 노인도 주먹을 날려 형님의 한쪽 눈을 멀게 해버렸죠. 주위에 있던 다른 사람들도 가만히 있지 않고 일제히 달려들어 그를 구타했습니다. 군중은 이것으로 만족하지 않고 형님을 포도대장에게 끌고 갔습니다. 함께 간 노인은 증거물로 가져간 시체를 포도대장에게 보이며 아뢰었습니다. 「나리! 나리께서 보시는 이자는 사람들을 죽이고 그 고기를 양고기로 속여 팔아 온 야만스러운 자이옵니다. 이 군중들은 나리께서 이자에게 본보기가 될 수 있는 형벌을 내려 주시기를 기대하고 있사옵니다.」

이에 맞서 형님도 항변하기 시작했고, 포도대장은 그의 말도 참을성 있게 들어 주었습니다. 하지만 은화가 나뭇잎으로 변했다는 너무도 황당무계한 이야기에, 그는 형님을 사기꾼으로 여겼습니다. 포도대장은 눈앞에 보이는 시체가 확실한 증거라고 판단하고는 형님에게 곤장 오백 대를 선고했습니다.

형벌이 끝나자 포도대장은 형님의 전 재산을 압수한 다음, 도성 밖으로 영원히 추방해 버렸습니다. 사흘 동안 온 백성이 볼 수 있게끔 낙타 등에 태워 시내를 돌게 하는 치욕을 맛보게 한 후에 말입니다……

「하지만, 폐하!」 여기에서 셰에라자드가 샤리아에게 말했다. 「벌써 나타나기 시작하는 아침 빛이 제게 침묵을 강요하나이다.」 그녀는 입을 다물었다. 그리고 다음 날 밤, 그녀는 인도의 술탄에게 다음과 같이 이야기를 계속했다.

백일흔다섯 번째 밤

폐하! 이발사는 다음과 같이 넷째 형 알쿠즈의 이야기를 계속해 나갔습니다.

이 너무나도 비극적인 사건이 형님에게 일어났을 당시 저는 바그다드에 없었습니다. 형님은 어느 외딴곳에 은거하며 등의 상처가 다 나을 때까지 거기 머물러 있었습니다. 등에 곤장 오백 대를 맞았기 때문이지요. 걸을 수 있는 상태가 되자 그는 외진 길을 통하여 아무도 알아보는 사람이 없는 낯선 고을로 가서, 방 하나를 세내어 두문불출하며 지냈습니다.

하지만 이처럼 방 안에 처박혀 사는 생활에 진력이 난 형님은 어느 날 밖으로 나와 거리를 산책했습니다. 그렇게 걸어가고 있는데 갑자기 뒤에서 한 무리의 기병이 힘차게 말을 달려 오는 소리가 들렸습니다. 자라 보고 놀란 가슴 솥뚜껑 보고도 놀란다고, 너무도 험한 꼴을 당한 형님은 조그만 일에도 겁을 내는 성격으로 변해 있었습니다. 그는 지금 뒤에서 달려오는 기병들이 혹시 자신을 잡으려 쫓아오는 자들이 아닐까 하는 생각에 크게 당황했습니다. 그런데 마침 옆에 보이는 커다란 저택의 대문이 열려 있던지라 무턱대고 그 안으로 뛰어 들어갔습니다. 그러고는 대문을 닫고 널쩍한 내정으로 들어갔죠. 그런데 그가 나타나자마자 두 명의 하인이 달려들어 그의 멱살을 잡는 것이 아니겠습니까?

「하느님 감사합니다! 이놈이 제 발로 다시 찾아오게 해주시다니요! 지난 사흘 밤 동안 네놈이 하도 괴롭혀 대서 우리는 한숨도 자지 못했다. 우리가 네놈의 흉계를 미리 간파하고 대비해 놓지 않았더라면 네놈에게 목숨을 잃었을 테지.」

그들의 말에 형님이 얼마나 놀랐을지는 폐하께서도 상상할 수 있으시겠지요? 형님은 하인들에게 말했습니다.

「여보시오! 당신들이 무슨 말을 하고 있는지 모르겠소. 아마도 나를 다른 사람으로 착각하고 있는 것 같소.」

「천만에! 네놈과 네 친구 놈들이 강도라는 사실을 우리가 모를 줄 아느냐? 네놈은 우리 주인님의 재물을 모두 강탈하여 거지로 만들어 놓은 것도 모자라, 지금 그분의 목숨을 노리고 다시 찾아온 게 아니냐? 어디 한번 보자! 어제 네놈이 우리를 뒤쫓을 때 손에 쥐고 있던 칼을 아직도 품고 있는지.」

그들은 형님의 품안을 뒤져 칼 한 자루를 찾아내고는 그것을 빼앗으며 소리쳤습니다.

「하하! 이래도 네가 강도가 아니라고 우길 테냐?」

「뭐라고? 아니 칼을 지니고 있다고 하여 꼭 강도라는 법이 어디 있소? 여보시오들, 나를 그렇게 나쁜 사람으로 몰지만 말고 내 사연이나 한번 들어 보소! 내가 얼마나 불행한 사람인지 알게 된다면 나를 동정할 거요.」

하지만 하인들은 형님의 말을 듣기는커녕 한꺼번에 달려들어 땅에 쓰러뜨린 다음 마구 짓밟았습니다. 그들은 형님의 겉옷을 벗기고 저고리마저 찢어 버렸습니다. 그리고 형님의 등이 온통 흉터로 덮여 있는 것을 보고는 더욱 심하게 때리면서 소리쳤습니다.

「이 개 같은 놈아! 뭐, 네놈이 선량한 양민이라고? 이 등이 모든 걸 말해 주고 있지 않느냐?」

「아이고!」 형님은 울부짖지 않을 수 없었습니다. 「아마도 내가 전생에 지은 죄가 너무도 컸던가 보구나! 그토록 억울하게 변을 당한 것도 모자라서, 이렇게 또다시 아무 죄 없이 매를 맞다니!」

형님이 이처럼 애절하게 한탄하는데도 하인 놈들은 아랑곳 않고 그를 붙잡아 포도대장에게 끌고 갔습니다. 포도대장은 형님에게 물었습니다.

「네놈이 이 사람들 집에 들어가 칼을 들고 설치고 다녔다는데, 대체 무슨 대담한 생각으로 그리했는고?」

「나리!」 가련한 알쿠즈 형님은 대답했습니다. 「소인은 이 세상에서 가장 무고한 사람입니다. 만약 나리께서 인내심을 가지고 제 사연을 들어 주시지 않는다면 제겐 더 이상 희망이 없사옵니다. 이 세상에 저처럼 불쌍한 사람은 없을 것이옵니다.」

「나리!」 하인 중 하나가 말을 끊으며 나섰습니다. 「살인과 약탈을 목적으로 남의 집에 침입한 강도의 말을 들으시렵니까? 저희 말을 믿기 어려우시다면 놈의 등짝을 한번 보십시요. 그것으로 충분할 것입니다.」

그는 형님의 옷을 들춰서 등을 포도대장에게 보여 주었습니다. 이에 포도대장은 더 이상 묻지 않고, 당장 형님의 어깨에 채찍 백 대를 칠 것을 명했습니다. 매를 맞고 난 다음에는 형님을 낙타 등에 태워 시내에 끌고 다니며 온 도성 사람들에게 보여 주게 했습니다. 낙타 앞에는 왕명을 외쳐 전하는 광고꾼을 세워 〈남의 집에 침입하는 자들을 어떻게 처벌하는지 모두들 똑똑히 보시오!〉라고 소리치도록 했습니다.

이 형벌이 끝나자 형님은 다시는 들어오지 말라는 명과 함께 도성 밖으로 추방되었습니다. 이 두 번째 불행이 있은 후에 형님을 만난 몇몇 사람이 제게 그가 있는 곳을 알려 주었습니다. 이에 저는 형님을 찾아가 은밀히 바그다드에 데려왔고, 지금까지 힘껏 도와 드리고 있습니다.

이 이야기를 들으신 칼리프 무스탄시르 빌라께서는 이번에는 그다지 크게 웃지 않으셨습니다. 하지만 선하신 그분은 불쌍한 알쿠즈 형님을 동정해 주셨죠. 그런 다음 저에게 뭔가를 하사하고 돌려보내려 하셨습니다. 하지만 그분이 채 입을 열어 분부를 내리시기도 전에 저는 잽싸게 먼저 말씀드렸습니다.

「저의 지고한 영주이자 주인이시여! 이제는 쇤네가 과묵한 사람이라는 걸 아셨겠지요? 그런데 폐하! 황송스럽게도 지금까지 소인의 이야기에 귀를 기울여 주셨사오니, 남은 두 형님의 이야기도 마저 들어 주시겠습니까? 앞의 이야기들 못지않게 재미있는 이야기이옵니다. 이 여섯 이야기를 모두 모아 놓으면 폐하의 도서관을 장식하기에 부끄럽지 않은 하나의 완전한 이야기를 이룰 수 있을 것입니다. 자, 이제 이름이 알나샤르 하는 저의 다섯째 형님의 이야기를 폐하께 들려드리겠나이다……」

「하지만 벌써 날이 밝았사옵니다.」 이 대목에 이르러 셰에라자드는 입을 다물었다. 그리고 다음 날 밤, 그녀는 다시 이야기를 시작했다.

백일흔여섯 번째 밤

폐하! 이발사는 다음과 같이 다섯째 형의 이야기를 시작했습니다.

이발사의 다섯째 형 이야기

아버님이 살아 계시던 동안 알나샤르 형님은 몹시 게으른 사람이었습니다. 자기 힘으로 돈을 버는 대신에 저녁이 되면 사람들에게 먹을 것을 구걸하여 다음 날은 그것을 먹으며 지내곤 했지요. 연로하신 아버님은 세상을 뜨시면서 유산으로 칠백 드라크마를 남겨 주셨습니다. 저희 일곱 형제는 그것을 똑같이 나누어 각기 백 드라크마씩 가졌습니다. 하지만 평생 이런 큰돈을 만져 본 적이 없던 알나샤르 형님으로서는 그 돈을 어떻게 써야 할지 몰라 당황스러울 뿐이었죠. 결국 오랫동안 생각한 끝에 병이며 그릇 같은 유리 제품을 사기로 결정하고 큰 도매상을 찾아갔습니다. 거기서 산 각종 유리 제품을 구멍이 숭숭 뚫린 커다란 바구니에 담아 온 형님은 콧구멍만 한 가게를 하나 세내어, 그 앞에다 바구니를 내놓고서 자신은 벽에 등을 기대고 앉아 손님이 오기만을 기다렸습니다.

그런데 이런 자세로 물끄러미 바구니를 내려다보고 있으려니 형님의 머릿속에서 달콤한 백일몽이 피어나기 시작했습니다. 그는 이 백일몽을 머릿속으로만 맛보는 것에 만족하지 않고, 그 내용을 옆 가게의 재봉사에게 들릴 만큼 큰 소리로 중얼거리기 시작했습니다.

「이 바구니의 물건을 장만하느라 백 드라크마가 들었군. 그건 나의 전 재산이었어. 좋아! 난 이 물건들을 소매로 팔아 이백 드라크마를 만들 거야. 그리고 그 돈으로는 다시 유리 제품을 사서 팔아 사백 드라크마를 만들지. 이런 식으로 계속해 나가면 얼마 후에는 사천 드라크마라는 액수를 모을 수 있을 거야. 또 이 사천 드라크마가 있으면 팔천 드라크마를 만드는 것은 일도 아니지. 그렇게 해서 만 드라크마가 만들어지면 나는 즉시 유리 제품 장사를 집어치우고 보석 장사에 뛰어들 거야. 다이아몬드, 진주 등 각종 보석을 거래할 거란 말이지. 이렇게 돈을 원 없이 벌면 멋진 저택과 넓은 땅, 그리고 종과 내시와 말을 사겠어. 아주 화려한 생활을 하면서 떵떵거리며 살 거라고! 이 도성에서 이름을 날리는 악사며 춤꾼들을 모두 불러 신나게 놀아 보겠어. 하지만 이것으로 만족하지는 않겠어. 하느님이 도와주신다면 십만 드라크마도 모을 수 있을 거야. 십만 드라크마 정도 쥐고 있으면 왕후장상도 부럽지 않겠지. 그러면 대재상의 딸에게 청혼을 해야지. 청혼을 하면서 난 재상님께 이렇게 말할 거야.

〈귀공의 따님이 지닌 놀라운 미모와 지혜와 재치, 그리고 기타 뛰어난 장점들에 대해서는 익히 들은 바 있습니다. 혼례 기간이 시작되는 첫째 날에 금화 천 냥을 드리도록 하겠습니다……〉라고 말이야! 물론 그럴 일은 없겠지만 만일 이 음흉한 재상이 내 제안을 거절한다면 그의 집에 쳐들어가 그가 보는 앞에서 딸을 끌어내 우리 집으로 데리고 와버리겠어! 이렇게 대재상의 딸과 결혼을 하면, 그녀에게 젊고 건장한 검둥이 내시 열 명을 사줘야지. 나는 왕자처럼 옷을 차려 입고, 다이아몬드와 진주로 장식한 금색 마의(馬衣)를 입히고 순금 안장을 얹은 말을 타고, 앞뒤로 수많은 종들을 거느린 채 시내를 가로질러 대재상의 성관으로 향할 거야. 그러면 거리에서 마주치는 사람마다 신분 고하를 막론하고 깊이 허리를 숙여 내게 절을 하겠지. 재상 집 대문 앞에 이르면 나는 말에서 내려 양쪽에 내 하인들이 도열한 가운데 계단을 올라갈 거야. 그러면 대재상은 나를 자기 사위로서 영접하면서 극진한 예를 표하기 위해 나보다 낮은 곳에 설 거야. 만일 이런 일이 일어난다면, 나는 금화 천 냥이 든 자루를 하나씩 들고 있는 나의 두 하인 가운데 하나에게 자루를 건네받아 재상에게 주면서 말할 거야. 〈자, 이걸 받으십시오! 제가 혼례 기간 첫날에 드리기로 약속드린 금화 천 냥이올시다〉라고 말이야. 그러고 나서 다시 또 한 자루를 주면서 〈자, 이것도 받아 두십시오! 아까와 같은 액수이다. 이것을 드리는 것은 제가 약속을 정확히 지키는 사람일 뿐만 아니라, 약속한 것 이상을 주는 사람임을 보여 드리기 위함이올시다〉라고 해야지. 이런 식으로 행동하면 세상 사람들은 내가 얼마나 통이 큰 인물인지 떠들어 대겠지. 나는 아까처럼 화려한 행렬을 이끌고 내 집으로 돌아올 거야. 그러면 내 아내는 내게 하인을 보내어 그녀의 부친인 대재상 댁에 방문했던 일에 대해 감사의 뜻을 전해 올 거야. 나는 그 하인에게 멋진 옷을 입히고 값비싼 선물을 주어 돌려보낼 거야. 만일 그녀가 내게 선물을 보내면 받지 않고, 그걸 가져온 짐꾼에게 들려서 그냥 돌려보낼 거야. 나는 아내가 내 허락 없이 외출하는 것을 그 어떤 이유로도 봐주지 않겠어. 그리고 내가 그녀의 규방에 들 때에는 나에 대한 존경심이 절로 우러나도록 위엄 있는 모습을 보일 거야. 한마디로 말해서 집안에 분명한 법도를 세우겠다는 말이지!

난 항상 값비싼 옷으로 말끔하게 차려입고 있겠어. 저녁이 되어 아내와 규방에 들게 되면, 나는 두리번거리며 여기저기 살펴보는 경망스러운 행동을 삼가고 다만 장엄한 표정으로 상석에 앉아 있을 거야. 말도 거의 하지 않겠어. 보름달처럼 어여쁜 내 아내가 한껏 치장하고 내 앞에 서도 본 척도 안 할 거야. 그러면 보다 못한 시녀들이 애원하겠지. 〈경애하는 주인님! 여기 신부께서 보잘것없는 하녀와 같은 자세를 하고 주인님 앞에 서 계시옵니다. 신부께서는 주인님께서 어루만져 주시기만을 기다리고 있사옵니다. 한데 주인님께서 눈길 한 번 주지 않으셔서 신부께서는 너무도 상심해 계십니다. 게다가 이렇게 오래도록 서 있으니 피곤해하기까지 하십니다. 그저 자리에 앉으라는 말씀만이라도 해주세요!〉라고 말이야. 하지만 나는 아무 대답도 하지 않겠어. 그러면 시녀들은 더욱 놀라고 또 괴로워하겠지. 결국 내 발밑에 몸을 던지고 애원하기 시작할 거야. 그렇게 오랫동안 애걸복걸하면, 나는 고개를 들어 무심한 듯 그녀들에게 시선을 던지는 거야. 그러고 나서 또다시 아까의 자세를 취하는 거지. 그러면 그녀는 신부의 미모나 옷차림이 내 마음에 들지 않나 보다 생각하고는 그녀를 다시 방으로 데려가 옷을 갈아입히겠지. 그동안 나도 몸을 일으켜 한결 화려한 옷으로 갈아입는 거야. 그녀들은 다시금 들어와 아까와 같은 말을 하겠지. 그러면 나는 아까와 마찬가지로 그녀들이 한참을 애걸복걸하도록 뜸을 들인 후에야 마지못한 듯 신부를 쳐다봐 줄 거야. 이렇게 나는 앞으로 그녀가 어떤 식으로 다루어질 것인지 신혼 첫날에 분명히 가르쳐 주겠어……」

왕비 셰에라자드는 날이 밝은 것을 보자 여기까지 말하고 입을 다물었다. 그리고 다음 날, 어제의 이야기를 이어서 인도의 술탄에게 다음과 같이 말했다.

백일흔일곱 번째 밤

폐하! 수다스러운 이발사는 그의 다섯째 형의 이야기를 다음과 같이 계속했습니다.

알나샤르 형님은 계속 몽상에 잠겨 중얼거렸습니다.
「이렇게 그녀를 처다봐 준 다음에는 내 곁에 있는 하인들의 손에서 금화 오백 냥이 든 돈주머니를 건네받아 신부를 둘러싸고 있는 치장꾼들에게 줄 거야. 그래야 나와 신부만 남기고 나가 줄 테니까. 그녀들이 떠난 후에 아내는 먼저 침상에 오를 거야. 그러면 나 역시 그녀 곁에 눕는 거지. 하지만 그녀에게 등을 돌린 채 밤새 아무 말도 안 할 거야. 다음 날 신부는 자기 어머니, 즉 대재상의 아내에게 밤새 일어난 일을 다 일러바치겠지. 내가 오만한 태도로 자기를 무시했다고 말이야. 하하! 그렇게 하소연하는 그녀의 모습을 보고 있으면 얼마나 신이 날까! 그녀의 어머니는 나를 찾아와 내 손등에 입을 맞추며 경의를 표한 후 이렇게 말할 거야. 〈오, 선생님(그녀는 감히 《여보게》라는 식으로 부르지는 못할 거야. 그따위 호칭을 사용했다가는 내 기분을 거스를 수가 있거든)! 선생님께 애원합니다! 제발 우리 딸애에게 눈길 좀 던져 주시고 가까이해 주세요! 제가 장담하건대 그 애에게는

선생님의 마음에 들고 싶은 생각밖에 없답니다. 정말이지 선생님을 진심으로 사랑하고 있어요!〉

하지만 장모가 무슨 말을 해도 나는 한 마디도 하지 않고 여전히 엄숙한 태도를 유지할 거야. 그러면 장모는 내 발밑에 몸을 던지고 내 발에 수없이 입을 맞추면서 다시 애원하겠지. 〈선생님! 혹시 딸애의 처녀성을 의심하는 건가요? 염려 마세요! 제가 항상 독수리처럼 지켜보며 간수해 온 아이랍니다. 선생님이 그 애 얼굴을 본 첫 남자라고요. 그러니 더 이상 그 애를 괴롭히지 말아 주세요! 제발 은혜를 베푸사 그 애에게 눈길 한번 던져 주시고, 말 한마디 건네 주세요! 모든 점에서 당신을 만족시켜 주겠다는 갸륵한 뜻을 품고 있는 그 애를 격려해 주세요!〉

하지만 내 마음은 조금도 흔들리지 않을 거야. 이를 본 장모는 포도주 잔을 집어서 딸의 손에 쥐여 주고는 이렇게 말할 거야. 〈네가 직접 한 잔 권해 드리려무나! 설마 이렇게 예쁜 손이 권하는데도 거절하는 매몰찬 분은 아니시겠지.〉

아내는 잔을 들고 다가와 내 앞에 벌벌 떨면서 서 있을 거야. 하지만 내가 여전히 자기에게 고개를 돌리지 않고 무시하는 것을 보고는 눈물이 그렁그렁하여 이렇게 말해 오겠지. 〈오, 나의 심장, 나의 소중한 영혼, 나의 사랑스러운 상전이시여! 당신께 그토록 많은 은총을 베풀어 주신 하늘에 의지해 간청드리옵니다. 지극히 미천한 당신의 하녀가 드리는 이 포도주 잔을 제발 받아 주세요!〉

하지만 나는 여전히 그녀를 쳐다보지도 않고 대꾸조차 않을 거야. 그러면 그녀는 더욱 흐느끼며, 술잔을 내 입술에 갖다 대고는 호소하겠지. 〈오, 나의 매력적인 남편이시여! 당신이 마실 때까지 계속 이렇게 권해 드리겠어요!〉

그러면 거듭된 간청에 피곤해진 나는 그녀를 무섭게 째려

보면서 귀싸대기를 한 대 올려붙이고는 발로 세차게 밀어 버릴 거야! 그러면 그녀는 좌단 위에 벌렁 나자빠지겠지!」

형님은 이 황당무계한 몽상에 너무도 깊이 몰입한 나머지 실제로 발을 들어 걷어차는 동작을 했는데, 불행히도 그 거센 발길질을 당한 것은 신부가 아니라 유리 제품이 가득 담겨 있는 바구니였습니다. 바구니는 길바닥으로 떨어져 내렸고, 그 안의 그릇들은 하나도 남김없이 산산조각이 나 버렸습니다.

그때 옆 가게에서 형님의 황당무계한 독백을 듣고 있던 재봉사는 바구니가 떨어지는 것을 보고 폭소를 터뜨렸습니다. 그러고는 형님을 꾸짖었죠.

「야, 이 못난 인간아! 나무랄 데 없는 젊은 아내를 그런 식으로 구박하다니 부끄럽지도 않아? 그렇게 사랑스러운 여인의 하소연과 매력을 무시해 버린 자네는 짐승이나 다름없어! 내가 만일 대재상이었다면 당장에 자네를 잡아다 채찍 백 대를 때린 다음 시내를 돌리며 사람들의 구경거리로 만들겠네. 광고꾼에게 자네를 조롱하는 말을 외치게 하면서 말이야.」

이렇게 너무나도 치명적인 사고를 쳐버린 형님은 비로소 제정신을 차렸습니다. 그제야 자신의 터무니없는 교만이 이 엄청난 불행을 초래했다는 사실을 깨닫고는, 자기 얼굴을 때리고 옷을 갈기갈기 찢으면서 목 놓아 울기 시작했지요. 그 요란한 울음소리에 이웃 상인들이 모여들었고, 정오 기도를 드리러 가던 행인들도 발걸음을 멈추었습니다. 그날은 마침 금요일이어서, 모스크에 기도를 드리러 가는 사람이 평소보다도 훨씬 많았습니다. 어떤 이들은 알나샤르 형님을 동정했고, 어떤 사람은 그의 황당무계한 행동을 비웃었습니다. 어쨌거나 형님의 머릿속을 가득 채우고 있던 허영은 산산조각 난 재산과 함께 깨끗이 사라져 버렸고, 형님은 자신의 박복한 팔자를 한탄하며 서럽게 울고 있었습니다.

그때였습니다. 한 지체 높은 귀부인이 화려한 마구로 장식한 노새를 타고 근처를 지나다가 울고 있는 형님을 보고 측은히 여기게 되었습니다. 그녀는 그가 누구인지, 무슨 이유로 울고 있는지 물었습니다. 그러자 주위에 있던 한 사람이 형님의 백일몽에 대한 이야기는 빼놓고, 다만 저이가 수중의 돈을 다 털어 유리 제품 한 바구니를 샀는데 그만 바구니가 땅에 떨어져 그릇이 모두 깨져 버렸다고 설명해 주었습니다. 이 말을 들은 귀부인은 그녀를 수행하던 내시에게 즉시 고개를 돌려 분부했습니다.

「저 사람에게 우리가 지닌 것을 주도록 하게!」

내시는 그녀의 명에 따라 금화 오백 냥이 든 돈주머니를 형님의 손에 쥐어 주었습니다. 그걸 받은 알나샤르 형님은 너무도 기뻐 가슴이 터질 것만 같았습니다. 그는 귀부인에게 무수히 축복을 기원하며 감사하고, 더 이상 필요가 없어진 가게 문을 닫고서 집으로 돌아왔습니다.

형님이 방 안에 앉아서 오늘 있었던 큰 행운을 다시금 되새기며 만끽하고 있을 때, 누군가 문을 두드리는 소리가 들렸습니다. 형님은 문을 열기 전에 누구냐고 물었는데, 대답이 어떤 여자의 목소리였던지라 안심하고 문을 열어 주었습니다. 그러자 문 앞에 선 여자가 말했습니다.

「여보시우, 젊은 선생! 부탁이 하나 있우. 보다시피 지금은 기도 시간이 아니우? 기도를 하기 위해 손을 좀 씻어야겠는데, 잠시 안에 들어가면 안 되겠우? 물 한 단지만 떠다 주면 참 고맙겠구먼……」

자세히 살펴보니 늙어 빠진 꼬부랑 할멈이었습니다. 처음 보는 이였지만 사람 좋은 형님은 할멈이 원하는 대로 해주었습니다. 그는 물 한 단지를 떠다 주고는 다시 자리에 앉았습니다. 그리고 여전히 오늘 일어난 일을 생각하면서, 귀부인에게 받은 금화를 허리춤에 두를 수 있게끔 길고 좁다란 모양의 전대에 집어넣었습니다. 형님이 이렇게 하는 동안 노파는 한쪽에서 기도를 하고 있었죠. 그리고 기도를 마친 노파는 형님 앞으로 와서 마치 하느님에게 기도하듯 이마를 바닥에 부딪혀 가며 두 차례나 큰절을 올리더니, 다시 몸을 일으켜 형님에게 온갖 축복의 말을 늘어놓았습니다…….

이때 새벽빛이 밝아 와 셰에라자드는 여기에서 이야기를 중단해야 했다. 다음 날 밤, 그녀는 여전히 이발사의 입을 빌려 다음과 같이 이야기를 이어 나갔다.

백일흔여덟 번째 밤

그렇게 노파는 형님에게 온갖 축복의 말을 늘어놓으며 형님의 친절한 행동에 대해 감사의 뜻을 표했습니다. 그런데 형님은 노파가 걸치고 있는 옷이 몹시 남루한 데다가, 자기에게 머리가 땅에 닿도록 굽실거리는 것을 보고는 아마도 적선을 바라고 그러는 것이겠거니 판단하고는 금화 두 닢을 쥐여 주었습니다. 그러자 노파는 깜짝 놀라면서 마치 심한 모욕이라도 받은 양 뒤로 물러서면서 소리쳤습니다.

「아니, 이게 뭣이우? 선생님, 나를 동냥이나 하려고 남의 집에 불쑥 쳐들어오는 그런 형편없는 할망구로 보셨단 말이우? 이 돈은 필요 없으니 다시 집어넣으시구려! 하느님께 감사하게도, 나는 이 도시에 사는 어느 젊은 귀부인의 시녀라우. 우리 마님은 눈부시게 아름다울 뿐 아니라 매우 부유하기도 하셔서 나는 조금도 부족한 게 없단 말이우.」

노파가 금화 두 닢을 거절한 데에는 사실 형님의 돈을 몽땅 가로채려는 속셈이 있었지만, 그다지 명민하지 못했던 형님은 그녀의 흉계를 간파하지 못했습니다. 오히려 형님은 자기도 그 귀부인을 뵐 수 있는 영광을 누릴 수 있겠느냐고 물었습니다.

「내 기꺼이 자리를 마련해 드리지!」 노파가 대답했습니다. 「아마 마님께서도 선생을 보면 결혼하려 들 거유. 그럼 당신은 마님의 하늘 같은 남편이 되어 그분의 모든 재산을 차지하게 되는 거지. 자, 당신의 돈을 모두 챙겨 들고 나를 따라오구려!」

막대한 부와 아름다운 여인을 동시에 차지하게 되리라는 망상에 사로잡힌 형님은 딴생각할 겨를이 없었습니다. 그대로 금화 오백 냥이 든 전대를 들고서 노파를 따라나섰지요. 앞에서 걷는 노파의 뒤를 형님은 멀찌감치 떨어져서 따라갔습니다. 이윽고 어느 큰 집의 대문 앞에 이르자 노파는 문을 두드렸고, 뒤따라오던 형님까지 도착하자 그리스 출신의 젊은 여종이 문을 열어 주었습니다. 형님은 노파의 인도에 따라 집 안으로 들어가 말끔하게 정리된 내정을 거쳐 어떤 홀에 들어갔는데, 으리으리하게 꾸며진 실내는 이 집 여주인이 얼마나 대단한 사람인지를 증명해 주는 듯 보였습니다.

노파가 여주인을 부르려고 나가자 형님은 자리에 앉았는데, 실내가 꽤 더웠으므로 터번은 옆에다 벗어 두었습니다. 곧 젊은 귀부인이 나타났습니다. 그녀의 모습을 본 형님은 두 눈이 휘둥그레졌지요. 용모는 천하절색이요, 걸치고 있는 옷과 장신구가 모두 값비싼 것들이기 때문이었습니다. 순간 형님은 벌떡 일어났습니다. 귀부인은 우아한 자태로 다시 앉으라고 권한 후, 자신도 곁에 앉았습니다. 그녀는 이렇게 만나게 되어 너무나 기쁘다고 말했습니다. 그러고는 몇 가지 달콤한 말을 건넨 후에 덧붙였습니다.

「그런데 여기는 자리가 조금 불편하군요. 우리 다른 곳으로 갈까요? 자, 저를 인도해 주세요!」

형님이 벌떡 일어나 마치 기사라도 된 양 멋진 동작으로 손을 내밀자 그녀가 살며시 손을 잡았고, 그렇게 그녀는 형님을 어느 구석진 방으로 데리고 갔습니다. 거기서 그녀는 형님과 잠시 대화를 나눈 후에 다시 몸을 일으켜 밖으로 나가면서 말했습니다.

「곧 돌아올 테니 여기 계세요!」

형님은 기다렸습니다. 하지만 잠시 후, 기다리는 여인은 오지 않고 대신 손에 칼을 든 거대한 덩치의 흑인 노예 하나가 들어오더니 살벌한 눈으로 형님을 노려보았습니다. 그러고는 방자하기 짝이 없는 말투로 물었죠.

「너 여기서 뭘 하고 있는 거냐?」

그 모습을 본 알나샤르 형님은 너무도 겁에 질려 입을 열 힘조차 없었습니다. 검둥이 노예는 그의 옷을 벗기고 품에 있는 돈주머니를 빼앗은 다음, 온몸을 칼로 마구 쑤셔 댔습니다. 아아! 불쌍한 우리 형님! 형님은 그대로 바닥에 쓰러져 버렸습니다. 다행히 치명상은 면하여 의식은 남아 있었지만, 죽은 척하려고 꼼짝 않고 누워 있었습니다. 그러자 검둥이는 형님이 숨을 거두었다고 생각하여 소금을 가져오라고 소리쳤고, 이에 그리스 여종이 대야에 소금을 가득 담아 들고 달려왔습니다. 검둥이와 여종은 형님의 상처에 소금을 듬뿍 바르더니 마구 문질러 댔습니다. 그 고통으로 말할 것 같으면 칼에 베이는 것보다 더 심했지만, 형님은 자신이 살아 있다는 사실을 감추기 위해 이를 악물고 참았습니다.

잠시 후 검둥이와 여종이 나가자, 이번에는 형님을 함정에 빠뜨린 노파가 들어와 그의 발을 잡고서 어디론가 질질 끌고 갔습니다. 그곳은 지하 구덩이의 입구였는데, 노파는 그곳의 뚜껑을 연 다음 형님의 몸을 아래로 던져 버렸습니다. 떨어질 때의 충격으로 잠시 기절했다가 다시 정신을 차린 형님의 주위에는 형님처럼 살해당한 시체들이 여럿 널려 있었습니다. 얼마간의 시간이 지난 후, 형님은 차츰 기력을 회복하여 간신히 몸을 일으킬 수 있게 되었습니다. 지혈을 위해 상처에 문질러 놓은 소금이 목숨을 구해 주었던 것입니다. 그리하여 이틀 후, 형님은 한밤중에 모두가 잠든 틈을 타서 살그머니 뚜껑을 열고 밖으로 빠져나왔고, 내정 안에 몸을 숨길 만한 장소를 발견하고는 새벽녘까지 숨어 있었습니다. 아침이 되자 그 가증스러운 할망구가 나타나 대문을 열고 밖으로 나가는 모습이 보였습니다. 또 다른 희생양을 찾으려고 어디론가 떠나는 모양이었습니다. 형님은 노파에게 들키지 않기 위해 그녀가 나가고 나서도 한동안 기다린 후에야 비로소 그 호랑이 굴을 빠져나와 곧장 저의 집에 피신해 왔습니다. 그는 제게 얼마 되지도 않는 짧은 기간 동안 한꺼번에 몰아닥친 이 불행한 사건들을 모두 이야기해 주었습니다.

한 달 후, 제가 처방해 드린 탁월한 치료법 덕분에 형님의 상처는 깨끗이 아물었습니다. 형님은 너무도 잔혹하게 자신을 속인 할망구에게 복수하리라 결심했습니다. 이를 위해 그는 금화 오백 냥이 들어갈 만한 전대를 하나 마련하여 그 속을 금화 대신 유리 조각으로 가득 채웠습니다…….

여기까지 마친 셰에라자드는 날이 밝은 것을 보고 이날 밤은 더 이상 이야기하지 않았다. 하지만 다음 날, 그녀는 다음과 같이 알나샤르의 이야기를 계속해 나갔다.

백일흔아홉 번째 밤

알나샤르 형님은 유리 조각이 든 전대를 허리춤에 두르고 늙은 여자로 변장한 다음, 칼 한 자루를 치마 밑에 숨기고 노파를 찾아 나섰습니다. 그러던 어느 날 아침, 마침내 형님은 또 다른 희생양을 찾아 시내를 돌아다니고 있던 노파와 마주칠 수 있었습니다. 형님은 노파에게 다가가 여자 목소리를 흉내 내어 말을 건넸습니다.

「혹시 대저울 좀 빌려 줄 수 없으세요? 저는 이곳에 온 지 얼마 안 된 페르시아 여자랍니다. 우리 나라에서 금화 오백 냥을 가져왔는데 무게를 확인해 보고 싶어서요.」

그러자 노파가 반색을 하며 외쳤습니다.

「아유, 아주머니! 그런 일이라면 사람을 제대로 찾았우! 나를 따라오기만 하면 되는 거지. 마침 내 아들놈이 환금상이니 그 애 집으로 갑시다. 그 녀석이 기꺼이 무게를 달아 줄 테니. 자, 그 애가 가게에 나가기 전에 빨리 가우!」

형님은 노파가 전에 데리고 갔던 그 집까지 따라갔습니다. 이번에도 문을 열어 준 것은 그때의 그리스 계집이었습니다.

노파는 형님을 홀로 인도하고는, 아들을 데려올 터이니 잠시만 기다리라고 말했습니다. 잠시 후 자칭 아들이라면서 나타난 작자는, 말할 것도 없이 그때의 못된 검둥이 놈이었죠. 놈은 나타나자마자 대뜸 형님에게 말했습니다.

「야, 할망구! 일어나서 나를 따라와!」

검둥이 놈은 죽이려는 장소로 데려가려는 것인지 앞장서서 걷기 시작했습니다. 알나샤르 형님은 몸을 일으켜 놈을 따라가다가 품에 숨겨 두었던 칼로 놈의 목덜미를 세차게 내리쳤습니다. 매우 정확한 조준에 놈의 머리는 단번에 날아갔습니다. 형님은 떨어지는 머리를 한 손으로 잡은 다음, 다른 손으로는 놈의 시체를 지하 구덩이로 끌고 가 머리와 함께 던져 버렸습니다. 이때 그들의 범죄에 익숙한 그리스 계집이 소금이 든 대야를 들고 나타났다가, 이제는 너울을 벗어 던져 정체를 드러낸 알나샤르 형님이 칼을 들고 다가오는 모습을 보고는 황급히 대야를 내던지고 줄행랑을 치려 했습니다. 하지만 그녀보다 발이 빠른 형님은 곧 따라잡아서 그녀의 목도 공중에 날려 버렸습니다. 못된 노파 역시 소란스러운 소리를 듣고 달려왔다가, 미처 도망갈 틈을 주지 않고 잽싸게 달려든 형님에게 목덜미를 붙잡혔습니다.

「이 사악한 년! 나를 알아보겠느냐?」

「어이구, 선생님! 대체 누구시우? 어디서 뵌 분인지 도통 모르겠구먼.」 노파는 벌벌 떨면서 대꾸했습니다.

「나는 일전에 네년이 기도인지 뭔지 한다고 손을 씻겠다는 핑계로 들어왔던 집에 있던 사람이다! 이제 생각이 나느냐?」

그제야 노파는 무릎을 꿇고 두 손을 싹싹 비벼 대면서 용서를 빌었습니다. 하지만 형님은 사정없이 칼을 휘둘러 그녀의 몸뚱이를 네 토막 내버렸습니다.

이제 남은 것은 아직도 무슨 일이 벌어지고 있는지 모르고 있는 젊은 귀부인뿐이었습니다. 형님은 그녀를 찾아 나섰고 결국 어느 방에서 찾아낼 수 있었습니다. 형님의 모습을 보고 기절할 듯 놀란 그녀는 제발 목숨만 살려 달라고 애원했습니다. 천성이 너그러운 형님은 금방 마음을 누그러뜨리고 다만 이렇게 항의했습니다.

「부인! 나는 방금 세 사람을 죽여 너무나도 정당한 복수를 하고 왔소. 그런데 어찌 부인 같은 사람이 그토록 못된 인간들과 어울릴 수 있단 말이오?」

「저는 원래 선량한 상인의 아내였답니다. 그런데 당신도 잘 알고 있는 그 저주받을 할망구가 저를 이다금 찾아왔어요. 어느 날 그녀는 제게 말했어요. 〈아씨! 오늘 우리 집에서 신나는 혼인 잔치가 벌어진답니다. 아씨도 왕림해 주세요! 아주 즐거운 시간을 보내실 수 있을 거예요.〉

저는 그 말에 넘어가, 제일 좋은 옷을 꺼내 입고 금화 백 냥이 든 주머니를 들고서는 그녀를 따라나섰어요. 그녀가 저를 데려온 곳이 바로 이 집이었습니다. 집에 도착하자마자 그 검둥이 놈에게 붙잡혀서 지금까지 세 해를 고통 속에서 살아왔답니다.」

「그 몹쓸 놈의 검둥이 놈이 해온 짓으로 미루어 보건대, 놈은 필시 그동안 상당한 재물을 모아 놓았을 것이오.」

「물론 엄청나게 쌓아 놓았지요. 그걸 다 가져갈 수만 있다면 당신은 큰 부자가 될 거예요. 자, 제가 보여 드릴 테니 따라오세요!」

그녀는 알나샤르 형님을 어떤 방으로 데려가 거기 쌓여 있는 여러 개의 궤짝을 보여 주었습니다. 그 안에는 믿기지 않을 정도로 많은 금화가 가득가득 담겨 있었죠.

「자, 사람들을 데려와서 이 궤짝들을 가져가도록 하세요.」

그런 말이라면 형님에게 두 번 할 필요가 없었습니다. 당장에 달려 나가서 열 명의 장정을 모아 데려왔지요. 하지만 다시 그곳으로 돌아온 형님은 눈이 휘둥그레졌습니다. 분명히 닫고 갔던 대문이 활짝 열려 있었기 때문이지요. 하지만 이 놀람은 잠시 후에 느끼게 될 좌절에 비하면 아무것도 아니었습니다. 금화가 담긴 궤짝들 역시 하나도 남김없이 몽땅 사라져 있었던 것입니다. 형님보다 훨씬 더 약아빠지고 동작 빠른 여인이 모두 챙겨서 달아나 버렸던 것이지요. 하지만 빈손으로 돌아갈 수는 없는 노릇이었습니다. 다행히 방들과 가구 창고 안에는 도둑맞은 금화 오백 냥 이상의 값어치가 나가는 가구들이 남아 있어서, 형님은 이것들을 모두 들고 나왔습니다. 그러나 불행히도 그는 집을 나오면서 문을 닫는 것을 잊어버렸습니다. 활짝 열린 문틈으로 집 안 물건이 몽땅 사라져 버린 것을 발견한 이웃 사람들은 형님이 짐꾼들과 함께 들락날락하는 모습을 보았던 터라 이 사실을 포도대장에게 알렸습니다.

다음 날 아침, 형님이 집을 나서는데 대문 앞에서 기다리고 있던 포졸들이 그의 덜미를 잡았습니다. 그들은 험상궂은 표정으로 말했습니다.

「우리와 같이 갑시다! 우리 대장이 당신과 얘기 좀 하고 싶어 하오.」

형님은 그들에게 잠깐만 기다려 줄 수 없겠느냐며, 놓아준다면 돈을 드리겠다고 사정해 보았습니다. 하지만 그들은 들은 척도 않고 그를 포박하여 끌고 갔습니다. 형부에 가는 도중에 길거리에서 형님은 옛 친구를 만났습니다. 친구는 포졸들에게 무슨 일로 그를 끌고 가는지 묻고는, 만일 형님을 놓아주고 그를 찾지 못했다고 포도대장에게 말해 준다면 상당한 액수의 돈을 주겠다고 제의했습니다. 하지만 이도 아무 소용이 없어, 결국 형님은 포도대장 앞으로 끌려가게 되었습니다…….

셰에라자드는 날이 밝은 것을 보고 이 대목에서 이야기를 멈추었다. 다음 날 밤, 그녀는 다시 이야기의 끈을 이어 인도의 술탄에게 말했다.

백여든 번째 밤

폐하! 포졸들이 형님을 포도대장 앞에 끌고 오자, 이 관리가 물었습니다.

「한 가지 묻겠다. 어제 그대 집으로 들여온 가구들은 다 어디서 가져온 것들인고?」

그러자 알나샤르 형님이 대답했습니다.

「나리! 소인, 모든 사실을 고할 준비가 되어 있습니다. 하지만 우선 나리의 관대함에 의지해 한 가지 간청드리고 싶습니다. 사실을 고한다면 제게 아무 벌도 내리시지 않겠다고 약속해 주십시오.」

「좋다, 약속한다.」

이에 형님은 지금까지 일어난 일들을 하나도 숨김없이 모두 밝혔습니다. 노파가 그의 집에 들어온 일부터 시작해서 검둥이와 그리스 계집과 노파를 처치한 일, 그리고 젊은 부인이 금화를 들고 감쪽같이 사라진 일까지 말입니다. 마지막으로 집으로 가져온 가구들에 대해서는, 최소한 도둑맞은 금화 오백 냥을 보상받을 수 있는 범위에서 일부분이라도 자기에게 남겨 달라고 간청했습니다.

포도대장은 형님에게 아무 약속도 하지 않고 포졸 몇 명을 집으로 보내 거기 있는 것을 몽땅 가져오게 했습니다. 그리고 모든 가구가 하나도 남김없이 자신의 가구 창고에 옮겨졌다는 보고를 듣자마자, 형님에게 당장 도성을 떠나서 다시는 돌아오지 말라고 엄명했습니다. 그가 도성에 남아 있으면 칼리프에게 달려가 자신의 부당한 행위를 고발할 위험이 있기 때문이죠. 알나샤르 형님은 군소리 없이 그의 명에 복종하여 도성을 나왔습니다.

그러나 형님의 불행은 거기서 끝이 아니었습니다. 다른 도시로 가던 중에 강도를 만나 가진 것을 몽땅 털렸을 뿐 아니라, 입고 있던 옷까지 빼앗겨 실오라기 하나 안 걸친 벌거숭이가 된 것입니다. 저는 이 불행한 소식을 전해 듣자마자 즉시 옷을 입고 형님이 있는 곳으로 달려갔습니다. 저는 최선을 다하여 형님을 위로해 드린 후 은밀히 도성으로 데려와, 전에 모셨던 다른 형님들처럼 보살펴 드렸습니다.

이발사의 여섯째 형 이야기

 자, 이제 저의 여섯째 형님의 이야기만 남았습니다. 〈언청이 샤카박〉이라 불린 형님은 처음에는 유산으로 받은 은화 백 드라크마를 자본으로 열심히 일한 결과 남부럽지 않게 살 수 있었습니다만, 불운한 팔자로 인해 결국 동냥하여 살아가는 신세로 전락하고 말았습니다. 하지만 이왕에 하게 된 일, 비록 동냥질이긴 했어도 형님은 아주 능란하게 해나가셨습니다. 형님의 장기는 부잣집의 하인이나 집사를 구워삶아 그 집의 주인을 직접 만나서 그의 동정심을 얻어 내는 일이었습니다.
 어느 날 형님은 어떤 으리으리한 성관 앞을 지나가고 있었습니다. 그런데 높직한 대문을 통해 널찍한 내정과 거기 수많은 바글대는 하인들을 본 형님은, 그들 가운데 하나에게 다가가 이 성관의 임자가 누구냐고 물어보았습니다.
 「여보시오!」 하인이 이상하다는 듯이 형님을 쳐다보며 대꾸했습니다. 「당신 대체 어디서 살다 왔기에 그런 걸 물어보는 거요? 여기 보이는 모든 것이 바르메시드 가문의 한 귀인께 속한 것이란 사실을 정말 모른단 말이오?」
 바르메시드 가문 사람들의 너그러움에 대해 익히 알고 있던 형님은 대문 앞에 늘어서 있는 문지기 중 하나에게 적선을 좀 베풀어 달라고 간청했습니다.
 「들어가 보시오!」 그들이 대답했습니다. 「아무도 막지 않을 것이니 당신이 직접 우리 상전을 찾아가 부탁해 보시오. 그분은 당신을 섭섭하지 않게 대해 주실 것이오.」
 문지기들이 이렇게 친절하게 대해 주리라고는 예상하지 못했던 형님은 그들에게 깊이 감사한 후 성관으로 들어갔습니다. 성관 안은 하도 넓어서 주인이 거처하고 있는 건물에 도달하는 데만도 시간이 한참 걸렸습니다. 그것은 크고 아름다운 장방형의 건축물이었습니다. 현관홀을 통해 안으로 들어가 보았더니, 거기에는 알록달록한 자갈이 정갈하게 깔린 산책로들이 예쁘게 나 있는 멋진 정원이 펼쳐져 있었고, 서로 같은 높이의 궁실들이 주위를 둘러싸고 있었습니다. 대부분의 궁실은 정원을 향해 개방된 구조로 되어 있는데, 문 대신 햇볕을 차단하기 위한 커튼들이 드리워져 있을 뿐이었고, 그나마 이것들도 낮의 열기가 가신 후에는 서늘한 공기를 받아들이기 위해 활짝 걷어 놓게 되어 있었습니다.

만일 형님이 동냥하는 처지만 아니었더라면 그토록 멋진 장소를 둘러보며 감탄을 금치 못했을 것입니다. 형님은 홀 안으로 들어갔습니다. 호화로운 가구들로 꾸미고 금색과 청색의 아라베스크 문양으로 장식한 홀에는 흰 수염을 길게 늘어뜨린 풍채 좋은 노인이 좌단에 앉아 있었는데, 상석에 자리 잡고 있는 것으로 보아 이 성관의 주인임을 짐작할 수 있었습니다. 실제로 그는 바르메시드공(公) 본인으로, 홀 안에 들어선 형님에게 매우 친절한 태도로 인사한 후 무엇을 원하느냐고 물었습니다.

「대감님!」 형님은 그의 동정심을 자아내기 위해 짐짓 처량하기 짝이 없는 표정을 지으며 대답했습니다. 「소인은 대감님 같은 너그러우신 대인들의 가호가 절실히 필요한 빈한한 사람입니다요.」

이날 형님은 구걸의 대상을 제대로 고른 셈이었습니다. 이 집주인은 훌륭하기 그지없는 인품의 소유자였으니까요.

바르메시드 가문의 귀인은 형님의 대답에 깜짝 놀라는 것 같았습니다. 그는 마치 괴로움을 견딜 수 없어 입고 있는 옷을 찢어 버리려는 듯 두 손으로 가슴팍을 움켜쥐며 외쳤습니다.

「오, 이럴 수가! 당신 같은 사람이 어려움에 처해 있다니,

세상에 어찌 이런 일이 있단 말인가!」

눈치 빠른 형님은 오늘 집주인이 자신에게 뭔가 특별한 은혜를 베풀 모양이라고 생각하고는 그에게 무수한 축복을 기원했습니다. 그러자 바르메시드 가문의 귀인은 다시 입을 열었습니다.

「내가 곤고한 그대를 돌아보지 않았다는 말은 결코 떠돌지 않을 것이오. 즉 그대를 빈손으로 가게 하지는 않을 거란 말이오.」

「아이고, 대감!」 형님이 말을 받았습니다. 「사실 저는 온종일 아무것도 먹지 못했습니다.」

「그게 사실이오? 지금 이 시각까지 굶주리고 있었단 말이오? 이런 불쌍한 사람을 봤나! 여봐라!」 집주인은 목소리를 높여 외쳤습니다. 「어서 대야와 물을 가져와라! 식사 준비를 위해 손을 씻어야겠다.」

그의 명에도 아무도 나타나지 않았고 물도 대야도 보이지 않았습니다. 그러나 집주인은 마치 누가 옆에서 물을 따라 주고 있는 것처럼 두 손을 마주 비비며 씻는 시늉을 했습니다. 그러고 나서 형님에게도 권했습니다.

「이리 오시오! 우리 같이 손을 씻읍시다!」

샤카박 형님은 집주인이 장난을 좋아하는 사람이라는 것을 눈치챘습니다. 형님 또한 농담이라면 남에게 뒤지지 않았을 뿐 아니라, 부자들에게서 뭔가를 얻어 내기 위해서는 그들의 기분을 잘 맞춰 주어야 한다는 사실을 익히 알고 있었기 때문에 주인장 옆으로 다가가 그를 따라했습니다. 그러자 집주인이 다시 소리쳤습니다.

「자, 이제 지체하지 말고 먹을 것을 가져오도록 해라!」

이렇게 말한 그는 아무것도 없었음에도 접시에 담긴 무언가를 집어 입에 넣어 씹는 시늉을 하며 형님에게도 권했습니다.

「좀 드시오! 당신 집처럼 편하게 생각하고 마음껏 드시오. 아까는 그렇게 배고프다고 말하더니 별로 많이 드시는 것 같지 않구려.」

「죄송합니다, 대감!」 형님은 주인이 하는 그대로 흉내 내면서 대꾸했습니다. 「하지만 저 역시 부지런히 집어 먹고 있답니다.」

「이 빵은 어떻소? 맛이 아주 훌륭하지 않소?」

「오오, 대감!」 빵과 고기는커녕 눈앞에 보이는 건 아무것도 없었지만 형님은 맞장구쳤습니다. 「이렇듯 하얗고 이렇듯 입안에서 살살 녹는 빵은 먹어 본 적이 없습니다!」

「그렇다면 실컷 드시오! 이 기막힌 빵을 만든 사람이 누군지 아시오? 내가 특별히 금화 오백 냥을 주고 산 여종이라오.」

셰에라자드는 계속하고 싶었지만 날이 밝아 와 여기에서 중단해야 했다. 다음 날 밤, 그녀는 다음과 같이 이야기를 이어 나갔다.

백여든한 번째 밤

바르메시드 가문 출신의 집주인은 자기 여종인 제빵사에 대해 얘기하고, 형님이 상상 속에서 씹고 있는 빵에 대해 찬사를 늘어놓은 다음 다시금 소리쳤습니다.

「여봐라! 이제 다른 요리를 가져오너라!」 이번에도 아무도 나타나지 않았지만 또다시 형님에게 말했습니다. 「자, 이 보리와 함께 끓인 양고기 스튜도 한번 들어 보시오! 이렇게 맛있게 요리한 스튜를 먹어 본 적이 있소?」

「정말 맛이 기가 막히는군요! 먹어도 먹어도 자꾸만 들어

가는데요?」

「하하! 정말 마음에 드는구려! 그렇게 잘 드시니 내 마음이 참으로 기쁘오. 입맛에 맞는 모양이니 조금도 남기지 말고 다 드시구려!」

잠시 후에 집주인은 달콤한 소스에 졸이고 식초, 꿀, 건포도, 병아리콩, 말린 무화과 등으로 양념한 거위 요리를 주문했고, 이것 역시 양고기와 마찬가지로 두 사람의 상상 속에서 상에 올랐습니다.

「거위가 통통하게 살이 올랐군! 자, 다른 것은 놔두고 다리와 날개만 한 쪽씩 떼어 드시오! 식욕을 아껴 둬야 하오! 아직도 나올 것들이 한참 더 남았으니까.」

실제로 집주인은 이후에도 여러 종류의 음식을 주문했고, 형님은 배고파 쓰러질 지경이었지만 계속하여 먹는 시늉을 해주었습니다. 갖가지 요리 가운데 집주인이 가장 자랑한 것은 피스타치오를 먹여 기른 새끼 양의 고기였습니다.

「오, 이 요리는 말이오, 우리 집에서가 아니면 맛볼 수 없는 것이니 마음껏 드시오!」

그는 손에 고기 한 조각을 들어 형님의 입 앞에 내미는 시늉을 했습니다.

「자, 한 입 베어 보시오! 내 말이 정말인지 아닌지를 알게 될 테니까.」

형님은 목을 앞으로 길게 빼고 입을 크게 벌렸습니다. 그는 정말로 고기를 한 점 베어 물고는 극도로 황홀해하는 표정을 지으며 우물우물 씹은 다음 꿀꺽 삼키는 시늉을 했지요. 그 모습을 본 집주인은 웃으며 말했습니다.

「하하! 당신이 좋아할 줄 알았소!」

「와아! 세상에 이렇게 절묘한 맛은 처음이군요! 솔직히 말해서 대감 댁의 음식은 전부 기가 막힙니다.」

「자, 이제는 스튜를 내오너라!」 집주인이 소리쳤습니다. 「이 스튜는 새끼 양 요리에 뒤지지 않을 거외다. 자, 어떻소?」

「정말로 신묘한 맛이군요!」 형님이 대답했습니다. 「용연향, 정향, 육두구, 생강, 후추, 그리고 기타 각종 그윽한 향초들의 향이 동시에 느껴지는군요. 그런데 참으로 기이한 사실은 이 모든 향들이 절묘하게 배합되어 있어서 하나의 향이 다른 향을 죽이지 않는다는 점입니다. 오오, 너무도 황홀합니다!」

「그렇다면 이 스튜에 경의를 표하는 의미에서 마음껏 드시오! 여봐라, 거기 아무도 없느냐!」 집주인은 다시 목소리를 높이며 말했습니다. 「스튜를 한 그릇 더 가져오너라!」

「아, 아닙니다!」 형님은 손을 내저으며 만류했습니다. 「대감님, 정말이지 이제는 너무 많이 먹어서 더 이상 들어가지 않습니다. 그만하십시오!」

그러자 집주인이 다시 소리쳤습니다.

「그래요? 그렇다면 여봐라! 후식과 과일을 내오도록 해라!」

그러고서 그는 마치 하인들이 먹은 접시를 치우고 대신 후식과 과일을 상 위에 올려놓고 있는 것처럼 잠시 기다린 후 다시 입을 열었습니다.

「이 편도를 한번 맛보시오! 갓 따온 것들이라 맛이 아주 좋다오.」

두 사람은 마치 편도 껍질을 벗기는 듯한 동작을 한 다음 먹는 시늉을 했습니다. 그러고 나서 그는 다른 것들도 먹어 보라고 권했습니다.

「자, 여기 각종 과일과 과자와 당과 등이 있으니 구미에 당기는 것을 골라 드시오!」 그는 마치 무엇을 건네주는 것처럼 손을 내밀면서 계속했습니다. 「자, 이 당과를 드시오! 소화를 돕는 데 탁월한 효능이 있다오.」

샤카박 형님은 그것을 받아먹는 시늉을 했습니다.

「대감! 사탕에서 사향 맛도 느껴지는군요.」

「이런 종류의 사탕은 우리 집에서 만드는 것이오. 그리고 우리 집에서는 음식을 만들 때 결코 재료를 아끼지 않는다오.」 그는 계속해서 형님에게 다른 것들을 권했습니다. 「조금 전 여기 들어왔을 때만 해도 하루 종일 굶었다고 하지 않았소? 그런 사람치고는 너무 적게 먹는 것 같구려.」

「대감!」 하도 씹는 시늉을 하여 이제는 턱뼈까지 아파 오기 시작한 형님이 대답했습니다. 「정말로 말씀드리는데, 너무 많이 먹어서 이제는 더 이상 음식 한 점도 들어가지 않습니다.」

「여보시오, 손님!」 바르메시드 가문 출신의 집주인이 다시 말했습니다. 「자, 우리 잘 먹었으니 이제 술 한잔 해야 하지 않겠소?[63] 포도주 한잔 어떻소?」

「대감! 저는 마시지 않는 게 좋겠습니다. 그건 종교적으로 금지된 것이니까요.」

「허허! 이 양반 너무 소심하시구먼! 나도 이렇게 마시지 않소? 자, 우리 같이 한잔 합시다.」

「그렇다면 대감님을 위해 한잔 들겠습니다.」 형님이 마지못해 승낙했습니다. 「정말이지 대감님께서는 완벽한 향연을 원하시는 것 같군요. 하지만 대감님! 제가 술 마시는 것에 익숙하지 않아 술에 취해 대감님 앞에서 결례를 범하게 되지나 않을까 걱정됩니다. 그래서 다시 한 번 부탁드리는데, 술을 마시지 않으면 안 되겠습니까? 전 그냥 물로 만족하고 싶습니다만……」

「안 되오, 안 될 말이오! 당신은 술을 꼭 마셔야 하오.」

---

63 동방인, 특히 이슬람교도는 식사 후에만 술을 마신다 — 원주.

집주인은 이렇게 말하고 포도주를 가져오라고 분부했습니다. 하지만 고기나 과일과 마찬가지로 이 술 역시 현실의 것이 아니었습니다. 그는 한 잔 따라 먼저 들이켜고는, 다시 한 잔을 따라 형님에게 권하면서 말했습니다.

「자, 내 건강을 위해 한 잔 쭉 들이켜시오! 그러고는 술맛이 어떤지 소감을 말해 보시오!」

형님은 잔을 들어 자세히 들여다보며 포도주의 빛깔이 어떤지 살피고, 코밑에 대고 냄새가 얼마나 향기로운지 음미하는 시늉을 했습니다. 그러고 나서 집주인을 향해 그의 건강을 위해 한 잔 들겠다는 표시로 깊이 고개를 숙여 예를 표한 다음, 술을 쭉 들이켜는 시늉을 하면서 그 황홀감을 드러내기 위해 오만 가지 표정을 지었습니다.

「대감! 정말로 훌륭한 술입니다. 한데 약간 순한 듯하군요.」

「좀 더 강한 것을 원하신다면 말만 하시오! 우리 집 지하실에는 모든 종류의 포도주가 구비되어 있다오. 자, 그렇다면 이 포도주는 어떻소?」

그는 또 다른 포도주를 자기 잔과 형님의 잔에 따르는 시늉을 했습니다. 주인은 여러 차례 이런 동작을 반복했고, 결국 형님은 술기운이 오른 취객의 동작까지 흉내 내게 되었습니다. 손을 들어 공중에 휘젓다가 급기야는 집주인의 머리를 거칠게 후려쳐 땅바닥에 쓰러뜨린 것입니다. 이에 그치지 않고 형님은 집주인을 쫓아가 한 대 더 때리려 했습니다. 하지만 집주인은 팔을 들어 막으며 외쳤습니다.

「아니, 당신 미쳤소?」

그제야 형님은 자제하면서 사과했습니다.

「대감! 오늘 대감님께서는 이 미천한 몸을 따뜻하게 맞아 주셨을 뿐 아니라, 이 같은 진수성찬까지 대접해 주셨습니다. 하지만 대감께서는 그냥 저를 먹이기만 하시고, 술을 대

접하지는 마셨어야 합니다. 제가 말씀드렸듯이 대감께 결례를 범할 위험이 있었으니까요. 하여튼 정말로 죄송합니다. 용서해 주십시오!」

이 말을 들은 바르메시드 가문의 집주인은 화를 내는 대신 한바탕 너털웃음을 터뜨리며 말했습니다.

「하하하! 정말이지 난 오래전부터 당신 같은 성격의 사람을 찾아 왔다오!」

「하지만, 폐하!」 셰에라자드가 인도의 술탄에게 말했다. 「소녀, 날이 밝은 것도 모르고 이야기를 계속했사옵니다.」 샤리아는 즉시 몸을 일으켜 방을 나갔다. 그리고 다음 날 밤, 왕비는 다음과 같이 이야기를 계속했다.

백여든두 번째 밤

집주인은 샤카박 형님을 크게 칭찬했습니다.

「당신을 용서할 뿐이겠소? 이제부터는 서로 친구로 지냈으면 하오. 자, 그러니 여기를 당신 집이라 생각하고 지내시오! 당신은 곰살궂게도 내 기분을 맞춰 주었고, 참을성 있게 내 장난을 끝까지 함께해 주었소. 자, 이제는 진짜로 한번 먹어 봅시다!」

그는 손뼉을 쳤고, 이에 비로소 나타난 하인들에게 상을 차려 오라고 분부했습니다. 그 명령은 신속히 집행되어, 형님은 조금 아까 상상 속에서 먹은 것들을 모두 실제로 맛볼 수 있었습니다. 음식을 다 먹자 이번에는 포도주가 나왔고, 동시에 화려하게 단장한 예쁜 여종들이 들어와 악기 반주에 맞추어 흥겨운 가락들을 노래하기 시작했습니다. 또한 옷장에서 자신의 옷을 꺼내 입힐 정도로 흉허물 없이 대해 주는 집주인의 너그러움과 친절함에 샤카박 형님은 다만 행복할 뿐이었습니다.

며칠 지나지 않아 집주인은 형님이 기지가 뛰어나고 각 방면에 무불통지인 재주꾼이라는 사실을 알고는, 그에게 집안의 대소사를 모두 맡겼습니다. 그 후 스무 해 동안 형님은 모든 일들을 훌륭하게 처리해 나갔지요. 하지만 스무 해 후, 바르메시드 가문의 이 너그러운 귀인은 너무 연로하여 세상을 떠났습니다. 그런데 후사가 없었던 그의 죽음에, 도성의 군주는 전 재산을 압수해서 자기가 차지하고 형님이 한두 푼씩 모아 놓은 재산마저 몽땅 빼앗아 버렸습니다.

이리하여 다시 이전의 신세로 몰락한 형님은 낙타를 타고 성지 메카로 향하는 순례자 일행에 합류했습니다. 그러나 불행히도 일행은 그들보다 수가 많은 베두인족[64]의 습격을 받았습니다. 형님을 사로잡은 베두인족 사내는 빨리 몸값을 지불하라며 며칠간 형님에게 몽둥이질만 해댔습니다.[65] 샤카박 형님은 자신을 때려 봐야 아무 소용이 없다고 설명했습니다.

「나는 당신의 노예가 되었으니, 마음대로 하십시오. 하지만 알아 두셔야 할 것은, 내가 땡전 한 푼 없는 빈털터리라는 사실입니다. 이렇게 족쳐 봐야 나로서는 몸값을 마련할 방도가 없단 말입니다.」

이렇게 자신의 빈궁한 처지를 설명하면서 눈물로 하소연해 보았지만, 인정머리라고는 털끝만큼도 없는 베두인족 사내는 오히려 기대했던 두둑한 몸값을 얻어 내지 못하게 된 데 부아가 치밀어 잔인하게도 형님의 윗입술을 칼로 베어 버

---

64 베두인족은 사막을 떠돌아다니면서, 수가 많지 않아 방어할 수 없는 대상을 골라 약탈을 일삼는 아랍 민족의 하나이다 — 원주.

65 중세에 전쟁, 납치 등으로 노예가 된 사람은 몸값을 지불하고 풀려날 수 있었으며, 노예를 잡는 목적도 몸값을 벌기 위한 경우가 많았다.

렸습니다.

 이 베두인족 사내에게는 용모가 제법 반반한 아내가 있었는데, 그는 종종 그녀와 형님만을 집에 남겨 두고 외출하곤 했습니다. 한데 그렇게 둘만 남게 되면 여인은 고된 노예 생활에 지친 형님을 위로해 주려고 온갖 정성을 다하는 것이었습니다. 즉 형님에게 은근한 마음이 있음을 표시했던 거죠. 하지만 형님은 그녀의 연정에 응할 처지가 아니었습니다. 잘못하면 큰 화를 부를 수도 있는 일이었으니까요. 그래서 그녀는 단둘이 있는 기회를 찾으려 애썼고, 반대로 형님은 그런 상황을 피하려 애썼습니다. 하지만 그녀는 형님을 볼 때마다 지분거리기를 계속했고 결국 그것은 하나의 버릇이 되어, 급기야는 자기 남편이 보고 있는 앞에서 그런 행동을 하기에 이르렀죠. 불행히도 형님은 남편이 보고 있다는 사실을 미처 의식하지 못한 채, 그만 그녀의 희롱에 맞장구치고 말았습니다. 이 광경을 본 베두인족 사내는 두 남녀가 자기 몰래 음행을 벌이는 사이라고 생각했습니다. 분노에 휩싸인 그는 형님에게 달려들어 칼로 난도질한 다음, 거반 죽은 그의 몸을 낙타 등에 실어 어느 황량한 산에다 갖다 버렸습니다. 그 산에는 바그다드로 통하는 길이 나 있었기 때문에 거기를 지나온 나그네들이 제게 형님 소식을 전해 주었지요. 저는 즉시 달려가, 처참한 상태에 있는 불쌍한 샤카박 형님을 찾아냈습니다. 그리고 신속하게 응급 처치를 한 다음 형님을 바그다드에 모시고 왔지요.

 자, 이상이 제가 칼리프 무스탄시르 빌라에게 들려 드린 이야기들입니다. 이 군주께서는 다시 한 번 너털웃음을 터뜨리시며 제 이야기에 갈채를 보내 주셨습니다. 그러고는 이렇게 말씀하셨습니다.

「하하하! 과연 〈과묵 남〉이라는 그대의 별명이 공연한 것만은 아니었군그래! 자네가 이런 별호를 가질 자격이 충분히 있다는 사실, 그건 아무도 부인 못할 게야. 하지만 말일세, 난 개인적으로 자네가 당장 이 도성 밖으로 나가 줬으면 고맙겠네! 그리고 앞으로는 절대 내 귀에 자네 소식이 들리지 않기를 바라네!」

억울했지만 어쩔 수 없는 일이었습니다. 저는 그 즉시 도성을 떠나, 여러 해 동안 고국에서 멀리 떨어진 이국땅을 전전하며 세월을 보내야 했습니다. 그러다 마침내 칼리프가 세상을 하직하셨다는 소식을 듣고서야 비로소 바그다드 땅을 다시 밟을 수 있었습니다. 하지만 이미 저의 형님들은 모두 이 세상 사람이 아니었죠.

이렇게 바그다드에 돌아온 지 얼마 되지 않았을 무렵, 저는 그 절름발이 청년에게 여러분도 들으셨던 그 중요한 봉사를 해주게 되었던 것입니다. 그런데 여러분도 보셨다시피 그 배은망덕한 작자는 아주 모욕적인 방식으로 제 봉사에 보답했습니다. 감사하기는커녕, 무슨 벌레라도 되는 양 저를 피해 고국마저 등지고 멀리멀리 달아나 버렸던 것입니다. 그가 바그다드를 떴다는 소식을 들었을 때, 누구에게 물어봐도 그가 어디로 갔는지 아는 사람이 없어 막막하기 그지없었지만, 그래도 저는 찾아보겠다고 모든 것을 팽개치고 길을 나섰습니다. 그렇게 오랜 세월 동안 이 고장 저 고장을 헤매고 다니다가 전혀 기대하지 않았던 바로 이곳에서 오늘 그를 만나게 된 것입니다. 그 고생을 겪으면서 자기를 찾아다닌 제게 그자가 그렇게 야박하게 나올 줄은 꿈에도 상상하지 못했습니다······.

여기에서 셰에라자드는 날이 밝은 것을 보고 입을 다물었다. 그리고 다음 날 밤, 그녀는 다음과 같이 이야기의 끈을 이어 나갔다.

백여든세 번째 밤

폐하! 제가 폐하께 들려 드린 바와 같이 재봉사는 카슈가르 술탄에게 절름발이 청년과 바그다드의 이발사 이야기를 들려주었습니다. 그러고 나서 계속해서 말했습니다.

이발사의 이야기를 다 들은 우리는 엄청난 수다쟁이라며 그를 비난한 청년의 말이 결코 틀리지 않았음을 확인할 수 있었습니다. 하지만 우리는 그가 우리와 함께 남아서 주인이 준비한 진수성찬을 즐기기를 원했습니다. 그래서 그와 함께 식탁에 앉아 정오와 일몰 사이의 기도 시간까지 음식을 들면서 즐거운 시간을 보냈지요. 마침내 기도 시간이 되자 사람들은 뿔뿔이 흩어졌고, 저는 제 가게로 돌아와 퇴근 시간만을 기다리고 있었습니다.

바로 그즈음에 이 조그만 꼽추가 얼근하게 취한 얼굴로 제 가게 앞에 나타나 탬버린을 두드리면서 노래를 부르기 시작했던 것입니다. 저는 그와 함께 놀면 아내가 무척 재미있어 하겠구나 생각하고는 집으로 데려왔습니다. 아내는 생선 요리를 내놓았고 저는 한 점을 잘라 그의 접시에 덜어 주었습니다. 그런데 조심성 없이 허겁지겁 먹던 꼽추의 목구멍에 생선 가시가 걸려 버려, 그는 우리가 보는 앞에서 의식을 잃고 쓰러졌습니다. 우리 부부가 달려들어 소생시켜 보려고 애를 써보았지만 허사였지요. 이 끔찍한 사건에 너무도 당황하고 무서워진 우리는 시체를 집 밖으로 끌어냈고, 교묘한 방법으로 유대인 의사의 손에 넘기는 데 성공했습니다. 그런데 유대인 의사는 이 시체를 다시 납품상의 방에다 내려놓았고, 또 납품상은 길거리에 내놓았습니다. 이렇게 해서 기독교도 상인이 그를 죽였다고 모든 사람들이 믿게 된 것입니다. 자, 이상이 폐하의 궁금증을 풀어 드리기 위해 소인이 말씀드릴 수 있는 전부이옵니다. 이제 전후 사정을 모두 들으셨사오니 저희에게 마땅한 것이 진노인지 자비인지, 죽음인지 생명인지는 폐하께서 결정해 주시옵소서!」

카슈가르 술탄의 얼굴에는 만족한 빛이 떠올랐고, 재봉사를 비롯하여 잡혀 온 사람들은 이를 보고 안도의 한숨을 내쉴 수 있었습니다.

「그래! 절름발이 청년과 이발사의 이야기, 그리고 이발사의 형제들의 이야기들이 꼽추의 이야기보다도 한결 재미있다는 사실을 인정하지 않을 수 없구나! 하지만 그대들 네 사람을 집으로 돌려보내고 꼽추의 시체를 매장하기 전에 해야 할 일이 하나 있다. 다름이 아니라 재미있는 이야기로 그대들의 목숨을 건져 준 그 문제의 이발사를 내가 한번 보고 싶구나. 그가 이 도성 안에 있다 하니 내 호기심을 채우는 것은 어렵지 않은 일이겠지.」

술탄은 신하에게 분부하여 이발사가 어디 있는지 알고 있는 재봉사와 함께 가서 그를 찾아오도록 했습니다.

신하와 재봉사는 곧 술탄 앞에 이발사를 데려왔습니다. 이발사는 나이가 아흔은 족히 돼 보이는 노인네였습니다. 수염과 눈썹은 백설같이 희었고, 코끼리처럼 늘어진 귀에 엄청나게 기다란 코의 소유자였지요. 그의 괴상망측한 용모를 본 술탄은 크게 웃음을 터뜨리며 말씀했습니다.

「하하하! 그대가 바로 그 유명한 〈과묵 남〉이오? 듣자 하니 그대는 신기한 이야기를 많이 알고 있다던데, 어디 내게도 한 가지 들려줄 수 있겠소?」

「폐하! 제가 알고 있는 이야기는 나중에 들려 드리기로 하고, 지금은 이 미천한 몸이 폐하께 여쭙고 싶은 것이 하나 있으니 허락해 주옵소서! 다름이 아니옵고 이 기독교도와 유대인과 이슬람교도, 그리고 바닥에 놓여 있는 이 꼽추의 시체는 대체 왜 이렇듯 모두 폐하 앞에 모여 있는 것인지 알고 싶사옵니다.」

술탄은 스스럼없는 이발사의 태도에 미소를 금치 못하고 되물었습니다.

「이것이 그대에게 중요한 일인가?」

「물론 중요한 일이옵니다, 폐하! 제가 이런 질문을 드리는 까닭은, 제가 어떤 자들이 주장하듯이 자신과 상관없는 일에 끼어드는 수다쟁이가 아니요, 진정한 〈과묵 남〉이라는 사실을 폐하께 알려 드리고 싶기 때문입니다······.」

인도 술탄의 궁실을 환히 밝히기 시작한 아침 햇살은 셰에라자드로 하여금 이 대목에서 입을 다물게 했다. 그리고 다음 날 밤, 그녀는 다음과 같이 다시 이야기를 이어 나갔다.

백여든네 번째 밤

폐하! 카슈가르의 술탄은 자비롭게도 이발사의 부탁을 들어주었습니다. 그동안의 사연을 들려주라고 분부하여 작은 꼽추에 대해 몹시 알고 싶어 하는 이발사의 궁금증을 풀어 주었죠. 이발사는 이야기를 다 듣고 나더니 무언가 도저히 이해할 수 없는 일이 있는 듯 고개를 갸웃거렸습니다. 그러고는 이렇게 외쳤습니다.

「정말이지, 이 이야기는 너무도 놀랍군요! 하지만 제가 꼽추의 시체를 한번 살펴봐야겠습니다.」

그는 시체에 다가가 땅바닥에 앉더니 시체의 머리를 자기 무릎에 올려놓고는 주의 깊게 들여다보았습니다. 그러다가 갑자기 큰 웃음을 터뜨렸는데, 지금 여기가 지엄한 술탄 앞이라는 사실도 잊은 듯 등을 땅에 대고 떼굴떼굴 구르면서 웃어 대는 것이었습니다. 잠시 후 몸을 일으킨 그는 웃음을 멈추지 않고 외쳤습니다.

「하하하! 세상에 이유 없는 죽음은 없다더니만, 그 말이 딱 맞습니다그려! 이 세상에 황금 글씨로 적어 후세에 길이길이 남겨야 할 이야기가 있다면, 그건 바로 이 꼽추의 이야기가 아닌가 하옵니다!」

이 말에 모든 사람들은 지금 저 이발사가 익살 광대 짓을 하고 있는 건가, 아니면 너무 나이가 들어서 노망이 든 건가 하며 이상한 눈으로 쳐다보았습니다. 술탄이 그에게 물었습니다.

「어이, 과묵 남! 대관절 무엇이 그리 우스운가?」

「폐하!」 이발사가 대답했습니다. 「폐하의 자비로운 성품에 걸고 맹세하거니와, 이 꼽추는 절대 죽지 않았사옵니다. 그는 살아 있으며, 만일 제가 당장에 폐하께 이 사실을 증명해 보이지 못한다면 소인을 미친놈으로 여기셔도 좋습니다.」

이렇게 말한 후 그는 품 안에서 상자를 하나 꺼냈습니다. 그것은 그가 유사시를 대비하여 늘 지니고 다니는 것으로서, 안에는 각종 구급약이 가득 들어 있었습니다. 그는 거기서 향유가 든 조그만 유리병을 꺼내더니, 꼽추의 목에 대고 오랫동안 문질러 주었습니다. 그러고 난 후, 상자에서 아주 청결한 철제 기구를 빼내어 꼽추의 이 사이에 끼워 그의 입을 크게 벌린 다음, 작은 핀셋을 목구멍에 집어넣어 생선 조각과 가시를 꺼내 그것을 모든 사람에게 보여 주었습니다. 그 순간 꼽추는 크게 재채기를 하더니 팔과 다리를 쭉 뻗어 기

지개를 켜고 눈을 번쩍 떴습니다.

 카슈가르 술탄과 이 멋진 수술을 목격한 모든 사람들은 꼽추가 하루 밤낮 동안 완전히 숨을 거둔 것처럼 꼼짝도 않고 있다가 다시 소생하는 것을 보고 크게 놀랐습니다. 하지만 그들을 더욱 놀라게 한 것은 이발사의 뛰어난 자질과 능력이었죠. 이에 사람들은 여러 결점에도 불구하고 그를 위대한 인물로 여기게 되었습니다.

 기쁨과 찬탄의 감정을 동시에 느낀 술탄은 사관들에게 꼽추의 이야기를 이발사의 이야기와 함께 기록하여 후세에 길이 남기라고 분부했습니다. 그는 이것으로 만족하지 않았습니다. 재봉사, 유대교도 의사, 납품상, 기독교도 상인 등이 이후에도 꼽추의 사건을 즐겁게 기억할 수 있게끔, 값비싼 옷들을 가져오게 하여 자신의 면전에서 각각에게 입혀 주었습니다. 한편 이발사로 말할 것 같으면, 그에게 큰 봉록을 내려 자기 곁에 머물게 했답니다.

 이렇게 왕비 세에라자드는 꼽추의 죽음이 야기한 일련의 이야기들을 모두 끝냈다. 그리고 날이 밝기 시작했으므로 입을 다물었다. 그녀의 사랑스러운 동생 디나르자드는 언니가 더 이상 이야기하지 않는 것을 보고 말했다.

「언니! 이 이야기는 그 예상 밖의 결말 때문에 더욱 매력적이었어요! 나는 꼽추가 완전히 죽었다고 생각했거든요.」

「나도 이 극적인 반전이 매우 유쾌했소.」 샤리아가 말했다. 「이발사의 형제들의 이야기들도 재미있었고……」

「바그다드의 절름발이 청년 이야기는 정말로 웃겼어요!」 디나르자드가 다시 말했다.

「디나르자드야! 네가 즐거웠다니 나도 몹시 기쁘구나.」 왕비가 말했다. 「그리고 폐하! 다행히 폐하께서도 제 이야기를 지루하게 여기지 않으셨다니 말씀드리겠습니다. 폐하께서 다시 한 번 제 목숨을 연장해 주신다면, 내일 아불하산 알리 이븐 베카르와 칼리프 하룬알라시드의 총비(寵妃) 셈셀니하르의 사랑 이야기를 들려 드리고 싶사옵니다. 이 이야기는 꼽추의 것만큼이나 폐하께서 들으실 만한 가치가 있는 이야기이옵니다.」

인도의 술탄은 지금까지 셰에라자드가 들려준 이야기들에 지극히 만족했던 터라, 그녀가 약속하는 이야기의 유혹에 넘어가고 말았다.

그는 아침 기도와 어전 회의를 위해 자리에서 일어나 방을 나섰다. 하지만 왕비에게 호감을 느끼기 시작하고 있는 자신의 속내는 결코 드러내지 않았다.

백여든다섯 번째 밤

새벽마다 언니를 깨우는 일이라면 조금도 소홀함이 없는 디나르자드는 이날 밤도 평소와 다름없이 그녀를 불렀다. 「언니! 조금만 있으면 날이 밝겠어요! 그때까지 언니가 알고 있는 재미난 이야기 중 하나를 들려주세요!」

「다른 것보다도, 아불하산 알리 이븐 베카르와 칼리프 하룬알라시드의 총비 셈셀니하르의 사랑 이야기를 한번 들어 봤으면 하오.」 샤리아가 끼어들며 말했다.

「알았습니다!」 셰에라자드가 대답했다. 「폐하의 호기심을 채워 드리겠나이다!」

그녀는 즉시 다음과 같이 이야기를 시작했다.

아불하산 알리 이븐 베카르와 칼리프 하룬알라시드의 총비 셈셀니하르 이야기

Histoire d'Aboulhassan

칼리프 하룬알라시드가 세상을 다스리던 시절, 바그다드에는 아불하산 이븐 타헤르라는 이름의 약재상이 살고 있었습니다. 그는 부자인 데다가 보는 이마다 호감을 느낄 만한 준수한 용모의 소유자였습니다. 또 같은 업종에 종사하는 여느 사람들과 달리 재치가 넘치고 예절이 발랐으며 정직하고 성실하고 쾌활한 성격이어서, 모든 사람이 그를 좋아하고 따랐습니다. 그가 지닌 가치를 잘 알고 있던 칼리프 역시 그를 절대적으로 신뢰하여, 후궁들이 필요로 하는 모든 물품의 공급을 그에게 일임했습니다. 즉 까다로운 후궁들의 옷이며 가구며 장신구를 골라 주는 이가 바로 그였으며, 그때마다 여인네들은 그의 탁월한 감각과 세련된 취향에 감탄을 금치 못했습니다.

이렇듯 그 자신이 뛰어난 자질을 지닌 데다가 칼리프의 총애까지 받는 몸이었기 때문에, 그의 집은 항상 왕족과 궁정 최고위급 조신의 자제들로 들끓었습니다. 요컨대 조정 모든 귀족의 집합소라고 할 수 있었지요. 하지만 이처럼 매일같이 그의 집을 드나드는 젊은 귀족들 중에서도 그가 특별히 존중

하여 각별한 우정을 맺고 있는 사람이 있었으니, 이 귀족의 이름은 아불하산 알리 이븐 베카르로 옛 페르시아 왕가의 후손이었습니다. 이 가문은 이슬람교도가 페르시아 왕국을 무력으로 정복한 후에도 바그다드에 존속하여 남아 있었던 것입니다. 이 젊은 대공 역시 보기 드문 미남이었습니다. 마치 대자연이 멋진 솜씨를 한껏 발휘하여 정신과 육체의 귀한 장점들을 한데 모아 놓은 것 같았습니다. 그의 용모는 완벽하게 아름다웠고 몸매는 늘씬했으며, 거동은 우아하면서도 자연스러웠고 표정은 너무도 서글서글하여, 누구라도 한번 보면 깊은 호감을 느끼지 않을 수 없었습니다. 사람들과 대화할 때는 항상 적확하고도 고상한 표현을 사용하여 유쾌하고 참신한 방식으로 자신의 생각을 표현하곤 했습니다. 어조에마저도 듣는 이의 마음을 매혹하는 무언가가 있었습니다. 그뿐이 아니었습니다. 뛰어난 재치와 분별력을 지닌 그는 말이나 사고함에 있어서 항상 경탄스러운 적확함을 보여 주었습니다. 이렇게 모든 면에서 뛰어났지만 그는 조금도 우쭐대지 않았습니다. 오히려 자중할 줄 알고 겸손했기 때문에, 무슨 말을 하더라도 자신이 상대방의 의견을 위압한다는 인상을 주지 않도록 세심한 주의를 기울였죠. 그랬기 때문에 이븐 타헤르가 궁정의 젊은 귀족들 가운데 그를 특히 아꼈던 것은 조금도 놀라운 일이 아니었습니다. 대부분의 젊은 귀족들은 앞에서 열거한 그의 미덕들과는 상반되는 악덕들을 지니고 있었던 것입니다.

어느 날, 이 젊은 대공이 이븐 타헤르의 집에 와 있을 때였습니다. 한 젊은 귀부인이 하양과 검정이 반씩 섞인 노새를 타고 가게 안에 들어왔습니다. 그녀 주위에는 열 명의 여종이 따르고 있었는데, 그 거동이며 망사 너울을 통해 은은히 비치는 용모로 비추어 판단하건대 하나같이 뛰어난 미모의 소유자들이었습니다. 귀부인은 손가락 네 개 정도의 폭에, 엄청나게 커다란 진주며 다이아몬드들이 박혀 반짝거리는 분홍빛 허리띠를 두르고 있었습니다. 그녀의 미모가 여종들을 압도한다는 사실은 쉽게 짐작할 수 있었습니다. 여종들이 이틀 전에 갓 태어난 초승달이라면, 그녀는 휘황한 보름달이라고나 할까요? 그녀는 물건을 사러 왔다가 이븐 타혜르에게 전할 말이 있어서 넓찍하고 깔끔한 그의 가게에 들어왔던 것입니다. 이븐 타혜르는 매우 정중한 태도로 그녀를 맞은 후, 가장 귀한 손님을 위해 예비된 좌석을 가리키며 앉으라고 청했습니다.

귀부인의 모습을 본 페르시아 대공은 신사로서의 예절을 발휘할 수 있는 절호의 기회를 놓치지 않았습니다. 즉시 귀부인이 앉을 좌석으로 달려가 황금빛 천으로 만든 쿠션을 가지런히 정돈한 다음, 그녀가 앉을 수 있게끔 신속히 뒤로 물러섰습니다. 그러고 나서 그녀의 발치에 놓인 양탄자에 입을 맞추며 경의를 표하고, 다시 몸을 일으켜 그녀가 앉을 좌단 아래에 섰습니다. 자리에 앉은 귀부인은 이븐 타혜르와 흉허물 없이 지내는 사이였던지라 스스럼없이 너울을 벗었습니다. 그러자 페르시아 대공의 눈앞에 여인의 얼굴이 드러났고, 그 눈부신 아름다움은 그의 가슴을 거세게 뒤흔들어 놓았습니다. 귀부인 역시 옆에 선 젊은 대공에게 자신도 모르게 자꾸만 눈길이 가는 것을 느꼈습니다. 그녀도 그에게서 동일한 호감을 느낀 것입니다. 그녀는 상냥한 음성으로 권했습니다.

「상공(上公)께서도 좀 앉으시지요!」

페르시아 대공은 그녀의 말에 복종하여 좌단 가장자리에 궁둥이를 붙이고 앉았습니다. 그는 여전히 그녀를 뚫어지게 바라보면서, 그녀가 발산하는 달콤한 향을 깊이깊이 들이마셨습니다. 여인은 곧 청년의 마음속에서 어떤 일이 일어나고 있는지 눈치챘고, 이 발견은 그녀의 마음속에 피어나기 시작하는 사랑의 불씨를 거세게 타오르게 했습니다. 그녀는 몸을 일으켜 이븐 타헤르에게 다가가 우선 이곳에 온 용건에 대해 간단히 설명한 후, 옆에 있는 젊은 귀족의 이름과 출신지를 물었습니다.

「부인! 말씀하시는 저 젊은 귀족의 이름은 아불하산 알리 이븐 베카르로, 왕가의 혈통을 이어받은 대공이시랍니다.」

이븐 타헤르의 말에 귀부인의 가슴은 기쁨으로 가득 찼습니다. 이미 열렬한 사랑의 대상이 된 이 청년이 지극히 지체 높은 사람이라는 사실을 알게 되었기 때문입니다. 그녀는 다시 말했습니다.

「그럼 페르시아 왕가의 후손이라는 말인가요?」

「그렇습니다. 페르시아 왕국의 마지막 왕들이 바로 이분의 조상입니다. 그리고 왕국이 정복된 후에도, 이 왕가의 대공들은 우리 칼리프들의 왕국에서 지극히 존귀한 대우를 받아오셨답니다.」

「저분을 제게 소개해 주시면 너무도 고맙겠어요.」 그녀는 여종 하나를 가리키며 덧붙였습니다. 「나중에 제가 이 아이를 보내 저를 방문하시라고 전할 테니, 그때 저분과 함께 와주세요. 제 집의 호화로움을 한번 둘러보시게 하여, 바그다드의 지체 높은 사람들이 그렇게 쩨쩨하게 살지 않는다는 걸 보여 드리고 싶거든요. 제 말이 무슨 뜻인지 잘 아시겠죠? 꼭 데리고 오셔야 해요! 안 그러면 당신께 화를 낼 거예요. 그리고 두 번 다시 여기 나타나지 않을 거예요.」

속 깊은 이븐 타헤르는 이 말을 통해 지금 그녀가 어떤 감정을 품고 있는지 충분히 짐작할 수 있었습니다.

「지극히 존귀하신 분이시여! 부인께서 저로 인해 노여워하시는 일이 절대 일어나지 않기를 하느님께 빌 뿐입니다. 제게 부인의 명은 법이요, 그것을 받드는 것은 기쁨입니다.」

이 대답을 들은 귀부인은 고개를 살짝 숙여 이븐 타헤르에게 작별 인사를 했습니다. 이어 페르시아의 대공에게 다정한 시선을 보낸 다음 노새를 타고 떠났습니다…….

왕비 셰에라자드는 이 대목에서 입을 다물었다. 인도의 술탄은 몹시 아쉬워졌지만 날이 밝고 있어 자리에서 일어나지 않을 수 없었다. 다음 날 밤, 그녀는 샤리아를 향해 다시 이야기를 계속했다.

백여든여섯 번째 밤

폐하! 귀부인을 보고 열렬한 사랑에 빠진 페르시아 대공은 보이지 않을 때까지 그녀의 뒷모습을 바라보았습니다. 아니, 그녀의 모습이 완전히 사라진 후에도 마치 넋 나간 사람마냥 그쪽을 멍하니 바라보고 있었습니다. 이븐 타헤르는 다른 사람들이 그의 이런 모습에 킥킥대고 있다고 알려 주었습니다. 그러자 대공이 말했습니다.

「아아! 당신과 다른 사람들은 오히려 이 몸을 불쌍히 여겨야 할 것이오. 방금 나간 그 부인이 나의 가장 소중한 부분을 떼어 가버렸다는 사실을 안다면, 또 여기 남아 있는 부분이 멀어져 간 그 부분을 얼마나 그리워하고 있는지를 안다면 말이오! 여보시오, 제발 내게 알려 주시오! 저분이 누구요? 보는 이로 하여금 미처 생각할 틈도 없이 사랑에 빠지게 만들어 버리는 저 폭군 같은 여자 분은 대체 누구냔 말이오?」

「대공! 그분이 바로 그 유명한 솀셀니하르[66] 님이랍니다. 우리 주군이신 칼리프 제일의 총비시죠.」「허어! 그분에게 너무도 어울리는 이름이 아닐 수 없구려!」 이븐 타헤르의 말을 끊으며 대공이 말했습니다. 「구름 한 점 없는 푸른 하늘에 떠 있는 태양이라 한들 그녀만큼 아름답지는 못할 테니까.」

「옳으신 말씀입니다.」 이븐 타헤르가 맞장구쳤습니다. 「신자들의 사령관께서도 그녀를 사랑하신답니다. 아니, 그냥 사랑하는 정도가 아니라 열애하고 계시죠. 폐하께서는 신하들에게 특별히 분부하시어, 그분이 요청하시는 것은 무엇이든 공급해 드릴 것이며, 심지어는 그분이 좋아하실 만한 것이 눈에 띄면 특별한 요청이 없더라도 알아서 갖다 드리라고 하셨답니다.」

그가 이렇듯 그녀의 신분을 소상히 밝힌 까닭은, 대공이 그 자신에게 불행을 가져올 수밖에 없는 사랑에 빠지는 것을 막기 위함이었습니다. 하지만 그의 말은 오히려 사랑의 불길을 더욱 거세게 타오르게 할 뿐이었습니다.

「오, 어여쁜 셈셀니하르! 내 예감이 맞았소! 그대가 나로서는 감히 범접 못할 존재일지도 모른다고 느꼈었지! 그렇소! 나로서는 당신의 사랑을 바랄 수 없소. 하지만 그대에 대한 나의 사랑, 도무지 멈춰지지가 않으니 어쩔 수가 없구려. 그러니 나는 그대를 사랑할 테요! 그리고 밝은 태양보다도 아름다운 당신의 노예가 된 내 운명을 마음껏 기뻐할 테요!」

이렇듯 페르시아 대공이 아름다운 셈셀니하르에게 온 마음을 바치는 동안, 이 귀부인 역시 자신의 거처로 돌아가면서 어떻게 하면 대공을 다시 보고 그와 자유롭게 대화를 나눌 수 있을지 궁리했습니다. 그녀는 궁에 들어서자마자 전적으로 신뢰하는 여종을 이븐 타헤르에게 보내, 지체 없이 페르시아 대공과 함께 자기를 보러 오라고 전하게 했습니다.

66 아랍어로 〈낮의 태양〉을 의미한다 — 원주.

여종이 이븐 타헤르의 가게에 도착했을 때, 그는 행여 대공이 칼리프의 총비와 사랑에 빠지게 될까 염려하여 여러 가지 강력한 이유를 들어 만류하던 중이었습니다.

여종은 두 사람이 함께 있는 것을 보고 말했습니다.

「제 상전이시자 신자들의 사령관 제일의 총비이신 셈셀니하르 님께서, 궁에서 기다리고 계실 터이니 방문해 달라고 전하셨습니다.」

이 말에 이븐 타헤르는 약간은 떨떠름한 기분이었지만, 자신이 언제나 총비의 분부를 받들 준비가 되어 있다는 사실을 보여 주기 위해, 그녀를 따라가려고 두말없이 벌떡 일어났습니다. 대공 역시 술탄 총비의 거처를 방문하는 것이 얼마나 위험한 일인지 조금도 생각해 보지 않고서 무작정 여종을 따라나섰습니다. 그녀의 궁에 자유롭게 출입할 수 있는 권한을 가진 이븐 타헤르와 함께 가기에 더욱 마음이 편했죠. 이렇게 여종은 앞에서 걷고 그들은 몇 걸음 뒤에서 따라갔습니다. 술탄의 궁에 이르자 여종이 먼저 들어갔고, 잠시 후에 뒤따라 들어간 그들은 셈셀니하르가 거처하는 중궁전의 대문에서 그녀와 합류했습니다. 문은 이미 열려 있었고, 여종은 그들을 큰 홀로 인도하여 잠시 거기 앉아 있으라고 청했습니다.

페르시아 대공은 저승에 있다는 〈열락의 궁전〉 안에 들어와 있는 듯한 기분이었습니다. 지금 있는 장소의 장려함에 견줄 수 있는 것은 한 번도 본 적이 없었던 까닭입니다. 양탄자와 쿠션 및 각종 좌단 장식물, 가구, 꾸밈새, 실내 구조 등 모든 것이 놀라울 정도로 아름답고 호화로웠습니다. 그와 이븐 타헤르가 자리에 앉고 나서 얼마 되지 않아서는 아주 예쁘게 생긴 흑인 여종 하나가 진수성찬이 차려진 상을 내왔는데, 그 냄새만 맡아도 얼마나 기막힌 요리들인지 충분히 짐작할 수 있었습니다. 두 사람이 먹는 동안, 그들을 데려온 여종은 곁에 남아서 이 스튜의 맛이 최고이니 먹어 보라고 권하는 등 정성껏 시중을 들어 주었으며, 식사가 끝날 무렵에는 다른 여종들이 최상급의 포도주를 따라 주었습니다. 마침내 식사가 끝나자 손을 씻는 대야와 물이 가득 든 예쁜 황금 물병을 각자에게 주었고, 그다음에는 알로에 나무가 타고 있는 황금 향로를 가져와 그들의 수염과 옷에 향을 쐬어 주었습니다. 장미 향이 스며 있는 물 역시 빠지지 않았습니다. 그것은 다이아몬드와 루비를 박아 특별히 제작한 황금 물병에 담겨 있었는데, 여종들이 물병을 기울여 두 남자의 양손에 부어 주면 그들은 관습에 따라 물을 수염과 얼굴 전체에 발랐습니다. 그러고 나서 그들은 다시 자리에 앉았습니다.

하지만 앉자마자 여종이 일어나 자기를 따라와 달라고 말했습니다. 그녀가 홀의 문 하나를 열자 또 하나의 널찍한 홀이 나타났는데, 그것은 건축적으로 더없이 아름다운 공간이었습니다. 설화 석고처럼 새하얀 백 개의 대리석 원주(圓柱)가 높직이 올라간 거대한 돔형 천장을 떠받치고 있었고, 각 원주의 기둥뿌리와 주두(柱頭)에는 온갖 종류의 네발짐승과 새들이 금으로 조각되어 있었습니다. 바닥에 깔려 있는 양탄자의 황금색 바탕 위에는 적색과 백색의 장미들이 명주로 수놓여 있었는데, 색상과 무늬가 같은 아라베스크 문양이 채색되어 있는 돔 천장과 조화를 이루어 지극히 매력적인 볼거리를 이루고 있었습니다. 원주 사이사이에는 같은 형태의 작은 좌단이 하나씩 놓여 있었고, 그 위에는 자기, 수정, 벽옥, 흑옥, 반암, 마노 등 갖가지 진귀한 광물로 만들어진 몸통에 금과 보석을 박은 커다란 화병이 한 개씩 놓여 있었습니다. 또 각 원주 사이의 공간에는 커다란 창문이 하나씩 나 있었는데, 좌단과 마찬가지로 귀한 화병이 한 개씩 놓여 있는 그곳의 발코니에 서면 세상에서 가장 아름다운 정원이 내려다보였습니다. 정원에 난 산책로에는 색색의 조약돌이 깔려 있었는데, 그것들이 이루는 문양은 홀 양탄자의 것과 동일하여, 창가에 서서 정원과 홀 안을 번갈아 보고 있으면 이 모든 것이 황홀하게 아름다운 하나의 거대한 양탄자를 이루는 듯 느껴졌습니다. 저쪽 산책로가 끝나는 지점에는 두 개의 인공 호수가 보였습니다. 돔처럼 둥근 형태를 이룬 이 두 수반의 한쪽은 다른 쪽보다 약간 높아서, 마치 식탁보 자락이 식탁 아래로 드리워지듯 수정보다도 맑은 물이 길고도 조용한 폭포를 이루며 쏟아져 내리고 있었고, 아래쪽 호수 둔치에는 관목이나 화초 등이 담긴 황동 화분들이 일정한 간격으로 늘어서 있었습니다. 산책로 양편에는 우뚝하고도 잎이 무성한 나무들이 심겨 있는 넓은 정원이 있었는데, 각양각색의 새들이 제각기 노래하며 고운 목소리를 마음껏 뽐내고 있었습니다. 녀석들이 공중을 이리저리 날면서 서로를 희롱하거나 싸움을 벌이는 모습을 구경하는 것은 참으로 즐거운 일이었습니다.

페르시아 대공과 이븐 타헤르는 오래도록 창가에 서서 이 모든 장려한 광경을 감상했습니다. 눈이 경이로운 것을 발견할 때마다 입에서는 탄성이 터져 나왔습니다. 이곳에 처음 들어와 본 페르시아 대공이 느낀 감동은 말할 것도 없었거니와, 벌써 몇 번이나 들어와 본 적이 있는 이븐 타헤르마저도 마치 처음 보는 것인 양 놀랍게 느껴지는 것들이 한둘이 아니었습니다. 이렇듯 궁전의 기이하고도 다채로운 아름다움 앞에서 찬탄을 거듭하던 두 사람의 눈에 문득 화려한 옷을 입은 여인들의 모습이 들어왔습니다. 그녀들은 돔 건물 밖, 두 사람이 서 있는 창가에서 얼마쯤 떨어진 곳에 있었는데, 은사(銀絲) 장식을 새겨 넣은 인도산 플라타너스 목재 의자에 앉아서 손에 악기를 하나씩 들고는 연주를 시작하려 하고 있었습니다.

두 남자는 정면 쪽에 있는 그녀들을 좀 더 가까이서 보려고 발코니 안으로 한 걸음 더 나아갔습니다. 거기서 우측으로 고개를 돌려 보니 널찍한 내정이 보였는데, 그보다 약간 더 높은 곳에 위치한 정원은 계단으로 연결되어 있었으며, 멋진 궁실들이 주위를 둘러싸고 있었습니다. 이제 여종이 떠나 둘만 남게 된 그들은 잠시 대화를 나누었습니다. 페르시아 대공은 말했습니다.

「선생! 현명하신 선생의 눈에는 힘과 위대함을 표현하고 있는 이 모든 것들이 단지 흐뭇하게만 비칠 것이오. 나 역시 세상에 이보다 더 경이로운 것이 있으리라고는 생각할 수 없소. 하지만 이곳이 사랑스러운 솀셸니하르 님의 거처이며, 그녀를 이곳에 붙잡아 놓고 있는 이가 다름 아닌 지구상에서 가장 강력한 군주라는 사실에 생각이 미치면 사정은 달라진다오. 내가 만인 가운데 가장 불행한 자라는 생각이 드는 것이오. 이 세상에 이보다 더 잔인한 운명이 있겠소? 나의 연적에게 전적으로 예속된 존재를 사랑해야 하는 운명, 그것도 내가 신변의 위협을 느낄 정도로 그 연적이 절대적인 힘을 휘두르는 이 장소에서 사랑해야 하는 운명 말이오.」

날이 밝아 오는 것을 보았으므로 셰에라자드는 더 이상 이야기하지 않았다. 다음 날, 그녀는 인도의 술탄을 향해 다시 이야기를 시작했다.

백여든일곱 번째 밤

폐하! 이븐 타헤르는 페르시아 대공의 말을 듣고서 이렇게 대답했습니다.

「대공! 저도 대공의 사랑이 부디 잘되었으면 합니다. 하지만 대공의 안위에 대해서는 크게 걱정하지 않으셔도 됩니다. 물론 이 궁의 소유자는 칼리프이십니다. 이 장소도 그분이 셈셀니하르 님을 위해 〈영원한 즐거움의 궁전〉이라는 이름으로 특별히 지어 주셨죠. 하지만 총비께서는 이 궁전 안에서만큼은 전적인 자유를 누리신답니다. 여기에는 그분의 행동을 감시하는 내시들이 없습니다. 적어도 이곳에서는 셈셀니하르 님이 절대적인 주인인 셈이죠. 그분은 그 누구의 허락도 받지 않고 시내로 외출할 수 있으며, 원하는 시간에 들어올 수도 있습니다. 그리고 칼리프께서 이곳에 오고자 하실 때는 반드시 내시들의 우두머리이자 칼리프의 호위대장이기도 한 메스루르를 보내, 자신이 방문할 것이니 맞을 준비를 하라고 사전에 통고해 주신답니다. 그러니 걱정은 내려놓으시고, 지금은 셈셀니하르 님께서 대공에게 들려 드리려 하는 음악에 집중하셔도 됩니다.」

이븐 타헤르가 막 말을 마쳤을 때, 총비의 심복 격인 여종이 오더니 발코니 앞 정원에 앉아 있는 여인들에게 악기를 연주하고 노래를 부르라고 명했습니다. 그러자 여인들은 일제히 악기를 들어 전주(前奏)를 시작했습니다. 이렇게 얼마 동안 연주한 다음, 한 여인이 자신의 류트로 반주를 넣으면서 절묘한 솜씨로 노래를 부르기 시작했습니다. 그녀가 부르는 노래의 주제는 사전에 셈셀니하르가 지시한 것이었던 까닭에, 그 가사가 대공의 가슴에 너무도 절절하게 와 닿았습니다. 그래서 그는 한 소절이 끝나자 자신도 모르게 박수를 치면서 외쳤습니다.

「아니, 당신은 사람들의 흉금을 읽어 내는 신통한 재주라도 있는 것이오? 아니면 내 마음속에서 일어나는 일들을 속속들이 보고 있단 말이오? 그러지 않고서야 어찌 당신의 그 고운 목소리가 내 감정을 그리도 잘 표현해 낼 수 있단 말이오?」

여인은 아무런 대답도 하지 않고 계속해서 여러 소절을 불렀습니다. 가사에 너무도 감동한 나머지 대공은 눈물을 글썽이며 몇 구절을 따라서 되뇌어 보기도 했습니다. 그것은 가사 내용을 깊이 공감하고 있는 사람의 모습이었습니다. 그녀는 노래를 마치고 이번에는 동료들과 함께 몸을 일으켜 합창을 했습니다. 〈보름달이 휘황하게 떠오르려 하고 있으니, 이는 태양에 다가가기 위함이라〉라는 내용의 노래로, 여기에는 셈셸니하르가 곧 나타날 것이고 따라서 페르시아 대공이 곧 그녀를 보게 되리라는 의미가 담겨 있었습니다.

과연 이븐 타헤르와 대공은 내정 쪽에서 총비의 심복 여종이 열 명의 흑인 여종을 거느리고 나타나는 것을 보았습니다. 흑인 여종들은 아름답게 장식한 커다란 은 보좌를 힘겹게 들고 나와, 심복 여종의 지시에 따라 두 남자의 앞쪽 약간 떨어진 곳에다 내려놓은 후, 산책로 입구에 늘어선 나무들 뒤로 물러갔습니다. 그러고 나자 지극히 호화로운 의상을 똑같이 맞춰 입은 미녀 스무 명이 각자 손에 든 악기를 연주하면서 두 열로 걸어 나오더니 보좌 양편에 나란히 도열해 섰습니다.

이 광경을 본 두 남자의 호기심은 더욱 고조되었습니다. 이 의식이 어떻게 끝날 것인지 점점 더 궁금해진 것입니다. 마침내 그들은 방금 열 명의 흑인 여종과 스무 명의 다른 여종이 나온 문에서, 다시금 앞의 여인들만큼이나 아름답고도 화려하게 성장(盛裝)한 여인 열 명이 나오는 것을 보았습니다. 그녀들은 문 앞에 멈춰 서서 그네의 상전, 즉 정비를 기다리고 있었습니다. 그리고 마침내, 시립해 있는 열 여인 한가운데 그녀가 모습을 드러냈습니다.

샤리아의 궁실을 밝히기 시작한 아침 빛은 셰에라자드에

게 침묵을 강요했다. 다음 날 밤, 그녀는 다음과 같이 이야기를 계속했다.

백여든여덟 번째 밤

이렇게 솀셀니하르는 문 앞에서 그녀를 기다리고 있는 열 명의 여인 가운데 섰습니다. 멀리서 보아도 그녀의 모습은 다른 여인들과 확연히 구별되었습니다. 우선 체구가 월등히 늘씬하고 거동에는 위엄이 넘쳤으며, 걸치고 있는 옷은 더없이 호화롭고 우아했을 뿐 아니라 그녀의 용모와도 완벽히 어울리는 것이었습니다. 그 위에는 황금색과 하늘색이 조화롭게 어우러진 아주 얇은 직물로 된 일종의 망토가 어깨에서 땅 쪽으로 길게 흘러내리고 있었고, 그녀가 장신구로 단 진주, 다이아몬드, 루비 등은 몇 개 되지 않았지만 모두가 값을 헤아릴 수 없는 최상품뿐이었습니다. 그녀는 자신을 위해 마련된 보좌를 향해 발걸음을 옮겼는데, 그 아름답고 위엄에 찬 모습은, 주위의 구름들마저 환히 빛내며 나아가는 찬란한 태양을 방불케 했습니다.

페르시아 대공은 솀셀니하르가 나타난 순간부터 그녀에게서 시선을 뗄 수가 없었습니다. 그는 이븐 타헤르에게 말했습니다.

「이제 내가 추구하는 것이 무엇인지 자문하는 짓은 그만두겠소. 진실 그 자체가 드러났는데 더 이상 무슨 의혹이 남아 있을 수 있단 말이오? 선생의 눈에도 저 어여쁜 여인이 보이시오? 그녀가 바로 내 모든 병의 근원이라오! 하지만 나는 이 병을 축복할 테요! 이것이 얼마나 혹독하고 또 얼마나 오래갈지는 모르겠으나, 나는 이 병을 계속 축복하겠소. 그녀를 보는 순간, 난 더 이상 자신을 제어할 수 없음을 느꼈소.

동요하는 내 영혼은 이성을 거스르며 움직이고 있소. 심지어는 나를 내팽개치고 어디론가 떠나려 하고 있소! 오, 내 영혼아! 그렇다면 떠나가거라! 내가 이를 허용함은 이 연약한 육체나마 부지하기 위함이다……. 오, 잔인한 이븐 타헤르! 이 모든 혼돈을 초래한 이는 바로 당신이오! 당신은 나를 기쁘게 해주겠다고 여기 데려왔겠지만, 지금 난 여기 와서 완전히 파멸해 버렸다는 사실을 깨달았소……. 오, 아니오! 아니오! 용서해 주오!」 그는 다시 정신을 추스르며 계속 말했습니다. 「내가 잘못 생각했소. 여기 오고 싶어 했던 사람은 바로 이 몸이었소. 원망해야 할 사람은 오직 나 자신뿐이란 말이오!」

말을 마친 그의 눈에서는 뜨거운 눈물이 흘러내렸습니다. 이에 이븐 타헤르가 말했습니다.

「그렇게 저를 질타하시니 오히려 제 속이 시원합니다. 하지만 셈셀니하르 님은 칼리프가 가장 아끼시는 총비라고 벌써 말씀드리지 않았습니까? 그것은 지금 대공의 마음속에서 자라나고 있는 이 위험한 정열을 미연에 막아 보고자 함이었습니다. 자, 이왕에 이곳에 들어오셨으니 현실을 분명히 깨닫고 마음을 돌리시기 바랍니다. 다만 영광스럽게도 우릴 이곳에 초대해 주신 셈셀니하르 님께 감사하고, 그것으로 만족합시다! 자, 총비 앞에서 조금도 결례를 범하지 않게끔 흐트러진 이성을 다잡으십시오! 자, 총비께서 우리 쪽으로 오고 계십니다. 아! 처음부터 다시 시작할 수만 있다면 전 다르게 행동했을 텐데요! 하지만 이왕 이렇게 된 것, 우리가 후회할 짓을 하지 않기만을 하느님께 빌 뿐입니다……. 다시 한 번 말씀드리거니와, 사랑이란 다시는 헤어날 수 없는 천 길 낭떠러지로 우리를 밀어 넣는 배신자라는 사실을 꼭 명심해 주십시오.」

셈셀니하르가 가까이 다가왔기 때문에 이븐 타헤르는 더 이상 말할 수 없었습니다. 그녀는 보좌에 자리를 잡은 후 고개를 약간 숙여 두 사람에게 인사했는데, 이미 그녀의 눈은 페르시아 대공의 얼굴에 못 박혀 있었습니다. 두 남녀는 이따금씩 한숨만 내쉴 뿐 아무 말도 하지 않고, 잠시 무언의 대화를 나누었습니다. 입을 사용했더라면 오랜 시간이 걸렸을 수많은 이야기를, 이 침묵의 언어를 통해 그들은 아주 짧은 시간에 주고받을 수 있었습니다. 그녀는 대공의 눈빛을 통해 그가 자신에게 무관심하지 않다는 사실을 확인할 수 있었습니다. 이렇게 자신에 대한 대공의 감정을 알게 되자 그녀는 세상에서 가장 행복한 여인이 된 듯한 기분이었습니다. 이윽고 그에게서 눈을 뗀 셈셀니하르는 조금 전 노래를 했던 여인들에게 자기 쪽으로 다가오라고 명했습니다. 이에 여인들은 일어나 앞으로 걸어 나왔고, 흑인 여종들은 나무 뒤에서 나와 여인들의 의자를 들어 이븐 타헤르와 페르시아 대공이 서 있는 발코니 근처로 옮겨 놓았습니다. 이리하여 여인들의 의자들은 셈셀니하르의 보좌를 중심으로 하여, 두 남자가 서 있는 발코니를 반원 형태로 둘러쌌습니다.

여인들이 각자의 의자에 자리를 잡고 나자, 셈셀니하르는 한 여인을 선택하여 노래를 부르게 했습니다. 이 여인은 잠시 류트의 줄을 고른 후, 다음과 같은 내용의 노래를 부르기 시작했습니다. 〈지극히 사랑하는 두 연인의 서로에 대한 정은 한없이 도타웠다. 두 사람의 몸 안에 나뉘어 있는 두 심장은 실은 하나였다. 그들의 열렬한 갈망 앞에 장애물이 막고 서자, 그들은 눈물을 흘리면서 한탄했다. 우리는 다만 서로를 이렇게 사랑할 뿐이거늘, 어찌 사람들은 우리를 책망하는가? 차라리 운명의 여신을 탓하라!〉

누구라도 노래를 듣고 있는 셈셀니하르의 눈빛과 몸짓을

보면, 그녀가 이 가사의 내용에 얼마나 깊이 공감하고 있는지 절실히 느낄 수 있었을 것입니다. 이를 본 페르시아 대공은 더 이상 격정을 억누르지 못하고 벌떡 일어났습니다. 그러고는 앞으로 나와 발코니 난간에 몸을 기댄 채 노래를 부르고 있는 여인에게 손짓했습니다. 「내가 노래를 부를 테니, 당신의 류트로 반주를 해주지 않겠소?」

그러고 나서 노래를 한 곡 시작했는데, 그 애절하고도 정열적인 가사는 그의 격정적인 사랑을 완벽하게 표현하고 있었습니다. 그가 노래를 마치자 이번에는 솀셀니하르가 한 여종에게 말했습니다.

「자, 나도 노래를 한 곡 부를 터이니 반주를 해다오!」

그녀가 부른 노래는 페르시아 대공의 마음을 더욱 맹렬하게 불타오르게 했고, 이에 그는 앞의 곡보다 훨씬 더 정열적인 노래로 화답했습니다.

이렇게 두 연인이 노래를 통해 서로의 마음을 고백하고 나자, 솀셀니하르는 북받쳐 오르는 격정에 굴복하고 말았습니다. 그녀는 거의 넋이 나간 듯한 표정으로 보좌에서 몸을 일으켜 대공이 있는 홀의 문을 향해 걸어갔습니다. 대공 역시 그녀의 의도를 짐작하고 즉시 몸을 일으켜 그녀를 맞으러 급히 달려갔습니다. 그리하여 문 앞에서 만난 두 사람은 팔을 뻗어 서로를 부둥켜안고는, 극도의 환희에 그만 혼절하고 말았습니다. 솀셀니하르를 따라온 여종들이 아니었더라면 두 사람은 그대로 땅에 쓰러져 버렸을 것입니다. 여종들은 두 사람을 부축하여 좌단에 눕힌 후, 얼굴에 물을 뿌리고 여러 종류의 향을 맡게 해 정신이 돌아오게 했습니다.

정신을 차린 솀셀니하르는 먼저 사방을 둘러보았습니다. 그녀는 이븐 타헤르가 옆에 보이지 않자 어디 있냐고 물었습니다. 이븐 타헤르는 시녀들이 그들의 상전을 보살피고 있을 때 그녀를 배려하는 마음에서, 그리고 방금 전에 일어난 일이 어떤 잘못된 결과를 가져올지 몰라 전전긍긍하면서 한쪽으로 물러나 있었던 것입니다. 하지만 솀셀니하르가 자신을 찾는다는 말을 듣자마자 그녀 앞에 돌아왔습니다…….

날이 밝기 시작했으므로 왕비 셰에라자드는 이 대목에서 이야기를 중단했다. 다음 날 밤, 그녀는 다음과 같이 이야기를 계속했다.

백여든아홉 번째 밤

솀셀니하르는 이븐 타헤르를 보자 몹시 좋아하면서 기쁨을 표현했습니다.

「이븐 타헤르! 당신에 대한 내 무한한 감사의 마음을 어떻게 표현해야 할지 모르겠어요. 당신이 아니었다면 대공님을 만나지 못했을 것이고, 이 세상에서 가장 멋진 이를 사랑하는 행운도 얻지 못했을 거예요. 죽기 전에 이 은혜는 꼭 갚겠습니다. 할 수만 있다면 내가 당신에게 진 빚을 갚고도 남을 보답을 해드리고 싶어요.」

이 말에 이븐 타헤르는 정중히 몸을 굽히면서, 모든 것이 그녀가 원하는 대로 이루어지기만을 바란다고 대답했습니다.

이제 솀셀니하르는 페르시아 대공 쪽으로 몸을 돌렸습니다. 그를 바라보는 그녀의 눈길에는, 방금 전 둘 사이에서 일어난 일에 대한 은은한 부끄러움이 배어 있었습니다. 그녀가 말했습니다.

「대공님! 이제 저에 대한 대공님의 마음을 알게 되었어요. 그리고 대공님도 알아주세요! 저에 대한 대공님의 사랑이 뜨거운 만큼, 대공님에 대한 저의 사랑 역시 열렬하다는 사실을요! 아아, 하지만 마냥 좋아하고 있을 수만은 없군요. 이렇듯 당신과 제 감정이 꼭 일치했지만, 우리 사이에 찾아올 것이라곤 무수한 고통과 타는 듯한 그리움, 그리고 극도의 슬픔밖에는 없을 테니까요! 이 모든 병들에 대한 치유책은 오직 하나, 영원히 변치 말고 서로를 사랑하는 거예요! 우리의 운명을 신의 뜻에 맡기고 그분의 결정을 기다리는 거예요!」

「부인! 저는 부인을 영원히 사랑할 것입니다! 만일 이 사실을 부인께서 단 일 초라도 의심하신다면, 그건 제게 너무나 가혹한 행동을 하시는 것입니다. 부인에 대한 사랑은 제 영혼의 일부입니다. 아니 죽고 난 후에도 영원히 간직할 제 영혼 최상의 부분입니다. 고통과 괴로움과 장애물, 그 무엇도 당신에 대한 저의 사랑을 막을 수 없습니다.」

말을 끝낸 페르시아 대공은 굵은 눈물을 흘렸고, 솀셸니하르의 눈에서도 뜨거운 눈물이 흘러내렸습니다.

이븐 타헤르는 이 틈을 타 칼리프의 총비에게 말했습니다.

「부인! 무례하게 끼어들어서 죄송합니다. 하지만 지금은 두 분께서 이렇게 울고만 있을 게 아니라, 오히려 마음껏 즐겨야 할 시간이 아닐까요? 두 분이 괴로워하고만 계시니 이해할 수 없군요. 지금도 이러한데, 나중에 어쩔 수 없이 떨어져 계셔야 할 때에는 어쩌시려는 거죠? 아니, 그러고 보니 그렇게 〈나중에〉도 아니군요. 우리가 여기 들어온 지도 벌써 꽤 되지 않았습니까? 누구보다도 부인께서 잘 아시겠지만, 이제는 저희가 물러가야 할 시간이 아닌가요?」

「아, 정말이지 당신은 잔인하군요!」 솀셸니하르는 한탄했습니다. 「내가 왜 이렇게 눈물을 흘리고 있는지, 또 모두들 떠나시고 나면 내가 얼마나 힘들어 할 것인지 뻔히 아시는 분이……. 내가 불쌍하지도 않나요? 아, 서글픈 숙명이여! 내가 무슨 죄를 지었기에, 사랑하는 단 한 사람을 마음껏 누릴 수 없는 이런 가혹한 법 아래 있어야 하나요?」

하지만 그녀가 이븐 타헤르를 진심으로 원망한 것은 결코 아니었습니다. 그가 자신을 염려하는 마음에서 이처럼 재촉하고 있음을 잘 아는 까닭이었죠. 그녀는 그의 충고를 받아들여, 즉시 옆에 있는 심복 여종에게 신호를 했습니다. 여종은 밖으로 나가 간식용 과일이 차려진 작은 은제 탁자를 가져와, 그녀의 상전과 대공 사이에 내려놓았습니다. 솀셀니하르는 손수 가장 좋은 과일을 골라 대공에게 주면서, 자신에 대한 사랑을 위해 먹어 달라고 청했습니다. 그는 과일을 받아 들고 그녀의 손이 닿았던 부분을 한 입 베어 물었습니다. 그런 다음 자신도 과일 하나를 골라 솀셀니하르에게 권했고, 그녀 역시 같은 방식으로 먹었습니다. 그녀는 이븐 타헤르도 잊지 않고서 함께 먹을 것을 권했습니다. 하지만 안전하지 못한 이 자리가 좌불안석이었던 그는 한시라도 빨리 집에 돌아가고 싶은 심정이어서, 그녀가 권하는 것을 예의상 몇 입 베어 무는 시늉을 하고 있을 뿐이었죠. 잠시 후 여종들이 과일 상을 치우고, 은 대야와 물이 담긴 금 물병을 가지고 왔습니다. 세 사람은 손을 씻은 후 다시 자리에 앉았습니다. 그러자 열 명의 혹인 여종들이 감미로운 포도주로 가득 찬 크리스털 술잔 세 개를 금 쟁반에 받쳐 들고 와서는 세 사람 가운데 놓았습니다.

솀셀니하르는 대공과 좀 더 은밀한 시간을 갖고 싶었던지라, 열 명의 혹인 여종들과 노래하고 악기를 연주하는 여종 열 명만을 남기고 나머지는 모두 물러가게 했습니다. 그런 다음 술잔 하나를 들고서, 한 여종이 연주하는 류트 반주에 맞추어 다정한 내용의 노래를 부르기 시작했습니다. 노래를 마친 다음, 잔에 담긴 술을 쭉 들이켠 그녀는 다른 술잔을 대공에게 권하면서, 자신이 그에 대한 사랑을 위해 한 잔 마셨듯

이 그 역시 자신에 대한 사랑을 위해 마셔 달라고 청했습니다. 술잔을 받아 드는 대공은 사랑과 기쁨의 감정으로 가슴이 터질 것 같았습니다. 그 역시 마시기 전에 다른 여종의 반주에 맞추어 노래를 한 곡 불렀는데, 노래를 부르는 그의 두 눈에서는 눈물이 하염없이 흘러나왔습니다. 마침 노래의 가사도, 지금 자신이 마시고 있는 것이 감미로운 술인지 쓰라린 눈물인지 모르겠다는 내용이었습니다. 솀셀니하르는 이븐 타헤르에게도 술을 권했고, 그는 그녀가 베푸는 영예와 너그러움에 정중히 감사하며 잔을 받았습니다.

이어 그녀는 여종의 손에서 류트를 건네받아 손수 반주하며 노래를 부르기 시작했습니다. 노래를 부르는 그녀의 모습은 너무도 열정적이어서 제정신이 아닌 듯 보였고, 그런 그녀의 모습에서 눈을 떼지 못하는 대공 역시 완전히 매혹된 듯 꼼짝 않고 있었습니다. 그때였습니다. 심복 여종이 황급히 들어와 솀셀니하르에게 고했습니다.

「마님! 메스루르와 두 명의 장교가 내시 여럿을 거느리고 궁 앞에 당도하여 칼리프의 전갈을 전하겠다며 마님을 뵙자 하고 있습니다.」

이 말을 들은 페르시아 대공과 이븐 타헤르는 죽음을 코앞에 둔 사람들처럼 얼굴이 새하얗게 되어 사시나무처럼 떨기 시작했습니다. 하지만 이를 본 솀셀니하르는 미소를 지으며 그들을 안심시켰습니다······.

밝아 오기 시작하는 아침 빛은 셰에라자드로 하여금 이야기를 중단하게 했다. 이튿날, 그녀는 다음과 같이 다시 이야기를 시작했다.

백아흔 번째 밤

 페르시아 대공과 이븐 타헤르를 안심시킨 셈셀니하르는 심복 여종에게, 자신이 준비를 마치고 그들을 안으로 들이라고 할 때까지 문 앞에서 메스루르 일행을 붙잡고 있으라고 분부했습니다. 또 다른 여종들에게는 즉시 홀의 모든 창을 닫고 정원 쪽으로 난 창의 커튼을 내리라고 명했습니다. 그런 다음 대공과 이븐 타헤르에게 걱정하지 말라며 다시금 안심시켜 주고는, 정원 쪽으로 난 문을 통해 밖으로 나가 그 문을 닫아 놓았습니다. 하지만 그녀의 말에도 불구하고 홀 안에 남은 두 남자는 초조하기 이를 데 없었습니다.

 정원에 나간 셈셀니하르는 두 남자가 서 있던 창문 앞에 반원형으로 늘어놓았던 의자들을 모두 치우게 했습니다. 모든 것이 자신이 원하는 상태로 되었음을 확인한 그녀는, 자신의 은 보좌에 앉아 심복 여종을 시켜 호위대장 메스루르와 그의 부하인 두 장교를 데리고 들어오게 했습니다.

 세 사람은 너비가 네 치 남짓한 금빛 허리띠를 질끈 동여맨 멋진 옷차림에, 허리에 칼을 찬 스무 명의 흑인 내시를 거느리고 나타났습니다. 정원에 들어선 그들은 셈셀니하르의 모습을 발견하고는 거리가 꽤 떨어져 있었음에도 불구하고 몸을 깊이 숙여 예를 표했고, 셈셀니하르도 보좌에 앉은 채 답례를 했습니다. 그들이 좀 더 가까이 다가오자, 그녀는 몸을 일으켜 메스루르 앞으로 갔습니다. 무슨 소식을 가져왔느냐고 그녀가 묻자 그가 대답했습니다.

 「부인! 신자들의 사령관께서 부인을 못 본 지 너무 오래되어 견디기 힘들다며 오늘 밤 이곳을 방문하시겠다는 뜻을 전하게 하셨습니다. 폐하께서 한시라도 빨리 부인과 같이 있고 싶어 하시는 만큼, 폐하를 뵙는 부인의 기쁨도 그만큼 크기를 바랄 뿐이옵니다.」

메스루르의 말이 끝나자, 총비 셈셀니하르는 칼리프의 명을 온전히 받들겠다는 뜻으로 땅에 엎드려 절을 했습니다. 그러고는 다시 몸을 일으켜 말했습니다.

「폐하께 가서 전해 드리세요! 위대하신 신자들의 사령관의 명을 받드는 것은 소첩에게 무한한 영광이며, 폐하의 이 미천한 여종은 정성을 다해 그분을 맞을 준비를 하고 있겠노라고.」

그녀는 심복 여종을 돌아보며 흑인 여종들을 시켜 칼리프를 맞을 수 있게끔 궁을 꾸미라고 명했습니다. 그러고 나서 메스루르를 보내면서 말했습니다.

「보시다시피 폐하를 맞을 만반의 준비를 하기 위해서는 약간의 시간이 필요합니다. 부디 대장께서는 폐하께서 좀 더 천천히 오시도록 해주세요. 그래야 폐하께서 도착하실 때 우리가 망신을 면할 수 있지 않겠어요?」

호위대장과 그 수하들이 물러가자 셈셀니하르는 곧 두 남자가 숨어 있는 홀로 돌아왔습니다. 하지만 홀에 들어서자 자신도 모르게 눈물이 솟구쳤습니다. 예상했던 것보다 일찍 대공과 헤어지게 되어 너무도 가슴이 아팠던 것입니다. 그 모습을 본 이븐 타헤르는 무언가 일이 잘못된 것은 아닌가 싶어 겁이 덜컥 났습니다. 대공이 말했습니다.

「부인! 모습을 뵈오니 아마도 우리가 헤어져야 하는 모양이군요. 만일 내가 두려워할 일이 이것뿐이라면, 이제는 당신 없이도 견딜 수 있는 힘을 내게 주시기를 하느님께 빌 뿐입니다.」

「아아! 나의 영혼, 나의 사랑하는 이여!」 셈셀니하르가 그의 말을 끊으며 말했습니다. 「당신의 운명과 제 서글픈 팔자를 비교해 보면 당신은 얼마나 행복한지, 또 저는 얼마나 불행한지 모르겠어요! 당신은 저를 보지 못해 괴로워하시겠지요. 하지만 당신의 고통은 그게 전부이며, 다시 볼 수 있다는 희망으로 위안을 삼을 수도 있어요. 아아, 그렇지만 저는 어떤가요? 그 어떤 혹독한 시련에 빠지게 될까요! 저는 사랑하는 유일한 사람을 못 볼 뿐 아니라, 당신을 만남으로써 이제는 끔찍한 존재가 되어 버린 분을 보아야 하는 이중의 고통을 견뎌 내야만 해요. 칼리프의 도착은 당신이 떠나 버렸다는 사실을 제게 상기시켜 줄 거예요. 이 마음 당신의 모습으로만 꽉 차 있는데, 칼리프가 방문하실 때마다 보여 드렸던 그 기뻐하는 얼굴을 이제는 어찌 다시 꾸며 낼 수 있을까요? 그분과 이야기를 하면서도 저의 정신은 딴 데 가 있을 텐데요. 그리고 그분을 사랑하는 척하며 내뱉는 한마디 한마디는 비수처럼 제 심장을 후빌 거예요. 그분이 제게 다정히 말씀하시고 어루만져 주실 때, 저는 과연 속 편히 즐길 수 있을까요? 대공님, 생각해 보세요! 당신이 가고 난 후, 제가 그 어떤 고통을 겪게 될 것인가를!」

여기까지 말한 그녀는 눈물이 앞을 가리고 흐느낌이 터져 나와 더 이상 말을 이을 수 없었습니다. 페르시아 대공은 그녀에게 뭔가 말해 주려 했으나 그럴 힘이 나지 않았습니다. 자신의 괴로움도 괴로움이려니와, 연인이 겪게 될 고통을 생각해 보니 그저 기가 막혀 그 어떤 말도 할 수 없었던 것입니다.

한편, 한시라도 빨리 궁을 빠져나가고 싶은 심정이었던 이븐 타헤르는, 곧 다시 만날 수 있을 터이니 조금만 참으라며 두 사람을 달래려 애썼습니다. 이때 심복 여종이 뛰어 들어와 그의 말을 끊었습니다.

「마님! 이러고 계실 시간이 없어요! 벌써 내시들이 오고 있단 말이에요! 잠시 후면 칼리프께서도 도착하실 거예요!」

「오, 하늘이여! 너무나도 잔인한 이별이여!」 총비가 부르짖었습니다. 그러고 나서 심복 여종에게 말했습니다. 「너희들은 서둘러라! 한 면은 정원 쪽에, 다른 면은 티그리스 강 쪽에 면해 있는 복도로 두 분을 모시고 가서, 밤의 어둠이 깔리기 시작하면 뒷문을 통해 안전하게 빠져나가게 해드려라!」

그녀는 말없이 페르시아 대공을 꼭 안아 주기만 하고는, 혼란하기 이를 데 없는 심정으로 칼리프를 맞으러 홀을 나갔습니다.

심복 여종은 대공과 이븐 타헤르를 셈셀니하르가 지시한 복도로 데려가 들어가게 했습니다. 그러고는 시간이 되면 자신이 돌아와 무사히 나가게 해드릴 터이니, 아무 걱정 말고 기다리라고 말하고서 문을 닫고 물러갔습니다…….

「하지만 폐하!」 이 대목에서 셰에라자드가 말했다. 「밝아 오는 아침 빛이 제게 침묵을 강요하나이다.」 그녀는 입을 다물었다. 다음 날 밤, 그녀는 다시 이야기를 시작했다.

백아흔한 번째 밤

폐하! 셈셀니하르의 심복 여종이 물러가자, 페르시아 대공과 이븐 타헤르는 조금도 걱정할 필요가 없다고 한 그녀의 말을 단박에 잊었습니다. 복도 전체를 면밀히 살펴본 그들은, 칼리프나 그의 장교들이 들이닥칠 경우 빠져나갈 만한 통로가 없다는 사실을 알고 극도의 두려움에 사로잡혔습니다.

그런데 홀연 정원 쪽 창문을 통해 환한 빛이 들어왔습니다. 두 사람은 창가로 달려가 발을 통해 밖을 내다보았습니다. 그것은 백 명의 어린 내시들이 들고 있는 백 개의 촛불이 발하는 빛이었습니다. 이 소년 내시들 뒤에는 허리에 칼을 찬 좀 더 나이 든 내시들, 즉 칼리프 궁에 속한 여인들을 지키는 호위병 백 명이 따르고 있었습니다. 그리고 다시 그들 뒤에는 오른쪽으로 호위대 대장 메스루르, 왼쪽으로 호위대 부장(副將) 비시프를 거느리고 걸어오는 칼리프의 모습이 보였습니다.

셈셀니하르는 산책로 입구에서 시녀 스무 명과 함께 칼리프를 기다리고 있었습니다. 큼직한 다이아몬드와 각종 귀한 보석으로 만든 목걸이와 귀걸이 등으로 머리가 무거울 만큼 한껏 치장한 이 절세미인들은, 악기를 연주하며 아름다운 노래를 합창했습니다. 총비는 칼리프의 모습이 보이자마자 앞으로 나아가 그의 발밑에 부복했습니다. 하지만 속으로는 다른 생각을 하고 있었죠.

〈오, 페르시아 대공님! 지금 그 슬픈 눈으로 제 행동을 지켜보고 계신가요? 그렇다면 제 운명이 얼마나 가혹한 것인지 아시겠지요! 이런 굴욕적인 행동을 해야만 하는 제 심정을 이해하시겠지요? 이런 모습은 오직 당신에게만 보이고 싶답니다. 당신이라면 조금도 역겨워하지 않을 테니까요.〉

셈셀니하르를 보고 더없이 흡족해진 칼리프가 그녀에게 말했습니다.

「부인! 그만 일어나 이리로 오시오! 이렇게 아름다운 당신을 이토록 오랫동안 보지 않고 있었다니, 나 자신에게 화가 날 지경이라오.」

그는 그녀의 손을 잡았습니다. 그리고 계속 상냥한 말을 건네면서 셈셀니하르가 가져다 놓은 은 보좌에 앉았습니다. 셈셀니하르가 그와 마주 앉자, 스무 명의 시녀들은 그들을 중심으로 둥그렇게 배치된 다른 의자들 위에 각기 자리 잡았습니다. 한편 백 명의 소년 내시들은 칼리프가 서늘한 저녁 공기를 좀 더 편안하게 즐길 수 있게끔, 서로 어느 정도의 거리를 두고 떨어져 정원 여기저기에 흩어져 섰습니다.

보좌에 앉은 칼리프는 사방을 둘러보았습니다. 그의 입가에는 만족스러운 미소가 떠올랐는데, 그것은 소년 내시들이 들고 있는 촛불 외에도 무수한 다른 불빛들이 정원 전체를 대낮처럼 환하게 밝히고 있었기 때문입니다. 하지만 그는 곧 홀의 문과 창이 모두 닫혀 있는 것을 보고 놀라면서 그 이유를 물었습니다. 사실 이는 솀셸니하르가 그를 깜짝 놀래 주기 위해 일부러 그렇게 해놓았던 것입니다. 과연 그의 질문이 끝나기도 전에 홀의 창들이 일제히 열렸고, 그에 따라 안쪽과 바깥쪽에서 동시에 환하게 밝혀진 궁의 휘황찬란한 모습이 드러났습니다. 이러한 궁의 모습은 칼리프조차 본 적이 없는 뜻밖의 장관이 아닐 수 없었습니다. 칼리프는 감탄하며 외쳤습니다.

「오, 아름다운 솀셸니하르! 그래, 그대의 뜻을 이해하겠소! 아름다운 낮만큼이나 아름다운 밤이 있다는 것, 바로 이 사실을 내게 알려 주고 싶었던 것이구려! 그렇소! 이 멋진 광경을 보고 나니, 나도 동의하지 않을 수 없소!」

자, 이제는 아까 복도에 남겨진 페르시아 대공과 이븐 타헤르에게로 돌아와 봅시다. 이븐 타헤르 역시 눈앞에 펼쳐지는 멋진 광경에 감탄을 금치 못했습니다.

「나도 나이를 먹을 만큼 먹어서 이 세상에 멋지다 하는 축제도 많이 구경해 보았습니다만, 이렇게 놀랍고 굉장한 것은 본 적이 없습니다. 사람들이 말하는 〈마법의 성〉이라 한들 지금 우리 눈앞에 펼쳐지고 있는 이 광경만큼 아름다울까요? 참으로 호화롭고 장려하기 이를 데 없습니다!」

하지만 솀셸니하르 외에는 세상 그 어떤 것도 눈에 들어오지 않았던 페르시아 대공에게는 아무런 감흥이 없었습니다. 오히려 그는 칼리프의 존재로 인해 깊은 고통만을 느끼고 있었지요. 그는 말했습니다.

「이븐 타헤르 선생! 나도 선생처럼 여유로운 마음으로 이 모든 것들을 보고 감탄하고 있을 수만 있다면 얼마나 좋겠소! 아아! 하지만 내 상태는 전혀 그렇지 못하다오. 이 모든 것들은 괴로움을 더할 뿐이오. 사랑하는 여인이 칼리프와 머리를 맞대고 있는 모습을 뻔히 바라보면서도 절망하여 죽지 않는 나 자신이 신기할 따름이오. 아아! 나의 이 뜨거운 사랑이 이토록 강력한 연적과 맞서야만 한다니! 참으로 내 운명은 기이하고도 잔인하오! 조금 전만 해도 세상에서 가장 행복한 사내였던 내가, 지금 이 순간은 심장에 죽음의 일격을 맞은 듯하오. 이븐 타헤르 선생! 나는 이 아픔을 견뎌 낼 수 없소. 내 인내심이 한계에 이른 것이오. 더없는 고통뿐, 용기는 모두 사그라져 버렸소.」

그런데 이때 정원에서 일어난 일들은 대공으로 하여금 말을 중단하고 거기에 주의를 기울이지 않을 수 없게 했습니다.

칼리프가 가까이에 있던 한 시녀에게 류트로 반주하면서 노래를 한 곡 불러 보라고 명하여, 이에 그녀가 노래하기 시작했던 것입니다. 그 가사는 열렬한 사랑을 노래하고 있었습니다. 이를 듣는 칼리프는 흐뭇하기만 했습니다. 솀셀니하르가 곧잘 이런 식으로 자신에 대한 애정을 표현하곤 했었던 까닭이지요. 그러나 이번에 솀셀니하르의 의도는 달랐습니다. 그녀가 이 가사를 바치는 이는 알리 이븐 베카르였으니까요. 하지만 그녀의 눈앞에는 사랑하는 사람은커녕 이제 견딜 수 없는 존재가 되어 버린 칼리프가 앉아 있었습니다. 이 격심한 괴로움에 그녀는 그만 까무러치고 말았습니다. 옆에 있던 시녀들이 신속히 달려와 부축해 주지 않았더라면 그대로 땅바닥에 나뒹굴었을 것입니다. 시녀들은 실신한 그녀를 홀로 옮겼습니다.

복도에 있던 이븐 타헤르는 이 예기치 못한 사태에 놀라 페르시아 대공을 돌아보았습니다. 그런데 자신처럼 발에다 눈을 대고 창밖을 내다보고 있는 줄로만 알았던 대공이 놀랍게도 그의 발밑에 쓰러져 움직이지 않고 있었습니다. 이븐 타헤르는 셈셀니하르에 대한 대공의 사랑이 얼마나 강한 것인지 절실히 느끼지 않을 수 없었지요. 또 이처럼 연인이 쓰러지는 모습만 보고도 똑같은 고통을 느끼는 두 사람의 기이한 감응에 감탄을 금할 수 없었지요. 이븐 타헤르는 대공을 정신 차리게 하려고 갖은 애를 써보았지만 별무소용이었습니다. 그가 이처럼 당황하여 쩔쩔매고 있을 때, 셈셀니하르의 심복 여종이 문을 열고 들어왔습니다. 정신이 하나도 없어 보이는 그녀는 숨이 턱까지 차 다급하게 외쳤습니다.

「두 분을 나가게 해줄 테니 빨리 이리로 오세요! 이제 모든 게 뒤죽박죽이에요! 잘못하면 우리 모두 끝장날 수 있다고요!」

「여보쇼! 어떻게 여기를 빠져나갈 수 있단 말이오?」 이븐 타헤르가 서글프게 대꾸했습니다. 「이리로 와서 지금 대공이 어떤 상태인지 보시오!」

대공이 실신해 있는 모습을 본 여종은 군소리 없이 급히 달려가더니 곧바로 물을 떠서 돌아왔습니다.

그녀가 대공의 얼굴에 물을 뿌리자, 그는 다시 정신을 차렸습니다. 이에 이븐 타헤르가 그에게 말했습니다.

「대공! 여기에서 더 어물대고 있다가는 우리 둘 다 목숨을 잃습니다. 지체 없이 이곳을 빠져나가야 합니다. 기운을 좀 내십시오!」

대공은 너무도 힘이 없어 혼자 일어날 수조차 없었습니다. 할 수 없이 이븐 타헤르와 여종이 양쪽에서 그를 부축하고 티그리스 강 쪽으로 통하는 작은 철문으로 나갔습니다. 문을 통해 밖으로 빠져나온 세 사람은 강으로 연결되는 작은 운하의 둔치까지 걸었습니다. 그곳에 이르러 여종이 손뼉을 두

차례 치자 곧 한 사람이 노를 젓는 거룻배 한 척이 나타나 그들 쪽으로 다가왔습니다. 이븐 베카르와 이븐 타헤르는 배에 올라탔고 여종은 둔치에 남았습니다. 배에 오른 대공은 한 손을 가슴에 얹고 다른 한 손은 셈셀니하르가 있는 궁 쪽으로 뻗으며 쇠약한 목소리로 외쳤습니다.

「내 영혼이 사랑하는 이여! 이 손이 그대에게 바치는 나의 맹세를 받으시오! 나의 다른 손은 그대를 향해 불타는 사랑을 영원히 간직하기 위해 내 심장을 이렇게 지키고 있다오!」

이 대목에서 셰에라자드는 날이 밝는 것을 보고 입을 다물었다. 그리고 다음 날 밤, 그녀는 다음과 같이 다시 이야기를 이어 갔다.

뱃사공은 있는 힘을 다해 배를 저었고, 셈셀니하르의 심복 여종은 마음이 놓이지 않았는지 강변을 따라 두 사람이 탄 배를 마냥 따라왔습니다. 마침내 배가 티그리스 강에 들어서자, 더 이상 따라갈 수 없게 된 그녀는 안타깝게 손을 흔들고는 궁으로 돌아갔습니다.

페르시아 대공은 여전히 심신이 극도로 쇠약한 상태였습니다. 이븐 타헤르는 이런 그를 위로하고 힘을 북돋워 주려 했습니다.

「자, 자, 힘을 내세요! 배에서 내린 다음에도 우리 집까지 가려면 한참을 더 가야 합니다. 지금 이 시간에 우리 집보다도 멀리 떨어진 대공 댁까지 가는 것은 아무래도 무리겠지요. 혹시 포졸이라도 만나게 되면 낭패를 볼 테니까요.」

마침내 그들은 배에서 내렸습니다. 대공은 너무도 힘이 없어 제대로 걸을 수가 없었습니다. 정말이지 이븐 타헤르로서는 난감하기 짝이 없는 일이었지요. 하지만 근방에 자기 친구 하나가 살고 있음을 기억해 낸 그는 대공을 부축하여 간신히 거기까지 데리고 갔습니다. 친구는 그들을 매우 반갑게 맞아 주었습니다. 그는 앉으라고 자리를 권한 다음, 이 늦은 시간에 어딜 다녀오는 길인지 물었습니다. 이븐 타헤르는 대답했습니다.

「나한테 돈을 꽤 많이 꾼 사람이 하나 있는데 말이야, 글쎄 그가 오늘 저녁 긴 여행을 떠난다고 하더군. 소식을 듣자마자 당장 그를 만나러 갔지. 그런데 도중에 여기 계신 이분을 만난 거야. 이분은 지체 높은 귀족이실 뿐 아니라 평소에 내가 신세를 많이 지고 있는 분이기도 하네. 마침 이분도 내 채무자를 알고 있었던지라 함께 가주시겠다며 따라나섰지. 그렇게 둘이서 그자에게 쳐들어갔는데, 어휴, 정말이지 빚 받아 내는 게 그렇게 어려운 일인 줄은 몰랐네! 하여튼 우여곡절 끝에 소기의 목적은 달성했네만, 시간이 꽤 지나 그 집을 나올 때쯤엔 이미 사방이 캄캄해져 버린 거라네. 게다가 돌아오는 길에 내가 존경해 마지않는 이 젊은 양반이 갑자기 몸이 안 좋아진 거야. 어쩔 수 없이 이렇게 실례를 무릅쓰고 자네 집 문을 두드리게 된 거라네. 그러니 오늘 밤만 이슬이라도 피할 수 있도록 해줄 수 있겠나?」

이븐 타헤르의 친구는 이 말을 그대로 믿었습니다. 그는 두 사람을 환영한다며, 초면인 페르시아 대공에게는 원하시는 게 있으면 무엇이든 제공하겠다고 말했습니다. 그러자 이븐 타헤르가 나서서, 지금 이분에게 필요한 것은 오직 휴식뿐이라고 대신 대답했습니다. 두 사람이 쉬고 싶어 한다는 사실을 눈치챈 집주인은 둘을 방으로 인도하고 잠자리를 마련해 주었습니다.

페르시아 대공은 잠이 들었지만 뒤숭숭한 꿈에 시달려 그리 편안히 쉴 수는 없었습니다. 꿈속에서 셈셀니하르는 정신을 잃고 칼리프의 발아래 쓰러져 있었는데, 그 광경을 보고 있자니 마음이 에일 듯 아팠던 것입니다. 밤새도록 뒤척거리기는 이븐 타헤르도 다를 바 없었습니다. 지금껏 한 번도 외박을 한 일이 없던 터라, 식구들이 걱정할 것이 분명했습니다. 한시라도 빨리 집에 돌아가고 싶은 생각뿐이었죠. 결국 그는 꼭두새벽에 일어나, 역시 새벽 기도를 위해 일어난 친구에게 작별을 고한 후 대공과 함께 집을 나왔습니다. 마침내 두 사람은 이븐 타헤르의 집에 도착했고, 거기까지 기어가듯 한 대공은 집에 들어서자마자 긴 여행 끝에 녹초가 된 사람처럼 좌단에 풀썩 쓰러졌습니다.

이븐 타헤르는 그가 아직 집에 돌아갈 상태가 아닌 것을 보고 쉴 방을 마련해 주었습니다. 그리고 대공 집 사람들이 걱정하지 않도록 사람을 보내어 지금 그의 몸 상태가 좋지 않음을 알렸습니다. 대공에게는 이곳을 자기 집처럼 생각하며 편히 쉬라고 당부했습니다. 이에 대공이 대답했습니다.

「선생의 고마우신 제의는 기꺼이 받아들이겠소. 나 역시 이곳을 내 집처럼 편안하게 생각하고 있으니 조금도 염려 마시오! 만일 내가 여기서 선생에게 폐를 끼치고 있다고 생각한다면 한시도 머물러 있지 않을 것이오.」

겨우 정신이 돌아온 이븐 타헤르는 가족들에게 솀셀니하르의 궁에서 일어났던 일을 모두 이야기하고, 그 위험한 사지에서 자신을 무사히 나오게 해주신 하느님께 감사했습니다. 곧 대공의 하인 중 우두머리 격 되는 사람 몇 명이 그의 명을 받들러 왔고, 그가 아프다는 소식을 들은 친구들도 여럿 찾아왔습니다. 친구들은 거의 하루 종일 그와 함께 있어 주었습니다. 비록 서글픈 상념들을 완전히 지워 버리지는 못했지만, 그들과의 대화로 최소한 그 격한 아픔을 조금은 가라앉힐 수 있었습니다.

해 질 무렵, 대공은 이븐 타헤르에게 작별 인사를 하고 떠나려 했습니다. 하지만 이 충직한 친구는 아직도 그의 몸 상태가 완전하지 않음을 보고 그를 다음 날까지 머물게 했습니다. 그리고 대공의 마음을 위로해 주고자 그날 저녁에는 악사와 가수들을 불러 조촐한 음악회까지 열어 주었죠. 하지만 이로 인해 대공은 전날 솀셀니하르의 궁에서 보았던 음악회를 떠올렸고, 그의 병세는 더욱 악화되었습니다. 결국 이븐 타헤르의 위로는 슬픔을 자극한 셈이 되었죠. 이제는 그로서도 대공을 더 이상 잡고 있을 수 없게 되었습니다. 그는 대공을 직접 집까지 데려다 주고는, 대공의 침실에 두 사람만 있게 되자, 그를 위해서나 솀셀니하르를 위해서나 결코 좋은 결말을 볼 수 없는 이 열정을 억눌러야 한다고 간곡히 설득했습니다. 그러자 대공이 외쳤습니다.

「아아, 이븐 타헤르 선생! 선생에게는 그런 충고를 하는 것이 쉬운 일이겠지요! 하지만 그것을 따른다는 것은 얼마나 어려운 일인지! 물론 그 충고가 지극히 옳다는 사실은 충분히 알고 있소만, 내게는 아무런 의미가 없소. 말씀드렸다시피 난 셈셀니하르에 대한 사랑을 무덤에까지 안고 가야 할 운명이오.」

더 이상 대공의 마음을 돌릴 방도가 없음을 깨달은 이븐 타헤르는 작별을 고하고 떠나려 했습니다…….

이 대목에서 셰에라자드는 날이 밝아 오는 것을 보고 입을 다물었다. 하지만 다음 날, 그녀는 다시 이야기를 이어 갔다.

백아흔세 번째 밤

페르시아 대공은 떠나려는 이븐 타헤르를 붙잡으며 말했습니다.

「너무나도 고마우신 우리 이븐 타헤르 선생! 내가 선생의 현명한 충고를 따를 수 없다고 말했다 하여, 내게 노여움을 품지는 말아 주시오! 또 우리의 우정을 생각해서라도 이 몸을 저버리지 말아 주시오! 제발 부탁드리는데, 셈셀니하르의 소식을 알게 되면 꼭 내게 알려 주시오! 우리가 떠날 때 실신해 있던 그녀가 지금은 어찌 되었는지 염려가 돼서 죽을 지경이오. 선생은 나를 책망하지만, 그녀가 못내 눈에 밟혀 이렇게 맥이 빠지는 것은 나로서도 어쩔 수가 없소이다.」

「대공! 너무 염려하지 마십시오! 실신하시긴 했지만, 설마 그분에게 무슨 큰일이 났겠습니까? 곧 그분의 여종이 찾아와 일이 어찌 됐는지 알려 줄 것입니다. 제가 소식을 듣는 대로 달려와 보고드리겠습니다.」

이렇게 이븐 타헤르는 대공에게 희망을 심어 주고 집에 돌아왔습니다. 그리고 하루 종일 솀셀니하르의 여종을 기다렸지만 아무 소식이 없었습니다. 그다음 날도 마찬가지였습니다. 그러고 있자니 다시 대공의 건강이 걱정되어 그냥 집에 앉아 있을 수가 없었죠. 그는 좀 더 인내심을 가지고 기다리라는 말로 힘을 북돋아 주기 위해 그의 집을 찾아갔습니다. 도착해 보니 대공은 여전히 병석에 누워 있었고, 친구 여러 명이 주위를 둘러싸고 있었습니다. 거기에는 의사도 여럿 있었는데, 그들은 의학 지식을 모두 짜내어 병의 원인을 알아내려 애쓰고 있었습니다. 이븐 타헤르를 본 대공은 미소를 지었습니다. 그 안에는 두 가지 뜻이 담겨 있었지요. 첫째는 그를 보게 되어 반갑다는 표시였으며, 둘째는 의사들에 대한 조소였습니다.

친구들과 의사들은 하나둘 떠나기 시작했고 결국 이븐 타헤르와 대공, 이렇게 두 사람만 남게 되었습니다. 이븐 타헤르가 침대에 가까이 다가가 그동안 차도가 좀 있었는지 묻자, 대공이 대답했습니다.

「내 사랑은 갈수록 거세어져만 가는데, 솀셀니하르가 어찌 되었는지 알 수 없어 병이 점점 악화되고 있소. 가족과 친구들은 슬픔에 빠져 있고, 의사들은 원인을 찾지 못해 우왕좌왕하고 있을 뿐이오. 이들이 너무도 귀찮지만 차마 물리칠 수 없어 곁에 두고 있어야만 하는 이 상황이 얼마나 고역인지 모르겠소. 함께 있어서 위로가 되는 분은 오직 선생뿐이라오……. 내게 조금도 숨기지 말고 말해 주시오! 오늘 솀셀니하르에 대하여 어떤 소식을 전해 주러 오신 것이오? 그녀의 심복 여종을 보신 것이오? 그녀가 무슨 말을 했소?」

이븐 타헤르는 아직 그녀를 보지 못했다고 대답했습니다. 이 슬픈 소식을 듣자마자 대공의 눈에서는 눈물이 솟구쳐 올랐습니다. 너무도 가슴이 아파 말없이 그저 울기만 했지요. 보다 못한 이븐 타헤르가 다시 말했습니다.

「대공! 정말이지 대공은 스스로를 괴롭히는 일에는 천재이십니다그려! 제발 그 눈물 좀 닦으십시오. 이러다 하인이 들어와 이 모습을 보기라도 하면 어쩌려고 그러십니까? 잘못하면 사람들이 대공의 감정을 눈치챌 수도 있습니다. 철저하게 감추셔야 한다는 것, 잊으셨습니까?」

이 친구의 말은 지극히 온당한 것이었지만 대공은 흐르는 눈물을 억제할 수 없었습니다.

「오, 이븐 타헤르 선생! 내 혀가 마음속 비밀을 누설하지 못하게끔 막을 수는 있소. 하지만 솀셀니하르에 대해 염려하기 시작하면…… 마냥 흘러나오는 눈물, 나로서도 어쩔 수가 없구려. 내 갈망의 유일한 대상인 사랑스러운 그녀가 이 세상에 존재하지 않게 된다면…… 나는 한순간도 살 수 없을 것이오.」

「그런 암울한 생각일랑 집어치우십시오! 솀셀니하르 님은 분명히 살아 계십니다! 아직까지 연락이 없는 것은 기회를 찾지 못해서일 것입니다. 오늘이 가기 전에 소식이 올지도 모릅니다.」

이븐 타헤르는 위로가 될 만한 말을 몇 마디 더 해준 다음, 집을 나왔습니다. 한데 그가 집에 돌아오기 무섭게, 솀셀니하르의 심복 여종이 도착했습니다. 그런데 그녀의 표정이 하도 침울해서 이븐 타헤르는 뭔가 불길한 느낌이 들었습니다. 그는 그녀에게 상전의 근황을 물었습니다. 하지만 여종은 이렇게 말했습니다.

「먼저 그쪽 소식부터 이야기해 주세요! 페르시아 대공께서 그런 상태로 떠나는 모습을 보고 가슴이 몹시 아팠답니다.」

이븐 타헤르가 그녀에게 대공의 소식을 들려주자 여종은 다시 입을 열었습니다.

「대공께서 괴로워하시는 만큼이나 마님께서도 힘들어하고 계세요. 두 분을 보내 드리고 홀에 돌아왔는데, 마님은 시녀들의 간호에도 불구하고 아직 혼수상태에서 깨어나지 못하고 계시더군요. 칼리프께서도 침통한 낯으로 마님 곁에 앉아 계셨지요. 폐하께서는 시녀들 모두에게, 그중에서도 특히 제게 마님이 왜 이렇게 아픈지 아느냐고 물으셨어요. 하지만 우리는 비밀을 굳게 지켰지요. 우리 모두가 알고 있는 사실과는 다르게 말씀드린 거죠. 어쨌든 마님께서 그토록 오랫동안 혼수상태에 빠져 있는 것을 본 우리 모두는 눈물을 금할 길 없었습니다. 그분을 회복시키기 위해 모든 방법을 다 사용해 보았지요. 그런 정성이 통했던지, 자정이 되자 마침내 마님께서 깨어나셨답니다. 그때까지 자리를 떠나시지 않았던 칼리프께서는 매우 기뻐하시며 이게 대체 무슨 일이냐고 마님에게 물으셨습니다. 폐하의 목소리를 들은 마님은 간신히 몸을 일으키고는, 폐하께서 미처 만류하시기도 전에 그분의 발에 입을 맞추면서 말씀하셨습니다.

〈폐하! 저는 차라리 폐하의 발밑에서 숨을 거두어, 소첩에게 바다와도 같은 성은을 베풀어 주시는 폐하께 얼마나 감사하고 있는지 보여 드리고 싶었답니다. 하지만 제게 그런 은총을 허락하지 않으신 하늘이 참으로 야속할 따름입니다.〉

〈어허! 그대가 짐을 얼마나 사랑하고 있는지 이젠 충분히 알겠소. 하지만 짐을 위해서라도 그대의 몸을 고이 간직해 주시오! 보아하니 오늘 뭔가 과로를 한 것 같구려. 조심하시오! 이후로는 그런 힘든 일일랑 부디 삼가도록 하시오! 어쨌든 이렇게 회복되어 얼마나 기쁜지 모르겠소. 그리고 오늘은 그대의 궁실로 돌아가지 말고 그냥 여기서 밤을 지내도록 하시오. 아직 쇠약한 몸인데, 움직이다가 탈이라도 나면 큰일이니까.〉

그리고 나서 칼리프께서는 마님이 힘을 내실 수 있게끔 약간의 포도주를 가져오라고 분부하셨습니다. 그리고 작별 인사를 하시고 당신의 궁으로 돌아가셨죠.

칼리프께서 떠나시자마자 마님은 제게 가까이 오라고 손짓하셨습니다. 그러고는 근심 어린 얼굴로 두 분이 어찌 되었는지 물으셨지요. 저는 두 분께서는 무사히 궁을 빠져나간 지 오래이니 그 점에 대해서는 조금도 염려하시지 말라고 안심시켜 드렸습니다. 하지만 대공께서 실신하셨던 이야기는 빼놓았습니다. 간신히 소생시켜 드렸는데 또다시 실신해 버리신다면 어떡하겠어요? 하지만 이 모든 조심과 주의도 결국엔 수포로 돌아갔지요. 그분은 이렇게 외치셨어요..

〈아아, 대공님! 당신의 모습을 보지 못하는 한, 내게 기쁨은 더 이상 없어요. 그리고 내가 당신의 마음을 잘못 읽은 것이 아니라면, 이런 나의 행동은 당신을 따라 하는 것일 뿐이겠죠. 당신은 나를 다시 찾을 때까지 눈물을 멈추지 않을 거죠? 그렇다면 나 역시 하늘이 내 기도를 들어 당신을 다시 돌려주실 때까지 울고 애통해하는 것이 당연할 거예요.〉

마님의 어조에서 저는 그분의 사랑이 얼마나 간절한지를 절실히 느낄 수 있었습니다. 말을 마친 마님은 제 팔에 안겨 또다시 의식을 잃으셨답니다……」

이 대목에서 날이 밝은 것을 본 셰에라자드는 이야기를 중단했다. 다음 날 밤, 그녀는 다음과 같이 이야기를 계속해 나갔다.

백아흔네 번째 밤

셈셀니하르의 심복 여종은 그녀의 상전이 처음 실신한 이후로 일어난 일들을 계속 들려주었습니다.

「저와 제 동료들은 마님을 소생시키기 위해 또다시 한참 동안 애를 썼습니다. 마침내 마님께서 정신을 되찾으셨을 때 제가 말씀드렸습니다.

〈마님! 정녕 자신을 죽게 내버려 두시기로 작정하신 건가요? 아니, 쇤네들도 마님과 함께 죽는 꼴을 보고 싶으신 건가요? 마님! 페르시아 대공의 이름으로 간청합니다. 그분을 위해서라도 살아나야 하지 않겠어요? 제발 마님의 귀한 목숨을 소중히 간직하세요! 제발 좀 노력해 주세요! 마님 자신과 대공에 대한 사랑, 그리고 마님을 사랑하는 저희의 마음을 생각해서라도 꼭 그러셔야 합니다.〉

〈정말로 고맙구나!〉 마님은 힘없이 입을 열었습니다. 〈너희의 보살핌과 정성과 충고…… 모든 것이 다 고맙구나. 하지만, 아아! 하지만 이 모든 게 내게 무슨 소용이란 말이냐? 우리는 조금의 희망도 가질 수 없는 신세가 아니더냐? 이 모든 고통은 무덤 속에 들어가서야 비로소 끝나겠지…….〉

내 동료 가운데 하나가 마님의 암울한 생각을 쫓아 드리고자 류트를 퉁기며 노래를 한 곡조 부르려 했습니다. 하지만 마님은 조용히 하라고 이르고는, 여종들을 모두 물러가게 했습니다. 나만 남아서 마님과 함께 밤을 보내게 된 거죠. 하지만 맙소사! 그 얼마나 끔찍한 밤이었던가요! 마님은 눈물과 한탄으로 밤을 하얗게 새우셨답니다. 특히 대공의 이름을 연신 부르면서, 칼리프에게 매인 몸으로 미친 듯이 대공을 사랑하고 있는 자신의 얄궂은 신세를 한탄했습니다.

다음 날, 마님께서는 응접실에 있는 것을 불편하게 생각하

시고 저의 부축을 받아 당신의 방으로 돌아오셨습니다. 마님이 돌아오자마자 칼리프의 명을 받은 어의들이 모두 몰려왔고, 잠시 후에는 칼리프 자신도 몸소 찾아오셨습니다. 의사들은 여러 가지 약을 처방해 주었지만 병의 원인을 몰랐던 까닭에 아무런 효험이 없었습니다. 더욱이 마주하기 거북한 칼리프의 존재로 인해 병세는 더욱 악화될 뿐이었죠. 그날 밤에야 마님은 약간의 휴식을 취할 수 있었습니다. 그리고 오늘 아침, 잠이 깨기가 무섭게 저를 불러 대공님의 소식을 알아 오라고 여기 보내신 것입니다.」

심복 여종이 긴 이야기를 마치자 이븐 타헤르가 말했습니다.

「대공의 상태는 내가 이미 말한 바와 같소. 그러니 당신 상전께 돌아가서 전하시오. 대공은 당신만큼이나 그쪽 소식을 듣지 못해 안달이라고. 그리고 특히, 제발 좀 자신을 다스려 달라고 말씀드리시오. 칼리프의 면전에서 자칫 잘못된 말이라도 하면, 그 즉시 그녀뿐 아니라 우리 모두가 끝장이니까 말이오.」

「사실 저 역시 마님이 저러시다가 무슨 실수라도 저지르시지 않을까 몹시 걱정이 됩니다. 그래서 제가 생각하는 바를 솔직하게 말씀드리기도 했죠. 그러니 선생님 말씀을 그대로 전해 드린다 해도 그리 나쁘게 받아들이진 않으실 거예요.」

이븐 타헤르는 대공의 집에서 방금 돌아온 데다가 긴급히 처리해야 할 개인적인 용무도 몇 가지 있었습니다. 그래서 그는 저녁때가 되어서야 대공을 찾아갔습니다. 대공은 혼자 있었는데, 아침보다 안색이 나아진 것 같지는 않았습니다. 그는 이븐 타헤르가 나타나는 것을 보고 말했습니다.

「선생! 선생께서는 아마도 친구들이 많으시겠죠? 그들은 선생의 진정한 가치를 잘 모를 것이오. 하지만 나는 알고 있소. 선생께서 나를 위해 얼마나 정성을 쏟으시고 수고를 아끼지 않으시는지 잘 알고 있소! 선생께서 그 따뜻한 사랑으로 베풀어 주시는 이 모든 은혜, 어떻게 갚아야 할지 정말 몸 둘 바를 모르겠소.」

「대공! 제발 그런 말씀일랑 마십시오. 저는 대공의 한쪽 눈을 보전해 드리기 위해 제 한쪽 눈을 뽑아 드릴 수도 있습니다. 뿐만 아니라 대공의 목숨을 살리기 위해서라면 제 목숨까지 내놓을 준비가 되어 있습니다. 하지만 지금 중요한 건 그게 아닙니다. 여종이 저를 찾아왔습니다. 셈셀니하르 님께서 대공의 소식을 묻고 자신의 소식을 전하기 위해 보내셨단 말입니다! 저 역시 여종에게 모든 걸 다 말해 주었지요. 대공께서 셈셀니하르 님을 얼마나 열렬히, 그리고 얼마나 한결같이 사랑하고 계시는지 하나도 빠짐없이 다 말해 주었습니다.」

그러고 나서 이븐 타헤르는 여종에게서 들은 소식을 대공에게 상세히 전해 주었습니다. 이야기를 듣는 대공의 얼굴에는 염려, 질투, 애정, 동정 등 갖가지 표정들이 번갈아 나타났습니다. 그것은 사랑의 열병에 걸려, 한 가지 사실을 들을 때마다 온갖 좋고 나쁜 상상 속에 빠져드는 사람만이 보여 줄 수 있는 모습이었죠. 그들의 대화는 오래도록 계속되었습니다. 결국 밤이 깊자, 대공은 자고 가라며 이븐 타헤르를 붙잡았습니다.

다음 날 아침 이븐 타헤르가 집에 돌아와 있는데, 어떤 여인이 들어왔습니다. 다름 아닌 셈셀니하르의 심복 여종이었죠. 그녀는 다가와서 이븐 타헤르에게 말했습니다.

「마님이 선생께 안부 전해 드리래요. 그리고 이 서신을 페르시아 대공님에게 전해 달라고 부탁하셨어요.」

편지를 받아 든 믿음직한 이븐 타헤르는 즉시 여종과 함께 대공의 집으로 갔습니다…….

이 대목에서 셰에라자드는 아침 해가 밝아 오는 것을 보고 이야기를 멈추었다. 다음 날 밤, 그녀는 다시 이야기를 이어 인도의 술탄에게 이렇게 말했다.

백아흔다섯 번째 밤

폐하! 여종과 함께 대공의 집에 도착한 이븐 타헤르는 그녀에게 잠시 대기실에서 기다려 달라고 말하고는 대공의 방에 들어갔습니다. 대공은 그를 보자마자 무슨 소식을 가지고 왔느냐고 급하게 물었습니다.

「최고의 소식입니다! 그분의 사랑도 대공의 사랑 못지않은 것 같군요. 솀셀니하르 님의 여종이 옆 대기실에서 기다리고 있어요. 그분의 서신을 가져왔단 말입니다. 대공님께서 분부만 내리시면 곧 들어올 겁니다.」

「그럼 들어오라고 해요!」

대공은 기쁨에 넘쳐 소리치고, 그녀를 맞기 위해 벌떡 일어나 자리에 앉았습니다.

하인들은 이븐 타헤르가 도착했을 때 이미 모두들 물러가고 없었으므로, 이븐 타헤르가 직접 문을 열어 여종을 들어오게 했습니다. 대공은 그녀의 얼굴을 알아보고 따뜻하게 맞았습니다. 그녀가 말했습니다.

「대공님! 제가 두 분을 배에까지 모셔다 드리고 난 이후, 대공님께서 지금까지 얼마나 힘들어하셨는지 잘 알고 있습니다. 하지만 오늘 제가 전해 드리는 이 편지가 대공님의 회복에 조금이나마 도움이 되었으면 합니다.」

그녀는 편지를 건넸습니다. 이를 받아 든 대공은 편지에 여러 차례 입을 맞춘 후, 펼쳐 들고 다음의 글을 읽기 시작했습니다.

페르시아 대공께 드리는 셈셀니하르의 편지

내 소식이 궁금하신가요? 그렇다면 이 편지를 전해 드리는 아이에게 물어보세요. 나에 대해서는 그 애가 더 잘 알고 있을 테니까요. 사실 당신을 못 보게 된 이후로 난 제정신이 아니랍니다……. 지금 나는 이 두서없는 글을 통해 당신과 대화하며, 당신 없는 시름을 달래 보려 합니다. 이렇게만 해도 직접 보고 말하는 것만큼이나 기쁨이 넘치는군요.

사람들은 말하죠. 시간이 약이라고요. 하지만 내 병은 아무리 참고 기다려 봐도 조금도 나아지지 않습니다. 아니 한층 더 깊어지기만 할 뿐입니다. 그래요! 당신의 모습은 내 가슴속 깊이 새겨져 있습니다. 하지만 내 눈은 그 실물을 못내 그리워합니다. 이대로 얼마나 더 지내야 할까요? 이런 상태가 오래 지속된다면 이 가슴속에 그려진 당신의 모습, 그 빛나는 광채는 모두 스러져 버릴 거예요. 당신의 두 눈 역시 나를 그리워하고 있나요? 분명히 그러실 거예요! 당신의 따뜻한 눈과 마주친 순간, 난 당신의 진심을 알 수 있었답니다. 하지만 서로를 그리는 우리의 갈망 사이에 놓여 있는 이 모든 장애물들……. 아아, 이것들만 아니라면 이 셈셀니하르는 얼마나 행복할까요! 그리고 대공님도 얼마나 행복할까요! 이 장애물들이 내게 왜 이리 아프게 느껴지는지 아시나요? 그것은 이것들로 인해 당신 또한 아파하고 있음을 잘 알기 때문입니다.

지금 내 손가락이 써 내려가고 있는 이 감정들, 혼자서 한없는 기쁨을 느끼며 여러 번 되뇌어 보는 이 감정들이 어디서 나오는지 아시나요? 바로 내 마음 가장 깊은 곳, 당신이 열어 놓은 그 치료할 수 없는 상처에서 흘러나오고 있답니다. 당신이 없기에 내 마음은 잔혹한 고통을 견뎌내야 하지만, 그건 내가 무수히 축복하는 상처이기도 하지요. 가끔씩이라도 당신을 자유롭게 볼 수만 있다면, 우리의 사랑을 가로막는 이 모든 것들은 내게 아무렇지도 않게 느껴질 텐데요! 그러면 당신을 마음껏 누릴 수 있을 것이니 그 외에 더 무엇을 바라겠어요?

지금 내가 과장하고 있다고는 생각하지 말아 주세요! 아아! 그 어떤 표현을 사용한다 해도 내 가슴속에 담긴 것의 천 분의 일도 보여 주지 못한답니다. 그 증거요? 당신을 다시 보고 싶어 밤에도 잠들지 못하고 항상 눈물만 쏟아 내는 나의 두 눈, 당신만을 갈망하는 이 아픈 가슴, 당신을 생각할 때마다 온종일 새어 나오는 한숨, 사랑하는 대공님 말고는 그 무엇도 떠올리지 못하게 된 나의 머리, 나의 가혹한 운명에 대해 하늘에 올리는 하소연, 그리고 당신을 보낸 이후 한시도 떠나지 않는 슬픔과 불안과 고통······. 이 모든 것들이 내가 여기 적은 것들을 증명해 주고 있답니다.

누군가를 사랑할 운명으로 태어났지만 그를 누릴 희망이 없는 이 몸. 정말로 불행하지 않은가요? 이런 슬픈 생각은 나를 너무나도 암울하게 만들어, 만일 당신 또한 나를 사랑한다는 확신만 없었더라면 난 그대로 죽어 버렸을 것입니다. 하지만 이 너무나도 달콤한 위안이 절망을 달래 주며 나의 생명을 이어 주고 있답니다. 그러니 말해 주세요! 나를 항상 사랑한다고! 당신의 편지를 소중히 간직하고 하루에도 수백 번 읽어 볼 거예요. 그러면 이 모든 고통을 훨씬 쉽게 견뎌 낼 수 있겠지요. 하늘이 우리에 대한 노여움을 거두어, 우리가 서로를 마주 보면서 〈그대를 사랑하며, 또 영원히 사랑하겠소〉라고 마음껏 외칠 기회를 찾게 해주기를 빌 뿐입니다.

안녕히 계세요! 마지막으로 우리 두 사람이 큰 은혜를 입고 있는 이븐 타헤르에게도 안부 전해 주세요.

여기까지 말한 인도의 왕비는 날이 밝아 오는 것을 보고 입을 다물었다. 그리고 다음 날 밤, 그녀는 다음과 같이 이야기를 계속했다.

백아흔여섯 번째 밤

페르시아 대공은 편지를 한 번 읽는 것으로 만족하지 않았습니다. 아직도 편지 안에는 읽다가 빠뜨린 다른 의미가 무수히 남아 있는 것만 같았습니다. 그래서 다시 한 번 천천히 읽어 보았습니다. 읽어 가며 내용에 따라서 때로는 슬픈 한숨을 내쉬며 눈물을 뚝뚝 떨어뜨리기도 하고, 때로는 기쁨과 사랑의 탄성을 터뜨리기도 했습니다. 그토록 사랑스러운 손으로 쓰인 글씨는 보고 또 보아도 질리지 않았습니다. 그리하여 그는 다시 세 번째로 읽으려 들었고, 보다 못한 이븐 타헤르는 여종이 오래 기다릴 수 없으니 이제 그만 답장을 쓰시는 것이 어떻겠느냐고 귀띔했습니다.

「아아!」 대공은 탄식했습니다. 「이토록 고마운 편지에 어떻게 대답해야 옳겠소? 이 벅찬 가슴, 어떻게 표현할 수 있단 말이오? 내 정신은 수천 가지 잔인한 상념들로 어지럽고, 한 가지 감정이 떠오르면 곧 또 다른 감정이 떠올라 흩어져 버린다오. 내 영혼의 무수한 느낌들이 내 몸을 뒤흔들고 있어서, 종이를 잡고 펜을 놀려 글씨를 써 내려가는 것도 힘들다오.」

이렇게 말하면서 그는 곁에 있던 조그만 서탁에서 펜과 종이, 그리고 잉크가 담겨 있는 뿔잔을 꺼냈습니다…….

이 대목에서 세에라자드는 날이 밝는 것을 보고 이야기를 중단했다. 다음 날 그녀는 다시 이야기를 시작하며 인도의 술탄에게 이렇게 말했다.

백아흔일곱 번째 밤

폐하! 페르시아 대공은 이븐 타헤르에게 솀셀니하르의 편지를 건네면서, 자신이 답장을 쓰는 동안 눈앞에 펼치고 있어 달라고 부탁했습니다. 가끔씩 눈을 들어 올려다보면 대답할 내용이 더 잘 생각나리라는 이유에서였죠. 그는 편지를 쓰기 시작했습니다. 하지만 눈물이 앞을 가려 글쓰기가 중단되는 일이 한두 번이 아니었습니다. 마침내 편지를 다 쓴 대공은 그것을 이븐 타헤르에게 주면서 말했습니다.

「읽어 보시오! 그리고 경황없는 정신으로 쓴 글이 말이나 제대로 되는지 좀 살펴봐 주시오!」

이븐 타헤르는 편지를 받아 들고 읽기 시작했습니다.

페르시아 대공이 솀셀니하르에게 보내는 답장
내가 지독한 고통에 빠져 있을 때 당신의 편지가 도착했소. 단지 그것의 겉봉을 보는 것만으로도 나는 말할 수 없는 기쁨에 사로잡혔소. 그리고 당신의 고운 손이 손수 써 내려간 글씨를 보았을 때, 내 두 눈은 빛을 되찾을 수 있었소. 그것은 내 연적 앞에서 당신의 두 눈이 갑자기 감겼을 때 내 두 눈이 잃어버렸던 빛보다도 한결 찬란한 것이었소. 이 고마운 편지에 담겨 있는 말들 한마디 한마디가 내 영혼을 뒤덮은 어둠을 흩어 버리는 눈부신 햇살과도 같았소. 이 글을 읽으며 나는 알 수 있었소. 나에 대한 사랑으로 인해 당신이 얼마나 고통받고 있는지를. 또 나 역시 당신 때문에 고통받고 있음을 당신도 알고 있다는 사실을 말이오. 이 사실들은 내게 너무도 큰 위로가 되었소. 당신의 글은 나로 하여금 한편으로는 뜨거운 눈물을 흘리게 했으며, 다른 한편으로는 내 심장을 활활 타오르게 하여 힘을 주었고, 고통으로 죽으려 하는 나를 붙들어 주었소. 사실 우리의 잔인한 이별 이후, 나는 한순간도 휴식을 취할 수 없었소. 그러나 당신의 편지로 인해 이제는 조금이나마 괴로움을 덜 수 있을 듯하오. 음울한 침묵 속에 빠져 있던 나는 당신의 편지를 읽고 말을 되찾았으며, 나의 깊은 우울은 빛나는 기쁨으로 바뀌었소. 하지만 당신에게서 받은 이 사랑이 내게는 너무도 놀랍고 과분하여, 내 감사의 마음을 전하기 위해 어떤 말부터 시작해야 할지 모르겠소. 다만 당신의 사랑의 소중한 증거물인 이 편지에 수없이 입을 맞추고, 읽고 또 읽을 따름이오. 과분한 나의 행복이 황송하기만 할 따름이오.

당신은 내게 말했소. 당신을 영원히 사랑한다고 말해 달라고. 아아! 설사 내가 지금껏 당신을 이토록 열렬하게 사랑하지 않았다 할지라도, 이처럼 고귀한 사랑을 아낌없이 주는 당신을 어찌 더 사랑하지 않을 수 있단 말이오? 그렇소! 나의 소중한 영혼이여, 그대를 사랑하오! 그리고 그대가 내 가슴속에 지펴 준 이 아름다운 불꽃을 평생토록 활활 불태울 것이오. 내 온 존재를 살라 버리는 이 강렬한 열정, 결코 고통스럽다 아니할 것이오. 그리고 그대를 떠난 이 아픔이 아무리 혹독하다 할지라도, 언젠가 다시 보게 되리라는 희망으로 견뎌 낼 것이오. 아, 오늘이 바로 그날이라면 얼마나 좋겠소! 이렇게 서로 편지를 보내는 대신 내가 직접 찾아가 그대를 죽도록 사랑한다고 고백할 수 있다면 얼마나 행복하겠소! 하지만 눈물이 앞을 가려 더 말할 수 없구려.

잘 계시오.

마지막 구절에 이르러서는 이븐 타헤르마저 눈물이 솟아

나와 제대로 읽을 수 없었습니다. 그는 편지를 대공에게 돌려주면서 한 군데도 고칠 데가 없다고 말했습니다. 대공은 편지를 접어 봉인한 다음, 그에게서 약간 떨어져 있는 여종에게 주었습니다.

「이리 와보시오! 당신 상전의 편지에 답하는 나의 글이오. 이걸 그녀에게 가져다 드리고 내 안부 인사를 전해 주시오.」

여종은 편지를 받아 이븐 타헤르와 함께 물러갔습니다……

여기까지 말한 인도의 왕비는 날이 밝아 오는 것을 보고 입을 다물었다. 그리고 다음 날 밤, 그녀는 다음과 같이 이야기를 계속했다.

이븐 타헤르는 여종과 함께 얼마간 걷다가 그녀와 헤어져 자기 집으로 돌아왔습니다. 그는 자신이 재수 없게도 연루되어 버린 두 연인의 밀통에 대해 곰곰이 생각해 보았습니다. 지금 대공과 셈셀니하르는 그들의 관계를 꼭꼭 숨겨야만 하는 처지였습니다. 하지만 이런 사실을 아는지 모르는지 두 사람은 너무도 경솔하게 처신하고 있어서, 이런 식으로 가다가는 머지 않아 둘의 관계가 사람들의 눈에 띄게 될 가능성이 컸습니다. 이러한 사실로부터 이븐 타헤르는 이성이 있는 사람이라면 당연히 생각할 수 있는 결론을 이끌어 냈습니다.

〈만일 셈셀니하르 님이 그냥 평범한 여자라면, 있는 힘껏 두 분의 사랑을 밀어줄 텐데……. 하지만 그녀는 바로 칼리프의 총비란 말이야! 칼리프가 사랑하는 여인을 유혹하려 했다가는 결코 무사할 수 없는 법……. 그의 불같은 진노는 우선 셈셀니하르 님에게 떨어지겠지. 그리고 나서 페르시아 대공이 목숨을 잃을 거고, 나 또한 같은 신세가 될 거야. 하지만 나는 지켜야 할 명예와 편안한 삶과 가족과 재산이 있는 몸이야. 따라서 아직 가능할 때 이 엄청난 위험에서 빠져나오는 게 좋겠어.〉

그날 하루 종일, 그는 머릿속에서 생각을 이리저리 굴리고 있었습니다. 그리고 다음 날 아침, 그는 다시 대공의 집에 갔습니다. 잘못된 열정을 억눌러 보라고 마지막으로 설득해 볼 작정이었습니다. 대공을 만난 그는 다시 한 번 간언했습니다.

「셈셀니하르 님에게 이끌리는 마음을 그냥 내버려 두어서는 안 됩니다. 이젠 그런 마음을 과감하게 잘라 버리십시오. 지금 이런 마음이 얼마나 위험한지 아십니까? 대공의 연적이 누구입니까? 딴 사람도 아닌 칼리프 아닙니까?」 그리고 마지막으로는 이렇게 덧붙였습니다. 「자, 대공님! 제 말을 잘 들으십시오! 지금 대공님은 정신 바짝 차리고 욕망을 이겨 내야 합니다. 안 그러면 대공님의 목숨이 위험합니다. 아니, 대공님뿐입니까? 대공님이 생명보다도 소중히 여기는 셈셀니하르 님의 목숨까지 달려 있는 문제입니다. 저는 지금 친구로서 이런 충고를 드리는 겁니다. 언젠가 제게 고맙다고 하실 날이 올 겁니다.」

이븐 타헤르의 충고를 듣고 있는 대공은 시종 마뜩찮은 표정이었지만, 말을 끊지 않고 끝까지 들었습니다. 하지만 마침내 입을 열 차례가 되자 이렇게 대답했습니다.

「이븐 타헤르 선생! 선생은 이 몸을 그토록 뜨겁게 사랑해 주는 셈셀니하르 님에 대한 나의 사랑을 멈출 수 있다고 생각하시오? 그녀는 나를 위해 죽음도 두려워하지 않고 있는데 그래, 선생은 내가 목숨을 보전하기 위해 전전긍긍하는 작자가 되기를 바라는 거요? 그럴 수는 없소! 어떤 불행이 닥친다 해도 나는 마지막 숨을 내쉬는 순간까지 셈셀니하르를 사랑할 것이오.」

이븐 타헤르는 대공의 고집스러운 태도에 몹시 언짢아졌습니다. 그래서 짤막한 인사말만을 던지고 불쑥 방을 나와 집에 돌아와 버렸지요. 그는 전날 하던 생각을 다시 이어서, 이번에는 자신이 어떤 행동을 취해야 할지 심각하게 고민하기 시작했습니다. 이때 그의 절친한 친구인 어느 보석상이 그를 방문했습니다. 사실 이 보석상은 요즘 셈셀니하르의 여종이 이븐 타헤르 집에 드나드는 빈도가 평소보다 잦아지고 있다는 사실, 또 원인 모를 병으로 자리보전하고 있다는 소문이 온 장안에 퍼진 페르시아 대공이 이븐 타헤르와 거의 항상 같이 지낸다는 사실을 알고 있었습니다. 그래서 그는 여기에 어떤 사연이 숨어 있을지 모른다고 의심하고 있었지요. 이븐 타헤르가 멍하니 생각에 잠겨 있는 것을 본 그는 이 친구가 뭔가 중요한 일로 고민하고 있나 보다 짐작하고는, 요즘 솀셀니하르의 여종이 무엇 때문에 그리 자주 오느냐고 떠보았습니다. 불시에 질문을 받은 이븐 타헤르는 한동안 꿀먹은 벙어리처럼 있다가, 별로 중요한 일은 아니라고 대답했습니다. 그러자 보석상이 재차 말했습니다.

「자네, 솔직히 말하지 않는군. 그렇게 뭔가를 감추려 하는 걸 보니, 시시한 일이 아니라 오히려 내가 짐작했듯 뭔가 중대한 일임에 틀림없구먼.」

이렇게 친구가 다그쳐 오니, 이븐 타헤르로서는 결국 실토하지 않을 수 없었습니다.

「그렇네! 자네 짐작대로 이것은 지극히 위중한 사안일세. 나는 이를 철저히 비밀에 부치기로 작정했네만 자네가 내 일을 마치 제 일처럼 걱정해 주는 친구임을 아는 고로, 솔직하게 털어놓겠네. 내가 고백할 사실에 대해 굳이 비밀을 지켜 달라고 부탁하지는 않겠네. 내 얘기를 들으면 자네 스스로 판단할 수 있을 테니까.」

이렇게 서두를 띄운 그는 솀셀니하르와 페르시아 대공의 사랑에 대해 모두 이야기해 주고는 이렇게 덧붙였습니다.

「자네는 내가 궁정과 도성 안에서 어떤 위치에 있으며, 또 우리 나라의 가장 지체 높은 신사 숙녀 분들과 어떤 관계에 있는지 잘 알 걸세. 이 무모한 사랑이 발각되기라도 하는 날이면, 나로서는 무슨 개망신이겠는가! 아니, 단지 개망신 정도가 아니라 나와 집안 전체가 결딴나는 걸세. 바로 이 때문에 머리가 지끈지끈한 거라네. 하지만 난 방금 전에 결정했네. 아니, 내가 반드시 해야 할 일이기도 하지. 즉 나는 이제부터 채무자들을 찾아다니며 빌려 준 돈을 몽땅 받아 내고 재산을 모두 챙긴 다음, 발소라로 뜰 걸세. 이 폭풍우가 지나갈 때까지 거기 숨어 지내겠다는 거지. 셈셀니하르 님과 대공에 대한 내 정의(情誼)를 생각하면, 두 분께 행여 무슨 불행한 일이라도 닥치게 될까 봐 무척 걱정이 된다네. 부디 두 분이 앞에 놓인 위험을 깨닫고 목숨을 보전하시기만을 빌 뿐이야. 하지만 불행히 두 분의 사랑이 칼리프에게 발각된다 해도, 최소한 나만큼은 불똥을 면해야 하지 않겠는가? 두 분이 당신들의 불행에 나까지 끌어들일 만큼 못된 사람들은 아닐 거야. 만일 그런다면 배은망덕하기 짝이 없는 행동이지. 두 분을 그렇게 도와 드리고, 또 귀중한 충고를 아끼지 않은 내게 그럴 수는 없는 일이거든. 특히 대공께서는 그래서는 안 되겠지. 사실 대공께서는 지금이라도 마음만 먹으면 자신뿐 아니라 셈셀니하르 님까지 벼랑에서 끄집어낼 수 있을 텐데 말이야. 나처럼 바그다드를 떠나기만 하면 되는 거니까. 몸이 멀면 마음도 멀어진다고, 그리하면 차츰 사랑도 식을 텐데 말이야. 하지만 여기에 남아 있겠다고 고집부리는 한 그 사랑은 갈수록 뜨거워질 뿐이야.」

보석상은 이븐 타헤르의 이야기를 듣고 깜짝 놀랐습니다.

「과연 이 이야기는 지극히 위중한 내용이구먼! 셈셀니하르 님과 페르시아 대공 같은 분들이 어떻게 그런 미친 사랑의 불길에 빠져들었는지, 나로서는 도저히 이해할 수 없군. 서로가 아무리 호감을 느꼈다 한들, 그렇게 쉽사리 충동에 자신을 내맡겨서야 되겠는가? 이성을 발휘하여 저항했어야지……. 아니, 그런 관계가 어떤 고약한 결과를 초래할지 두 분이 진정 몰랐단 말인가? 정말이지 두 분의 맹목을 개탄하지 않을 수 없네그려! 자네도 그렇겠지만 내 눈에도 그 결과가 뻔히 보이는데 말이야. 하지만 역시 자네는 현명하고도 신중하네! 자네가 내린 결정은 참으로 잘한 걸세. 내 생각에도, 그렇게 해야만 자네가 걱정하는 재앙을 피할 수 있을 걸세.」

이렇게 말한 후 보석상은 자리에서 일어나 이븐 타헤르에게 작별을 고했습니다.

이 대목에서 셰에라자드가 말했다. 「폐하! 날이 밝아 오고 있어 더 이상 이야기를 들려드릴 수 없나이다.」 그녀는 입을 다물었다. 다음 날 밤, 그녀는 다시 이야기를 이어 나갔다.

백아흔아홉 번째 밤

보석상이 집을 나가기 전, 이븐 타헤르는 그들의 굳은 우정을 생각해서라도 자신이 얘기한 내용을 누구에게도 발설하지 말아 달라고 신신당부했습니다. 보석상은 대답했습니다.
「그 점에 대해서는 조금도 걱정하지 말게! 내 약속하는데, 목숨을 걸고 비밀을 지키겠네.」
이틀 후, 이븐 타헤르의 가게 앞을 지나다가 가게 문이 닫힌 것을 본 보석상은 그가 마침내 계획을 실행에 옮긴 것이라고 짐작했습니다. 그는 사실을 확인하고자 한 이웃에게 왜 가게가 닫혀 있는지 아느냐고 물었습니다. 이에 이웃이 대답하기를, 이븐 타헤르가 여행을 떠났다는 사실 외에는 아는 게 없다는 것이었습니다. 이 대답을 들으니 더 이상 알아볼 필요조차 없었습니다. 보석상은 페르시아 대공을 떠올리고 속으로 생각했습니다.
〈불쌍한 양반! 이븐 타헤르가 떠났다는 사실을 알게 되면 얼마나 상심할까? 그는 이제 누구를 통해 솀셀니하르와 연락한단 말인가? 행여 절망 끝에 죽지나 않을까 걱정이 되는구먼. 참으로 안된 일이야. 그토록 소심한 심복이 그를 버리고 도망갔으니, 나라도 대신 그 자리를 메워 줘야 하지 않을까?〉
사실 보석상은 대공에게 보석 몇 점을 판 일이 있을 뿐, 그와 그렇게 잘 아는 사이라고는 할 수 없었습니다. 그렇지만 자신의 용무마저 팽개친 채 즉시 그를 찾아갔습니다. 대공의 집에 당도한 그는 긴히 할 말이 있으니 주인을 만나게 해달라고 하인에게 청했습니다. 하인은 곧 돌아와서 그를 대공의 침실로 인도했습니다. 쿠션에 머리를 기대고 좌단에 반쯤 누운 자세로 있던 대공은 면식이 있는 보석상을 알아보고는 몸을 일으켜 맞아 주었습니다. 이어 자리를 권한 후 자신이 도와야 할 일이 있는지, 아니면 자신에게 무슨 소식이라도 가져온 것인지 물었습니다. 보석상은 대답했습니다.

「대공! 비록 소인이 대공과 특별한 관계가 있는 것은 아닙니다만 대공께 제 충정을 표하고자 하는 마음이 있어, 대공과 관련한 소식을 한 가지 전해 드리고자 이렇게 불쑥 찾아오게 되었습니다. 저의 갸륵한 뜻을 생각해서라도 무례한 방문을 용서해 주시기 바랍니다.」 그는 이렇게 운을 뗀 다음, 본론으로 들어가 말했습니다. 「대공! 이븐 타헤르와 저는 일로 만났지만, 서로 배짱이 맞기도 하여, 몇 해 전부터 돈독한 우정을 맺어 오고 있습니다. 또 그가 대공님과 친밀한 관계이며, 지금까지 있는 힘껏 대공을 도와 드리고 있다는 것도 알고 있습니다. 우리 둘은 피차 숨기는 게 없는 사이인지라, 그가 말해 주었지요……. 각설하고, 방금 전에 저는 그의 가게 앞을 지나게 되었는데, 놀랍게도 가게 문이 잠겨 있더군요. 이웃 사람을 붙들고 물어보니 대답하기를, 이틀 전 이븐 타헤르가 몹시 중요한 일이 있어 발소라로 떠난다고 이웃들에게 작별을 고했다는 겁니다. 그러나 저로서는 이 대답에 마음이 편치 않았고, 또 평소 그의 일을 마치 제 일처럼 생각하고 있는 까닭에, 그가 이렇게 급작스레 떠난 이유를 알아보려 이렇게 대공을 찾아온 것입니다.」

보석상은 자신이 말하고자 하는 본론으로 유도하기 위해

이처럼 에둘러 말했지요. 이 말을 들은 페르시아 대공은 역시나 안색이 돌변했습니다. 그러고 나서 보석상을 망연히 쳐다보는데, 그 눈빛은 그가 이 소식에 얼마나 큰 충격을 받았는지 여실히 보여 주고 있었습니다.

「과연 청천벽력과도 같은 소식이구려! 나로서는 더 이상 끔찍할 수 없는 불행이오!」 그는 눈물을 글썽이면서 외쳤습니다. 「당신이 말한 게 사실이라면 난 이제 끝이라오! 나의 모든 위로가 되어 주던 이븐 타헤르, 내 모든 희망을 걸었던 이븐 타헤르가 나를 저버리다니! 이처럼 끔찍한 충격을 받고 내가 어찌 더 살아갈 수 있단 말이오?」

보석상으로서는 더 이상 들어 볼 필요조차 없었습니다. 이븐 타헤르에게서 들은 대공의 격렬한 사랑이 모두 사실임을 확인한 것이죠. 단순한 우정이라면 이런 표현을 사용하지 않는 법입니다. 오직 사랑만이 이런 격한 감정적 반응을 낳을 수 있는 것이지요.

대공은 한동안 지극히 서글픈 상념에 잠겨 있다가 마침내 고개를 들고는 하인에게 말했습니다.

「자, 이븐 타헤르 선생 댁에 가서 그가 정말로 발소라로 떠났는지 확인하고 오너라. 빨리 다녀와서 결과를 내게 보고하도록!」

하인이 돌아오기를 기다리면서 보석상은 대수롭지 않은 화제로 대공과 대화를 나눠 보려 했습니다. 하지만 대공은 망연자실하여 그의 말은 듣는 둥 마는 둥 했습니다. 극도의 불안감에 사로잡혀 있었던 것입니다. 한순간에는 이븐 타헤르가 정말로 떠났음을 믿지 않다가, 다시 다른 순간에는 지난번 만났을 때 그가 했던 말과 성난 기색으로 불쑥 나가 버린 일을 떠올리며 더 이상 의심할 수 없는 사실로 받아들이는 등, 그는 종잡을 수 없는 심정이었습니다.

드디어 하인이 도착하여, 이븐 타헤르의 하인에게 물어본 결과 과연 그는 이틀 전에 발소라로 떠났다고 전했습니다. 그러고는 이렇게 덧붙였습니다.

「소인이 이븐 타헤르 선생 댁을 나오는데, 옷을 잘 차려입은 여종 하나가 제게 다가왔습니다. 그리고 제 상전이 대공님이 맞는지 묻고는, 저와 함께 집에 오게 해달라고 부탁했습니다. 그녀는 지금 옆방에 있는데, 어떤 높은 분이 보내신 편지를 지니고 있는 모양입니다.」

대공은 그녀가 누구인지 짐작하고는 즉시 들어오게 했습니다. 역시나 문을 열고 들어온 그녀는 셈셀니하르의 여종이었습니다. 보석상 역시 이븐 타헤르의 가게에서 그녀를 몇 번 본 일이 있었을 뿐 아니라, 이븐 타헤르에게서 들은 바가 있었으므로 그녀가 누구인지 한눈에 알아볼 수 있었습니다. 그런데 이때 여종이 도착한 것은 여간 시의적절한 일이 아니었습니다. 대공이 절망의 나락으로 떨어지기 일보 직전이었던 것입니다. 여종이 대공에게 인사하고……

「하지만 폐하! 날이 밝아 오고 있사옵니다.」 이 대목에서 셰에라자드는 이렇게 말하고 입을 다물었다. 다음 날 밤, 그녀는 다음과 같이 이야기를 계속해 나갔다.

이백 번째 밤

페르시아 대공도 여종의 인사에 답례했습니다. 그녀가 나타나는 것을 보자 보석상은 즉시 자리에서 일어나 두 사람이 자유롭게 대화를 나눌 수 있게끔 멀찌감치 떨어져 주었습니다. 여종은 대공과 잠시 이야기를 나눈 후 작별을 고하고 나갔습니다. 뒤에 남은 대공은 조금 전과는 전혀 다른 사람이 되어 있었죠. 두 눈은 반짝거렸으며, 얼굴은 한결 명랑해졌습니다. 이런 변화를 본 보석상은 여종이 무언가 희망적인 소식을 전하고 갔음을 짐작할 수 있었습니다.

보석상은 다시 자리에 돌아와 앉으며 미소 띤 얼굴로 대공에게 말했습니다.

「보아하니 대공께서는 칼리프의 궁에 무언가 중요한 일이 있으신 것 같군요.」

이 말에 대공은 깜짝 놀랐습니다.

「무얼 보고 내가 칼리프의 궁에 중요한 일이 있다고 판단하셨소?」

「방금 나간 여종을 보고 알 수 있었습니다.」

「그럼 이 여종의 주인이 누구인지는 알고 계시오?」

「칼리프의 총비이신 솀셀니하르 님이 아니십니까? 저는 이 여종과 그녀의 상전을 잘 알고 있습니다. 가끔 제 가게에 보석을 사러 오시거든요. 또 저는 솀셀니하르 님은 이 여종에게만큼은 아무것도 감추는 게 없으시다는 사실도 잘 알고 있습니다. 그녀는 며칠 전부터 난감한 표정으로 거리를 오가는 일이 부쩍 잦아졌는데, 제가 생각하기로는 그녀의 상전과 관련된 무언가 중대한 일 때문이 아닌가 합니다만…….」

보석상의 말에 크게 동요된 대공은 생각했습니다.

〈저자가 내 비밀을 의심하고 있지 않으면, 아니 알고 있지 않으면 이런 말을 할 리 없을 텐데…….〉

그는 어찌할 바를 모르고 잠시 침묵을 지키다가, 잠시 후 겨우 입을 열었습니다.

「방금 하신 말씀을 듣자니…… 당신은 말씀하시는 것보다 더 많은 것을 알고 계신 모양이구려. 더 이상 숨기지 말고 속 시원하게 다 말씀해 보시오.」

보석상은 대공의 입에서 기대하던 말이 나오자, 냉큼 입을 열어 자신이 이븐 타헤르와 나누었던 대화에 대해 상세히 들려주었습니다. 이렇게 자신이 대공과 셈셀니하르의 관계에 대해 잘 알고 있음을 밝히는 한편, 스스로에게 닥칠 위험에 두려워진 이븐 타헤르가 발소라로 피신을 가서 폭풍우가 지나갈 때까지 숨어 있겠다는 계획을 자기에게 고백했음을 알려 주었던 것이지요. 그러고는 이렇게 덧붙였습니다.

「결국 그는 이 계획을 실행한 겁니다. 하지만 대공께서 지금 어떤 상태에 처해 있는지 너무나 잘 아는 양반이 이런 식으로 훌쩍 떠나 버리다니 참으로 놀랍군요...... 그렇다면 저는 여기 왜 왔느냐고요? 솔직히 고백드리자면, 대공의 처지가 몹시 동정이 되어 미력하나마 도움이 되고자 이렇게 찾아왔습니다. 대공께서 흔쾌히 받아들여 주신다면 이븐 타헤르만큼이나 충직한 벗이 되어 드리겠습니다. 아니, 그보다 더욱 확고한 의지로 도와 드리겠습니다. 저는 대공을 위해 명예와 목숨마저 희생할 각오가 되어 있습니다. 만일 제 진심을 의심하신다면, 우리가 믿는 신앙의 가장 신성한 것에 대고 반드시 비밀을 지킬 것을 맹세하겠습니다. 그러니 대공님, 대공께서 잃으신 친구를 되찾았다고 생각해 주십시오!」

이 말은 대공을 안심시켰을 뿐 아니라, 이븐 타헤르가 떠나간 슬픔을 위로해 주었습니다.

「한 사람을 잃었지만, 그를 대신해 줄 선생 같은 분을 만나게 되어 몹시 기쁘오. 선생에게 감사하는 이 마음, 어떻게 표현해야 할지 모르겠소. 다만 하느님께서 선생의 너그러움에 보상을 주시길 빌 뿐이며, 고마운 제안은 기꺼이 받아들이겠소. 그런데...... 방금 전에 왔던 셈셀니하르의 여종이 선생에 대해 무슨 말을 했는지 아시오? 바그다드를 떠나라고 이븐 타헤르에게 권한 사람이 바로 선생이라고 합디다. 조금 전 나를 떠나면서 그녀가 마지막으로 한 말이오. 그녀는 확신하고 있는 듯했소. 하지만 그건 부당한 말이었군. 선생의 말을 듣고 나니 그녀가 잘못 생각하고 있다는 걸 확실히 알겠소.」

「제가 이븐 타헤르와 어떤 대화를 나누었는지에 대해서는 이미 모두 말씀드렸습니다. 사실 그가 발소라에 가겠다는 계획을 밝혔을 때, 저는 그의 계획에 반대하지 않았습니다. 오히려 현명하고도 신중한 결정이라고 말해 주었지요. 하지만 그렇다고 하여 저에 대한 신뢰를 거두지는 말아 주십시오. 저는 대공께 정성껏 봉사할 각오가 되어 있으니까요. 만일 대공께서 저를 의심하고 저의 봉사를 거절한다 할지라도, 저는 이미 한 엄숙한 맹세에 따라 비밀을 굳게 지킬 것입니다.」

「선생에게 이미 말했듯이 나는 여종의 말에 흔들리지 않소. 그녀가 이처럼 선생을 근거 없이 의심하는 것도 다 우리를 위해서 그러는 것이니 너그럽게 용서해 주시기 바라오.」

그들은 이렇게 얼마 동안 더 대화하면서 솀셀니하르와 계속 연락을 취할 수 있는 가장 좋은 방법에 대해 의논했습니다. 그리고 이를 위해서는 보석상을 경계하는 여종의 의심을 푸는 것이 급선무라는 데 동의했습니다. 대공은 다음번에 여종을 보는 대로 그녀의 오해를 풀어 주고, 앞으로 그녀의 상전이 보내는 편지나 소식이 있으면 보석상에게 전하라고 당부하기로 했습니다. 여종이 대공의 집에 빈번히 드나들면 사람들의 의심을 살 염려가 있었던 까닭입니다. 마침내 자리에서 일어난 보석상은 자신을 전적으로 믿어 달라고 다시 한 번 부탁한 후 물러갔습니다.

이 대목에서 아침 빛이 밝아 왔으므로 왕비 셰에라자드는 이야기를 중단했다. 다음 날 밤, 그녀는 이야기의 끈을 이어 인도의 술탄에게 이렇게 말했다.

이백한 번째 밤

폐하! 이야기를 마치고 나와 집으로 돌아가던 보석상은 길바닥 위에 누군가가 떨어뜨린 듯 보이는 편지 한 장이 있는 것을 발견하고는 주워 들었습니다. 봉인되어 있지 않아 열어 보았더니 거기에는 다음과 같은 글이 적혀 있었습니다.

페르시아 대공께 드리는 솀셀니하르의 편지
방금 전, 제 여종을 통해 소식을 들었습니다. 대공께서도 그러하시겠지만 제게도 너무나 가슴 아픈 소식이 아닐 수 없군요. 정말이지 이븐 타헤르를 잃은 것은 우리로서는 크나큰 손실입니다. 하지만 대공님! 그렇다고 하여 지나치게 심려하셔서 건강을 해치는 일은 없도록 하세요. 우리가 의지했던 벗이 극도의 공포로 인해 우리를 저버리고 떠나갔지만, 그냥 어쩔 수 없는 일이었다 생각하고 마음을 달래자고요. 하긴, 우리가 그를 가장 필요로 하는 때에 이븐 타헤르가 사라져 버린 것은 사실입니다. 하지만 우리, 이 불의의 일격에 굴하지 말고, 또 인내심을 잃지 말고 항상 서로를 사랑하기로 해요! 이러한 역경 속에서 오히려 우리의 마음을 더욱 굳게 다잡자고요! 노력 없이 원하는 것을 얻을 수는 없는 법이잖아요? 조금도 실망하지 말고 하늘이 우리를 도와주리라는 희망을 가져요! 무수한 고통을 겪은 후 우리의 갈망이 마침내 행복하게 이루어지리라는 희망을요! 안녕히 계세요.

보석상이 대공과 이야기하고 있던 동안, 여종은 궁에 돌아가 그녀의 상전에게 이븐 타헤르가 떠나갔다는 나쁜 소식을 전했습니다. 이에 솀셀니하르는 즉시 이 편지를 써서 여종으

로 하여금 대공에게 전달하게 했는데, 그녀가 이것을 그만 길바닥에 떨어뜨렸던 것입니다. 이 편지를 주운 보석상은 쾌재를 불렀습니다. 왜냐하면 여종이 품고 있는 자신에 대한 오해를 풀 좋은 기회였기 때문이지요. 편지에 적힌 글을 다 읽고 주위를 둘러보니, 여종이 초조한 기색으로 두리번거리며 편지를 찾고 있었습니다. 그는 재빨리 편지를 접어 품속에 집어넣었습니다. 이 모습을 본 여종은 그에게 달려와 말했습니다.

「여보세요! 조금 전에 선생께서 들고 있던 편지는 제가 떨어뜨린 거예요! 제발 제게 돌려주세요!」

보석상은 그녀의 말을 못 들은 체하며, 아무 대꾸도 없이 그대로 걸음을 재우쳤습니다. 하지만 집에 들어와서는 문을 잠그지 않았습니다. 허겁지겁 쫓아오는 여종이 뒤따라 들어올 수 있게 하려 함이었죠. 과연 그녀는 그의 방에 따라 들어와서 말했습니다.

「선생님! 선생님이 주운 그 편지는 선생님에겐 아무 소용도 없는 거예요. 또 그것을 쓴 사람이 누구이며, 누구에게 보내는 것인지 알게 된다면 당장에 내게 돌려줄 거예요. 게다가 남의 편지를 그렇게 움켜쥐고 있는 건 올바르지 못한 행동입니다.」

보석상은 우선 여종에게 자리를 권한 후 말했습니다.

「이 편지를 쓴 사람은 솀셀니하르 님이며 그 수신자는 페르시아 대공이 아니오?」

이 예상치 못한 질문에 여종의 얼굴은 새하얘졌습니다.

「내 질문이 몹시 거북스러운 모양이구려.」 보석상이 다시 말했습니다. 「하지만 걱정 마시오! 쓸데없는 호기심으로 묻는 건 아니니까. 사실 아까 거리에서 편지를 돌려줄 수도 있었소. 하지만 당신에게 한 가지 사실을 해명하기 위해 일부러 여기로 데려온 거라오. 자, 한번 대답해 보시오! 무고한 사람에게 죄를 뒤집어씌우는 게 올바른 일이오? 바로 당신이 내게 한 일이라오. 이븐 타헤르를 부추겨 바그다드를 떠나게 한 사람이 나라고 페르시아 대공에게 말했다지요? 여기서 가타부타 오래 설명하지는 않겠소. 이 점에 대해서는 페르시아 대공께서 내 결백을 믿어 주시는 것으로 충분하니까. 단지 당신에게 말해 주고 싶은 것이 있소. 나는 이븐 타헤르가 떠나는 데 일조하기는커녕 그로 인해 심히 가슴 아파한 사람이었소. 그와의 우정이 각별해서가 아니라, 대공이 딱한 처지에 놓이게 되었기 때문이오. 그래서 난 이븐 타헤르가 바그다드를 떠났다는 소식을 듣기가 무섭게 대공에게 달려가 이 소식을 전해 드리며 내가 이븐 타헤르를 대신해 돕겠노라고 제의드렸고, 대공은 이 제의를 받아들였소. 당신도 이를 신뢰한다면 나를 중개자로 유용하게 쓸 수 있을 거요. 자, 당신 상전에게 가서 이 말을 전해 주시오. 설사 이 위험한 일에 끼어들어 파멸하는 한이 있더라도, 서로가 너무도 잘 어울리는 두 연인을 위해서라면 이 한목숨 기꺼이 희생할 각오가 되어 있노라고!」

보석상의 말을 들은 여종은 몹시 기뻐했습니다. 그리고 그를 오해했던 것은 상전에게 충성을 다하려는 과정에서 생긴 실수이니 너그러이 용서해 달라고 말했습니다.

「셈셀니하르 님과 대공께서 이븐 타헤르를 대신할 수 있는 당신 같은 사람을 얻게 되셔서 너무나 기뻐요! 마님께 가서 당신의 진심을 잘 설명드리겠어요.」

이 대목에서 셰에라자드는 날이 밝은 것을 보고 이야기를 중단했다. 다음 날 밤, 그녀는 다음과 같이 이야기를 이어 나갔다.

이백두 번째 밤

여종이 말을 마치자 보석상은 품속에서 편지를 꺼내 여종에게 주면서 말했습니다.

「자, 이걸 신속히 대공에게 가져다주고, 답장을 받아 오시오! 또 우리 간에 어떤 말이 오갔는지 잊지 말고 대공에게 알려 주시오!」

여종이 편지를 받아 대공에게 가져다주자, 그는 즉시 답장을 썼습니다. 여종은 다시 보석상의 집으로 와 편지를 보여 주었는데, 거기에는 다음과 같은 글이 적혀 있었습니다.

셈셀니하르에게 보내는 페르시아 대공의 편지

그대의 귀중한 편지가 내게 큰 힘이 된 것은 사실이오만, 나의 바람만큼은 아니라오. 그대는 이븐 타헤르를 잃은 나를 위로해 주려 하고 있소. 하지만, 아아, 물론 이 사건도 가슴 아픈 일이지만, 지금 내가 앓고 있는 병 전체에 비하면 아주 작은 일부에 불과하다오! 이 병이 무엇인지 그대는 아실 것이오. 그리고 이 병을 고칠 수 있는 것은 오직 당신뿐이라는 사실도 아실 것이오. 당신을 잃으리라는 두려움 없이 당신을 누릴 날, 그날이 언제 올지! 아아, 그 시간은 얼마나 멀게만 느껴지는지! 아니, 과연 우리에게 그런 날이 오기나 할지! 건강을 지키라고 권고하셨지요? 말씀대로 따르겠소. 오직 그대의 뜻만을 따르기 위해 나 자신의 의지를 포기했기 때문이오. 잘 계시오.

편지를 읽은 후 보석상은 이를 다시 여종에게 주었습니다. 여종은 집을 나서며 그에게 말했습니다.

「이븐 타헤르 못지않게 선생님을 신뢰하시게끔 마님에게 잘 설명드리겠어요. 내일 소식을 전해 드릴게요.」

다음 날, 과연 그녀는 희색이 만면하여 다시 나타났습니다. 그런 그녀를 보고 보석상은 말했습니다.

「당신 얼굴만 보아도 셈셀니하르 님의 마음을 돌려 놓는 데 성공한 것 같구려!」

「맞아요! 자, 내가 어떻게 했는지 얘기해 드리죠. 어제 궁에 돌아갔더니 셈셀니하르 님이 초조하게 기다리고 계셨어요. 대공의 편지를 드리니, 눈물을 글썽거리며 받아 읽으셨어요. 다 읽은 후에는 항상 그러하시듯 또다시 슬픔에 빠져들려는 기색을 보이시기에 제가 얼른 말했죠.

〈마님! 혹시 이븐 타헤르 님이 떠나가 버려서 속상해하는 건 아니신지요? 그 점에 대해서라면 조금도 걱정하실 게 없습니다. 그의 역할을 똑같이 해낼 수 있는 사람을 찾아냈거든요. 그분은 자청하여 마님을 도와 드리겠다고 하고 있습니다. 이븐 타헤르만큼이나 열심히, 그리고 무엇보다도 그보다 훨씬 더 용기 있게 봉사하겠다는 거예요.〉

그러고 나서 저는 당신에 대해, 또한 당신이 왜 대공님을 찾아갔는지에 대해 설명드렸어요. 마지막으로 당신이 반드시 비밀을 지킬 것이며, 최선을 다해 두 분의 사랑을 도울 것이리라 장담했죠. 제 말을 들은 솀셀니하르 님은 사뭇 놀란 표정이셨어요. 그리고 이렇게 외치셨죠.

〈세상에 참 고맙기도 해라! 그 신사분을 직접 만나서 그분의 입을 통해 직접 이야기를 듣고 감사드리고 싶구나. 아무런 의무도 없는 분께서 그토록 따뜻한 관심을 가져 주시니 얼마나 너그러우신 분이냐! 그분을 만날 수 있다면 너무도 좋겠다! 만나서 우리에게 품은 호감을 더욱 굳게 해드리고, 그 고마운 뜻을 격려하고 싶구나. 내일 가서 그분을 꼭 이리 모셔 오도록 해라!〉

그러니 선생님! 수고스러우시겠지만 저와 함께 궁으로 가 주세요.」

하지만 여종의 말에 보석상은 매우 당황해했습니다.

「당신 상전에게는 좀 불손한 말인지 모르겠소만, 깊이 생각해 보지 않고 나를 청하신 듯하구려. 이븐 타헤르야 워낙에 칼리프의 신임을 받은 사람이라 아무 데나 다닐 수 있었고, 궁신들도 그와 낯을 익혀 솀셀니하르 님의 궁을 자유롭게 출입하게 놔두었지만, 내가 어떻게 거길 감히 들어가겠소? 당신도 알다시피 그건 불가능한 일이오. 그러니 솀셀니하르 님에게 가서 내가 가지 못하는 이유와, 내가 가서 야기될 수 있는 골치 아픈 일들을 설명 좀 해주시오. 잘못하면 큰 위험에 노출될 수도 있다는 사실은 조금만 생각해 봐도 알 수 있는 일이오.」

여종은 뜨악해하는 보석상을 안심시키기 위해 말했습니다.

「아니, 위험에 빠질 가능성이 조금이라도 있다면 오라고 청하셨겠어요? 더욱이 선생님처럼 중요한 봉사를 해주실 분을 말이에요. 셈셀니하르 님은 그렇게 분별없는 분이 아니랍니다. 선생님에게 위험할 건 조금도 없으니 잘 생각해 보세요. 사실 선생님을 위험에 빠뜨려서 가장 먼저 큰일 날 사람은 셈셀니하르 님과 저, 바로 우리들 자신이라고요. 그러니 저만 믿고 따라오세요. 와보시면 선생님이 공연히 걱정했다는 걸 아실 거예요.」

여종의 말이 그럴 듯해 보석상은 그녀를 따라가려고 자리에서 일어났습니다. 하지만 상황이 상황인지라, 천성적으로 대담한 사람이었음에도 불구하고 전신이 부들부들 떨렸습니다. 결국 그 모습을 보다 못한 여종이 말했습니다.

「정말 이런 상태로는 안 되겠군요. 선생님은 그냥 집에 계시고, 셈셀니하르 님께서 다른 방법을 강구해 보시는 게 낫겠어요. 아마도 마음이 달아 계신 마님께서 직접 이리로 오실 게 뻔하니, 외출하지 말고 기다려 주세요. 분명히 얼마 안 있어 마님께서 달려오실 테니까요.」

여종의 예측은 옳았습니다. 보석상이 무서워하고 있다는 말을 듣기가 무섭게 셈셀니하르는 그의 집으로 갈 준비를 했던 것입니다.

보석상은 깊은 경의를 표하며 셈셀니하르를 맞았습니다. 자리에 앉은 그녀는 길을 오느라 약간 피곤을 느껴 너울을 벗었습니다. 눈부시게 아름다운 그녀의 얼굴이 드러나자, 보석상은 왜 대공이 감히 칼리프의 총비를 마음에 두게 되었는지 비로소 이해가 되었습니다. 그녀는 보석상에게 기품 있게

인사한 후 말했습니다.

「선생께서 저와 대공을 자기 일처럼 도와주기로 마음먹으셨다는 말을 듣고서, 한시라도 빨리 선생을 직접 만나 감사를 드리고 싶었어요. 이렇게 이븐 타헤르를 잃은 우리에게 그를 대신할 수 있는 분을 보내 주신 하늘에 감사드릴 뿐입니다.」

날이 밝아 오는 것을 보았으므로 세에라자드는 이 대목에서 멈출 수밖에 없었다. 다음 날, 그녀는 다음과 같이 이야기를 계속해 나갔다.

이백세 번째 밤

셈셀니하르는 보석상에게 감사와 격려의 말을 아끼지 않았습니다. 그러고는 자신의 궁으로 돌아갔죠. 보석상은 이 방문에 대해 보고하기 위해 즉시 대공에게 달려갔는데, 대공은 그가 나타나는 것을 보자마자 기다렸다는 듯이 말했습니다.

「선생을 몹시 기다렸다오. 여종이 가져온 셈셀니하르의 편지를 읽었지만, 마음은 여전히 답답하오. 사랑스러운 그녀의 권고에도 불구하고 앞은 캄캄하기만 하고, 내 인내심은 한계에 이르렀다오. 이제 대체 어떻게 해야 할지 모르겠소. 이븐 타헤르가 떠남으로써 난 절망에 빠진 것이오. 그는 내 유일한 의지였소. 나는 그를 잃음으로써 모든 것을 잃은 것이오. 그만이 셈셀니하르에게 접근할 수 있었기에 실낱같은 희망이나마 가질 수 있었던 건데……」

대공이 이 말들을 하도 폭포수처럼 쏟아 내는 통에, 보석상은 끼어들 틈조차 없었습니다. 마침내 그가 잠시 말을 멈추자 보석상이 말했습니다.

「이 세상에 저만큼 대공의 고통을 이해하고 있는 사람은 없을 겁니다. 그러니 차분하게 제 말을 좀 들어 주십시오. 제가 그 고통을 완화시킬 수 있는 방도를 말씀드릴 테니까요.」

그제야 대공은 입을 다물고 보석상의 말에 귀를 기울였습니다. 보석상은 다시 말을 이었습니다.

「제가 보기에 지금 대공이 원하는 것은 오직 하나, 셈셀니하르 님과 만나 마음껏 이야기하는 것입니다. 이 소원을 이루어 드리기 위해 내일부터 제가 움직여 보겠습니다. 하지만 절대 셈셀니하르 님의 궁에 다시 들어가서는 안 됩니다. 대공께서도 그게 얼마나 위험한 일인지 잘 아시지 않습니까? 저는 두 분이 안전하게 만나실 만한 장소를 알고 있습니다.」

보석상이 말을 마치자 대공은 뛸 듯이 기뻐하며 그를 껴안았습니다.

「선생은 이미 죽은 것이나 다름없는 이 불쌍한 자를 다시 살려 주셨소! 이븐 타헤르를 완벽하게 대신할 분을 얻은 듯하구려! 선생이 생각하는 모든 일이 성공하리라 믿어 의심치 않소. 나는 전적으로 선생만을 의지하겠소.」

이렇게 대공은 정성을 다해 자신을 도와주는 보석상에게 깊이 감사했죠. 곧 보석상은 집으로 돌아갔습니다. 그리고 다음 날 아침, 셈셀니하르의 여종이 보석상을 찾아왔습니다. 보석상이 대공에게 곧 셈셀니하르를 보게 해주겠다고 약속했다고 말하자 여종이 대답했습니다.

「바로 그 일을 상의드리려고 이렇게 찾아온 거예요. 그런데 두 분이 만나실 장소로는 바로 이 집이 적합하지 않겠어요?」

「이 집에 모셔 와도 난 상관없소. 하지만 두 분이 편하게 만나시기에 더 좋은 장소가 하나 있소. 내 소유의 집이 또 한 채 있는데, 마침 비어 있다오. 두 분을 맞을 수 있도록 깨끗이 치우고 필요한 가구를 들여놓을 참이오.」

「그렇다면 남은 일은 셈셀니하르 님의 동의를 얻어 내는 것뿐이군요. 가서 말씀드리고, 곧바로 돌아와 그분의 회답을 알려 드릴게요.」

과연 여종은 번개같이 궁에 다녀오더니, 그날 저녁녘에 그녀의 상전이 올 수 있다고 전했습니다. 그리고 간식을 위한 비용이라며 보석상의 손에 돈주머니를 쥐여 주었습니다. 보석상은 즉시 여종을 데리고 두 연인이 만날 장소로 갔습니다. 그녀의 상전을 데려올 수 있도록 장소를 알려 준 것이죠. 그녀와 헤어진 다음에는 친구들에게서 금은 식기며 양탄자며 호사스러운 쿠션, 그리고 가구 등을 빌려 와 집을 아주 화려하게 꾸며 놓았습니다. 이 모든 준비를 마친 다음에는 대공의 집으로 갔습니다.

그는 대공에게 그와 솀셀니하르를 맞기 위해 모든 것을 갖추어 놓은 집으로 모셔 가기 위해 왔다고 말했습니다. 대공의 기쁨이 얼마나 컸을지 한번 상상해 보십시오. 이 말을 듣는 순간 그의 모든 슬픔과 고통은 일순간에 사라졌습니다. 그는 가장 멋진 옷을 차려입고 보석상을 따라나섰습니다. 사람들의 눈에 띄지 않는 골목길을 이리저리 돌아서 약속한 곳에 도착한 그들은, 함께 얘기를 나누며 솀셀니하르가 도착하기만을 기다렸습니다.

사랑에 불타는 여인은 두 사람을 오래 기다리게 하지 않았습니다. 일몰 기도 시간이 지나자, 심복 여종과 다른 두 여종을 데리고 나타났던 것입니다. 마침내 다시 만난 두 연인을 휩싼 그 극도의 기쁨, 그것을 표현한다는 것은 저로서는 불가능한 일입니다. 좌단에 앉은 그들은 다만 서로를 바라보기만 할 뿐 아무 말도 하지 못했습니다. 가슴이 너무도 벅차올랐기 때문입니다. 하지만 겨우 입을 뗄 수 있게 되자, 그들은 아까의 침묵을 보상이라도 하려는 듯 너무도 애틋한 말들을 나누었는데, 어찌나 애절한 대화였는지 옆에서 듣는 보석상과 여종들마저 눈물을 금할 수 없었습니다. 보석상은 눈물을 훔치고 일어나 준비해 놓은 간식을 몸소 들고 나왔습니다. 두 연인은 거의 먹지도 마시지도 않았습니다. 간식 후에 두 사람은 다시 좌단에 앉았고, 셈셀니하르는 보석상에게 혹시 류트나 다른 악기를 가지고 있는지 물었습니다. 그녀를 위해 만반의 준비를 해놓았던 보석상은 류트를 가져다주었습니다. 그녀는 잠시 음을 고른 다음, 노래를 부르기 시작했습니다……

날이 밝아 오고 있었으므로 셰에라자드는 여기에서 이야기를 멈추었다. 다음 날 밤, 그녀는 다음과 같이 이야기를 이어 갔다.

이백네 번째 밤

셈셀니하르가 직접 작사한 노래로 자신의 사랑을 표현하며 대공을 매혹하고 있을 때, 갑자기 소란스러운 소리가 들려왔습니다. 곧이어 보석상의 종이 겁에 질린 얼굴로 나타나, 누군가 안으로 들어오려고 대문을 부수고 있다고 고했습니다. 누구냐고 물어도 대답 없이 계속 문을 부수기만 할 뿐이라는 것이었습니다. 깜짝 놀란 보석상은 셈셀니하르와 대공의 곁을 떠나 직접 무슨 일인지 확인하러 나갔습니다. 그런데 내정에 나오자마자 저쪽 어둠 속에서, 칼과 몽둥이로 무장한 한 무리의 사내들이 대문을 부수고 집에 난입하여 곧장 자신이 있는 쪽으로 우르르 몰려오고 있는 모습이 눈에 들어왔습니다. 이에 보석상은 재빨리 벽에 몸을 붙여 다행히 발각되지 않은 채, 열 명쯤 되는 그들이 지나가는 것을 보았습니다.

지금 자기가 달려가 봐야 대공과 셈셀니하르에게 큰 도움이 될 수 없을 터였습니다. 그들이 불쌍하기는 했지만 혼자만이라도 도망치는 수밖에 별 도리가 없었죠. 그는 집을 나와 아직 잠자리에 들지 않은 한 이웃의 집으로 피신했습니다. 이 급습의 주인공은 총비와 대공의 밀통을 알게 된 칼리프의 명을 받들어 몰려온 포졸들이 틀림없다고 생각하면서 말이죠. 피신해 있는 집에서 정황을 살피니, 자기 집에서 요란스러운 소리가 들려왔고 이는 자정 무렵까지 계속됐습니다. 마침내 소동이 진정된 듯 보이자 그는 이웃에게 칼을 한 자루 빌려 손에 쥐고서, 다시 자기 집 대문으로 살금살금 접근했습니다. 그렇게 문을 통해 내정에 들어가자, 어둠 속에서 어떤 사내가 겁에 질린 목소리로 누구냐고 물었습니다. 다름 아닌 자신의 종이었죠. 보석상이 물었습니다.

「자넨 어떻게 포졸에게 잡히지 않았지?」

「주인님! 쇤네는 내정 벽 한구석에 몸을 숨기고 있다가 더 이상 소리가 나지 않아 다시 나왔습니다. 하지만 집에 침입한 것은 포졸이 아니었습니다. 놈들은 근자에 이 동네에 있는 다른 집을 털었던 강도들입니다. 주인님께서 값비싼 가구를 빌려 와 들여놓을 때, 이를 강도들이 엿보고는 탐을 낸 것이 틀림없습니다.」

종의 추측이 그럴 듯해 보석상은 집 안을 둘러보았습니다. 과연 도적들이 솀셀니하르와 대공을 맞기 위해 꾸며 놓은 방의 귀한 가구며 금은 식기 등을 숟가락 하나 안 남기고 몽땅 가져가 버린 것을 확인할 수 있었지요. 그는 하도 기가 막혀 외쳤습니다.

「아이고, 하느님! 이제 난 쫄딱 망했네! 내 친구들이 뭐라고 할까? 도적들이 집에 침입해서 그들이 너그럽게 빌려 준 것들을 강탈해 갔다고 말해야 할 텐데, 그 전후 사정을 어떻게 설명해야 하지? 게다가 그들에게 이 손실을 전부 보상해 줘야 할 것 아닌가? 그런데 솀셀니하르 님과 대공은 어떻게 되었을까? 오늘 밤 일어난 사건의 소문은 크게 퍼져서 칼리프의 귀에까지 들어가게 될 거야. 그가 오늘 일을 알게 되면 그 진노의 불길이 내게 떨어질 텐데……」

평소 주인을 몹시 공경하던 종은 보석상을 위로하려 했습니다.

「셈셀니하르 님에 대해선 걱정 마십시오. 도적놈들은 그분이 지닌 것을 털어 가는 것으로 만족했으니까요. 아마 여종들과 무사히 궁으로 돌아가셨을 겁니다. 페르시아 대공께서도 마찬가지이실 거고요. 그러니 칼리프께서는 이 모든 일을 모르실 겁니다. 또 오늘 입은 손실에 대해 말씀드리자면, 그건 어쩔 수 없는 액운입니다. 친구분들이 이해해 주시겠죠. 요즘 세간에 도적이 들끓어서 아까 말씀드린 집뿐 아니라 도성 내 여러 집이 털렸다는 사실은 모두들 잘 알고 있을 테니까요. 그리고 놈들을 붙잡으라는 왕명이 있었음에도 아직 한 명도 체포되지 않고 있는 실정을 모르지 않을 겁니다. 강탈당한 물건들에 대해서는 보상해 주시면 되는 겁니다. 그래도 주인님께는 상당한 재산이 남아 있지 않습니까?」

해가 뜨려면 아직 시간이 남아 있었으므로, 보석상은 종을 시켜 부서진 문을 최대한 보수하게 했습니다. 그러고 난 뒤 종과 함께 집에 돌아가는 그의 머릿속에는 오늘 일어난 일에 대해 갖가지 우울한 생각이 떠올랐습니다.

〈그래! 나보다는 이븐 타헤르가 몇 배 더 현명했어. 그가 피한 이 불행 속에 난 미친놈처럼 뛰어들었으니……. 이 일로 인해 내 모가지가 날아가게 될지도 몰라. 아아, 내가 왜 이 일에 공연히 끼어들었단 말인가!〉

날이 밝자 보석상의 집이 도적들에게 강탈당했다는 소문은 삽시간에 온 도성에 퍼졌고, 그의 집에는 수많은 친구와 이웃들이 몰려들었습니다. 겉으로야 화를 당한 이웃을 위로한다는 구실이었지만, 실은 사건의 상세한 내막을 알고자 하

는 호기심에 이끌린 것이었습니다. 하지만 보석상은 일부러 찾아와 준 그들의 정에 감사를 표했습니다. 또 솀셀니하르와 대공에 대해서는 아무도 언급하지 않아, 적이 마음이 놓였죠. 아마도 지금 두 사람은 자기 집이나 안전한 장소에 있는 모양이었습니다.

손님들이 모두 떠나고 하인들이 먹을 것을 차려 주었지만 그는 음식에 거의 손을 대지 못했습니다. 그런데 정오쯤 되었을 때 하인 하나가 오더니, 낯선 사람이 대문 앞에서 그를 찾는다고 전했습니다. 보석상은 낯선 이를 집에 들이기 싫어 몸을 일으켜 직접 대문으로 갔습니다. 손님은 그를 보고 이렇게 말했습니다.

「당신은 날 잘 모르겠지만 난 선생을 잘 알고 있소이다. 한 가지 중요한 일에 대해 당신과 얘기하고 싶어서 왔소.」

이 말에 보석상은 들어오라고 청했습니다.

「아니오. 수고스럽겠지만 차라리 선생의 다른 집으로 갑시다.」

「아니, 어떻게 내가 다른 집을 가지고 있다는 사실을 아시오?」 보석상이 놀라 대꾸했습니다.

「그냥 알고 있소. 너무 걱정 말고 날 따라오기만 하면 되오. 당신을 기쁘게 해줄 소식이 있소이다.」

보석상은 즉시 그를 따라나섰습니다. 그는 길을 가는 도중에 자기 집이 강탈당했다고 설명하고, 따라서 지금은 그를 맞을 수 있는 상태가 아니라고 말했습니다.

집 앞에 도착했을 때, 낯선 사내는 문짝이 반쯤 부서져 있는 것을 보더니 말했습니다.

「당신 말이 사실이구려. 그렇다면 다른 데로 갑시다. 좀 더 편하게 얘기할 수 있는 곳으로 모시고 가겠소.」

그는 다시 걸음을 옮기기 시작했고, 그렇게 쉬지 않고 날이 저물 때까지 계속 걸었습니다. 오래 걸어 녹초가 된 데다가, 밤이 가까워 오도록 어디로 간다는 한마디 말도 없이 계속 걷기만 하여 보석상의 인내심도 한계에 이르게 되었을 때, 두 사람은 마침내 티그리스 강에 면한 어느 광장에 도착했습니다. 강 둔치에 이르자 조그만 배 한 척이 나타났고, 둘은 그 배를 타고 강 건너편으로 갔습니다. 그곳에는 보석상이 생전 처음 보는 긴 길이 나 있었는데, 미로와도 같이 연결된 그 고샅길을 요리조리 지난 후, 그들은 어느 대문 앞에 이르렀습니다. 문을 열어 보석상을 들어가게 한 낯선 사내는 다시 문을 닫고는, 커다란 쇠 빗장으로 잠가 놓았습니다. 그러고서 어떤 방으로 그를 인도했는데, 거기에는 보석상을 데려온 사내보다는 좀 더 낯익은 장정 열 명이 그들을 기다리고 있었습니다.

이 열 명의 장정은 들어오는 보석상을 다소 무뚝뚝한 태도로 맞았습니다. 그들은 앉으라고 말했고, 보석상은 시키는 대로 했습니다. 사실 보석상으로서는 매우 원하던 바였습니다. 먼 길을 쉬지 않고 재우쳐 걸어와 숨이 턱에 차 있었을 뿐 아니라, 보기에도 험상궂은 사내들을 마주하고 있으려니 오금이 저려 서 있기조차 힘들었던 까닭입니다. 그들은 저녁 식사를 위해 그들의 두목을 기다렸습니다. 마침내 두목이 도착하자 상이 차려져 나왔고, 손을 씻은 그들은 보석상도 그들과 함께 식탁에 앉게 했습니다. 식사가 끝나자 장정들은 보석상에게 자신들이 누구인지 알아보겠느냐고 물었습니다. 보석상은 대답했습니다.

「모릅니다. 심지어는 지금 제가 어디에 와 있는지조차 모르는걸요.」

그러자 그들이 말했습니다.

「그날 밤 있었던 일에 대해 이야기해 주시오. 한 가지도 숨기면 안 되오.」

「여러분들은 사정을 알고 계시는 모양이군요?」 놀란 보석상이 대꾸했습니다.

「그렇소! 어제저녁 당신 집에 있던 청년과 아가씨가 우리에게 말해 주었소. 하지만 우리는 당신 입을 통해 직접 듣고 싶소.」

이제 보석상은 자기 앞에 있는 이 사람들이 어제 자신의 집에 침입한 열 명의 도적이라는 사실을 분명히 알 수 있었습니다. 그는 외쳤습니다.

「여러분! 저는 그 청년과 아가씨를 너무도 걱정하고 있었습니다. 그분들이 어떻게 됐는지 알려 주실 수 없습니까?」

이 대목에 이르러 셰에라자드는 인도의 술탄에게 날이 밝아 옴을 알리고 입을 다물었다. 다음 날 밤, 그녀는 다음과 같이 이야기를 계속했다.

이백다섯 번째 밤

폐하! 청년과 아가씨의 소식을 알고 있느냐는 보석상의 질문에 도적들은 대답했습니다.

「걱정하지 마시오. 두 사람 다 안전한 장소에 건강하게 잘 있소.」 그들은 두 개의 작은 방을 가리키면서, 각각의 방에 한 사람씩 들어 있다고 알려 주고는 덧붙였습니다. 「그들은 자신들의 속사정을 아는 사람은 당신밖에 없다고 했소. 그 말을 듣고 우리는 당신의 얼굴을 봐서 그들에게 최대한 정중히 대해 주었소. 조금의 폭력도 사용하지 않고 오히려 모든 편의를 제공해 주었소. 물론 당신에게도 그리할 것이오. 우리를 전적으로 믿어도 되오.」

보석상은 이 말에 안심하고 대공과 셈셀니하르가 무사하다는 사실에 크게 기뻐하며, 도적들의 선의를 북돋워 주어야겠다고 생각했습니다. 그래서 칭찬과 아부와 축복을 섞어 가며 말했습니다.

「여러분! 유감스럽게도 저는 여러분을 잘 모릅니다. 하지만 여러분께서 저를 알고 계신 듯하니, 저로서는 무한한 영광이 아닐 수 없군요. 그리고 이렇듯 잘 대해 주시다니 어떻게 감사를 드려야 할지 모르겠습니다. 그렇습니다! 이 모든 것은 여러분만이 할 수 있는 일입니다. 여러분이었기에 이토록 대범한 인도적인 행동을 우리에게 베풀어 주실 수 있는 거죠. 그리고 여러분이야말로 제가 조금도 걱정할 필요가 없게끔 비밀을 철저하게 지켜 줄 수 있는 분들이십니다. 또 여러분들께서는 아무리 어려운 일이라 할지라도 민활함과 용기와 강인한 의지로써 충분히 해결해 줄 수 있는 분들이라는 사실을 알고 있습니다. 여러분들의 이러함을 잘 알고 있기에 저와 저 두 분에 얽힌 이야기를 조금도 숨김없이 들려 드리겠습니다.」

보석상이 이렇게 장황하게 말머리를 뗀 이유는 자신이 밝힐 사실에 대해 비밀을 지키고 싶은 마음이 들도록 도적들을 유도하고자 함이었습니다. 표정을 통해 그들의 마음이 자신이 원하는 방향으로 움직였다고 판단한 그는, 대공과 셈셀니하르의 사랑을 그 시작부터 자기 집에서의 밀회에 이르기까지 한 가지 사실도 빼놓지 않고 모두 이야기해 주었습니다.

보석상의 이야기를 들은 도적들은 크게 놀랐습니다.

「뭐라고요? 이 청년이 고명하신 페르시아 대공 알리 이븐 베카르이며, 아가씨는 그 아름답기로 소문난 셈셀니하르 님이라고요?」

보석상은 자기가 말한 것은 모두 사실이며, 그렇게 지체 높은 양반들이기에 자기 신분을 쉽게 드러내지 않으려 한 것이라고 덧붙였습니다.

이 말을 들은 도적들은 그 즉시 대공과 셈셀니하르의 방에 차례차례 들어가, 발밑에 무릎을 꿇고 용서해 달라고 빌었습니다. 또 만일 집에 침입하기 전에 안에 있는 사람이 누구인지 알았더라면 감히 그런 짓을 하지 않았을 것이라고 말했습니다.

「우리가 범한 잘못은 최선을 다해 되돌려 놓도록 하겠습니다.」 그러고는 보석상을 향해 말했습니다. 「유감스럽게도 우리가 당신 집에서 가져간 것의 일부분은 지금 남아 있지 않으므로 되돌려 줄 수 없게 됐소. 대신 그 가치에 상응하는 은그릇들로 돌려 드리려 하니 양해해 주시오.」

보석상으로서는 고맙기만 할 뿐이었습니다. 도적들은 그에게 은그릇을 주고, 대공과 셈셀니하르를 데려왔습니다. 그러고는 세 사람 모두 각자의 집에 돌아갈 수 있는 장소에 데려다 줄 터인데, 그 전에 자기들의 위치를 알리지 않을 것을 맹세해 달라고 부탁했습니다. 대공과 셈셀니하르와 보석상은 자신들의 약속을 믿어도 된다고 말하며, 도적들의 원에 따라 비밀을 지키겠다는 맹세를 해주었습니다. 이에 만족한 도적들은 즉시 그들을 데리고 집을 나왔습니다.

길을 가던 중 세 여종이 보이지 않아 걱정이 된 보석상은 셈셀니하르에게 다가가 그들이 어떻게 되었는지 물었습니다.

「나도 전혀 모르고 있어요. 우리 둘이 선생 집에서 납치되어 이 강을 건넌 다음, 아까 그 집으로 끌려갔다는 것이 내가 아는 사실의 전부랍니다.」

셈셀니하르와 보석상의 대화는 더 이어지지 않았습니다. 그들은 도적들에게 인도되어 강변에 도착했습니다. 도적들은 배 한 척에 세 사람을 태우고 반대편 강기슭으로 건너갔습니다.

배가 둔치에 닿아 대공과 셈셀니하르와 보석상, 이렇게 세 사람이 내리고 있을 때였습니다. 홀연 큰 소리와 함께 말을 탄 포졸들이 이쪽으로 달려오는 것이 보였습니다. 아직 배에 타고 있던 도적들은 죽을힘을 다해 노를 저어 반대편으로 도망쳐 버렸지요.

포도대장은 세 사람에게 이 늦은 시각에 어디서 오는 것인지, 또 신분은 무엇인지 물었습니다. 세 사람 모두 바짝 얼어 있었고 혹시 실수로 잘못된 말이라도 하게 될까 두려워 꿀 먹은 벙어리가 되어 있었습니다. 하지만 무슨 말이라도 해야 할 상황이었죠. 입을 연 사람은 그나마 가장 정신을 차리고 있던 보석상이었습니다.

「포도대장 나리! 우리는 모두 도성에 거주하는 양민들입니다. 그리고 우리를 여기다 내려놓고 반대편 강기슭으로 내뺀 자들은 간밤에 우리가 있던 집에 침입했던 도적 떼입니다. 그들은 집을 약탈한 후 우리를 자기들 소굴로 끌고 갔습니다. 거기서 우리는 갖은 말로 도적들을 회유하여 풀려나는 데 성공했죠. 그래서 그들이 여기까지 데려다 준 것입니다. 그들은 심지어 약탈한 물건의 일부를 주기까지 했습니다. 자, 이것 보십시오!」

그는 가지고 있던 은그릇을 포도대장에게 보여 주었습니다.

하지만 대장은 보석상의 말에 쉽사리 넘어가지 않았습니다. 그는 말에서 내리지 않은 채 보석상과 대공에게 다가가 그들의 얼굴을 차례차례 노려보면서 다시 물었습니다.

「자, 둘 다 똑바로 말하시오! 그렇다면 이 아가씨는 누구요? 당신들은 이 여인을 어떻게 알게 되었소? 또 당신들이 사는 곳은 어디요?」

이 질문에 두 사람은 당황하여 어떻게 대답해야 할지 몰랐습니다. 하지만 이 위기의 순간, 셈셀니하르가 앞으로 나섰습니다. 그녀가 대장을 한쪽으로 데리고 가더니 뭐라고 몇 마디 하자, 그는 즉시 말에서 뛰어내려 지극히 정중한 예를 표하는 것이었습니다. 그러고는 부하들에게 배를 두 척 끌어오라고 분부했습니다.

배가 도착하자 그는 한 척에 셈셀니하르를, 다른 한 척에는 대공과 보석상을 태운 후, 각각의 배에 부하 둘씩 동승시켜 세 사람의 집까지 모셔다 주라고 명했습니다. 이렇게 두 배는 각기 다른 방향으로 떠나갔지만, 여기서 우리는 대공과 보석상이 탄 배에 대해서만 이야기하도록 하겠습니다.

대공은 배를 젓는 두 포졸의 수고를 덜어 주기 위해 보석상을 자기 집에 데려가겠다고 말하고, 그가 사는 동네를 알려 주었습니다. 그런데 포졸들이 배를 칼리프 궁 앞의 둔치에 대는 것이 아니겠습니까? 대공과 보석상은 가슴이 덜컥 내려앉았습니다. 포도대장의 명을 직접 듣긴 했지만, 부하들에 의해 왕궁 호위대에게 넘겨져 이튿날에는 칼리프 앞으로 끌려가게 되리라는 불길한 상상이 머리에 스쳤던 것입니다.

하지만 포졸들의 의도는 그게 아니었습니다. 단지 그들은 빨리 대장에게 돌아가야 할 일이 생겨서 두 사람의 호위를 왕궁 호위대의 한 장교에게 부탁했던 것입니다. 그리고 이 장교는 다시 부하 두 명을 붙여 그들을 티그리스 강에서 멀리 떨어져 있는 대공의 집까지 도보로 데려다 주게 했습니다. 마침내 대공의 집에 돌아온 그들은 너무도 지치고 피곤하여 손끝 하나 움직일 힘이 없었습니다.

힘든 것은 단지 육체만이 아니었습니다. 특히 대공은 셈셀니하르와 재회하려는 바로 그 순간 뜻밖의 사건이 일어나 그녀와 헤어지고, 나아가 또 다른 재회의 희망을 송두리째 앗아간 자신의 지독한 불운에 더욱 고통스러워 했습니다. 그는 좌단에 앉는 순간 그 고통의 무게에 짓눌려 그대로 실신하고 말았습니다. 여러 명의 하인들이 달려들어 그를 소생시키려 애를 쓰는 동안, 다른 몇 사람은 보석상 주위에 모여들어 대체 대공에게 무슨 일이 있었느냐고 질문을 퍼부었습니다. 주인이 사라진 동안 자신들은 말할 수 없는 불안에 사로잡혀 있었다고 말하면서…….

여기까지 말한 셰에라자드는 이야기를 중단하고 입을 다물었다. 아침 빛이 나타나기 시작했던 것이다. 다음 날 밤, 그녀는 다시 이야기를 시작하여 인도의 술탄에게 이렇게 말했다.

이백여섯 번째 밤

폐하! 하인들이 기절한 대공을 소생시키려 애쓰는 동안, 다른 사람들은 보석상을 향해 대공에게 무슨 일이 일어났었느냐고 질문을 퍼부었다는 데까지 어제 이야기해 드렸습니다. 보석상은 그들이 알아서는 안 될 사실을 누설하지 않으려, 대공에게는 매우 중대한 일이 있었지만 지금으로선 자세히 얘기할 수 없으니 우선 그를 살릴 생각부터 하는 게 좋겠다고 대답했습니다. 다행스럽게도 이때 대공의 의식이 돌아왔습니다. 곤란한 질문을 던지던 사람들은 대공이 예상보다 빨리 깨어난 것을 기뻐하며 보석상에게서 떨어져 각기 공손한 자세로 시립했습니다.

정신은 차렸지만 대공은 너무도 쇠약하여 말할 힘조차 없는 상태였습니다. 그는 사람들의 말에 다만 미약한 몸짓으로 대답할 뿐이었습니다. 다음 날 아침 보석상이 떠나려고 작별 인사를 할 때에도 그는 여전히 이런 상태였습니다. 단지 손을 내밀며 눈짓으로 그의 인사에 답할 뿐이었죠. 그는 보석상이 도적들에게 받은 은그릇 꾸러미를 들고 있는 것을 보고, 한 하인에게 손짓하여 그것들을 집까지 날라 주라고 분부했습니다.

보석상이 낯선 사람을 따라 집을 나갔던 날, 집안사람들은 크게 염려하며 그를 기다렸습니다. 그리고 그가 돌아와야 할 시간이 지나자 무언가 나쁜 일이 일어났으리라 확신하게 되었죠. 그의 아내와 자녀들, 그리고 하인들은 그날 오후와 밤 내내 큰 슬픔에 잠겨 있었고, 다음 날 아침 그가 돌아왔을 때에도 여전히 울고 있었습니다. 돌아온 그를 본 식구들은 크게 기뻐했지만, 하룻밤 사이에 몹시 변해 있는 모습에 깜짝 놀랐습니다. 잠도 제대로 못 자고 극도의 두려움 속에서 보내야 했던, 참으로 길었던 지난 하루 동안 쌓인 피로로 인해, 그는 알아보기 힘들 정도로 초췌한 모습이었던 것입니다. 녹초가 된 데다가 극도로 낙담한 보석상은 그대로 드러누워 버렸습니다. 그리고 이틀 동안 아주 가까운 친구 몇몇 외에는 아무도 보지 않고서 두문불출하며 지냈습니다.

사흘째 되는 날 약간 기력을 회복한 보석상은, 외출하여 바깥바람을 좀 쐬면 몸이 좋아지리라 생각하고 친구 중 하나인 어느 부유한 상인의 가게를 찾아갔습니다. 그런데 그와 오랫동안 담소를 나눈 후 작별 인사를 하려고 몸을 일으키는 보석상의 눈에, 가게 밖 저쪽에서 한 여인이 자기에게 손짓을 하는 모습이 들어왔습니다. 다름 아닌 셈셀니하르의 여종이었습니다. 왈칵 반가움이 솟구쳤지만 한편으로는 사람들이 볼지도 모른다는 두려움에, 그는 재빨리 가게를 나와 그녀를 못 본 체하면서 똑바로 걸어갔습니다. 예상한 대로 여종은 그를 뒤따라왔습니다. 그들이 있는 곳은 대화를 나누기에 적합하지 않다는 사실을 그녀도 알고 있었던 모양입니다. 하지만 보석상이 좀 더 보조를 높이자 여종은 쫓아오기 버거웠던지 기다려 달라고 몇 번이나 소리쳤습니다. 그는 이 소리를 들었지만, 지난번 사건도 있고 해서 남의 이목을 끌 만한 장소에서는 그녀와 이야기하고 싶지 않았습니다. 잘못하면 자신이 셈셀니하르와 내통했다는 의심을 살 수도 있는 일이었기 때문입니다. 사실 그녀가 셈셀니하르의 여종이며, 주인을 위해 물건을 구입하러 시내를 돌아다닌다는 것은 온 바그다드가 다 아는 사실이었죠. 그는 걸음을 멈추지 않고 계속 걸어 어느 모스크로 갔습니다. 사람들이 별로 없는 한적한 곳임을 알고 선택한 장소였습니다. 그의 뒤를 따라 여종도 사원에 들어왔습니다. 이제 두 사람은 다른 사람의 눈을 걱정할 필요 없이 자유롭게 이야기할 수 있게 된 것입니다.

보석상과 여종은 도적들로 인해 그 기이한 사건이 일어난 이후, 이렇게 다시 보게 되어 얼마나 기쁜지 모르겠다며 서로 반가움을 나타냈습니다. 또 행여 서로에게 불행한 일이 일어났을까 봐 사뭇 걱정이 됐으며, 스스로의 신변에 대해서도 불안감을 느꼈다고 고백했습니다.

보석상은 도적들이 침입한 날 어떻게 여종이 다른 두 여종과 함께 피신할 수 있었는지, 그리고 헤어진 후 솀셀니하르는 어떻게 지내고 있는지 먼저 말해 주기를 바랐습니다. 하지만 오히려 상대의 이야기를 듣고 싶어 안달이 나 있는 것은 그녀 쪽이었죠. 하는 수 없이 보석상은 우선 그녀의 궁금증을 풀어 준 후 말했습니다.

「자, 이것이 당신이 듣고 싶어 하는 이야기였소. 이제는 당신의 이야기를 들어 봅시다.」

「도적들이 나타나는 것을 보자마자 저는 다른 생각을 할 겨를이 없었어요. 그저 칼리프 호위대의 병사들이겠거니 생각했지요. 칼리프께서 솀셀니하르 님과 대공의 밀회를 아시고 우리 모두의 목숨을 빼앗으려 보냈다고 상상했던 거죠. 그래서 저는 도적들이 솀셀니하르 님과 대공이 계신 방으로 들어갈 때, 다른 두 여종과 함께 재빨리 선생 댁의 옥상으로 올라갔어요. 거기에서 이웃집 옥상으로 건너뛰었는데 다행히도 그 집에는 착하고 친절한 분들이 살고 계셔서 그날 밤을 거기에서 보낼 수 있게 해주셨어요. 이튿날 아침, 저희는 집주인에게 감사드리고 솀셀니하르 님의 궁에 돌아왔지요. 궁에 들어설 때 저희들은 정말 꼴이 말이 아니었습니다. 게다가 불쌍한 우리 두 연인께서 어떻게 되셨는지 알 수 없어서 마음은 말할 수 없이 무거웠어요. 중궁전의 다른 시녀들은 우리만 들어오는 걸 보고 깜짝 놀랐어요. 우리는 오면서 입을 맞춘 대로 설명해 주었죠. 지금 솀셀니하르 님께서는 친구 집에 계시는데, 환궁하실 때는 사람을 보내어 기별하시겠노라고 말씀하셨다고 말이죠. 이 말을 시녀들은 다 믿는 것 같더군요. 하지만 나는 극도의 불안 속에서 그날 하루를 보내야 했어요. 그런데 밤이 되어 궁 뒤쪽에 난 조그만 문을 열어 보니까, 티그리스 강에서 갈라져 이어진 운하에 조그만 배 한 척이 떠 있는 게 보였어요. 나는 즉시 그 배를 불러 사공에게 강을 따라 올라가면서 혹시 귀부인이 탄 배가 있는지 이곳저곳 살펴보고, 만일 만나게 되면 이곳으로 모셔와 달라고 부탁했어요. 그렇게 사공을 보내 놓고 다른 두 여종과 함께 초조하게 기다렸죠. 그러다가 자정쯤 되었을까요? 그 배가 다시 돌아오는데, 안에는 두 남자가 있었고, 배의 뒷부분에 여인 한 명이 누워 있는 것이 보였어요. 배가 둔치에 닿자, 두 남자는 여인을 부축하여 내릴 수 있도록 도와주었어요. 그런데 그 여인이 바로 솀셀니하르 님 아니겠어요! 그분을 다시 찾은 저의 기쁨은 말로 표현할 수 없었답니다……」

셰에라자드는 그날 밤 이야기를 여기에서 끝냈다. 다음 날 밤, 그녀는 어제의 이야기를 이어서 인도의 술탄에게 이렇게 말했다.

이백일곱 번째 밤

폐하! 어제는 모스크에서 솀셀니하르의 여종과 보석상이 얘기하고 있는 대목에서 이야기가 중단되었습니다. 그녀는 두 사람이 지난번 헤어진 이후 어떤 일이 일어났는지, 또 어떻게 솀셀니하르가 중궁전에 돌아오게 되었는지에 대해 설명해 주고 있었지요. 자, 그녀는 다음과 같이 이야기를 계속했습니다.

저는 솀셀니하르 님이 발을 땅에 딛는 것을 도와 드리려고 손을 내밀었어요. 제대로 몸을 가누지 못할 정도로 쇠약해 계셔서 이렇게 도와 드리지 않으면 안 되었거든요. 뭍에 올라선 그분은 그 힘든 와중에도 제 귀에 대고, 자기를 여기까지 데려다 준 두 병사에게 금화 천 냥을 가져다주라고 분부하셨어요. 저는 두 여종에게 마님을 부축하여 안으로 모시라고 말한 다음, 궁으로 달려가 돈주머니를 가져와서 두 병사에게 주었어요. 또 사공에게도 대가를 지불한 뒤 문을 닫았지요. 제가 다시 달려왔을 때, 워낙에 더디 걷고 계셨던 솀셀니하르 님은 아직 침실에 들지도 못하셨더군요. 우리는 지체하지 않고 그분의 옷을 벗긴 다음 침대에 눕혀 드렸어요. 마님은 눕자마자 마치 금방이라도 숨을 거두실 것 같은 모습이 되셨고, 그런 상태는 밤새 지속되었어요.

아침이 되자 다른 시녀들이 그녀를 뵙고 싶다고 난리였어요. 하지만 저는 마님이 어젯밤 극도로 피곤한 몸으로 돌아오셨기 때문에 지금은 휴식을 취해야 한다고 말했죠. 저와 두 여종은 그녀를 소생시키기 위해 갖은 애를 썼습니다. 하지만 그분은 음식조차 입에 대려 하지 않으셨어요. 만일 우리가 권해 드린 포도주로 가끔씩 목이라도 축여 기력을 회복하지 못하셨다면 지금쯤은 절망적인 상태에 빠지셨을 거예요. 결국 그분은 우리의 간청에 굴복하여 고집을 꺾고 음식을 드시게 되었어요. 그분이 말할 수 있는 상태로 돌아온 것을 본 저는 — 그전까지는 다만 울고, 신음하고, 한숨만 내쉬고 계셨거든요 — 어떻게 도적들의 손아귀에서 무사히 빠져나오실 수 있었는지 물었어요. 그러자 그분은 땅이 꺼질 듯 한숨을 내쉬며 말씀하셨어요.

「왜 그토록 가슴 아픈 일을 내 입으로 다시 말하게 하는 거니? 차라리 그때 도적들이 내 목숨을 빼앗아 버렸다면 얼마나 좋았을까! 그러면 이 모든 아픔, 다 끝나 버렸을 텐데 말이다. 하지만 한층 고통스러워진 삶을 또다시 이어 가야만 하게 되었구나!」

「마님! 제발 제 청을 물리치지 말아 주세요! 아무리 괴로운 일도 다른 사람에게 이야기하면 위로를 얻게 된다는 말도 있잖아요! 제 말대로 하시면 속이 좀 풀리실 거예요.」

「그래그래! 얘기해 주마. 드디어 그이를 만난 나는 세상에 더 바랄 것이 없는 행복한 심정이었단다. 그런데 바로 그 순간, 그 이상 불행할 수 없는 일이 일어난 거야. 도적들이 손에 칼과 단검을 들고 쳐들어오는 것을 보면서 난 생각했지. 대공님과 나, 우리의 생은 이것으로 끝이구나……. 하지만 죽음이 두렵지는 않았어. 그분과 함께 죽게 되었으니 여한이 없었지. 그런데 예상과는 달리 그들은 무리의 두 명에게 우리를 감시하게 하고는 집 안에 있는 기물들을 꾸리기 시작했어. 그러고서 싼 짐을 각기 어깨에 메더니, 우리를 데리고 밖으로 나간 거야.

길을 가는 중에 우리를 감시하는 두 도적 가운데 하나가 내 신분을 묻더군. 나는 춤꾼이라고 대답했어. 대공에게도 같은 질문이 갔고, 그분은 평범한 시민이라고 대답하셨지.

그들의 소굴에 도착해서도 우리는 또 한 번 가슴을 졸여야만 했단다. 우리 주위를 둘러싼 도적들은 내가 호사스러운 옷과 값비싼 보석으로 치장한 것을 보고, 진짜 신분을 감추고 있다고 의심한 거지. 그들은 내게 말했어.

〈일개 춤꾼은 당신처럼 옷을 입지 않소. 당신이 누구인지 사실대로 말하시오.〉

내가 대답을 않자 이번에는 대공에게 말하더군.

〈그리고 당신! 당신은 누구요? 당신 역시 당신이 주장하듯 평범한 시민은 아닐 것이오.〉

나와 마찬가지로 대공 역시 대답하지 않았어. 다만 보석상의 이름을 대면서, 아까 있던 집은 그의 소유로 자신은 단지 그를 방문하여 함께 유쾌한 시간을 보내고 있었을 뿐이라고 설명했지.

그러자 도적들 가운데 우두머리로 보이는 사람이 소리쳤어.

〈아니, 그 보석상은 내가 아는 사람이야! 그는 잘 모르겠지만 내가 은혜를 입고 있는 사람이지. 그런데 그가 별장을 소유하고 있는지는 몰랐구먼. 내일 그를 여기 데려와야겠어.〉 그리고 우리를 향해 말했어.〈그가 와서 당신들의 진정한 신분을 알려 주면 내보내 주겠소. 그동안은 당신들에게 아무 해도 끼치지 않을 터이니 걱정 마시오.〉

과연 그들은 다음 날 보석상을 데려왔고, 그는 우리를 위한 길이라고 판단하고 도적들에게 우리의 신분을 밝혀 주었어. 그러자 도적들은 내게 용서를 빌더군. 아마 다른 방에 계시던 대공에게도 마찬가지로 했을 거야. 그들은 그 집이 보석상의 집인 줄 알았더라면 절대로 침입하지 않았을 거라고 하면서 용서를 구했어. 그러고는 즉시 우리 세 사람을 강가로 데려가 배에 태운 다음, 강 건너편으로 데려다 준 거야. 그런데 배에서 내리자마자 말을 탄 포졸들이 우리에게 다가왔지.

나는 포도대장을 한쪽으로 불렀어. 우선 내 신분을 밝히고 설명해 주었지.

〈전날 저녁 친구 집에 다녀오다가 강 건너편에 출몰하는 도적 떼에 붙잡혀 그들의 소굴로 끌려갔소. 그런데 내 신분을 밝히자, 도적들은 나를 풀어 주었소. 뿐만 아니라 내가 거기 잡혀 있던 저 두 남자분도 아는 사람이라고 하자, 내 얼굴을 보아서 함께 풀어 주었소.〉 이런 식으로 말이야.

그러자 포도대장은 즉시 말에서 뛰어내려 내게 정중히 예를 표하며 나를 도울 수 있게 되어 무한히 기쁘다고 말하고는, 배 두 척을 불러 그중 한 척에 나를 태우고 부하 두 사람을 시켜 여기까지 호위해 주도록 한 거야. 대공과 보석상에게도 두 사람을 붙여 그들의 집까지 안전하게 모시게 했어.」

셈셀니하르 님은 눈물을 흘리며 덧붙이셨어요.

「나는 굳게 믿고 있단다! 헤어진 이후로 대공에게 아무 일도 일어나지 않았을 거라고 말이야. 하지만 그분 역시 나만큼이나 가슴이 아프시겠지! 또 그토록 따뜻한 마음으로 우리를 도와준 보석상도 잊어서는 안 되겠지. 우리를 도와주려다 피해를 봤으니 보상을 해줘야 하지 않겠니? 내일 잊지 말고 금화 천 냥씩 든 주머니를 두 개 가져다가 그에게 전해 주렴. 그리고 가는 김에 대공의 소식도 물어보거라.」

우리 착한 마님께서 또다시 대공의 소식을 알아 오라고 말씀하시자 저는 감히 입을 열어 그분께 간언드리지 않을 수 없었어요.

「마님, 방금 그토록 큰 위험을 겪으셨잖아요. 그리고 기적적으로 그 위험에서 벗어나셨잖아요. 이제는 마음을 다잡으려 노력해야 하시지 않겠어요?」

하지만 마님은 단호하게 대답하시더군요.

「애야! 말대꾸하지 말고 그냥 내가 시키는 대로만 해다오!」

저는 어쩔 수 없이 입을 다물어야만 했어요. 그리고 분부대로 여기 오게 된 거죠. 먼저 선생 댁에 갔더니 안 계시더군요. 사람들이 선생이 대공 집에 있을지도 모른다고 하기에 거기 가려고도 생각해 봤어요. 하지만 감히 그럴 용기가 없어 고민하고 있던 중이었지요……. 참, 금화 주머니 두 개는 내가 잘 아는 사람에게 맡겨 놓았어요. 지금 가서 가져올 테니 잠시만 기다리세요!

여기까지 말한 셰에라자드는 날이 밝아 오는 것을 보고 입을 다물었다. 다음 날 밤, 그녀는 어제의 이야기를 이어 인도의 술탄에게 다음과 같이 이야기했다.

이백여덟 번째 밤

폐하! 잠시 후 여종은 모스크로 돌아와 상인에게 두 개의 돈주머니를 내밀었습니다.

「자, 이걸로 친구분들에게 진 빚을 갚도록 하세요!」

「이건 필요한 액수보다 훨씬 많소! 하지만 그토록 친절하고 너그러우신 부인께서 이 보잘것없는 자에게 내리신 선물이니 감사히 받도록 하겠소. 이 큰 은혜, 영원히 기억하겠노라고 전해 드리시오.」

그들은 서로 소식을 전해야 할 일이 있을 때에는 그들이 처음 이야기를 나누었던 보석상의 집에서 만나기로 약속한 후 헤어졌습니다.

집에 돌아온 보석상은 더없이 기뻤습니다. 친구들에게 넉넉히 보상해 주고도 남을 돈이 생겼을 뿐 아니라, 바그다드의 그 누구도 대공과 솀셀니하르가 자신의 별장에서 밀회했다는 사실을 모른다는 사실을 확인했기 때문입니다. 물론 도적들에게 모든 사실을 알려 주긴 했지만, 그들을 통해서는 비밀이 새어 나가지 않으리라 확신할 수 있었습니다. 세상을 등지고 사는 그들이 비밀을 털어 놓을 사람이 있으면 얼마나 있겠습니까? 다음 날 아침부터 물건을 빌려 주었던 친구들이 찾아오자, 그는 어렵지 않게 모두들 만족시켜 보낼 수 있었습니다. 역시나 그렇게 하고도 돈이 꽤 남아, 그는 가구를 사서 별장을 멋지게 꾸며 놓은 후 하인 몇 명을 시켜 상주하게 했습니다. 그러면서 불과 며칠 전에 자신이 엄청난 위험에서 간신히 빠져나왔다는 사실을 까맣게 잊고는, 저녁이 되자 또

다시 대공의 집을 찾아갔습니다.

보석상을 맞은 대공의 집사들은 마침 필요한 때에 잘 오셨다며 반겼습니다. 지난번 헤어진 이후 대공의 건강은 생명이 염려될 정도로 악화되었으며, 아무리 말을 시켜 보아도 입을 굳게 다물고 있다는 것이었습니다. 집사들은 보석상을 조용히 대공의 방에 들여보냈습니다. 대공은 침대에 누워 있었는데, 눈을 감고 있는 그의 모습은 보기에도 안쓰러웠습니다. 보석상은 그의 손을 잡으며 인사하고, 힘을 내라고 격려해 주었습니다.

보석상의 목소리를 들은 대공은 눈을 떴습니다. 하지만 힘없이 올려다보는 그 처연한 눈빛은 대공의 가슴에 담긴 고통이 얼마나 격심한 것인지 여실히 보여 주고 있었습니다. 그것은 그가 솀셀니하르를 처음 본 이래 겪어 온 모든 고통 중에서도 가장 큰 것이었습니다. 그는 보석상의 손을 꼭 쥐어 우정의 뜻을 표하고, 미약한 음성으로 자기처럼 불행하고 고통 받는 왕자를 이처럼 보러 와주어 고마울 뿐이라고 말했습니다.

「대공!」 보석상이 대답했습니다. 「제발 우리 사이에 은혜라느니 그런 말씀은 말아 주십시오! 나름대로 열심히 도와드리려 노력했습니다만 보다 좋은 결과를 얻지 못해 유감일 뿐입니다. 이제는 대공님 건강을 좀 돌보셔야죠! 상태를 보아하니 음식도 제대로 드시지 않는 듯하군요. 대공께서는 바보같이 자기 생명을 갉아먹고 있단 말입니다!」

그러자 옆에 있던 사람들은 대공에게 뭐라도 좀 먹여 보려고 갖은 애를 써보았지만 별무소용, 그가 곡기를 끊은 지 오래라고 통탄했습니다. 이 말을 들은 보석상은 제발 좀 음식을 차려 오게 하여 조금이라도 드시라고 애원하지 않을 수 없었습니다. 그는 이렇게 간곡히 부탁한 끝에 겨우 대공의

동의를 얻어 낼 수 있었지요.

보석상의 설득에 따라 오랜만에 식사를 한 대공은 다른 사람들을 물러가게 했습니다. 그러고서 보석상과 둘만 있게 되자 말했습니다.

「나 자신의 불행도 불행이지만, 나 때문에 선생이 입은 피해를 생각하면 마음이 몹시 무겁소. 이에 대한 보상을 해드리는 것이 도리일 터이오. 하지만 그에 앞서…… 지극히 송구스러운 심정으로 한 가지 질문을 드려야겠소. 그녀와 내가 생이별을 해야 했던 그날 이후로, 혹시 그녀의 소식을 들은 적이 있소?」

보석상은 솀셀니하르가 어떻게 궁에 돌아갔는지 여종에게 들은 대로 알려 주고, 그녀가 처음에는 몹시 힘들어했지만 지금은 많이 회복되었다는 것과, 대공의 소식을 얻기 위해 자신에게 여종을 보내기까지 했다는 것도 말해 주었습니다.

보석상의 이야기를 들은 대공은 다만 한숨을 내쉬고 눈물을 흘릴 뿐이었습니다. 그러고 나서는 간신히 몸을 일으켜 하인들을 부른 다음, 이들과 함께 몸소 귀중품 보관실로 가서 문을 열게 했습니다. 그러고는 그 안에 있는 값비싼 가구며 은그릇 등을 추려 내어 여러 개의 짐으로 묶게 한 다음, 보석상의 집으로 날라 주라고 분부했습니다.

보석상은 친구들에게 보상할 돈은 이미 셈셀니하르에게서 충분히 받았다고 설명하면서 대공의 선물을 사양하려 했지만, 대공의 뜻은 확고했습니다. 결국 보석상은 어쩔 수 없이, 이토록 많은 선물에 황송할 뿐이며 어떻게 감사해야 좋을지 모르겠다는 말로 인사했습니다. 그러고는 떠나려 했으나 대공이 좀 더 남아 있으라고 간청하여, 둘은 밤이 이슥하도록 이야기를 나누었습니다.

다음 날 아침 보석상이 떠나기 전에 대공을 한 번 더 보려고 침실에 들렀더니, 대공은 그를 가까이에 앉히고 말했습니다.

「선생도 아시겠지만 모든 일에는 목적이 있소. 그리고 한 연인의 목적은 아무 방해 없이 사랑을 마음껏 누릴 수 있도록 상대를 온전히 소유하는 것이오. 만일 이런 희망을 잃는다면, 더 이상 살아갈 생각을 품을 수 없는 법이오. 이것이 지금 내가 처한 슬픈 상황이오. 그동안 두 차례, 나는 이제 내 욕망이 실현되었구나, 하고 생각했었소. 하지만 그때마다 나는 가장 잔인한 방법으로 사랑하는 이와 떨어져야만 했소. 그런 후에 내게 남은 것이 무엇이겠소? 다만 죽음을 생각하는 것뿐이오. 내가 믿는 종교가 자살을 금지하지 않았더라면 이미 그러했을 것이오. 하지만 죽기 위해서 구태여 애쓸 필요도 없겠지. 머지 않아 죽음이 제 발로 찾아올 테니까.」

여기까지 말하고 대공은 입을 다물었습니다. 그에게서는 신음과 한숨과 흐느낌과 눈물이 뒤범벅되어 터져 나왔습니다.

보석상은 대공의 마음을 이러한 절망에서 건져 내기 위해서는, 다만 그에게 솀셀니하르를 떠올리게 하여 한 가닥 희망을 불어넣는 길밖에 없다고 판단했습니다. 그래서 그는 솀셀니하르의 여종이 벌써 와 있을지도 모르기 때문에 지체하지 말고 집에 가봐야겠다고 말했습니다.

「그래, 가보시오! 하지만 그녀를 보게 되면 솀셀니하르에게 이렇게 전해 달라고 부탁하시오. 나는 곧 죽게 되겠지만 내가 마지막 숨을 내쉬는 그 순간까지, 아니 무덤 속에서까지 그녀를 사랑하겠다고 말이오.」

보석상은 집에 돌아와 여종이 오기를 기다리며 앉아 있었습니다. 과연 몇 시간 후 그녀가 찾아왔는데, 얼굴은 눈물로 젖어 있고 행색은 어수선하기 짝이 없었습니다. 보석상은 마음이 덜컥 내려앉아 무슨 일이 있었느냐고 황급히 물었습니다.

「솀셀니하르 님, 대공, 그리고 당신과 나, 우리 모두는 다 끝장났어요! 자, 어떤 슬픈 일이 일어났는지 한번 들어 보세요! 어제 당신과 헤어진 후 저는 궁에 들어갔어요. 그런데 제가 없을 때 두 여종 중 하나가 잘못을 저질러, 솀셀니하르 님께 야단을 맞았대요. 맞아요! 선생님의 별장에 왔던 그 두 여종 중 하나 말이에요. 그러자 그년이 앙심을 품고서 궁의 문이 열린 틈을 타 밖으로 나가 버렸다는 거예요. 분명히 우리를 감시하는 내시에게 달려가 모든 걸 고자질했겠죠. 그게 전부가 아니에요. 그녀의 동료인 다른 여종도 칼리프의 궁으로 도망가 버렸어요. 그리고 그년도 모든 걸 밝힌 게 틀림없어요. 왜 그렇게 생각하느냐고요? 오늘 칼리프께서 스무 명의 내시를 보내 솀셀니하르 님을 칼리프 궁으로 데려가셨어요.

저는 이 모든 사실을 당신에게 알리기 위해 간신히 빠져나왔죠. 지금 무슨 일이 벌어지고 있는지는 잘 모르지만, 예감이 너무 불길해요. 어쨌든 당신만은 비밀을 꼭 지켜 주세요.」

여기까지 말한 셰에라자드는 입을 다물지 않으면 안 되었다. 벌써 아침 빛이 보이기 시작했던 것이다. 다음 날 밤, 그녀는 다시 이야기를 계속하여 인도의 술탄에게 이렇게 말했다.

이백아홉 번째 밤

폐하! 여종은 덧붙이기를, 지금 즉시 대공에게 이 사실을 알려서 만일의 사태에 대비하도록 하는 게 좋겠다고 말했습니다. 그리고 보석상에게 끝까지 의리를 지켜 달라고 다시금 당부했죠. 이어 그의 대답을 듣지도 않고 다시 허둥지둥 떠나갔습니다.

하기야 상황이 이렇게 되니, 보석상도 딱히 대답할 말이 없었습니다. 그는 넋이 나간 사람처럼 한동안 멍하니 앉아 있었습니다. 하지만 사태가 급박함을 깨닫고는 즉시 정신을 추슬러 대공에게 달려갔습니다. 그러고는 보기만 해도 불길함을 짐작하게 할 만한 표정으로 이렇게 말했습니다.

「대공! 자, 이제 인내심과 침착함과 용기로 무장하시고, 대공의 일생 중 가장 끔찍한 시련을 맞을 준비를 하십시오!」

「도대체 무슨 일인지 간단히 말해 보시오! 그렇게 아리송하게 늘어놓으니 답답해 죽겠소! 그리고, 만일 필요하다면 이 몸은 이미 죽을 준비가 되어 있소이다!」

보석상은 여종에게서 들은 말을 전해 주었습니다. 그리고 이렇게 덧붙였습니다.

「이젠 모든 게 끝난 것 같습니다. 자, 일어나세요! 신속히 피신해야 합니다! 시간이 없습니다. 이러다 노여움에 불타는 칼리프 앞에 끌려가게 되면 큰일입니다. 고문에 못 이겨 실토라도 하게 되면 끝장이라고요.」

이 말을 들은 대공은 감당할 수 없는 고통과 두려움에 짓눌려, 그대로 숨을 거두지 않은 것이 신기할 따름이었습니다. 그는 간신히 정신을 추스르고 이 급박한 상황에서 자신이 어떤 결정을 내려야 하는지 보석상에게 물었습니다.

「다른 방법이 없습니다. 즉시 말에 올라 안바르[67]로 떠나십시오! 내일 아침 동트기 전까지 도착할 수 있을 것입니다. 믿을 만한 사람들과 좋은 말들을 골라서 출발합시다. 괜찮으시다면 저도 같이 가고 싶습니다.」

선택의 여지가 없음을 깨달은 대공은 하인들에게 최대한 간단하게 여행 준비를 하라고 분부한 다음, 돈과 귀금속을 챙겼습니다. 그는 모친에게 작별 인사를 하고, 보석상과 그가 고른 몇몇 하인과 함께 바그다드 도성 밖으로 도망쳤습니다.

그들은 한 번도 쉬지 않고 한나절과 하룻밤 동안 말을 달렸습니다. 그리하여 이튿날 새벽 두세 시쯤 되었을 때에는 말이 더 이상 달리지 못했고, 그들 자신도 먼 길을 달려오느라 파김치가 되어 말에서 내렸습니다.

그렇게 잠시 숨을 돌리고 있는데, 이게 또 웬일입니까? 갑자기 수많은 도적 떼가 몰려오는 게 아니겠습니까? 그들 일행은 한동안 용감하게 싸웠습니다만, 하인들이 모두 목숨을 잃고 말았습니다. 결국 대공과 보석상은 무기를 내려놓고 항복하지 않을 수 없었죠. 도적들은 그들의 목숨은 해치지 않았습니다. 대신 말과 짐을 비롯해 입고 있는 옷까지 모조리 벗겨 빼앗은 다음, 두 사람을 거기 남겨 놓고 유유히 사라졌

---

[67] 유프라테스 강 왼쪽 기슭에 위치한 터키의 도시 — 원주.

습니다.

도적들이 멀어지자 비탄에 잠긴 대공이 절규했습니다.

「자, 보시오! 이게 무슨 꼴이란 말이오? 그냥 바그다드에 남아 어떤 종류의 것이든 간에 담담히 죽음을 기다리는 편이 낫지 않았겠소?」

「대공! 이 모든 일은 하느님의 명에 의한 것입니다. 이렇게 고난 위에 고난이 더해지는 것이 바로 그분의 뜻이란 말입니다. 우리는 불평하지 말고, 그분이 내리시는 이 모든 불행을 묵묵히 받아들여야 합니다. 여기서 이러지 말고, 누군가 도와줄 만한 사람이 있는 곳을 찾아봅시다.」

「차라리 나를 이곳에서 죽게 해주시오! 여기서 죽든 다른 곳에서 죽든 내게는 마찬가지요. 우리가 이렇게 말하고 있는 순간, 솀셀니하르는 이미 이 세상 사람이 아닐지도 모르잖소? 그녀가 없는 세상, 더 살아 무엇한단 말이오?」

보석상은 빌다시피 하여 그를 데리고 다시 길을 떠났습니다. 잠시 후, 그들은 문이 열려 있는 모스크를 발견하고 그 안에 들어가 남은 밤을 보냈습니다.

동녘이 희붐해질 무렵, 한 남자가 이 모스크에 도착했습니다. 그는 먼저 새벽 기도를 드리고, 다 마친 후에 몸을 돌리다가 한쪽 구석에 대공과 보석상이 앉아 있는 것을 보았습니다. 그는 그들에게 다가와 정중히 인사하며 말했습니다.

「두 분은 이방인이신 듯하군요?」

「잘 보셨습니다. 우리 꼴을 보시면 짐작하시겠지만, 지난 밤 바그다드에서 오다가 도적 떼를 만나서 지금 도움이 절실히 필요한 형편입니다. 하지만 누구에게 호소해야 할지 모르겠군요.」

「누추하지만 제 집으로 오십시오. 성심껏 도와 드리겠습니다.」

이렇게 친절한 제의를 받은 보석상은 대공 쪽으로 고개를 돌리고 그의 귀에다 대고 속삭였습니다.

「대공! 이분은 우리가 누구인지 전혀 모르는 모양입니다. 여기서 꾸물대고 있다가 우리를 알아보는 다른 사람이라도 오게 되면 낭패이니, 이분의 호의를 받아들이는 게 좋을 듯합니다.」

「이제 당신이 대장이니, 난 당신이 시키는 대로 하겠소.」

두 사람이 한동안 속닥대자, 남자는 그들이 자신의 제의를 쉽게 받아들이지 못하고 있다고 생각하고는 어떻게 결정했는지 재차 물었습니다.

「우린 선생을 따라갈 준비가 되어 있습니다. 그런데 한 가지 난처한 점은…… 지금 둘 다 벌거벗고 있어서, 이런 민망스러운 꼴로 나다니기가 좀 그렇군요.」

다행히도 마침 남자에게는 두 사람의 몸을 대충 가려 줄 만한 것이 있었습니다. 그렇게 몸을 가리고 집에 도착하자 집주인은 제대로 된 옷을 한 벌씩 내주고, 그들이 매우 시장할 것이라 생각하고는 여종으로 하여금 음식을 차려 주게 했습니다. 하지만 그들은 거의 먹지 않았습니다. 특히 대공이 그랬는데, 그가 너무도 지치고 낙담한 모습이었던지라 보석상은 그의 생명을 염려하지 않을 수 없었습니다.

집주인은 낮 동안에는 여러 차례 그들이 있는 방에 들렀지만, 저녁이 되자 그들에게 휴식이 필요함을 알고는 일찍 물러가 주었습니다. 그러나 잠시 후 보석상은 그를 다시 부르지 않을 수 없었습니다. 대공이 죽어 가고 있었던 것이지요. 보석상은 대공의 호흡이 빠르고 거칠어진 것을 보고는 죽을 때가 얼마 남지 않았음을 직감했습니다. 대공은 침대로 다가온 보석상에게 이렇게 말했습니다.

「보시다시피 나는 이제 끝났소. 하지만 선생이 내 마지막

순간의 증인이 되어 주니 몹시 기쁘오. 이승을 떠나게 되어 나는 오히려 만족하오. 그 이유는 선생이 더 잘 알고 계시겠지. 다만 한 가지 아쉬운 점이 있다면, 날 항상 따뜻하게 사랑해 주시고 내가 늘 존경해 온 어머니의 품에서 죽지 못한다는 것이오. 당신의 손으로 내 눈을 감겨 주고, 손수 수의를 입혀 줄 수조차 없었다는 사실을 아시면 몹시 슬퍼하실 것이오. 내가 몹시 죄송해하더라고 어머니께 전해 주시오! 또한 내 시신을 바그다드로 옮겨, 당신의 눈물로써 내 무덤을 적셔 주고 당신의 기도로써 내 저승길을 밝혀 달라고 부탁하더라고 전해 주시오!」

대공은 자신을 너그럽게 영접해 준 집주인에게 감사하는 것도 잊지 않았습니다. 그는 가족이 와서 자기 시신을 가져갈 때까지 그 집에 머물게 해달라고 부탁한 다음, 마침내 숨을 거두었습니다…….

이 대목까지 말한 셰에라자드는 날이 밝아 오는 것을 보고 이야기를 멈추었다. 다음 날 밤, 그녀는 이야기를 이어 인도의 술탄에게 이렇게 말했다.

이백열 번째 밤

폐하! 페르시아 대공이 죽은 바로 다음 날, 보석상은 마침 그 도시를 지나고 있던 대상에 합류하여 바그다드로 무사히 돌아올 수 있었습니다. 그는 집에 들어오자마자 옷을 갈아입고는 죽은 대공의 저택을 찾아갔습니다. 대공 집 사람들은 대공 없이 보석상 혼자 돌아온 것을 보고 얼굴이 하얘졌습니다. 보석상은 대공의 모친을 뵙고 싶다고 말했습니다. 잠시 후, 그는 노부인이 여러 명의 시녀들과 함께 기다리고 있는 홀로 인도되었습니다.

「부인!」 그의 목소리에는 벌써부터 불길한 기운이 묻어나고 있었습니다. 「하느님께서 부인의 건강을 지키시고, 모든 은혜로 채워 주시기 바랍니다. 하느님께서는 당신의 기쁘신 뜻대로 우리를 처분하신다는 사실, 부인께서도 잘 아실 것입니다……」

노부인은 더 이상 참지 못하고 외쳤습니다.

「아아, 그렇군! 내 아들이 죽었다는 소식을 전하러 오셨구려!」

동시에 그녀는 피를 토하듯 오열하기 시작했습니다. 시녀들도 따라 울었고, 이를 본 보석상의 눈에서도 다시금 눈물이 흘러나왔습니다. 그녀는 한동안 그렇게 통곡하다가 마침내 눈물을 거두고는, 그 너무나도 슬픈 이별의 상황을 조금도 숨김없이 이야기해 달라고 부탁했습니다. 보석상은 그녀의 부탁대로 해주었습니다. 이야기를 마치자 노부인은 다시 입을 열어, 아들 대공이 죽을 때 어미에게 특별히 남긴 말은 없는지 물었습니다. 이에 보석상은 그의 가장 큰 아쉬움은 어머니로부터 멀리 떨어져 죽는 것이었으며, 유일한 소망은 당신께서 자기 시체를 수습하여 바그다드에 옮겨 주는 일이었다고 전해 주었습니다. 다음 날 새벽, 노부인은 시녀들과 종복들을 모두 거느리고 길을 떠났습니다.

노부인의 권유로 대공의 집에서 밤을 보낸 보석상도 그녀가 떠나는 것을 보고는 귀가하기 위해 집을 나왔습니다. 힘없이 고개를 떨구고 길을 걷는 그의 가슴은 슬픔으로 꽉 막혀 있었습니다. 그토록 완벽하고 사랑스러운 귀공자가 꽃다운 나이에 죽어야 했다는 사실이 너무도 애통했던 것입니다.

그렇게 우울한 상념에 잠겨 길을 걷고 있는데, 어떤 여인이 나타나 그의 앞에 멈춰 섰습니다. 눈을 들어 살펴보니 다

름 아닌 셈셀니하르의 여종이었는데, 검은 옷을 입고 있는 그녀의 얼굴은 온통 눈물에 젖어 있었습니다. 그 모습을 보고 다시 눈물이 터져 나온 보석상은 말없이 걸음을 재촉했고, 여종은 그를 따라와 함께 집으로 들어왔습니다.

그들은 자리에 앉았습니다. 먼저 입을 연 것은 보석상이었습니다. 그는 땅이 꺼져라 한숨을 내쉰 후, 벌써 페르시아 대공이 죽은 것을 듣고 우는 것인지 물었습니다.

「오, 아니에요!」 그녀는 절규했습니다. 「방금 뭐라고 했나요? 우리 사랑스러운 대공님이 돌아가셨다고요? 그렇게나 사랑하시던 셈셀니하르 님이 돌아가시고 나서, 결국 그분도 오래 살지 못하셨군요! 오, 아름다운 영혼들이여! 그대들이 어디에 있든, 이제는 그 누구의 방해도 받지 않고 마음껏 사랑할 수 있게 되었으니 행복하시겠군요! 그렇군요! 그대들의 육체는 그대들 소망의 장애물이었으니, 하느님께서는 두 분을 결합시켜 주시려고 육체에서 해방해 주셨군요!」

셈셀니하르의 죽음에 대해서는 아무것도 몰랐을 뿐 아니라, 여종이 상복을 입고 있다는 사실에조차 주의를 기울이지 않고 있었던 보석상에게 이 소식은 새로운 아픔을 안겨 주었습니다. 그는 외쳤습니다.

「셈셀니하르 님이 죽었다고요?」

「그래요. 돌아가셨어요.」여종은 또다시 울음을 터뜨리며 대답했습니다. 「그래서 이 상복을 입고 있는 거예요. 참으로 기이한 죽음이었죠! 하지만 그 이야기를 해드리기 전에, 우선 대공께서 어떻게 돌아가셨는지 모두 얘기해 주세요! 사랑하고 존경하는 나의 주인 셈셀니하르 님과 더불어, 내가 평생토록 애도하게 될 페르시아 대공님은 어떻게 돌아가셨나요?」

보석상은 여종의 궁금증을 풀어 주었습니다. 방금 전 대공의 모친께서 그의 시신을 바그다드로 가져오기 위해 길을 떠나셨다는 데까지 모두 얘기해 주자, 이번에는 그녀가 말했습니다.

「지난번에 제가 말씀드렸지요? 칼리프께서 셈셀니하르 님을 어전으로 부르셨다고요. 그래요. 우리의 추측이 맞았어요. 칼리프께서는 두 분의 사랑에 대해 알고 계셨어요. 폐하를 따로 찾아간 두 종년이 고자질한 거죠. 이쯤 되면 이렇게 상상하시겠죠? 폐하께서 셈셀니하르 님에 대해 격노하시고, 대공님에 대해선 맹렬한 질투와 복수심에 사로잡혀 날뛰셨을 거라고요. 하지만 전혀 그러지 않으셨어요. 그분은 당신의 연적에 대해서는 생각조차 하지 않으셨어요. 그저 셈셀니하르 님을 가엾게 여기셨을 따름이죠. 그리고 이 모든 일의 책임을 당신 자신에게 돌리셨어요. 내시들을 붙이지 않고 셈셀니하르 님 혼자 시내를 자유롭게 돌아다니게 놔둔 자신을 탓하신 거죠. 이런 칼리프의 마음을 어떻게 알 수 있냐고요? 그분이 솀셀니하르 님에게 보여 주신 그 놀라운 태도를 보면 알 수 있는 일이죠. 자, 그분이 어떻게 하셨는지 한번 들어 보세요!

칼리프는 밝은 얼굴로 솀셀니하르 님을 맞아 주셨어요. 폐하 앞에 선 마님의 얼굴은 온통 슬픔에 젖어 있었지만 그 아름다움만은 여전하셨죠. 게다가 폐하 앞에 불려 오셨지만, 마님에게 놀라거나 두려워하는 기색은 조금도 없었거든요. 마님이 상심해 있는 것을 본 폐하께서는 부드러운 목소리로 말씀하셨어요.

〈솀셀니하르! 그런 모습을 하고 있으니 과인의 마음도 끝없이 아프오. 그대는 잘 알 것이오. 내가 그대를 얼마나 열렬히 사랑해 왔는지 말이오. 그대에 대한 과인의 마음, 지금껏 충분히 표현해 오지 않았소? 그리고 나는 조금도 변하지 않았소. 지금 이 순간, 그대를 그 어느 때보다 사랑하고 있소. 그렇소! 그대에겐 적들이 있소. 그리고 그 적들은 내게 와서 그대의 그릇된 행실을 고했소. 하지만 그들이 무슨 말을 하든 간에 내 마음은 조금도 변하지 않소. 그러니 슬픔일랑 떨쳐 버리시오! 그리고 평소처럼 오늘 저녁도, 무언가 유쾌하고 재미난 것으로 과인을 즐겁게 해주시오!〉

이 밖에도 폐하께서는 여러 가지 따뜻한 말씀을 해주신 후, 어전 가까이에 있는 한 호화로운 궁실에 가서 기다려 달라고 부탁하셨어요.

마님으로서는 폐하께서 베풀어 주시는 각별한 성은에 송구스럽지 않을 수 없었지요. 하지만 이렇게 폐하께 감사하는 마음이 생길수록, 이제는 대공과는 영영 헤어져 살아야 할지도 모른다는 고통 또한 더욱 격심해졌답니다. 마님은 더 이상 대공 없이는 살 수 없게 된 거지요.

칼리프와 솀셀니하르 님 간의 이 대화는 제가 선생님을 뵈러 왔을 때 이루어졌어요. 이에 관한 이야기는 당시 두 분 곁에 있었던 다른 시녀들을 통해 들은 거지요. 당신과 헤어진 저는 즉시 솀셀니하르 님 곁으로 달려갔어요. 그래서 그날 저녁에 일어난 그 슬픈 일만은 직접 볼 수 있었던 거죠……. 마님은 말씀드린 그 궁실에 계셨어요. 그분은 제가 선생님 집에 다녀왔다고 짐작하시고는 저를 가까이 오게 한 후, 다른 사람이 듣지 못하게끔 나직하게 말씀하셨어요.

〈그래, 네가 나를 위해 또 한 번 수고를 해주었구나. 참으로 고맙다. 하지만 이번이 나를 위한 마지막 봉사였던 것 같구나.〉

그러고는 더 이상 말이 없으셨어요. 장소가 장소였던지라 저 역시 감히 입을 열어 마님을 위로해 드릴 수 없었지요.

저녁이 되자 칼리프께서 궁실에 들어오셨어요. 솀셀니하르 님의 시녀들은 악기를 연주했고, 곧 음식이 차려져 나왔어요. 칼리프께서는 마님의 손을 잡아 자기 옆 좌단에 앉게 하셨어요. 그러나, 아아! 마님은 전혀 그럴 만한 상태가 아니었음에도 불구하고 폐하의 뜻을 따르려 너무도 힘들게 애를 쓰시다가 그만 절명하고 말았습니다. 자리에 앉자마자 그대로 뒤로 쓰러져 버린 거지요. 칼리프께서는 마님이 실신하신 것이라 여기셨고, 우리 역시 같은 생각이었죠. 그래서 깨워 보려고 갖은 애를 써보았지만, 결국 소생하지 못하셨어요. 자, 우리는 이렇게 마님을 잃게 되었답니다.

솀셀니하르 님을 떠나보낸 칼리프는 눈물을 금치 못하셨어요. 그리고 궁실을 나가시기 전, 악기를 모두 부수라고 명하셨고 그 명은 곧 시행되었죠. 저는 밤새도록 시신 곁에 있었어요. 제 손으로 시신을 깨끗이 씻고, 내 눈물방울로 그 식은 몸을 적시며 염을 해드렸죠. 다음 날, 칼리프의 명에 따라 시신은 마님 자신이 고른 장소에다 이미 세워 놓았던 장려한 묘당에 묻혔습니다. 대공님의 시신도 바그다드로 옮겨 올 거라고 말씀하셨지요? 저는 그분의 시신을 마님이 묻힌 묘당에 함께 안치하기로 마음먹었어요.」

보석상은 여종의 말에 기겁을 했습니다.

「그런 일일랑 아예 생각조차 마시오! 어디 칼리프께서 허락하실 것 같소?」

「불가능하다고 생각하시는군요. 전 그렇게 생각하지 않는답니다. 자, 이유를 설명해 볼까요? 칼리프께서는 셈셀니하르 님의 여종들을 모두 노예 신분에서 해방해 주시고, 각각에게 충분한 연금을 하사해 주셨어요. 저에게는 묘당 관리와 저 자신의 생계를 위해 상당한 액수의 봉록을 내리셨지요. 즉 지금 묘당을 지키고 관리하는 사람은 바로 저란 말이에요. 또 말씀드렸듯이 칼리프께서도 대공과 마님 간의 사랑에 대해 모르지 않으시고, 그 때문에 분개하거나 성을 내지도 않으셨어요. 따라서 두 분을 같이 안치하는 것 또한 용납해 주시리라 믿어요.」

보석상으로선 더 이상 할 말이 없었습니다. 다만 기도를 하고 싶으니 자기를 묘당에 데려다 달라고 부탁했습니다. 그런데 도착한 그는 깜짝 놀라지 않을 수 없었습니다. 바그다드 도성 각처에서 몰려온 남녀 군중이 운집해 있었기 때문입니다. 사람이 하도 많아 묘당 가까이에 다가갈 수 없어 멀찍감치서 기도를 마친 그는 여종 곁으로 다가가 말했습니다.

「과연 당신의 계획을 실현하는 것이 불가능하지만은 않은 것 같소. 자, 이렇게 합시다! 우리 둘이 두 분의 사랑에 대해 알고 있는 바를 모든 사람들에게 알리는 것이오. 특히 셈셀니하르 님과 거의 동시에 일어난 대공의 죽음에 대해 알려 줍시다. 그러면 대공의 시신이 도착하기 전에, 온 바그다드 시민이 나서서 두 분의 시신을 더 이상 떼어 놓지 말아 달라고 칼리프에게 요청하지 않겠소?」

보석상의 생각은 맞아떨어졌습니다. 대공의 시신이 도착하는 날, 그를 맞이하기 위해 헤아릴 수 없는 사람들이 성문 앞에서 이십 리 떨어진 곳까지 늘어섰던 것입니다.

여종도 성문 앞에서 기다리고 있었습니다. 그러다가 마침내 대공 어머니의 모습이 보이자 그 앞으로 달려가, 온 도성 시민의 열렬한 소망을 대변하여 간청했습니다. 처음 본 순간부터 죽을 때까지 오직 하나의 심장을 공유했던 두 연인의 시신을 이제 한 무덤에 모시게 해달라고 말입니다. 어머니는 동의했고, 각계각층의 군중이 뒤따르는 가운데 셈셀니하르의 묘당으로 옮겨진 대공의 시신은 그녀 옆에 안치되었습니다. 그때부터 이 무덤은 바그다드 주민뿐 아니라 이슬람교도가 존재하는 전 세계 모든 지역 이방인들의 숭배를 받고 있으며, 기도를 드리러 찾아오는 참배객의 발길도 여전히 끊이지 않고 있답니다.

「폐하!」 이 대목에서 셰에라자드는 벌써 날이 밝았음을 보고 술탄에게 말했다. 「여기까지가 칼리프 하룬알라시드의 총비 아름다운 셈셀니하르와 페르시아 대공 아불하산 알리 이븐 베카르의 사랑 이야기였습니다.」

왕비가 이야기를 마치자, 디나르자드는 너무나도 흥미로운 이야기로 자신을 즐겁게 해준 언니에게 깊이 감사했습니다. 그러자 셰에라자드가 말했습니다.

「만약 술탄께서 이 몸을 다시 내일까지 살려 주신다면, 네게 카마르알자만[68] 왕자 이야기도 들려 줄 수 있을 텐데. 그

---

68 아랍어로 〈시대의 달〉 혹은 〈세기(世紀)의 달〉, 즉 〈세기의 미남〉을 뜻한다 — 원주.

건 솀셀니하르의 이야기보다도 훨씬 더 재미난 이야기란다.」

그러고는 세에라자드는 입을 다물었다. 이에 술탄은 또다시 왕비의 처형을 미루고 다음 날 밤 그녀의 이야기를 듣기로 마음먹었다.

이백열한 번째 밤

다음 날, 아직 동녘이 밝아 오지 않았을 때 디나르자드는 다시 세에라자드를 깨웠다. 왕비는 곧 인도의 술탄에게 전날 약속했던 대로 카마르알자만의 이야기를 들려주기 시작했다.

〈칼레단의 자식들의 섬〉의 왕자 카마르알자만과 중국 공주 바두르의 사랑 이야기

Histoire des amours de Camaralzaman

폐하! 페르시아 해안에서 스무 날쯤 항해하여 도달할 수 있는 망망대해 한가운데, 〈칼레단의 자식들의 섬〉이라 불리는 섬이 떠 있었습니다. 이 섬은 여러 개의 큰 지방으로 나뉘어 있었는데, 각각의 지방에는 수많은 주민들로 북적이는 번성하는 도시들이 있었고, 이 모든 것들은 매우 강력한 왕국을 이루고 있었죠. 이 섬을 다스리는 사람은 샤자만[69]이라는 이름의 왕으로, 그는 모두 왕녀 출신인 네 명의 왕비와 예순 명의 후궁을 거느리고 있었습니다.

왕국은 평화롭게 번영하고 있어서, 샤자만은 지구상에서 가장 행복한 군주라고 자부할 수 있었습니다. 하지만 이렇게 행복한 왕에게도 한 가지 고민이 있었으니, 처첩이 즐비하고 나이도 먹을 만큼 먹었건만 후사(後嗣)를 보지 못했던 것입니다. 도무지 이유를 알 수 없었던 왕은, 자기 피를 잇는 자식을 남기지 못하고 죽는 일이야말로 세상에서 가장 불행한 일이라고 한탄하며 괴로워했습니다. 오랫동안 왕은 자신의 쓰

69 페르시아어로 〈시대의 왕〉 혹은 〈세기의 왕〉을 의미한다 — 원주.

라린 고뇌를 사람들에게 드러내지 않았습니다. 하지만 아무렇지 않은 듯 보이려고 애를 쓰면 쓸수록, 심장을 파고드는 고통은 갈수록 심해져만 갔습니다. 결국 견딜 수 없게 된 그는 입을 열고야 말았습니다. 어느 날 대재상과 마주 앉은 자리에서 자신의 불행을 비통하게 한탄한 후, 혹시 이를 해결할 방법이 있는지 간곡히 물은 것이지요. 이에 현명한 대재상은 대답했습니다.

「제게 물으신 일이 우리 인간의 지혜로 해결할 수 있는 것이라면, 그토록 열렬히 바라시는 것을 폐하께서는 당장에라도 얻을 수 있을 것이옵니다. 하지만 폐하의 질문에 대답해 드리기에, 소신의 경험과 지식이 너무도 부족하다는 것을 고백하지 않을 수 없습니다. 이런 종류의 일에 있어서 우리가 믿을 수 있는 분은 오직 하느님뿐입니다. 우리는 행복하게 잘 살고 있을 때에는 자주 그분을 잊어버립니다. 그때 그분은 우리의 어떤 부분을 치시는데, 이는 우리로 하여금 그분을 다시 생각하고 그분의 전능함을 인정하며 나아가서는 그분만이 해줄 수 있는 것을 간구하게 하려 하심입니다. 폐하의 신민 중에는 그분을 경배하고 섬기며, 그분에 대한 사랑으로 고행과 금욕의 삶을 사는 것을 업으로 삼은 이들이 있습니다. 제 의견은 폐하께서 이들에게 시주를 하시고, 폐하의 기도에 동참해 달라고 부탁하시라는 것입니다. 무수히 많은 이 사람들 가운데 어쩌면 하느님이 보시기에 지극히 순결하고 아름다운 이가 있어, 그의 기도를 듣고 폐하께서 원하시는 것을 내려 주실지도 모르지 않겠습니까?」

샤자만은 이 충고가 지극히 온당한 것이라 여겼습니다. 그는 대재상에게 감사하고, 하느님께 헌신한 사람들로 이루어진 공동체들에 듬뿍 기부를 했습니다. 심지어는 이런 단체들의 지도자들을 초대하여 정갈한 음식으로 융숭히 대접한 후,

자신의 뜻을 설명하고는 그들을 따르는 신자들에게도 이 사실을 알려 달라고 부탁했습니다.

그리하여 하늘은 샤자만에게 그가 갈망하는 것을 내려 주셨습니다. 아내 가운데 하나가 임신하여, 아홉 달 후 그의 품에 옥동자를 안겨 주었던 것이지요. 그는 하느님의 은혜에 감사하기 위해 또다시 독실한 이슬람교 공동체들에 그의 위대함과 권위에 걸맞은 규모로 기부한 다음, 수도뿐 아니라 전국 방방곡곡에서 온 백성이 즐길 수 있는 축연을 벌여 일주일 동안 왕자의 탄생을 축하했습니다. 아기가 태어나자마자 샤자만은 그를 왕세자로 선포하고, 〈세기의 달〉이라는 의미로 카마르알자만이라는 이름을 붙였습니다.

왕은 카마르알자만 왕자를 지극한 정성으로 키웠고 그가 어느 정도 자라나자 현명하면서도 유능한 가정 교사들을 붙여 주었습니다. 이 뛰어난 인물들은 왕자가 매우 명민하다는 사실을 알게 되었습니다. 일국의 왕자로서 지녀야 할 품성과 지식을 전수하기 위해 그들이 가르치는 모든 것들을, 왕자는 아주 쉽게 이해하고 받아들였던 것입니다. 좀 더 나이가 들어서는 갖가지 기예를 익혔는데, 그것들을 다루는 솜씨 역시 너무도 우아하고 능숙하여 보는 이들을 매료했으며, 특히 부왕은 황홀하여 넋을 잃을 정도였습니다.

카마르알자만이 열다섯 살 되었을 때였습니다. 왕자를 지극히 사랑하여 매일매일 새로운 방식으로 애정을 표현해 오던 왕은 마침내 자신이 줄 수 있는 가장 큰 선물을 주어야겠다고 마음먹었습니다. 즉 왕자에게 자신의 왕좌를 물려주기로 한 것이죠. 그는 이런 생각을 대재상에게 털어놓았습니다.

「경! 내 걱정되는 게 한 가지 있소. 하늘이 세자에게 준, 또 성공적인 교육을 통해 키워 온 그의 큰 재능이, 젊은 날의 무위도식 가운데 허망하게 사라지지나 않을까 하는 염려요. 마

침 나도 은퇴를 생각해야 할 나이고 하니, 세자에게 왕위를 물려주고 그 애가 나라를 다스리는 모습을 흐뭇하게 지켜보면서 여생을 보내고 싶소. 사실 나는 너무 오래 일하지 않았소? 이제는 좀 쉬고 싶소.」

왕의 선언에 대재상은 무척 놀랐지만, 그렇다고 하여 무턱대고 만류하려 들지는 않았습니다. 오히려 그는 왕의 생각을 십분 이해하는 듯한 태도를 보이며 대답했습니다.

「폐하! 대국을 다스리는 중책을 맡기에는 세자께서 아직 너무 어리신 듯하옵니다. 지금 세자께서 무위도식 속에서 타락하시지나 않을까 염려하시는데, 물론 이는 당연한 걱정이십니다. 하지만 이를 방지하기 위한 더 좋은 다른 방법이 있지 않을까요? 세자를 혼인시키는 건 어떻습니까? 결혼은 세자의 혈기왕성한 마음을 잡아 주어, 정신이 흐트러지는 것을 막을 수 있을 것입니다. 동시에 세자를 어전 회의에 참석하게 하면 어떻겠습니까? 그러면 왕좌의 영예와 권위를 위엄 있게 행사하는 법을 차츰 배워 나가실 수 있을 것입니다. 이렇게 하다가 세자께서 모든 능력을 충분히 갖추었다고 판단될 때 양위를 하셔도 늦지 않을 것으로 사료되옵니다.」

샤자만은 대재상의 의견이 매우 타당하다고 생각했습니다. 그래서 그를 물러가게 한 다음, 즉시 왕자를 불렀습니다.

지금까지 정해진 시각에만 부왕을 보았을 뿐, 이처럼 불시에 불려간 적이 없었던 왕자는 약간 놀랐습니다. 그래서 평소의 무람없는 태도를 버리고 정중하게 예를 갖춰 절한 다음, 고개를 숙이고 부왕 앞에 섰습니다.

왕자가 이처럼 어려워하는 모습을 본 왕은 부드러운 어조로 말했습니다.

「아들아! 왜 너를 불렀는지 알고 있느냐?」

「폐하!」 왕자는 겸손한 태도로 대답했습니다. 「사람의 마음속을 헤아릴 수 있는 분은 오직 하느님뿐이십니다. 그러니 폐하께서 직접 말씀해 주시옵소서.」

「오늘 부른 것은, 너를 결혼시키고 싶은 뜻이 있기 때문이다. 어떻게 생각하느냐?」

이 말을 들은 카마르알자만 왕자는 크게 당황했습니다. 어떻게 대답해야 할지 몰라 얼굴에는 땀방울이 송글송글 맺혔죠. 그렇게 잠시 입을 다물고 있다가 그가 대답했습니다.

「폐하! 폐하의 말씀에 이처럼 경악하는 모습을 보인 것을 용서해 주시옵소서. 사실 소자의 나이가 아직 너무 어려서, 폐하께서 이런 말씀을 하시리라고는 전혀 예상치 못하고 있었습니다. 사실, 나중에라도 결혼하기로 결심할 수 있을는지 모르겠습니다. 아직 결혼해 보지는 않았지만 여자들과 같이 산다는 게 얼마나 귀찮은 일인지 잘 알고 있는 까닭입니다. 또 책들을 통하여 여자들이 얼마나 간교하고 사악하며, 남자를 잘 속이는 존재들인지 익히 알고 있습니다. 이런 제 생각이 나중에 가서는 변할지도 모르겠습니다만, 폐하께서 원하시는 결혼을 결심하기 위해서는 좀 더 시간이 필요할 듯하옵니다.」

셰에라자드는 더 계속하고 싶었다. 하지만 인도의 술탄이 날이 밝은 것을 보고 침대에서 몸을 일으키자 이야기를 중단할 수밖에 없었다. 다음 날 밤, 그녀는 같은 이야기를 계속 이어 가며 이렇게 말했다.

이백열두 번째 밤

카마르알자만 왕자의 대답은 부왕의 마음을 너무도 아프게 했습니다. 사실 왕세자가 결혼을 그토록 혐오하고 있는데, 어느 군주인들 마음이 편안하겠습니까? 하지만 왕은 그가 자신을 거역한다고 노여워하지 않았으며, 아비로서의 권위를 행사하려 들지도 않았습니다. 단지 이렇게만 말했습니다.

「억지로 강요하진 않겠다. 시간을 줄 테니 잘 생각해 보거라. 너처럼 한 나라를 다스려야 할 왕자에게는 우선 후계자를 생산해야 할 의무가 있다는 사실을 잘 새겨 보거라. 네가 후계자를 얻는다면, 그건 곧 내게도 기쁨을 주는 일이다. 너와 너의 아이들을 통해 나 자신이 다시 태어나는 것을 본다면, 내 기쁨이 얼마나 크겠느냐?」

샤자만 왕은 그 이상 말하지 않았습니다. 대신 아들을 어전 회의에 입각시키고, 계속해서 애정과 신뢰를 보여 주며 그를 행복하게 해주었습니다. 한 해가 지나, 왕은 다시 왕자를 불렀습니다.

「자, 내 아들아! 지난 해, 너를 결혼시키고 싶다는 내 뜻에 대해 잘 생각해 보라고 한 것 기억하느냐? 이번에도 내 말에 순종함으로써 나를 즐겁게 해주는 걸 거부하려느냐? 이 늙은 몸이 그런 기쁨도 맛보지 못하고 죽기를 원하느냐?」

왕자는 지난해보다는 덜 당황한 기색이었습니다. 그는 별로 머뭇거리지도 않고 단호한 어조로 대답했습니다.

「폐하! 소자, 이 문제에 대해 신중하게 생각해 보았습니다. 하지만 충분히 숙고한 결과, 결혼하지 않고 살겠다는 결심은 더욱 확고해졌습니다. 저는 역사를 읽으며 여인들이 이 우주 가운데 얼마나 많은 악을 저질러 왔는지 충분히 확인할 수 있었으며, 또 그네의 간교함에 대한 이야기들을 매일같이 듣고 있습니다. 따라서 소자는 여인들과 인연을 맺고 싶은 마음이 추호도 없습니다. 따라서 앞으로도 폐하께서 제 결혼에 대해 말씀하신다 해도 아무 소용 없을 것임을 감히 아뢰고 싶사옵니다.」

다른 왕 같았으면 이처럼 무엄한 왕자의 태도에 격노하여 그런 말을 한 것을 후회하게 만들어 놓았을 것입니다. 하지만 아들을 깊이 사랑하는 샤자만은 강압적인 방법을 사용하지 않고, 가능한 한 부드럽게 그의 마음을 돌려 보고 싶었습니다. 그는 대재상을 불러 왕자가 어떻게 또다시 자신을 속상하게 했는지 털어놓았습니다.

「나는 경의 충고를 따랐소. 하지만 작년과 마찬가지로 카마르알자만은 결혼할 의사가 전혀 없었소. 그리고 어찌나 당돌하고도 꼿꼿한 태도로 자기 생각을 밝히던지, 만일 내가 이성을 발휘하여 꾹 참지 않았더라면 그 자리에서 화를 터뜨렸을 것이오. 저렇게 속 썩이는 자식을 갖게 해달라고 그토록 간절히 기도했다니……. 참으로 나 같은 아비들이야말로 평화로운 삶을 스스로 포기하는 어리석은 자들이 아닐 수 없소! 여보시오, 대재상! 어떻게 해야 저렇게 내 말을 안 듣는 녀석의 마음을 돌려 놓을 수 있겠소?」

「폐하! 세상에는 인내심을 가지고 기다리면 해결되는 일이 아주 많습니다만, 이 일에는 이런 방법도 통하지 않을지도 모르겠습니다. 하지만 성급하게 세자 저하를 다그치시기 전에, 일 년만 더 기다려 보심이 어떠할는지요? 만일 이 기간 동안 세자께서 현명히 판단하여 당신의 의무를 지킬 생각을 갖게 되신다면, 너그러운 부정으로 기다려 주신 폐하의 기쁨도 그만큼 클 것입니다. 반대로 한 해가 지나서도 여전히 고집을 꺾지 않으신다면, 그때는 폐하께서 세자는 나라를 위해 결혼해야 한다고 어전 회의 중에 엄숙히 선언하시는 겁니다. 만조백관 앞에서 말씀하시는 폐하의 체면을 생각해서라도 감히 거절하기는 어렵지 않겠습니까?」

하루라도 빨리 왕자가 결혼한 모습을 보고 싶은 왕에게는 기다려야 한다는 한 해가 천년만큼이나 길게 느껴져 선뜻 내키지 않았습니다. 하지만 대재상의 의견이 옳음을 인정하지 않을 수 없었기 때문에 결국 그의 충고를 따르기로 했습니다……

벌써 날이 밝아 오고 있었기 때문에 이 대목에서 셰에라자드는 입을 다물었다. 그리고 다음 날 밤, 그녀는 다시 이야기를 이어 술탄 샤리아에게 이렇게 말했다.

이백열세 번째 밤

폐하! 대재상이 물러가자 샤자만 왕은 왕비의 거처를 찾아갔습니다. 그녀는 카마르알자만의 생모로, 왕은 이미 오래전부터 그녀를 볼 때마다 하루빨리 왕자를 결혼시키고 싶다고 말해 왔습니다. 이날도 왕은 왕자가 심히 불손한 태도로 자기 뜻을 거역했으며, 하지만 자신은 대재상의 충고에 따라 한 해만 더 참기로 했다고 왕비에게 말했습니다. 그리고 이렇게 덧붙였습니다.

「부인! 나는 그 애가 나보다는 당신을 더 신뢰한다는 것을 알고 있소. 그 애는 속마음을 당신에게 더 쉽게 털어놓고, 당신 말을 더 잘 듣지. 그러니 시간을 갖고서 그 애한테 심각하게 얘기해 주시오! 계속 그런 식으로 고집을 부린다면 유감스럽게도 나로서는 극단적인 방법을 쓸 수밖에 없으며, 그때는 내 말에 거역한 것을 심히 후회하게 되리라고 말이오.」

그리하여 파티마, 즉 카마르알자만 왕자의 어머니는 왕자를 보자마자 그를 붙들고 말했습니다. 결혼하라는 부왕의 권고를 또다시 거역했다는 말을 들었다며, 그렇게 폐하의 마음을 노엽게 했다니 어미로서 얼마나 속상한지 모른다고 말입니다. 그러자 카마르알자만이 대꾸했습니다.

「어머니! 안 그래도 힘든데 왜 어머니까지 그러십니까? 이

문제에 대해서는 제발 제가 하는 대로 가만히 내버려 두세요! 저도 지금 몹시 화가 나 있거든요. 자칫 어머니께 불손한 언사를 보이게 될까 두렵습니다.」

파티마는 지금 왕자의 마음이 몹시 격앙되어 있어서 무슨 말을 해도 듣지 않으리라 판단하고는, 그날은 더 이상 아무 말도 하지 않았습니다.

하지만 얼마간의 시간이 흐른 후, 파티마는 이 문제에 대해 다시 한 번 이야기할 기회를 갖게 되었습니다. 그녀는 이번에는 아들이 좀 더 귀를 기울이리라 생각하고는 이렇게 말했습니다.

「아들아! 대체 어떤 이유로 결혼을 그토록 싫어하는 건지 이 어미에게 말해 줄 수 있겠니? 만일 그것이 단지 여자들의 사악함과 간교함 때문이라면, 그것처럼 허술하고도 터무니없는 이유는 없을 거야. 지금 난 못된 여자들을 변호하는 게 아니란다. 물론 이 세상에는 그런 여자들이 수없이 많지. 그건 나도 잘 알고 있어. 하지만 이 세상 모든 여자가 그렇다고 단정 짓는다면 그처럼 부당한 일이 어디 있겠니? 애야! 그래, 넌 역사책이 전하는, 이 세상에 엄청난 혼란을 초래한 그런 여자들만 보고 있는 거냐? 그런 여자들은 나도 용서할 수 없다. 그러나 나 역시 수많은 군주들과 술탄들과 제왕들이 저지른 끔찍한 폭정과 야만스럽고도 잔인한 짓들을 역사책에서 읽었다. 한 사람의 악녀가 있다면, 폭군과 야만스러운 남자의 수는 수천이란 말이다. 이런 남자들이 존재한다는 사실은 왜 생각하지 않는 거니? 그리고 애야! 이런 고약한 남자들과 결혼한 착하고도 현명한 여자는 퍽이나 행복했는 줄 아느냐?」

「어머니!」 카마르알자만이 맞받았습니다. 「세상에 현숙하고 착하고 상냥하고 행실 좋은 여자들이 적지 않다는 사실,

그건 저도 잘 알고 있어요. 이 세상 모든 여자들이 어머니만 같다면야 얼마나 좋겠어요? 하지만 제가 싫은 것은, 강요에 의해 아무 상대하고나 결혼해야 한다는 거예요. 즉 결혼 상대를 내 뜻대로 선택할 수 없다는 사실이지요. 자, 지금 안달이 나 계신 아버님의 뜻을 따라 제가 결혼하기로 결심한다고 가정해 보세요. 그분은 제게 어떤 여인을 아내로 줄까요? 분명히 어느 왕녀겠지요. 아버님이 이웃 나라 왕에게 청혼하면, 그가 황송하여 어쩔 줄 몰라 하며 보내 줄 공주겠지요. 그러면 저는 그 여자가 예쁘든 못생겼든 무조건 받아들여야 합니다. 전 그 누구와도 비교할 수 없는 아름다운 신부를 원하는데 말이죠. 또 그녀가 정신이 제대로 박힌 여자일지 누가 장담하겠어요? 그녀가 과연 유순하고 애교 있고 상냥하고 친절할까요? 또 어떤 진지한 주제에 대해 함께 대화할 수 있는 여자일까요? 혹시 의복이나 장식이나 외관, 즉 양식을 지닌 남자가 볼 땐 한심하기 그지없는 화제나 노상 지껄이고 있지는 않을까요? 간단히 말해서, 내 신부 될 여자가 콧대 높고 신경질적이고 거만한 데다가, 옷이나 보석을 사대느라 경박하게 낭비나 하고, 허례허식으로 국고를 바닥낼 그런 여자가 아니란 법이 어디 있죠? 보세요, 어머니! 이렇게 한 가지만 살펴보아도 결혼을 싫어하게 하는 이유들이 끝없이 나오잖아요? 설사 어떤 공주가 앞에서 말한 점들에 있어서 흠잡을 데 없이 완벽하다 해도, 제 감정과 결심을 돌이킬 수는 없어요. 이것 말고도 아직도 무수히 많은 이유들이 남아 있거든요.」

파티마는 어이가 없어 외쳤습니다.

「뭐라고? 지금 말한 것들 외에도 또 다른 이유들이 있다고? 어쨌든 지금까지 말한 것에 대해서는, 내가 한마디로 네 입을 막아 버릴 수 있다.」

「얼마든지 얘기해 보세요. 저 역시 또 대꾸할 말이 있을 테니까요.」

「내가 하고 싶은 말은 말이다. 설령 불행히도 네가 묘사한 것 같은 그런 공주와 결혼한다 해도, 군주인 너는 언제든지 그녀를 내치고 적절한 왕명을 내려서 나라가 도탄에 빠지는 것을 막을 수 있다는 거야.」

「아니, 어머니! 그런 극단적인 방법을 사용해야 한다는 것이 일국의 군주로서 얼마나 고통스러운 일이겠습니까? 차라리 일신의 영광과 평안을 위해, 아예 처음부터 그런 위험에 빠지지 않는 편이 훨씬 낫지 않겠어요?」

「하지만, 얘야! 말하는 것을 듣고 있자니, 너는 꼭 이 왕가의 마지막 왕이 되겠다는 애 같구나. 지금껏 〈칼레단의 자식들의 섬〉을 영광스럽게 통치해 온 이 왕조의 혈통은 어찌할 거냐?」

「어머니! 저는 아버님보다 더 오래 살 생각이 없어요. 제가 그분보다 일찍 죽는다 하더라도 별로 놀라운 일은 아니지요. 이 세상에는 아비보다 먼저 죽는 자식들의 예가 수없이 많으니까요. 하지만 한 왕조가 저 같은 군주로 끝을 맺게 된다는 건 영광스러운 일 아니겠어요? 전 항상 이 왕조의 시조나 계승자들 못지않은 훌륭한 군주가 되려고 노력하고 있으니까요.」

이날 이후, 파티마는 카마르알자만 왕자와 종종 이런 식의 대화를 나누었고, 그때마다 아들의 결혼 혐오증을 없애기 위해 온갖 방법을 다 써보았습니다. 하지만 언제나 그는 어머니가 제시하는 이유에 반박하는 다른 이유를 대 그녀를 꼼짝 못하게 만들었고, 갈수록 마음이 강퍅해져만 갔습니다.

그렇게 일 년의 시간이 흘렀습니다. 샤자만 왕에게는 대단히 유감스럽게도, 카마르알자만 왕자는 마음을 바꾼 기미를 조금도 보여 주지 않았습니다. 마침내 어느 날 엄숙한 어전 회의 중, 샤자만 왕은 대재상을 비롯한 각부 대신들이며 조신들, 장군들이 모두 모인 가운데 입을 열어 왕자에게 말했습니다.

「내 아들아! 네가 결혼하는 걸 보고 싶다는 나의 간절한 소망을 밝힌 지도 벌써 오랜 시간이 흘렀다. 나는 지극히 당연한 것을 요구하는 이 아비에게 네가 좀 더 유순한 태도를 보이기를 기다려 왔었다. 하지만 넌 고집을 꺾을 생각이 조금도 없어 보이니, 내 인내심도 이제는 한계에 달했구나. 나는 오늘 이 어전 회의에서 똑같은 말을 하고 싶다. 네가 내 뜻을 받아들여야 함은 이제 단순히 이 아비를 위해서가 아니다. 지금 여기 모이신 모든 분들과, 국가 전체가 네게 요구하고 있는 것이다. 그러니 네 입장을 밝혀라! 네 대답에 따라 나는 합당한 조치를 취하겠다.」

이에 카마르알자만 왕자는 매우 무례한 태도로, 심지어는 성까지 내면서 부왕을 대했습니다. 대신들 앞에서 아들에게 무안을 당한 왕은 격노하여 소리쳤습니다.

「뭐라고? 이 버르장머리 없는 자식 같으니라고! 그게 네 아비이자 일국의 왕을 대하는 태도냐?」

왕은 즉시 형리들로 하여금 왕자를 체포하여 어떤 오래된 성탑에 가둬 놓게 했습니다. 오랫동안 사용하지 않아 황폐하기 이를 데 없는 그곳에서 왕자에게 주어진 것이라곤 침대 하나와 책 몇 권, 그리고 시중드는 시종 한 명뿐이었습니다.

하지만 카마르알자만 왕자는 조금도 개의치 않았습니다. 혼자 마음껏 책을 읽을 수 있게 되어 오히려 홀가분한 심정이었죠. 저녁이 되자 그는 몸을 씻고 기도를 드린 다음, 부왕의 궁전에서 그러했듯 차분하게 코란을 봉독한 후에 침대맡에 있는 등불을 켜놓은 채 잠자리에 들었습니다.

이 성탑에는 우물이 하나 있었는데, 그곳은 정령들의 우두

머리인 담리아트의 딸, 요정 메문이 낮 동안 은신처로 사용하는 장소였습니다. 왕자가 갇힌 날 밤 자정이 되자, 메문은 평소의 습관대로 세상 여기저기를 날아다니면서 구경하기 위해 우물 밖으로 가볍게 솟아 나왔습니다. 그런데 공중에 떠오른 그녀는 카마르알자만 왕자가 갇혀 있는 방에 불이 켜져 있는 것을 발견하고 깜짝 놀랐습니다. 호기심에 이끌려 방에 들어간 그녀는 문가에 잠들어 있는 시종을 지나쳐 곧장 침대로 다가갔습니다. 한눈에도 이런 장소와는 어울리지 않는 호사스러운 침대임을 알 수 있었죠. 그런데 침대 곁에 다가간 그녀는 거기서 어떤 사람이 자고 있는 것을 보고 다시 한 번 크게 놀랐습니다.

카마르알자만 왕자의 얼굴을 반쯤 가리고 있던 이불자락을 살며시 들어 올린 메문은, 순간 자신도 모르게 탄성을 질렀습니다. 지금껏 사람이 사는 곳이라면 전부 돌아다녀 보았지만 이처럼 잘생긴 젊은이는 본 적이 없었기 때문입니다. 그녀는 생각했습니다.

〈정말로 눈부신 미남이야! 이 고운 눈꺼풀 아래 숨겨진 두 눈이 열리면 얼마나 더 아름다울까! 대관절 지은 죄가 얼마나 크기에, 이토록 고귀한 분을 이런 식으로 취급한단 말인가?〉

그녀는 왕자에 대한 소문을 이미 듣고 있어서, 지금 이 청년이 왕자일 것이라 짐작할 수 있었던 것입니다.

감탄을 거듭하며 카마르알자만 왕자의 잠든 모습을 한동안 바라보던 메문은 이윽고 그의 양쪽 볼과 이마에 살며시 입을 맞추고는 이불자락을 이전처럼 올려놓은 뒤, 다시 공중으로 날아올랐습니다. 그렇게 하늘 높이 치솟아 구름 위에 있는 중간 세계에 도달했을 때였습니다. 어디선가 펄럭펄럭 세차게 날개 치는 소리가 들려와 그쪽으로 날아가 보았더니, 과거에 하느님에게 반역을 일으켰던 정령 중의 한 놈이 보였습니다. 위대한 솔로몬 대왕에 의해 하느님의 권위를 인정한 정령 중 하나였던 메문과는 반대되는 정령이었죠.

샴후라쉬의 아들, 단하쉬라고 하는 이 정령 또한 곧바로 메문을 알아보고는 두려움에 사로잡혔습니다. 하느님에게 복종하는 그녀가 자신보다 훨씬 강하다는 사실을 잘 알고 있었던 까닭입니다. 그는 메문을 피하고 싶었지만 이미 둘의 거리는 너무 근접해 있어서, 그녀와 싸우든지 길을 양보하든지 둘 중 하나를 택해야 했습니다.

단하쉬는 메문에게 애원하듯 말했습니다.

「착한 메문 님! 저를 해치지 않겠다고 하느님의 위대한 이름에 맹세해 주세요! 그러면 저도 당신을 해치지 않겠다고 약속할게요.」

「망할 놈의 정령아! 네놈이 나를 어떻게 해칠 수 있다는 거지? 난 네놈이 조금도 겁나지 않아. 좋아! 네 애원대로 널 건드리지 않겠다고 맹세해 주지. 대신 지금 네가 어디서 오는 길인지, 무엇을 보았는지, 또 이 밤에 무슨 짓을 하고 다녔는지 낱낱이 말해라!」

「오, 아름다운 아가씨! 그런 게 알고 싶으시다면 저를 아주 잘 만난 겁니다! 마침 놀라운 이야기가 하나 있으니까요.」

왕비 셰에라자드는 아침이 밝아 오는 것을 보았으므로, 더 이상 이야기를 계속할 수 없었다. 다음 날 밤, 그녀는 다음과 같이 이야기를 이어 나갔다.

이백열네 번째 밤

폐하! 하느님께 반역한 정령 단하쉬는 메문에게 이야기를 계속했습니다.

「자, 당신이 원하시니 다 말씀드리죠. 지금 저는 그러니까, 중국하고도 저 끝, 이 북반구의 마지막 섬들을 마주 보고 있는 지역에 다녀오는 길입니다……. 그런데 아름다운 메문님!」 요정 앞에 있으니 오금이 저려 말도 제대로 할 수 없었던 단하쉬는 다시금 메문에게 물었습니다. 「당신의 호기심을 다 채워 드리고 나면 정말 저를 용서하고 제가 가던 길을 가게 해주실 거죠?」

「걱정 말고 어서 계속하기나 해, 망할 놈아! 내가 네놈처럼 배신이나 일삼는 존재인 줄 알아? 또 내 입으로 한 그 큰 맹세를 깨뜨릴 수 있을 것 같아? 하지만 한 가지 조심해야 할 게 있어. 반드시 사실만을 이야기하도록! 만일 어길 시에는 네놈의 두 날개를 잘라 버리고, 합당한 벌을 내려 줄 거야!」

단하쉬는 메문의 말에 약간 안도하여 다음과 같이 이야기를 이어 갔습니다.

오, 경애하는 아가씨! 오직 순전한 진실만을 말씀드릴 터이니 잘 들어 보시기 바랍니다. 제가 다녀온 중국이라는 나라는 지구상에서 가장 크고 강력한 나라들 가운데 하나로, 방금 말씀드린 북반구 마지막 섬들도 이에 복속되어 있습니다. 현재 이 나라를 다스리고 있는 가이우르 왕에게는 외동딸이 있는데, 이 세계가 만들어진 이래 우주 가운데 존재했던 인간들 가운데 가장 아름다운 아가씨랍니다. 당신도 나도, 당신 측 정령들도 내 측 정령들도, 그리고 이 세상 인간들이 다 모인다 해도 그녀의 아름다움을 묘사할 표현을 찾아낼 수 없을 정도입니다. 그녀의 함치르르한 갈색 머리는 발아래까지 이를 정도로 길뿐더러 너무도 풍성하여, 땋아서 머리 위에 올려놓으면 커다랗고 탐스러운 포도 알들이 주렁주렁 달려 있는 포도송이 같이 보인답니다. 모발 아래의 이마는 반들거리는 거울만큼이나 매끄러우면서도 옥으로 깎아 낸 듯 반듯합니다. 까만 두 눈은 불꽃처럼 영롱하게 반짝이며, 코는 너무 길지도 짧지도 않습니다. 작고 빨간 입술은 앵두와도 같으며, 두 줄로 늘어선 치아는 가장 아름다운 진주들을 방불케 합니다. 그녀가 혀를 움직여 말을 할라치면 입에서는 감미롭고 싱그러운 목소리가 흘러나오며, 그 목소리가 하는 말들은 그녀의 총명한 정신을 잘 드러내 준답니다. 마지막으로 가장 고운 설화 석고라 할지라도 그녀의 목보다 더 희지 못할 것입니다. 대충 묘사해 봤습니다만, 이 정도로도 그녀가 이 세상 최고의 미인이라는 사실을 충분히 짐작하시리라 믿습니다.

가이우르 왕은 이 공주에게 지극한 애정을 쏟는답니다. 왕을 잘 모르는 사람 같으면 그가 딸과 사랑에 빠졌다고 오해할 수 있을 정도지요. 이 세상의 그 어떤 열렬한 연인도 그가 딸에게 하는 것처럼은 못할 겁니다. 결혼할 사람 이외에는 그 어떤 남자도 딸에게 접근하지 못하도록, 그는 상상조차 못할 일들을 꾸미고 실행했지요. 그는 공주를 한 장소에다 가두어 놓고 그 안에서 심심하지 않게끔, 지금껏 우리가 듣도 보도 못한 일곱 개의 궁전을 지어 주었답니다.

첫 번째 궁전은 수정으로 되어 있으며, 두 번째 궁전은 청동, 세 번째 궁전은 강철, 네 번째 궁전은 강철보다도 귀한 또 다른 종류의 청동, 다섯 번째 궁전은 시금석, 여섯번째 궁전은 은, 그리고 일곱 번째 궁전은 황금으로 지어졌답니다. 그는 각 궁전 안을 그 재료와 어울리도록 엄청나게 호사스러운 가구들로 꾸몄습니다. 또 각 궁전에 딸린 정원에는 잔디와 기화요초가 만발한 화단, 연못, 분수, 운하, 폭포, 끝이 보이지 않을 정도로 많은 나무들을 심은 숲 등을 각기 다른 식으로 배치하여 꾸며 놓았습니다. 이렇게 가이우르 왕은 오직 딸을 사랑하는 마음 하나로 막대한 돈을 아낌없이 퍼부었지요.

공주의 뛰어난 미모에 대한 소문이 퍼지자, 강력한 이웃 왕들이 사신을 보내어 청혼을 해왔습니다. 왕은 사신들을 정중히 맞아 주었습니다만, 공주가 동의하지 않는 한 결혼시키지 않을 작정이었으므로 모두를 그냥 돌려보낼 수밖에 없었습니다. 빈손으로 돌아가는 사신들은 서운하긴 했지만, 워낙에 극진하고도 정중한 대접을 받아서 크게 섭섭해하지는 않았습니다. 그런데 이런 일이 있을 때마다 공주는 중국 왕에게 이렇게 말했습니다.

「아바마마! 아버님은 저를 결혼시키고 싶으시죠? 저를 행복하게 해주시려고 그러신다는 것을 저는 다 알고 있으며, 정말로 감사하게 생각한답니다. 하지만 아바마마를 떠나면 이렇게 훌륭한 궁전들이며 이처럼 기분 좋은 정원들을 어디 가서 찾을 수 있겠어요? 또 아버님 곁에 있으면 전 너무도 자유롭고, 누구나 제게 아버님 못지않은 극진한 대우를 해줘요. 하지만 결혼을 하게 되면, 이 세상 그 어떤 남편을 만나도 이 모든 좋은 혜택들을 누릴 수 없을 거예요. 남편들이란 항상 주인 행세를 하려 드니까요. 게다가 저는 누구의 다스림을 받고 있을 성격이 아니거든요!」

이렇게 여러 명의 사신이 거쳐 간 후에, 지금껏 청혼했던 그 어떤 왕보다도 부유하고 힘센 어느 왕이 보낸 사신이 찾아왔습니다. 중국 왕은 이 사실을 공주에게 알리고, 이 왕을 남편으로 얻는 것이 얼마나 이로운 일인지 입술에 침을 튀겨가며 설명했습니다. 하지만 공주는 이전과 같은 이유를 대면서 이 결혼을 피하게 해달라고 부탁했습니다. 왕이 다시 강권했지만, 공주는 순종하기는커녕 오히려 무엄하게도 성을 내면서 말했습니다.

「아바마마! 더 이상 이 결혼에 대해서, 아니 그 어떤 결혼에 대해서도 말씀하지 말아 주세요! 그러지 않으시면 아바마마의 귀찮은 잔소리에서 영원히 해방되기 위해 제 가슴에 비수를 꽂아 버릴 테예요!」

이 말을 들은 왕은 화가 머리끝까지 치밀어 맞받았습니다.

「뭐야? 너 미쳤구나! 좋아, 그렇다면 미친 사람으로 취급해 주지.」

그의 말은 단순한 위협이 아니었습니다. 왕은 그녀를 일곱 궁전 가운데 하나에 있는 어느 궁실에 가두어 버리고, 시녀로 공주의 유모를 포함하여 열 명의 늙은 여인만을 남겨 놓았습니다. 그러고는 사신을 보냈던 이웃 왕들이 다시는 청혼할 생각을 못하게끔 각국의 궁정에 전령을 보내어 공주에게 결혼 혐오증이 있음을 알렸습니다. 또한 중국 왕은 공주가 정말로 미쳤다고 믿었으므로, 만일 그녀의 광기를 고칠 수 있는 솜씨 좋은 의원이 있다면 그 대가로 공주를 아내로 주겠다고 온 세상에 알리게 했습니다.

「아름다운 메문 아가씨!」 단하쉬는 이야기를 계속했습니다. 「현재의 상황은 이렇습니다. 저는 매일 이 비할 데 없이 아름다운 미녀를 감상하러 간답니다. 비록 제가 사악한 놈이긴 하지만 그녀에게 손끝 하나라도 건드리는 놈이 있으면 가만두지 않을 겁니다! 메문 님도 한번 보러 오세요! 그럴 만한 가치가 있답니다. 보시면 제 말이 전혀 거짓말이 아님을 알게 될 겁니다. 그리고 분명히 짝을 찾기 힘들 정도로 아름다운 공주를 볼 기회를 준 데 대하여 제게 고마워할 겁니다. 자, 원하신다면 안내해 드리겠으니 명령만 내리십시오!」

하지만 메문은 대답 대신 한참을 깔깔대며 웃었습니다. 영문을 모르는 단하쉬는 깜짝 놀랐죠. 요정은 여러 차례에 걸쳐 마음껏 웃고 나서 이렇게 말했습니다.

「야, 네놈 말을 듣고 내가 놀라워할 것 같더냐? 난 네가 뭔가 엄청난 것을 이야기할 줄 알았다. 그런데 기껏 어떤 멍청한 코흘리개 계집애 이야기였구나! 흥! 만일 내가 방금 보고 온 잘생긴 왕자님을 본다면 그따위 소리는 쏙 들어가 버릴 걸! 정말이지 이 사람은 달라. 네놈도 한 번 보면 넋이 나갈 거야.」

「상냥하신 메문 님! 당신이 얘기하신 그 왕자가 누구인지 물어도 될까요?」

「지금 네가 얘기해 준 공주와 비슷한 일을 겪은 사람이지. 그의 아버지 부왕은 그를 억지로 결혼시키려 했어. 하지만 아버지로부터 오랫동안 괴롭힘을 당한 끝에, 마침내 그는 결혼하지 않겠노라고 분명히 선언했지. 그래서 지금은 내가 살고 있는 낡은 성탑에 갇힌 몸이 되었어. 난 지금 그를 보고 오는 길이지.」

「물론 지당하신 말씀이시겠지요. 하지만 아름다운 요정님! 제 눈으로 당신의 왕자를 보기 전까지는, 이 세상의 그 어떤 남자나 여자도 그 공주의 아름다움에 미치리라 믿지 못하겠으니 양해해 주십시오.」

「닥쳐, 망할 놈아!」

「전 지금 괜히 당신에게 맞서 고집을 부리려 하는 게 아닙니다. 자, 제 말을 믿지 못하시니 이렇게 합시다. 아까 제가 제의한 대로 직접 가셔서 공주를 보신 다음, 제게도 왕자를 한번 보여 주세요.」

「내가 힘들게 거기까지 가야겠어? 그보다는 이렇게 하지. 너의 공주를 데려와 왕자 옆에 눕혀 놓는 거야. 그다음에 두 사람을 비교해 보면 이 논쟁을 끝낼 수 있겠지.」

단하쉬는 요정의 제안에 동의했습니다. 그가 즉시 중국으로 떠나려 하자, 요정은 그를 잡으면서 말했습니다.

「잠깐만! 자, 나를 따라오라고! 공주를 데려올 성탑을 보여 줄 테니.」

그들은 함께 성탑에까지 날아왔습니다. 메문은 그곳을 단하쉬에게 보여 주고는 이렇게 말했습니다.

「자, 내가 여기서 기다리고 있을 테니, 빨리 가서 공주를 데려와! 하지만 잘 들어! 만일 왕자가 공주보다 더 아름다우면 넌 그 대가를 치러야 해. 물론 그 반대일 경우에는 내가 대가를 치를 거야.」

벌써 날이 환하게 밝아 있었기 때문에 세에라자드는 이야기를 중단해야 했다. 다음 날 밤, 그녀는 다시 이야기를 이어 인도의 술탄에게 이렇게 말했다.

이백열다섯 번째 밤

폐하! 요정과 헤어져 중국까지 날아간 단하쉬는 잠든 예쁜 공주를 등에 업고 믿기지 않을 정도로 신속하게 돌아왔습니다. 메문은 그를 카마르알자만 왕자가 잠들어 있는 방으로 들어오게 한 다음, 공주를 침대 위 왕자 곁에 눕혔습니다.

이렇게 왕자와 공주를 나란히 눕히고 나서, 정령과 요정은 누가 더 아름다운가에 대해 격렬한 설전을 벌이기 시작했습니다. 그들은 우선 한동안 아무 말 없이 경탄에 찬 눈으로 두 남녀를 내려다보았습니다. 먼저 침묵을 깬 것은 단하쉬였습니다.

「자, 보셨죠? 공주가 왕자보다 훨씬 아름답다고 분명히 말씀드렸잖아요. 더 이상 의심은 없으시겠죠?」

「뭐라고? 의심? 그래, 몹시 의심한다! 내 왕자가 네 공주보다 훨씬 뛰어나다는 사실을 인정하지 않다니, 눈이 삔 모양이군. 그래, 네 공주는 아름다워. 그건 나도 부인할 수 없어. 하지만 너무 성급하게 굴지 말라고! 아무런 선입견을 갖지 말고 두 사람을 잘 비교해 보란 말이야! 그럼 내가 옳다는 사실을 깨닫게 될 테니까.」

「둘을 비교하면 할수록 제 생각이 더 옳은 것 같은데요? 아무리 보아도 처음 느낌 그대로이고, 시간이 지나도 이 느낌은 변할 것 같지 않습니다. 하지만 아름다운 메문 님이 원하신다면 제가 양보해 드리죠.」

「그런 식으로 하자는 게 아니야!」 메문이 쏘아붙였습니다. 「난 너 같은 망할 놈의 정령에게 양보 따위 받고 싶지 않아. 자, 제삼자를 불러서 이 일을 판정하게 하자! 만일 이 제의에 동의할 수 없다면 넌 지는 거야.」

메문의 기분을 맞추기 위해서라면 더한 일도 할 수 있는 단하쉬는 즉시 동의했고, 이에 메문은 발로 땅을 굴렀습니다. 그러자 땅이 쩍 하고 갈라지더니, 흉측하게 생긴 정령이 하나 튀어나왔습니다. 곱사등이에 애꾸에 절름발이요, 머리에는 뿔이 여섯 개나 달린 그놈을 뱉어 내고 땅은 다시 하나로 합해졌습니다. 그는 메문을 보자마자 발밑에 무릎을 꿇더니, 보잘것없는 자신이 도와 드릴 일이라도 있느냐고 물었습니다.

「일어나시오, 카슈카슈! 내가 그대를 부른 것은, 이 망할 놈의 단하쉬와 나 사이의 말다툼의 심판이 되어 달라고 부탁하기 위해서요. 자, 이 침대를 보시오. 그대는 이 청년과 아가씨 중에서 누가 더 아름다운지 공정하게 말해 주어야 하오.」

지극히 놀라고 감탄하는 눈으로 왕자와 공주를 쳐다보던 카슈카슈는 선뜻 한쪽을 선택하지 못하고 한참을 고민하더니 말했습니다.

「아가씨! 만일 내가 이 둘 중 누구 하나가 더 아름답다고 말한다면, 그건 아가씨를 속이고 나 자신을 속이는 일일 것입니다. 두 사람을 자세히 보면 볼수록, 둘 다 지고의 아름다움을 지니고 있는 듯하고 둘 다 털끝만치의 결점도 없어서 한 사람이 다른 사람보다 낫다거나 떨어진다고 말하기 힘듭니다. 만일 두 사람에게 무언가 결점이 있다면, 그것을 밝힐 수 있는 방법은 오직 하나뿐인 것 같습니다. 두 사람을 차례로 깨웠을 때 그중 하나가 다른 하나를 더 안달하며 좋아하는 모습을 보인다면, 그건 그가 무언가 조금 떨어진다는 뜻이 아니겠습니까?」

카슈카슈의 의견은 메문과 단하쉬, 모두의 마음에 들었습니다. 메문은 즉시 벼룩으로 변신하여 카마르알자만에게 튀어 올라 그의 목을 세차게 물어뜯었습니다. 카마르알자만은 즉시 잠에서 깨어나 물린 곳에 손을 갖다 댔으나, 이미 요정은 뛰어내려 몸을 피한 후였습니다. 그녀는 다시 원래의 형상으로 돌아왔습니다. 하지만 그녀뿐 아니라 그를 지켜보고 있는 다른 두 정령은 왕자의 눈에는 보이지 않는 상태였죠.

목을 더듬다가 옆쪽으로 흘러내린 왕자의 손은 무심코 중국 공주의 손 위에 떨어졌습니다. 그 보드라운 감촉에 눈을 뜬 왕자는, 눈부시게 아름다운 아가씨가 바로 자기 곁에 누워 있는 것을 보고는 소스라치게 놀랐습니다. 그는 상체를 반쯤 일으켜 팔꿈치에 몸을 기대고는 그녀를 좀 더 자세히 살펴보았습니다. 그리고 그녀의 활짝 핀 젊음과 비할 바 없는 아름다움을 보는 순간, 왕자의 마음속에서는 지금껏 느껴보지 못한 불길이 타오르기 시작했습니다. 그것은 그가 혐오해 마지않던 사랑이라는 이름의 불길이었죠.

사랑은 격렬한 기세로 왕자의 마음 전체를 사로잡았고, 그의 입에서는 저절로 감탄이 나왔습니다.

「아, 얼마나 아름다운가! 얼마나 사랑스러운가! 나의 심장, 나의 영혼이여!」

그는 공주의 이마와 두 볼과 입술에 입을 맞추었습니다. 얼마나 정신없이 입을 맞추었던지, 만일 그때 공주가 단하쉬의 마법으로 평소보다 깊이 잠들어 있지 않았더라면 잠에서 깨어났을 것입니다.

「아니, 나의 아름다운 아가씨! 이 카마르알자만 왕자가 이렇게 사랑을 표현하는데도 당신은 깨어나지 않는군요. 당신이 누구인지 모르겠소만, 이 몸은 당신의 사랑을 받기에 부족한 사람은 아니란 말이오.」

그는 공주를 흔들어 깨우려다가, 멈칫하며 생각했습니다.

〈혹시 이 아가씨는 아바마마께서 내게 신부로 주려고 했던 사람이 아닐까? 이런 아가씨가 있으면 빨리 보여 주실 것이지……. 아버님께서 크게 잘못하신 거라고! 그랬다면 내가 아버님의 말씀을 거역했겠어? 또 만조백관 앞에서 아버님께 성내며 대들지도 않았을 것이고, 아버님도 그런 남세스러운 일을 피할 수 있으셨을 것 아니야?〉

카마르알자만 왕자는 자신의 잘못에 대해 진심으로 반성했습니다. 그러고서 또다시 중국의 공주를 깨우려 하다가 다시금 머리를 흔들면서 생각했습니다.

〈아니야, 아니야! 어쩌면 이 아가씨는 아버님께서 나를 떠보려고 보내신 여자인지도 몰라. 내게 정말로 결혼 혐오증이 있는지 보려고 말이야. 어쩌면, 아버님께서 직접 이 아가씨를 데려오셨을지도 모를 일이지. 지금 어딘가에 숨어 계시다가 갑자기 나타나셔서 여자를 싫어하는 척했던 나를 망신 주시려는 것일지도 몰라. 한데 결혼을 거부한 것보다도 아버님을 속였다는 것이 더욱 큰 잘못이잖아? 그래! 우선은 자제하고, 이 반지나 하나 갖고 있자. 나중에 무슨 일이 생기더라도 그녀를 찾아낼 수 있도록 말이야.〉

그것은 공주가 손가락에 끼고 있던 아주 예쁜 반지였습니다. 왕자는 반지를 교묘하게 빼내고, 대신 자신의 반지를 끼워 주었습니다. 그러고는 즉시 등을 돌려 누웠고, 잠시 후에는 정령들의 마법에 취해 아까처럼 깊은 잠에 빠져들었습니다.

그가 잠이 들자마자, 이번에는 단하쉬가 벼룩으로 변신하여 공주의 입술 아랫부분을 깨물었습니다. 공주 역시 소스라치게 놀라서 벌떡 일어나 앉아 눈을 뜨고는, 자신이 웬 남자 옆에 누워 있다는 사실을 깨닫고 크게 놀랐습니다. 하지만 그 청년이 얼마나 잘생기고 사랑스러운지 확인한 순간 그 놀람은 감탄으로, 감탄은 기쁨으로 변했습니다. 그녀는 외쳤습니다.

「아니! 아바마마께서 내 남편으로 예비해 놓은 분이 바로 당신이었단 말인가요? 그걸 모르고 있었다니 정말로 억울해요! 그걸 알았더라면 아버님을 노엽게 하지도 않았을 것이고, 이렇듯 사랑스러운 남편과 오랫동안 떨어져 있지 않아도 되었을 텐데요! 일어나세요! 일어나라고요! 결혼 첫날밤에 이렇게 잠만 자고 있는 남편이 어디 있어요?」

공주는 카마르알자만 왕자의 팔을 세차게 흔들었습니다. 만일 이때 메문이 마법의 힘을 증가시켜 왕자를 더욱 깊이 잠들게 하지 않았더라면 그는 깨어났을 것입니다. 이렇게 여러 번 흔들어 보아도 여전히 깨어날 기미가 보이지 않자 공주는 다시 말했습니다.

「대체 무슨 일이죠? 당신과 나의 행복을 질투한 어떤 연적이 마법을 쓴 건가요? 그래서 그 어느 때보다도 깨어 있어야 할 지금, 당신을 이렇게 무거운 잠 속에 빠뜨려 놓은 건가요?」

공주는 그의 손을 잡았습니다. 그러고는 그 위에 다정하게 입을 맞추다가, 그의 손가락에 끼워져 있는 반지를 보게 되었습니다. 그녀는 그 반지가 바로 자신의 것임을 곧바로 알아보았고, 동시에 자기 손가락에는 못 보던 반지가 끼워져 있음을 발견했습니다. 어떻게 두 사람의 반지가 바뀌었는지 이해할 수 없었지만, 어쨌든 이것이 두 사람의 결혼에 대한 확실한 표시라는 사실을 의심하지 않았습니다. 그녀는 아무리 흔들어도 그를 깨울 수 없자, 그가 어디로 도망가지는 않으리라 생각하고는 이렇게 말했습니다.

「좋아요! 결국 당신을 깨울 수 없을 것 같으니, 더 이상 당신의 잠을 방해하지 않겠어요. 자, 이따가 봐요!」

그녀는 왕자의 뺨에 입을 맞춘 후에 다시 누웠고, 잠시 후에는 다시 잠에 빠져들었습니다.

메문은 중국의 공주가 깊이 잠든 것을 보고 말했습니다.

「자, 이놈아! 이제 보았지? 네 공주가 내 왕자보다 덜 아름답다는 사실을 확인했겠지? 자, 이제 꺼져라! 벌은 면제해 주마. 하지만 다음번에는 내가 무슨 말을 하면 그냥 믿으란 말이다!」 이어 카슈카슈 쪽으로 몸을 돌려 말했습니다. 「당신에게는 고맙소. 단하쉬를 도와 공주를 다시 그녀의 침대로 데려다 주시오.」

단하쉬와 카슈카슈는 메문의 명에 따랐고, 메문은 다시 우물 속으로 들어갔습니다······.

밝아 오기 시작하는 아침 빛은 왕비 셰에라자드에게 침묵을 강요했다. 인도의 술탄은 몸을 일으켰다. 그리고 다음 날 밤, 왕비는 전날 밤의 이야기를 다음과 같이 계속해 나갔다.

이백열여섯 번째 밤

폐하! 다음 날 아침, 카마르알자만 왕자는 잠이 깨자마자 고개를 돌려 지난 밤에 본 아가씨가 아직도 있는지 살폈습니다. 그리고 그녀가 보이지 않자 그는 안도했죠.

〈내 그럴 줄 알았어! 그녀는 아바마마가 나를 시험해 보려고 보낸 여자였어. 내가 몸이 달아 그녀를 깨우지 않았던 게 천만다행이야.〉

그는 아직 자고 있던 시종을 깨워 옷 입는 것을 돕게 했습니다. 시종이 대야에 물을 떠오자, 그는 손을 씻고 기도를 한 뒤 책을 펼쳐 들고 잠시 동안 읽었습니다.

이 아침의 일과를 마치고, 카마르알자만은 다시 시종을 불렀습니다.

「이쪽으로 와보거라! 그리고 절대로 거짓말하면 안 된다. 간밤에 나와 함께 잔 그 아가씨는 어디서 온 것이며, 누가 데려온 것이냐?」

「왕자님!」 시종은 깜짝 놀라며 대답했습니다. 「어떤 아가씨를 말씀하시는 겁니까?」

「지난밤 여기에서 나와 함께 잔 아가씨 말이야.」

「왕자님! 맹세코 소인은 아무것도 모릅니다. 제가 문을 막고 누워 있었는데, 그 아가씨가 어떻게 방에 들어올 수 있었겠습니까?」

「야, 이 악당아! 넌 지금 거짓말을 하고 있어! 나를 더 약올리고 화나게 하려고 작정하고서 그러는 거지?」

그가 시종의 따귀를 세차게 갈기자, 시종은 벌렁 나자빠졌습니다. 왕자는 이것으로 그치지 않고 넘어진 그에게 달려들어 발로 짓밟은 다음, 가슴을 두레박줄로 묶어 우물 아래로 내렸습니다. 그러고는 줄을 당겼다 늦췄다 하여 시종의 머리를 물에 담갔다 뺐다 하면서 소리쳤습니다.

「그 아가씨가 누구이며 누가 데려왔는지, 빨리 말하지 않으면 네놈을 익사시켜 버리겠어!」

몸의 반은 물속에 잠기고 반은 나와 있는 상태가 된 시종은 황망한 심정으로 생각했습니다.

〈왕자님께서 너무 괴로우셔서 결국 실성하신 게 틀림없어. 이 궁지에서 벗어나려면 거짓말을 하는 수밖에 없겠군……〉 그는 애절한 음성으로 소리쳤습니다.

「왕자님! 사실대로 말씀드릴 테니 제발 살려 주세요!」

이에 왕자는 시종을 다시 끌어내고는 어서 말하라고 다그쳤습니다. 시종은 벌벌 떨면서 말했습니다.

「왕자님! 이런 상태로 제대로 말할 수 있겠습니까? 잠깐만 시간을 주시면 후딱 옷을 갈아입고 오겠습니다.」

「허락하마. 하지만 신속히 다녀와야 하느니라. 이번에는 사실을 숨기는 일이 없도록 해!」

시종은 방을 나왔습니다. 그리고 방문을 닫자마자 뒤돌아보지 않고 궁으로 내달렸죠. 왕은 대재상과 함께였습니다. 너무도 불손한 태도로 자기 뜻을 서역하고 성까지 낸 왕자 때문에 속이 상하여 간밤에 잠도 제대로 자지 못했다며 한탄하고 있는 중이었죠.

대재상은 왕을 위로하는 한편, 조금 있으면 왕자가 굴복할 것이라고 설명했습니다.

「폐하! 폐하께서는 세자 저하를 잡아 가둔 것을 후회하실 필요가 없습니다. 감옥에 가둬 놓고 조금만 기다려 보십시오. 분명히 저하께서는 젊은 혈기를 누그러뜨리시고 폐하의 뜻에 전적으로 순종하게 될 것이옵니다.」

바로 그때, 시종이 샤자만 왕 앞에 나타났습니다.

「폐하! 아뢰옵기 황송하오나 지극히 언짢은 소식을 전해 드려야겠습니다. 왕자님께서 조금 이상하십니다. 간밤에 어떤 아가씨와 함께 주무셨다고 우기시질 않나, 또 저를 보시는 바와 같은 꼴로 만들어 놓질 않나, 아무튼 왕자님은 지금 제정신이 아니신 게 분명합니다.」

　그는 카마르알자만 왕자가 어떻게 말했으며, 자신을 어떻게 가혹하게 다뤘는지를 실감나게 떠들어 댔습니다.
　새로운 불행이 닥치리라고는 전혀 예상하지 못했던 왕은 대재상을 돌아보며 말했습니다.
　「어허, 이런 답답한 일을 봤나! 경이 방금 전에 내게 주었던 희망과는 전혀 다르지 않소? 자, 경이 당장 달려가 무슨 일인지 살펴보고 돌아와 내게 보고하시오!」
　대재상이 왕명을 즉시 받들어 왕자의 방에 들어가 보니, 그는 차분하게 앉아서 손에 책을 들고 읽고 있었습니다. 대재상은 그에게 절을 하고 곁에 앉아 말했습니다.
　「저하의 시종 놈에게 큰 벌을 내려야겠습니다. 왕자님께서는 이렇듯 아무렇지도 않으신데 궁에 달려와 엉뚱한 말을 하여 폐하를 놀라게 했다니까요.」

「무슨 말을 했기에 폐하가 그리 놀라셨단 말이오? 그 시종 놈은 훨씬 더 중요한 다른 문제 때문에 폐하께 갔는데……」

「오, 저하! 시종이 저하에 대해 말한 것이 사실이 아니기만을 빌 뿐입니다. 제가 이렇게 뵙기에는 지금 저하께서는 아무 문제도 없어 보입니다만……」

「시종 놈이 가서 말을 제대로 전하지 않은 모양이군. 자, 대재상이 오셨으니 마침 잘 되었소. 경께서는 이 일에 대해 뭔가를 알고 있을 것이니 내 묻겠소. 지난 밤, 나와 함께 잔 그 아가씨는 지금 어디 있소?」

이 질문에 대재상은 할 말을 잃었습니다.

「……저하! 이렇게 놀란 모습을 보이는 것을 양해해 주십시오. 세상 어떤 여인이, 아니 설령 남자라 할지라도, 한밤중에 이 방에 들어오는 게 가능하다고 생각하십니까? 보시다시피 이 방은 문을 통해서만 들어올 수 있으며, 문 앞에는 시종이 누워 있어서 그의 배를 밟지 않고서는 들어올 수 없습니다. 제발 기억을 더듬어서 잘 생각해 보십시오! 저하께서는 아주 생생한 꿈을 꾸셨을 따름입니다.」

「그따위 말은 듣고 싶지 않소!」 왕자의 목소리는 한층 높아져 있었습니다. 「나는 지금 그 아가씨가 어떻게 되었는지 알고 싶은 것이오. 그리고 경은 내게 복종할 의무가 있소.」

왕자가 이처럼 단호하게 나오자 대재상은 크게 당황하여, 이제는 어떻게 하면 이 궁지에서 빠져나갈지만을 생각했습니다. 그래서 그는 왕자를 향해 가장 부드럽고도 조심스러운 말투로, 직접 그 아가씨를 보았는지 물었습니다.

「물론 나는 그녀를 보았소! 부왕과 경이 나를 시험하기 위해 보냈다는 걸 눈치챘지. 그녀는 지시받은 역할을 잘 해내더군. 처음부터 끝까지 말없이 자는 척하고 있다가 내가 다시 잠드니까 물러가 버렸소. 경도 이 모든 사실을 알고 있지 않소? 그녀가 다 보고했을 텐데?」

「저하! 저하께서 말씀하신 것은 전혀 사실이 아니옵니다. 폐하도 소신도, 저하께서 말씀하신 그 아가씨를 보낸 일이 없습니다. 아니, 그럴 생각조차 하지 않았습니다. 다시 한 번 말씀드리거니와, 저하께서는 그 아가씨를 꿈속에서 본 것이 틀림없사옵니다.」

「그래, 당신도 나를 놀리고 있는 거요?」 왕자는 화가 치밀어 소리쳤습니다. 「내가 말한 모든 것이 한갓 꿈이라고 감히 내게 대고 말하려고 온 것이오?」

왕자는 대뜸 재상의 수염을 낚아채고는 두 팔에 힘이 빠질 때까지 그를 두들겨 팼습니다. 가련한 대재상은 격노한 왕자의 매질을 꾹 참고 견디면서 생각했습니다.

〈결국 시종하고 똑같은 꼴이 되었구먼! 나도 그놈처럼 이 곤경에서 빠져나갈 수만 있다면 얼마나 좋을까!〉

이렇게 한동안 매질을 당하던 그는 문득 소리쳤습니다.

「저하! 제발 애원하오니, 잠시만 제 말을 들어 주십시오!」

때리다가 지쳐 버린 왕자가 이를 허락하자, 대재상은 얼른 꾸며 댔습니다.

「이제 고백하겠습니다. 왕자님이 짐작하신 대로입니다. 하지만 저하께서도 잘 아시다시피 저는 일개 대신으로 주군이신 국왕 폐하의 명을 받들어야 할 의무가 있는 몸인지라 어쩔 수가 없었습니다. 저하께서 허락해 주신다면, 당장에 폐하께 달려가 저하의 명을 전해 드리도록 하겠습니다.」

「좋소, 허락하오! 자, 가서 폐하께 이렇게 전하시오! 나는 그분이 내게 보내신 그 아가씨와 결혼하고 싶다고 말이오. 자, 어서 떠나시오! 그리고 신속히 회답을 가져오도록!」

대재상은 허리를 깊이 숙여 절한 후 방에서 나왔습니다.

문을 닫고 성탑 밖으로 나와서야 비로소 안도의 한숨을 내쉴 수 있었죠.

샤자만 왕은 우울한 얼굴을 하고 나타난 대재상을 보고서 다시금 마음이 무거워졌습니다.

「그래! 내 아들의 상태가 어떠하였소?」

「폐하! 시종이 말한 것은 분명한 사실이었습니다.」

그는 카마르알자만 왕자가 어떤 말을 했는지 이야기하고, 자신이 그런 아가씨가 존재할 리 없다고 설명하자 왕자가 어떻게 자신을 폭행했는지, 결국 그의 손에서 빠져나오기 위해 어떤 꾀를 썼는지 모두 이야기해 주었습니다.

아직도 왕자를 깊이 사랑하고 있었던 샤자만 왕으로서는 참으로 가슴 아픈 소식이었습니다. 그는 사건의 진상을 직접 밝히기 위해 대재상을 대동하고 성탑으로 갔습니다……

「하지만 폐하!」 여기에서 셰에라자드가 이야기를 중단하며 말했다. 「날이 밝아 오기 시작하고 있사옵니다.」 그녀는 입을 다물었다. 그리고 다음 날 밤, 그녀는 이야기를 다시 시작하며 인도의 술탄에게 이렇게 말했다.

이백열일곱 번째 밤

폐하! 카마르알자만 왕자는 성탑을 찾아온 부왕을 공손한 태도로 맞았습니다. 자리에 앉은 왕은 왕자를 곁에 앉힌 다음 여러 가지 질문을 던졌고, 왕자는 지극히 조리 있게 답변했습니다. 그의 답변을 들으며 왕은 때때로 대재상을 쳐다보았는데, 왕자가 정상인 것이 안 보이느냐, 실성한 것은 오히려 당신이 아니냐고 묻는 듯한 눈빛이었습니다.

마침내 왕은 아가씨 이야기를 꺼냈습니다.

「애야! 들리는 바에 의하면 간밤에 네가 어떤 아가씨와 함께 갔다고 하는데, 그녀에 대해 말해 줄 수 없겠느냐?」

「폐하! 그렇지 않아도 다른 사람들이 이 문제와 관련하여 소자를 괴롭히고 있는데, 폐하께선 부디 그러지 말아 주시옵소서! 차라리 빨리 저를 그녀와 결혼시켜 주시옵소서! 사실 지금까지 소자는 여자들을 혐오하는 모습을 보여 왔습니다. 하지만 그토록 매력적인 아가씨를 보고 나서는 제 마음이 완전히 허물어졌음을 고백합니다. 그렇습니다! 소자는 이제 폐하의 뜻대로 그녀를 아내로 맞을 준비가 되어 있습니다. 그것도 아주 감사하는 마음으로요.」

왕자의 대답에 샤자만 왕은 하도 놀라 한동안 말을 할 수 없었습니다. 조금 전까지는 왕자의 정신이 지극히 정상이라고 느꼈는데, 지금 말하는 것을 들으니 생각과는 딴판이었던 것입니다.

「애야! 네 말을 들으니 너무 놀라서 믿기지 않을 정도구나……. 장차 네게 넘겨줄 왕관을 걸고 맹세하는데 말이다, 난 네가 말하고 있는 그 아가씨에 대해 아무것도 아는 바가 없다. 실제로 누군가가 왔다 하더라도 나하고는 전혀 관계없는 일이야. 하지만 그녀가 어떻게 내 허락 없이 이 성탑에 들어올 수 있었겠느냐? 대재상이 뭐라고 둘러댔는지는 모르겠다만, 그건 널 진정시키려고 그냥 한 말일 뿐이야. 필시 너는 꿈을 꾼 모양이다. 제발 정신 차리거라! 이성을 되찾으라고!」

「그렇습니까? 이렇게 분명한 폐하의 말씀을 의심한다면, 소자는 영원히 폐하의 은총을 받을 자격이 없는 자이겠지요. 하지만…… 소자가 경험한 것 역시 분명한 사실이었습니다. 폐하! 한 번 더 인내심을 발휘하여 소자의 말을 들어 보시옵소서! 그리고 과연 제가 말씀드리는 것이 한갓 꿈이었는지 판단해 보시옵소서!」

카마르알자만 왕자는 부왕에게 자신이 어떻게 잠에서 깨어났는지 이야기해 주었습니다. 이어 옆에 지극히 아름답고 매력적인 아가씨가 누워 있던 일, 그녀를 본 즉시 사랑의 감정을 느끼게 된 일, 그리하여 그녀를 깨워 보려 애를 써보았지만 허사였던 일 등, 그에게 일어난 모든 일들을 약간의 과장마저 섞어 들려주었습니다. 벼룩에게 물려 잠에서 깨어났다는 것이나, 아가씨와 반지를 바꾸어 낀 후 다시 잠들었다는 것 등의 세세한 일까지 빼놓지 않았습니다. 마지막으로 손가락에서 반지를 뽑아 보여 주면서 이렇게 말했습니다.

「폐하께선 제 반지를 여러 번 본 적이 있으시니, 이것이 제 것이 아님을 잘 아실 것입니다. 폐하! 이래도 사람들이 말하듯 제가 실성했다고 생각하십니까?」

샤자만 왕은 왕자의 말이 사실임을 인정하지 않을 수 없었으므로 아무런 대꾸도 하지 못했습니다. 오히려 그 자신이 너무도 경악하여 한동안 말을 잊고 멍하니 서 있을 정도였죠. 왕자는 그 틈을 이용하여 다시 말했습니다.

「폐하! 어여쁘고 소중한 그녀의 모습은 제 가슴속에 또렷이 새겨져 있습니다. 그리고 그녀에 대한 저의 열정은 이미 너무도 격렬하여, 더 이상 저항할 수 없을 것 같습니다. 그러니 부디 소자를 불쌍히 여기시고, 그녀를 가질 수 있는 행복을 안겨 주소서!」

마침내 샤자만 왕이 입을 열어 대답했습니다.

「얘야! 네 말을 듣고 이 반지를 보니, 너의 사랑이 현실이라는 사실, 그리고 네가 실제로 그 아가씨를 보았다는 사실을 더 이상 의심할 수 없구나. 그런데 말이다! 내가 그녀가 누군지 알기만 하면야 얼마나 좋겠냐! 난 오늘 당장 널 만족시켜 주고 세상에서 가장 행복한 아비가 될 수 있을 것이다.

하지만 어딜 가야 그녀를 찾을 수 있단 말이냐? 그녀는 어떻게 이곳에, 그것도 내 허락도 없이 감쪽같이 들어올 수 있었을까? 너는 그녀가 들어와서 너와 함께 잤고, 자면서 자신의 아름다움을 네게 보여 주어 사랑에 불타게 만들었으며, 역시 네가 잠든 사이에 감쪽같이 사라져 버렸다고 했다. 그렇다면 그녀가 이렇게 한 이유는 무엇일까? 애야, 나로선 이 기묘한 사건을 도무지 이해할 수 없구나! 만일 하늘이 도와주시지 않는다면, 우리 부자는 이 사건으로 인해 함께 무덤으로 가게 될지도 모르겠다.」 왕은 다시 왕자의 손을 잡고 덧붙였습니다. 「자, 이제 가자! 우리, 가서 함께 슬퍼하자꾸나! 너는 희망 없는 사랑으로 인해 괴롭겠지만, 네가 괴로워하는 걸 보면서도 그 고통을 덜어 주지 못하는 나 역시 가슴 아프단다.」

샤자만 왕은 왕자를 성탑에서 꺼내어 궁으로 데리고 갔습니다. 왕자는 누구인지도 모르는 아가씨를 온 마음을 바쳐 사랑해야 하는 자신의 신세에 절망하여 병석에 눕게 되었죠. 왕 역시 여러 날 동안 아들과 함께 칩거하며 울기만 했습니다. 나랏일이 어떻게 돌아가는지에 대해서는 전혀 관심이 없었죠.

그러던 어느 날, 이 부자의 방에 자유롭게 출입할 수 있는 유일한 사람이었던 대재상이 심각한 얼굴을 하고 들어왔습니다. 궁정 전체가, 심지어는 백성들까지 수군대기 시작하고 있다는 것이었습니다. 왕은 모습을 드러내지 않으며 국사도 소홀히 하고 있다는 둥, 또 이로 인해 야기될 수 있는 혼란에 전혀 대비하지 않고 있다는 둥 불평하고 있다는 것이었습니다. 대재상은 이렇게 덧붙였습니다.

「그러니 폐하, 부디 백성의 불평에 주의를 기울여 주옵소서! 두 분이 함께 계시면 서로의 고통을 덜어 줄 수 있다는 사실을 소신도 모르는 바는 아니옵니다. 하지만 이러다가 모든 것을 망칠 수 있음을 헤아리셔야 합니다. 소신이 감히 한 가지 의견을 드리고자 합니다. 폐하께서는 세자 저하와 함께 도성의 항구에서 얼마 떨어지지 않은 작은 섬의 성으로 거처를 옮기십시오. 그러고서 일주일에 두 번씩 도성에 돌아와 국사를 처리하신다면, 자연스럽게 저하와 떨어지는 시간을 가지실 수 있습니다. 그리고 섬의 아름다운 풍광과 맑은 공기 또한 저하로 하여금 잠시 폐하와 떨어져 있는 시간을 견뎌 낼 수 있도록 도와주겠죠.」

샤자만 왕은 대신의 충고를 받아들였습니다. 그리하여 오래전부터 사용하지 않았던 섬의 성을 깨끗하게 꾸민 다음, 왕자와 함께 건너갔습니다. 그는 어전 회의를 위해 일주일에 두 번씩 섬을 떠나는 것을 제외한 나머지 시간을 왕자의 침대맡에서만 지냈습니다. 때로는 아들을 위로하기도 하고, 때로는 함께 울기도 하면서요.

샤자만 왕의 도성에서 이런 일들이 벌어지는 동안, 중국에서는 어떤 일이 일어나고 있었을까요? 단하쉬와 카슈카슈, 이 두 정령은 중국의 공주를 그녀가 갇혀 있었던 궁으로 데려가 다시 침대 위에 올려놓았습니다.

다음 날 아침, 잠에서 깨어난 중국의 공주는 주위를 둘러보았습니다. 카마르알자만 왕자가 보이지 않자 그녀는 시녀들을 불러 댔는데, 그 부르는 소리가 얼마나 다급했던지 순식간에 시녀들이 모두 달려와 침대 주위에 시립했습니다. 침대맡에 선 유모는 원하는 게 무엇인지, 무슨 일이라도 일어났는지 물었습니다. 공주가 대꾸했습니다.

「그 청년 어디 있지? 지난밤 나와 함께 잔, 내가 진심으로 사랑하는 그 청년 말이야.」

「공주님! 무슨 말씀이죠? 좀 더 자세하게 설명해 주시겠어요?」

「상상을 뛰어넘을 정도로 잘생기고 사랑스러운 어떤 청년이 간밤에 내 곁에서 자고 있었다고! 나는 오래도록 그를 쓰다듬어 주었고, 깨워 보려고 별짓을 다했지만 헛수고였어. 그분이 지금 어디 있느냐고?」

「공주님! 지금 우리를 놀리시려는 거죠? 자, 이젠 일어나세요.」

「난 지금 아주 심각하게 말하고 있어!」 공주가 쏘아붙였습니다. 「그가 어디 있는지 알고 싶다고!」

「하지만 공주님! 어제저녁 자리에 눕혀 드릴 때 공주님은 혼자셨어요. 또 우리가 아는 바로는 공주님과 같이 자려고 들어온 사람은 아무도 없었답니다.」

마침내 공주의 화가 폭발하고 말았습니다. 유모의 머리채를 잡더니 따귀를 올리고 마구 주먹질을 하면서 소리치기 시작한 것입니다.

「이 늙은 마귀 할망구 같으니, 어서 말해! 안 그러면 죽여 버릴 거야!」

유모는 공주의 손길에서 빠져나가기 위해 안간힘을 썼습니다. 가까스로 몸을 빼낸 그녀는 곧장 공주의 어머니인 중국의 왕비에게 달려갔습니다. 온통 멍투성이가 된 얼굴에 눈물을 철철 흘리며 나타난 유모를 보자, 왕비는 크게 놀라며 대체 무슨 일이냐고 물었습니다.

「왕비마마! 저를 이 꼴로 만든 건 다름 아닌 공주님이세요. 이렇게 도망쳐 나오지 않았다면 아마 절 죽여 버렸을 거예요.」 이어 그녀는 공주가 화를 내기까지의 상황을 자세히 전해 주고는 이렇게 덧붙였습니다. 「들으셨다시피 공주님은 실성하신 것 같아요. 가보시면 마마의 눈으로 직접 확인할 수 있으실 겁니다.」

공주를 지극히 사랑하고 있던 왕비는 하늘이 노래지는 것 같았습니다. 그녀는 즉시 유모를 대동하고 공주를 보러 달려 갔습니다.

왕비 셰에라자드는 이야기를 계속하려 했다. 하지만 벌써 날이 밝은 것을 보고 입을 다물었다. 다음 날 밤, 그녀는 다시 이야기를 이어 인도의 술탄에게 이렇게 말했다.

이백열여덟 번째 밤

폐하! 공주가 갇혀 있는 궁실에 도착한 중국의 왕비는 딸 곁에 앉아 우선 건강 상태를 살핀 다음, 대체 어떤 불만이 있었기에 유모를 그토록 험하게 다뤘느냐고 물으며 이렇게 덧붙였습니다.

「애야! 그럼 못쓴다. 너처럼 다 큰 공주가 스스로를 다스리지 못하고 그런 거친 행동을 해서야 쓰겠니?」

「어마마마! 어마마마도 저를 놀리려 오셨군요? 하지만 저는 간밤에 저와 함께 잔 그 사랑스러운 기사님과 결혼할 때까지 가만히 있지 않을 거예요. 어마마마는 그가 어디 있는지 알고 계시죠? 제발 그를 돌아오게 해주세요!」

「정말이지 이상한 말을 하는구나! 지금 네가 무슨 말을 하는 건지 나는 하나도 모르겠다.」

이에 공주는 예의마저 잊어버리고 왕비에게 쏘아붙였습니다.

「어마마마! 아바마마와 어마마마께서는 제게 결혼하라고 다그치셨잖아요? 자, 이제는 결혼하고 싶은 생각이 생겼단 말이에요! 무슨 일이 있어도 그 기사님을 남편으로 삼을 거예요. 아니면 내 목숨을 끊어 버릴 거고요.」

왕비는 공주를 달래려 했습니다.

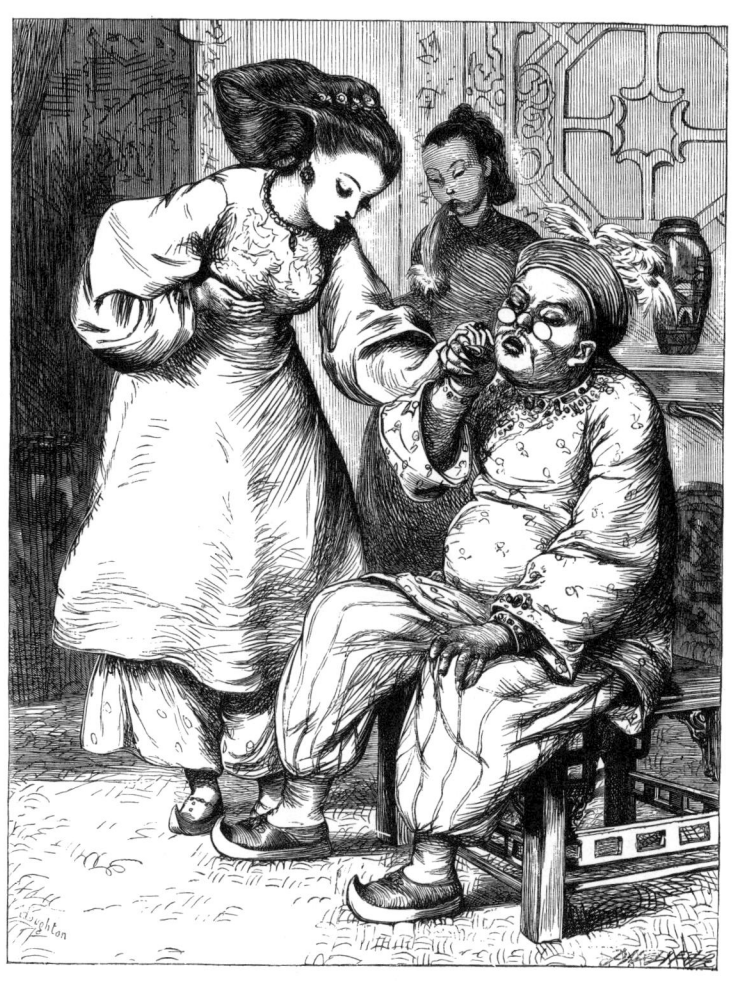

「애야! 방 안에는 너 혼자뿐이고 그 어떤 남자도 들어올 수 없다는 사실, 너도 잘 알고 있잖니?」

하지만 공주는 왕비의 말에 아랑곳 않고 중간에 말을 끊더니 온갖 난리를 쳤습니다. 왕비는 무거운 마음으로 물러 나와 왕에게 이 사실을 알렸습니다.

중국 왕은 사실을 직접 확인하고자 공주의 궁실에 찾아왔습니다. 그리고 공주에게 자기가 들은 것이 모두 사실이냐고 물었죠.

「폐하! 똑같은 이야기는 이제 그만하세요! 다만 간밤에 저와 함께 잔 제 신랑을 돌려주세요! 제발 부탁이에요.」

「뭐야? 간밤에 어떤 남자가 너랑 같이 잤다고?」

「폐하!」 공주는 왕이 계속 말할 틈도 주지 않고 되물었습니다. 「지금 어떤 남자가 저와 함께 잤느냐고 물으시나요? 폐하께서도 다 아시잖아요? 이 하늘 아래 있었던 이 세상 모든 남자 중 가장 잘생긴 그 사람 말이에요. 다시 한 번 애원하는데, 제발 그분을 주세요. 저는 그 사람을 보았고, 함께 잤고, 어루만졌고, 깨우려고 애써 보았어요. 그 분명한 증거가 여기 있어요. 자, 이 반지를 보시라고요!」

공주는 팔을 내밀었고, 그녀의 손가락에 남자의 가락지가 끼워져 있는 것을 본 왕은 할 말을 잃었습니다. 하지만 그녀의 말이 여전히 아리송하기만 한 데다가 이미 그녀를 미쳤다고 여겨 감금한 터라, 광증이 전보다 더 심해진 것이라고밖에는 달리 해석할 길이 없었습니다. 미친 딸이 자신이나 주위에 있는 다른 사람에게 해를 끼칠까 두려워진 왕은, 더 이상 아무 말도 않고 그녀를 쇠사슬로 더욱 단단히 결박하여 가두었습니다. 또 호위병들을 시켜 공주와 시중드는 유모, 두 사람만 있는 궁실의 문을 단단히 지키게 했습니다.

딸이 미쳤다고 믿은 중국 왕은 크게 상심했지만, 곧 마음을 추스르고 그녀를 치료할 방법을 찾기 시작했습니다. 우선 어전 회의를 열어 신하들을 모았습니다. 그리고 그들에게 공주의 상태를 설명하고, 이렇게 덧붙였습니다.

「만약 그대들 중에 누군가가 공주의 병을 고치기만 한다면 공주를 아내로 주겠소. 그리고 그 사람은 내가 죽고 난 후 이 나라와 왕좌를 물려받을 것이오.」

어전 회의에 참석한 신하 중에는 아름다운 공주를 차지하고 싶다는 욕망에, 그리고 자신도 중국 같은 강대국의 왕이 될 수 있다는 희망에 마음이 크게 동한 사람이 있었습니다. 나이깨나 먹은 한 에미르[70]가 그 주인공이었죠. 마법에 능통했던 그는 충분히 성공하리라 확신하고는 자신이 시도해 보겠다고 나섰습니다.

「좋소!」 왕이 대답했습니다. 「하지만 사전에 경고하겠는데, 만일 실패할 경우 난 그대의 목을 자를 것이오. 그렇게 큰 보상을 노릴 때에는 당신 쪽에서도 뭔가 내거는 것이 있어야 공정하지 않겠소? 이 규칙은 다른 사람들에게도 적용될 것이오. 즉 그대가 이 조건을 받아들이지 않든지 성공하지 못할 경우 당신 뒤를 이을 모든 지원자들 말이오.」

에미르가 조건을 받아들이자, 왕은 몸소 그를 공주가 있는 곳으로 데리고 갔습니다. 공주는 에미르가 나타나는 것을 보고, 후딱 얼굴을 가렸습니다.

「아바마마! 낯모르는 남자를 데리고 오시다니, 깜짝 놀랐잖아요! 아바마마께서는 우리 종교가 여인이 외간 남자에게 얼굴을 보이는 걸 금한다는 사실을 잊으셨나요?」

「애야! 그렇게 화낼 것 없다. 이분은 내 휘하의 에미르 중

---

[70] 이슬람 사회에서 무함마드의 자손을 뜻하는 말로, 보통 왕족에게 붙이는 존칭으로 사용된다.

하나로, 오늘 네게 청혼하러 오셨다.」

「아바마마! 이분은 아바마마가 제게 보내 주셨던 그분이 아니잖아요. 그분과는 신표로 이렇게 반지도 교환했고요. 또 다른 반지를 받을 생각은 결코 없으니 부디 나쁘게 생각하지 말아 주세요.」

에미르는 공주가 괴상망측한 말과 행동을 하리라고 예상했었습니다. 그랬기에, 이렇듯 차분하고도 조리 있게 말하는 그녀의 모습에 깜짝 놀랄 수밖에 없었지요. 이제 그는 분명히 알 수 있었습니다. 공주에게 광증이 있다면 그것은 오직 하나, 현실적인 근거가 있는 격렬한 사랑이라는 광증이었던 것입니다. 하지만 이 사실을 감히 왕에게 밝힐 수는 없었습니다. 왕은 자신이 직접 고른 사람이 아닌 다른 남자에게 공주의 마음이 움직였다는 사실을 용납하지 않을 것이었기 때문입니다. 어쨌거나 자신의 패배를 인정하지 않을 수 없었던 그는 왕의 발밑에 무릎을 꿇고 말했습니다.

「폐하! 공주님이 하시는 말씀을 들어 보니, 더 이상 병을 고치려 시도할 필요조차 없을 듯하옵니다. 제게는 공주님의 병을 고칠 방도가 없습니다. 그러니 제 목숨을 폐하 뜻대로 처분하소서!」

왕은 에미르의 무능함과, 그로 인해 공연히 헛수고를 한 것에 화가 치밀어 당장 그의 목을 치게 했습니다.

그로부터 며칠 후, 이 군주는 나중에 후회하는 일이 없도록, 최선을 다하여 공주를 치료해 보리라 작정하고는 도성에 크게 공고를 내걸었습니다. 만일 의사, 점성술사, 마법사 들 가운데 공주의 온전한 정신을 돌려줄 수 있는 노련한 실력자가 있다면 누구든지 와서 시도하되, 성공하지 못할 경우 목숨을 잃게 되리라는 내용이었습니다. 왕은 이 공고문을 나라의 다른 주요 도시들과 이웃 왕들의 궁정에까지 보내어 이 세상 모든 사람에게 알리게 했습니다.

 첫 번째 지원자는 한 점성술사 겸 마법사였습니다. 왕은 내시를 시켜 그를 공주가 갇혀 있는 방으로 데려가게 했습니다. 점성술사는 옆구리에 차고 있던 자루에서 천문 관측에 사용하는 작은 구(球), 풍로, 훈증 요법에 사용하는 각종 약재, 구리 항아리 등 갖가지 물건들을 꺼내더니 불을 가져다 달라고 요구했습니다.

 이를 본 공주가 대체 이 잡동사니들이 뭐냐고 묻자, 함께 온 내시가 점성술사를 대신하여 대답해 주었습니다.

「공주마마! 이 점성술사가 지금 공주님 속에 들어 있는 악한 귀신을 내쫓아 이 항아리 속에 가둔 다음, 바닷속 깊이 던져 버리겠다고 합니다.」

「이 망할 놈의 점성술사야!」 공주가 소리를 질렀습니다. 「내게 이런 잡동사니는 필요 없어! 난 지극히 정상이고, 제정신이 아닌 것은 바로 당신이야! 만일 당신 능력이 그렇게 뛰어나다면, 그냥 내가 사랑하고 있는 그분이나 내게 데려다 줘! 그게 당신이 내게 해줄 수 있는 최대의 봉사라고!」

 점성술사는 대꾸했습니다.

「공주마마! 그런 일이라면 소인이 아니라, 마마의 아버님인 폐하께 부탁하십시오!」

 그는 꺼냈던 물건들을 주섬주섬 다시 자루에 집어넣었습니다. 존재하지도 않는 병을 고치겠다고 경솔히 나선 자신이 원망스러울 따름이었습니다.

 내시가 그를 다시 중국 왕 앞에 데려가자, 점성술사는 내시가 말을 꺼내기도 전에 스스로 입을 열어 솔직하게 아뢰었습니다.

「폐하! 폐하께서 공고하신 내용과 직접 말씀해 주신 바에 의거하여, 소인은 공주께서 실성하셨다고 믿고 있었습니다.

그래서 제가 알고 있는 비방(秘方)으로 능히 고칠 수 있으리라 생각했던 것입니다. 한데 가서 보니 금방 알 수 있었습니다. 공주마마의 병은 오직 하나, 즉 사랑의 병일 뿐이었습니다. 제 마법으로 사랑의 병까지 고칠 수는 없는 노릇입니다. 오히려 그 누구보다 이 병을 잘 고칠 수 있는 분은 폐하 자신이십니다. 그냥 공주님이 원하시는 사람을 남편으로 주시면 해결되는 것 아니옵니까?」

왕은 이 점성술사를 심히 방자하게 여겨 그 목을 베게 했습니다. 폐하께서 지루하시지 않도록 똑같은 내용을 반복하지 않고 요약하여 말씀드리자면, 이후로 백쉰 명에 달하는 점성술사, 의사, 마법사 들이 차례로 나섰고 결국은 모두가 같은 운명을 겪게 되었습니다. 그들의 잘린 머리는 도성의 성문 위에 나란히 걸렸죠.

그런데 공주의 유모에게는 마르자반이라는 아들이 있었습니다. 마르자반과 공주는 유모의 젖을 나누며 함께 자라난, 오누이나 다름없는 사이였죠. 우의가 각별했던 두 사람은 항상 같이 지내면서 서로를 친오빠 친누이처럼 여겼지만, 장성함에 따라 어쩔 수 없이 떨어져 살아야 했던 것입니다.

총명한 마르자반은 아주 어린 시절부터 각종 학문을 익혀 왔습니다. 그중에서도 특히 판별(判別) 점성학[71]이며 흙 점 같은 은비(隱秘) 과학 쪽에 관심이 많아, 이 방면에서 능통한 실력자가 되어 있었습니다. 그는 스승들로부터 배우는 것으로 만족하지 않고, 여행의 피로를 견딜 수 있는 나이가 되자마자 길을 떠났습니다. 어떤 학문이나 기술 분야에서 뛰어난

---

71 하늘과 인간 세계 사이에 직접적인 관계가 있다는 가정하에 별자리의 위치로 인간의 운명을 점치는 기술로, 현대의 〈점성술〉을 의미한다. 이 〈판별 점성학〉이라는 용어는 르네상스 시대 초기까지만 쓰였다.

사람이 있다는 소문을 들으면, 그가 있는 곳이 아무리 멀다 할지라도 기어코 찾아가 자신이 원하는 지식을 얻어 내곤 했습니다.

이렇게 수년간 세상을 돌아다닌 마르자반은 마침내 중국의 수도로 돌아왔습니다. 그런데 성문 앞에 당도한 그는 경악하지 않을 수 없었습니다. 그 위에 사람의 머리들이 잔뜩 걸려 있었던 것입니다. 그는 돌아오자마자 사람들에게 그 연유를 물었죠. 또 한시도 잊지 않고 있었던 공주의 소식도 물었습니다. 첫 번째 질문에 대답하기 위해서는 두 번째 질문에 대해서도 설명해야 했으므로, 마르자반은 금세 대충의 사정을 이해할 수 있었습니다. 공주 때문에 마음이 무거워진 그는 어머니를 만나 더 자세한 설명을 들어야겠다고 생각했습니다…….

이날 밤 셰에라자드는 여기에서 이야기를 끝냈다. 다음 날 밤, 그녀는 이야기를 다시 시작하며 인도의 술탄에게 이렇게 말했다.

이백열아홉 번째 밤

폐하! 마르자반의 생모인 유모는 공주를 돌보느라 정신이 없었지만, 그래도 사랑하는 아들이 돌아왔다는 소식에 짬을 내어 달려왔습니다. 모자는 부둥켜안고 그간의 안부를 물었죠. 그러고서 잠시 후, 유모는 눈물을 흘리며 지금 공주가 어떤 상태에 있는지, 또 왕이 왜 그녀를 가두어 놓았는지 이야기해 주었습니다. 마르자반은 자신이 비밀리에 공주를 만나 볼 수 있을지 물었습니다. 유모는 잠시 생각하더니 대답했습니다.

「애야! 지금으로선 아무런 대답도 할 수 없다. 하지만 내일 이 시간에 회답을 보내 줄 테니 그때까지 기다려 보거라.」

공주가 갇힌 방에는 호위대를 지휘하는 내시의 허락 없이는 유모 외에 누구도 출입할 수 없었습니다. 유모는 이 내시가 궁에 들어온 지 얼마 되지 않아 이전의 사정에 어두운 것을 알고, 그에게 가서 말했습니다.

「내가 공주님을 젖 먹여 키운 것은 잘 아시죠? 하지만 내게 공주님하고 동갑인 친딸이 하나 있다는 사실은 잘 모를 겁니다. 공주님하고 함께 키운 애인데, 오래전에 시집을 보냈죠. 그런데 아직까지도 그 애를 친동기처럼 사랑해 주시는 공주님께서 제 딸을 보고 싶어 하시네요. 하지만 그 애가 여기 들어오고 나가는 것은 아무도 몰랐으면 하시죠.」

유모가 계속하려 했으나 내시는 말을 멈추게 했습니다.

「그만하면 됐소! 내가 공주님을 위해 할 수 있는 일이 있다면, 언제라도 기꺼이 할 준비가 되어 있소이다. 오라고 하시오! 아니면 오늘 밤 폐하께서 방문을 마치고 돌아가신 후에 당신이 직접 가서 데려와도 좋소. 그녀에게만은 문을 열어 주리다.」

밤이 되자 유모는 마르자반을 데리러 갔습니다. 그녀는 손수 아들을 여자로 변장시켰습니다. 누가 보아도 남자라고 생각할 수 없을 만큼 감쪽같은 솜씨였습니다. 그를 데려가자 내시는 조금의 의심도 없이 문을 열어 모자를 함께 들어가게 했습니다.

유모는 공주에게 다가가 설명해 주었습니다. 「공주마마! 저 사람은 여자가 아니라, 바로 내 아들 마르자반이랍니다. 여행에서 돌아온 지 얼마 되지 않았지요. 공주님께 인사를 드리고 싶어 해서 이렇게 변장을 시켜 몰래 데리고 들어왔는데, 괜찮으시겠지요?」

마르자반의 이름을 들은 공주는 얼굴이 환해졌습니다.

「오빠, 이리 오세요! 그 너울은 좀 벗어 버리고요! 오누이 사이에 서로 얼굴을 보이는 건 금지된 게 아니잖아요?」

마르자반은 정중하게 허리를 굽혀 인사했습니다. 공주는 그가 채 입을 열기도 전에 다시 말했습니다.

「오빠! 어떻게 그럴 수가 있어요? 그렇게 오랫동안 떠나 있으면서 아무 소식이 없다니요! 심지어 오빠의 친엄마에게까지 말이에요. 하여간 이렇게 건강한 걸 보니 너무 기뻐요.」

「공주마마!」 마르자반이 대답했습니다. 「너그러우신 마음, 무한히 황송할 따름입니다. 그런데 귀국하자마자 공주님에 대해 과히 좋지 않은 소식을 듣게 되어, 저는 마음이 매우 무겁습니다. 하지만 이제는 걱정 마세요! 다른 사람들은 실패했을지 모르지만, 제가 공주님을 고쳐 드리겠습니다. 아무리 학문을 닦고 온 세상을 편력했다 한들, 공주님의 병 하나 고쳐 드리지 못한다면 지금까지의 이 고생에 무슨 보람이 있다 하겠습니까?」

그는 책 한 권과 몇 가지 물건들을 꺼냈습니다. 이미 어머니로부터 공주의 증상을 전해 들은 터라, 그녀를 고치는 데 필요할 법한 것들을 갖추어 온 것이었습니다. 하지만 공주는 이 모든 도구들을 보더니 소리쳤습니다.

「뭐예요, 오빠! 오빠도 다른 사람들처럼 내가 미쳤다고 생각하는 건가요? 절대 아니에요! 자, 내 말을 잘 들어 봐요!」

공주는 마르자반에게 모든 상황을 낱낱이 들려준 다음, 마지막으로 자기 것과 바뀐 반지도 보여 주었습니다.

「자, 지금까지 내가 말한 내용에는 일말의 거짓도 없어요. 물론 나 자신도 이해되지 않는 부분이 몇 가지 있긴 해요. 그래서 사람들은 내가 미쳤다고 생각하고 내가 하는 말 전체를 믿지 않는 거죠. 모두가 사실인데도 말이에요.」

놀라움과 감탄이 섞인 표정으로 공주의 말을 끝까지 듣고 난 마르자반은 한동안 묵묵히 고개를 숙이고 있었습니다. 그러다가 이윽고 다시 고개를 들고 입을 열었습니다.
「공주마마! 지금까지 말씀하신 것, 모두가 사실이라고 저는 확신합니다. 또한 공주님이 갈망하시는 그 남자를 찾아내는 것이 전혀 불가능한 일은 아니라고 생각합니다. 다만 부탁드리고 싶은 것은, 얼마 동안만 더 인내하고 기다리시라는 것입니다. 이제 저는 지금껏 가보지 않았던 이 세상 모든 왕국을 돌아다녀 보겠습니다. 돌아올 때는, 공주님께서 이토록 열렬히 사모하시는 분이 결코 먼 데 있지 않다는 사실을 꼭 알려 드리도록 하겠습니다.」
　이렇게 말한 그는 공주에게 작별을 고했고, 바로 다음 날 다시 길을 떠났습니다.
　마르자반은 이 고을 저 고을, 이 지방 저 지방, 이 섬 저 섬을 돌아다녔습니다. 가는 곳마다 온통 바두르 공주 — 이것이 중국 공주의 이름이었습니다 — 이야기뿐이었습니다.
　이렇게 넉 달 동안 세상을 돌아다닌 끝에, 마르자반은 인구가 꽤 많은 항구 도시인 토르프라는 곳에 도착했습니다. 한데 거기 사람들은 바두르 공주가 아니라 카마르알자만 왕자라는 사람에 대해 이야기하고 있었습니다. 마르자반이 귀 기울여 들어 보니, 그 내용이 바두르 공주의 이야기와 여러모로 흡사한 것이 아니겠습니까? 마르자반은 뛸 듯이 기뻐하면서, 이 왕자가 어느 곳에 살고 있는지 물었습니다. 이에 사람들은 두 개의 길, 즉 육지와 바다를 통한 길과 오직 바다로만 가는 길이 있는데, 후자가 훨씬 가깝다고 알려 주었습니다.
　마르자반은 두 번째 길을 택하기로 했습니다. 한 상선에 몸을 실은 그는 순조로운 항해 끝에 샤자만 왕이 다스리는 왕국의 수도가 보이는 장소에 이르렀습니다. 하지만 불행히도 항구에 들어가기 직전, 항해사의 실수로 배가 암초에 부딪혀 난파하고 말았죠. 공교롭게도 그곳은 카마르알자만 왕자가 거처하고 있으며, 마침 왕과 재상도 함께 있었던 성이 지척에 보일 정도로 가까운 곳이었습니다.

헤엄을 잘 치는 마르자반은 주저 없이 물속에 몸을 던졌습니다. 그렇게 성 아래까지 헤엄쳐 가자, 그를 발견한 왕의 뜻에 따라 대재상이 명령을 내려 마르자반은 구조될 수 있었죠. 사람들은 그에게 갈아입을 옷을 주고 친절하게 대해 주었습니다. 그가 어느 정도 기운을 되찾자, 대재상은 그를 자기에게 데려오라고 명했습니다.

미남인 데다가 풍채 또한 뛰어난 마르자반을 대재상은 매우 정중하게 맞아 주었습니다. 그리고 함께 대화를 나누면서 그 젊은이에 대한 존경심은 더욱 커졌습니다. 하는 대답마다 적확하고도 재치가 넘쳤을 뿐 아니라, 입을 열 때마다 속에 담긴 무한한 지식이 흘러나왔던 것입니다. 이에 대재상은 이렇게 말하지 않을 수 없었습니다.

「귀공이 말씀하시는 걸 들으니 범상한 분은 아닌 듯하오. 그런데 그토록 세상을 주유하면서 수많은 비법을 배우셨다니 하는 말인데, 오래전부터 이 나라를 큰 근심에 빠뜨리고 있는 병자 한 분을 고칠 수 있는 비방도 알고 계신다면 얼마나 좋겠소!」

마르자반은 그분이 어떤 병에 걸렸는지 알려 준다면 고칠 수 있을지도 모르겠다고 대답했습니다.

그러자 대재상은 카마르알자만 왕자에 관한 모든 것을 처음부터 이야기해 주었습니다. 그가 어떻게 만인의 기대 속에서 탄생했으며 교육받았는지, 아들을 빨리 결혼시키고 싶어 하는 샤자만 왕의 간절한 바람에도 불구하고 얼마나 결혼을 혐오했는지, 어전 회의 때 만조백관 앞에서 어떻게 왕에게 거역했고 감옥에 갇히게 되었는지, 또 거기서 어떤 이상한 행동들을 보였는지, 이 모든 것을 하나도 숨김없이 들려주었죠. 마지막으로 지금은 어떤 미지의 아가씨를 향한 열렬한 사랑에 빠져 있는데, 그녀는 수상쩍은 반지 하나를 제외하고는 아무런 근거가 없는, 아마도 이 세상에 존재하지 않는 여인일지도 모른다고 덧붙였습니다.

대재상의 이야기를 들은 마르자반은 속으로 쾌재를 불렀습니다. 배가 난파된 것이 도리어 전화위복이 되어, 그가 찾아 헤매던 사람이 있는 곳으로 오게 된 것입니다. 카마르알자만 왕자는 중국의 공주가 보고 싶어 애를 태우고 있는 바로 그 청년이며, 공주 또한 왕자의 열렬한 사랑의 대상임이 분명했습니다. 그러나 마르자반은 이런 생각을 대재상에게 밝히지 않았습니다. 다만 왕자를 한번 보아야만 그의 치료를 위해 필요한 것이 무언지 판단할 수 있을 것 같다고 말했습니다. 이에 대재상은 말했습니다.

「자, 그럼 나를 따라오시오! 왕자님 곁에는 폐하도 계실 터인데, 폐하께서도 이미 귀공을 보고 싶다고 말씀하셨다오.」

왕자의 방에 들어간 마르자반은 침대 위에 누워 있는 왕자의 모습을 보고 크게 놀랐습니다. 해쓱한 얼굴에 두 눈을 감고 있는 왕자는 한눈에도 병색이 완연해 보였습니다. 하지만 그가 이런 상태에 있음에도 불구하고, 또 그 옆에 존귀한 샤자만 왕이 앉아 있음에도 불구하고, 마르자반은 자신도 모르게 외치지 않을 수 없었습니다.

「세상에! 어찌 이렇게 닮을 수가 있을까!」

왕자와 중국 공주는 너무도 닮아 있었습니다. 두 사람의 용모는 구별하기 힘들 정도로 흡사했던 것입니다.

마르자반의 말을 들은 카마르알자만 왕자는 호기심이 일어 눈을 뜨고 그를 쳐다보았습니다. 왕자가 자기에게 시선을 던

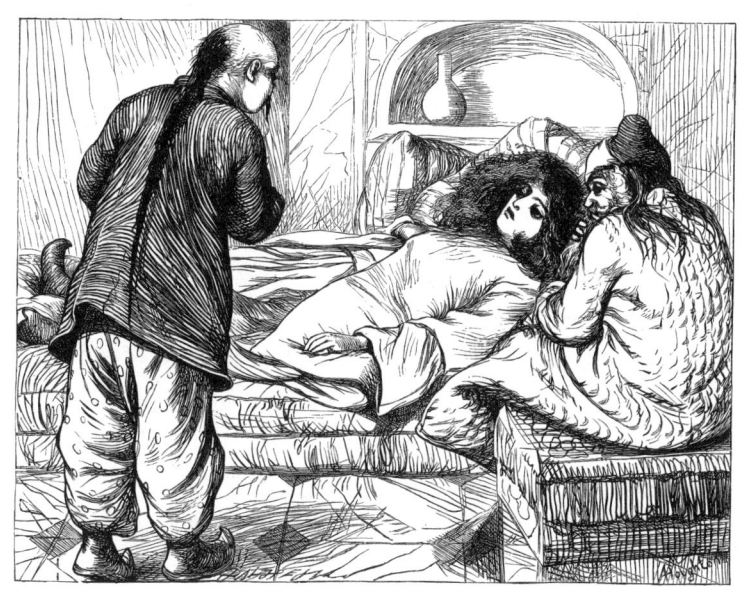

지자, 재치가 넘치는 마르자반은 이 절호의 기회를 놓치지 않았습니다. 즉시 왕자에게 바치는 일종의 송시를 즉흥적으로 지어 읊기 시작했는데, 그 안에는 왕자만이 이해할 수 있는 내용이 암시되어 있었습니다. 왕자와 중국의 공주 사이에서 일어난 일을 아주 구체적으로 생생하게 묘사하자 왕자는 더 이상 의심할 수 없었습니다. 지금 시를 읊고 있는 저 남자는 그녀를 잘 알고 있으며, 또 그녀의 소식을 전해 줄 수 있는 사람임에 틀림없었죠! 왕자의 가슴은 기쁨으로 터질 듯했고, 그 기쁨은 그의 두 눈과 얼굴 전체를 환하게 하고 있었습니다······.

이날 밤, 왕비 셰에라자드는 시간이 없어 이야기를 계속할 수 없었다. 하지만 다음 날 밤, 술탄으로부터 또다시 시간을 허락받은 그녀는 이렇게 이야기를 이어 갔다.

이백스무 번째 밤

폐하! 마르자반이 송시를 마치자 뜻밖의 기쁨으로 흥분한 왕자는, 부왕에게 손짓을 하여 마르자반이 자기 곁에 앉을 수 있게끔 잠시만 자리를 비켜 달라고 부탁했습니다.

왕자에게서 희망적인 변화가 보이자 왕은 크게 기뻐하며 자리에서 일어나, 마르자반의 손을 잡아 친히 자리에 앉혀 주었습니다. 왕은 그가 누구이며, 어디서 왔는지 물어보았습니다. 마르자반이 자신은 중국 왕의 신민이며, 그가 다스리는 나라에서 왔다고 대답하자 왕이 다시 말했습니다.

「제발 내 아들의 우울증을 고쳐 주시오! 그리하면 그대에게 무한히 감사하고, 온 세상이 놀랄 정도로 큰 보답을 하겠소.」

왕은 왕자가 마르자반과 자유롭게 대화를 나눌 수 있도록 자리를 비켜 주고는, 옆방으로 가서 대재상과 함께 이 행운의 만남을 기뻐했습니다.

마르자반은 카마르알자만 왕자의 머리맡에 다가가 귀에 대고 속삭였습니다.

「왕자님! 이제는 그만 슬퍼하셔도 됩니다. 왕자님을 힘들게 하는 그 아가씨가 누구인지는 제가 잘 알고 있으니까요. 그녀는 중국 왕 가이우르의 딸 바두르 공주입니다. 제가 이렇게 확실하게 말씀드릴 수 있는 것은, 공주님이 겪은 일을 직접 그분으로부터 들었을 뿐 아니라, 여기 와서 왕자님의 이야기도 들었기 때문이지요. 지금 왕자님께서 그분에 대한 사랑으로 힘들어하시는 것만큼이나, 공주님 역시 왕자님에 대한 사랑으로 고통받고 계신답니다.」

이어 마르자반은 두 사람이 매우 기이하게 만나게 된 그 운명의 밤부터 시작하여 지금에 이르기까지 공주에게 일어난 일에 대해 자기가 아는 바를 모두 들려주었습니다. 또 바두르 공주의 광증을 치료하려다가 실패한 사람들을 중국 왕이 어떻게 처리했는지도 잊지 않고 이야기해 준 다음, 이렇게 덧붙였습니다.

「이 세상에서 그분을 완전하게 치료해 줄 수 있는 분은 오직 왕자님뿐이십니다. 하지만 머나먼 중국까지 여행하기 위해서는 무엇보다도 몸이 튼튼해야겠지요. 그런 다음에야 필요한 조처를 취할 수 있을 것입니다. 자, 그러니 어서 건강을 회복할 생각부터 하세요.」

마르자반의 말은 강력한 효과를 가져왔습니다. 공주를 볼 수 있다는 희망을 갖는 순간 카마르알자만 왕자의 모든 고통은 거짓말같이 사라졌으며, 온몸에 힘이 솟구쳐 올라 그 자리에서 벌떡 일어났습니다. 그는 다시 방에 들어온 부왕에게 옷을 입혀 달라고 부탁했습니다. 그 펄펄한 모습을 본 샤자만 왕의 기쁨은 상상할 수 없을 정도였습니다.

왕은 마르자반에게 대체 어떤 방법으로 이런 놀라운 결과를 얻었는지 물어볼 생각도 못 하고, 다만 너무나도 고마운 마음에 그를 꼭 끌어안기만 했습니다. 그러고 나서 이 기쁜 소식을 온 백성에게 알리기 위해 대재상과 함께 방을 나갔습니다. 그는 여러 날 동안 온 나라에 축연을 벌일 것을 명하고, 신하와 백성에게는 선물을, 빈민에게는 구호금을 아낌없이 베풀었습니다. 도읍에서 터져 나온 기쁨의 함성과 웃음소리는 곧 이어 전국 방방곡곡에 울려 퍼졌습니다.

오랫동안 잠을 자지 못하고 음식도 제대로 먹지 못해 극도로 쇠약해져 있던 카마르알자만 왕자는, 그러나 금방 건강을 회복했습니다. 어느 날 이제 먼 여행을 견딜 수 있을 정도로 몸이 회복되었다고 느낀 왕자는 마르자반을 따로 불러 말했습니다.

「친애하는 마르자반! 그대가 한 약속을 실행할 때가 되었소. 난 지금 사랑스러운 공주를 보고 싶어 죽을 지경이요. 또 나에 대한 사랑이 불러일으킨 그녀의 고통을 하루빨리 끝내주고 싶소. 당장 출발하지 않는다면 난 그대가 처음 보았던 그 상태로 다시 떨어지게 될지도 모르오.

그런데 한 가지 매우 걱정되는 게 있소. 우리가 출발하는 데 큰 장애물이 있단 말이오. 그것은 바로 우리 아버님인데, 귀찮을 정도로 나를 애지중지하시는지라 내가 멀리 떠나는 걸 절대로 허락하지 않으실 거요. 그대가 이에 대한 해결책을 찾아 주지 못한다면, 나로서는 그야말로 절망이오. 옆에서 보아 잘 알겠지만, 부왕께선 나를 한시도 눈에서 떼놓으려고 하시지 않는다오.」

「왕자님! 말씀하신 그 장애물에 대해선 벌써부터 생각하고 있었습니다. 이 장애물은 제가 해결해 드리겠습니다. 제 여행의 첫 번째 목적은 공주님을 병에서 해방시켜 드리는 것이었습니다. 제가 이렇게 하는 이유는 갓난아이였을 때부터 공주님과 저를 묶고 있는 남매 간의 정의, 또한 그분에 대한 저의 충정과 애정 때문입니다. 따라서 이번 기회에 제가 가진 모든 능력과 재주를 발휘하여 두 분을 슬픔과 고통에서 벗어나게 해드리지 못한다면, 이는 제 의무를 다하지 못하는 것일 터입니다.

폐하의 허락을 받아 낼 수 있는 좋은 계책은 벌써 생각해 놓았습니다. 왕자님께서는 제가 온 이후로 아직 바깥출입을 하지 않으셨습니다. 폐하께 가서, 이삼일간 저와 함께 사냥을 떠나고 싶다고 말씀드리십시오. 폐하로서는 거절할 이유가 전혀 없을 겁니다. 폐하의 허락이 떨어지면, 왕자님께서는 좋은 말을 우리 각각에게 두 필씩 준비해 달라고 명하세요. 한 마리는 우리가 탈 것이고, 다른 말은 나중에 교체하기 위한 것입니다. 그리고 뒷일은 제게 맡기십시오!」

다음 날 카마르알자만 왕자는 적당한 기회를 잡아 왕에게 말했습니다. 바깥공기를 좀 쐬고 싶어 마르자반과 함께 이삼 일 사냥을 떠나고자 하니, 허락해 달라고 간청했습니다. 이에 왕이 대답했습니다.

「좋다! 하지만 하룻밤 이상을 밖에서 자는 것은 안 된다. 지금 겨우 건강이 회복되고 있는 터에 너무 과격한 운동을 하면 몸을 해칠 수도 있지 않겠니? 무엇보다도 네가 오래 나가 있으면 나 자신이 힘들 것 같구나.」

왕은 그에게 가장 좋은 말들을 골라 주라고 분부했고, 사냥하는 데 부족한 것이 없도록 친히 나서서 챙겨 주었습니다. 모든 것이 준비되자 왕은 왕자를 안아 주고, 마르자반에게는 아들을 잘 보살펴 달라고 신신당부했습니다. 그러고 나서야 마침내 그들을 보내 주었습니다.

들판에 도착한 카마르알자만 왕자와 마르자반은 교체할 말들을 끌고 따라오는 마부들이 의심하지 못하도록 사냥에 열중한 척하면서, 도성에서 최대한 먼 곳으로 갔습니다. 밤이 되자 그들은 대상의 숙소에 들러 저녁을 먹고 자정 무렵까지 잤습니다. 먼저 깨어난 마르자반은 마부들이 깨어나지 않게끔 살그머니 왕자를 깨워 옷을 벗어 달라고 한 다음, 대신 마부가 가져온 다른 옷을 주어 입게 했습니다. 이어 그들은 준비된 각자의 말들에 올라타서는, 마부가 타고 온 말 한 마리를 끌고 숙소를 빠져나왔습니다. 그러고는 전속력으로 말을 달렸습니다.

동이 터올 무렵, 두 기사는 네 개의 길이 만나는 숲 속에 이르렀습니다. 거기서 말을 세운 마르자반은 왕자에게 잠시 기다리라고 한 다음, 마부의 말을 끌고 숲 속 깊숙한 곳으로 들어갔습니다. 그는 칼을 빼어 말의 목을 베어 죽이고, 갈기갈기 찢은 왕자의 옷에다 그 피를 묻혔습니다. 그러고 다시 왕자에게 돌아와서는 피 묻은 옷을 갈림길 한가운데 던져 놓았습니다.

왕자가 이유를 묻자 마르자반이 대답했습니다.

「왕자님! 오늘 저녁 우리가 돌아가지 않고, 또 마부들이 잠들어 있는 동안 우리가 빠져나갔다는 소식을 들으시면 폐하께선 당장 사람을 풀어 우리 뒤를 쫓게 할 것입니다. 이쪽으로 오다가 이 피 묻은 옷을 발견한 사람들은 왕자님이 어떤 맹수에게 잡아먹혔으며, 저는 폐하의 진노가 두려워 멀리 도망쳐 버렸다고 추측하겠죠. 이 보고를 받으신 폐하께서는 왕자님이 더 이상 이 세상 사람이 아니라고 생각하시고는 추격을 중단시킬 것이고, 그러면 우리는 마음 놓고 여행을 계속할 수 있을 것입니다. 물론 폐하께서 느끼실 그 엄청난 충격을 생각하면, 이 방법이 약간 잔인한 것은 사실입니다. 하지만 후에 왕자님이 여전히 살아 계시며, 그것도 행복을 누리시고 있다는 사실을 알게 되시면 그만큼 기쁨도 더 크시리라 믿습니다.」

「오오, 마르자반! 정말 기막힌 계책이 아닐 수 없소! 다시 한 번 그대에게 큰 은혜를 입게 되었구려!」

두 사람은 육로와 바닷길을 통해 여행을 계속했습니다. 훌륭한 보석들을 지니고 있어 여행 경비가 충분했던 두 사람 앞에 놓인 장애물이라곤 기나긴 여정이 요구하는 시간뿐이었죠. 그들은 마침내 중국의 수도에 이르렀습니다. 마르자반은 왕자를 자기 집이 아닌, 이방인들을 위한 공동 숙소로 데리고 갔습니다. 거기서 사흘간 함께 머물며 여독을 푸는 동안, 마르자반은 왕자에게 입힐 점성술사 복장을 한 벌 지어 놓게 하였습니다. 이렇게 사흘이 지난 후 그들은 공중목욕탕에 가서 몸을 깨끗이 씻었고, 마르자반은 왕자에게 점성술사의 복장을 입혀 주었습니다. 그러고 나서 중국 왕의 궁전이 보이는 곳까지 왕자와 함께 간 다음, 그를 거기에 남겨 놓고 자신은 바두르 공주의 유모인 자신의 생모를 보러 갔습니다. 어머니를 통해 공주에게 자신의 도착을 알리고자 함이었습니다…….

여기까지 말한 왕비 셰에라자드는 벌써 아침이 밝아 오기 시작하는 것을 보고는 이야기를 멈추었다. 다음 날 밤, 그녀는 이야기를 계속하여 인도의 술탄에게 이렇게 말했다.

이백스물한 번째 밤

폐하! 카마르알자만 왕자는 이미 마르자반으로부터 해야 할 일을 지시받은 터였습니다. 그는 복장을 비롯하여 점성술사처럼 보이게 하는 모든 것을 갖추고는 중국 왕의 궁전 앞까지 나아가, 문지기들과 근위병들이 보는 앞에서 큰 소리로 외쳤습니다.

「나는 점성술사요! 내가 여기 온 것은 높고도 강력한 군주이신 중국 왕 가이우르의 영애 바두르 공주님을 치료하기 위해서요. 물론 나는 폐하께서 내거신 모든 조건을 따를 것이오. 성공하면 공주님을 아내로 맞을 것이요, 실패하면 목숨을 내놓을 각오가 되어 있소.」

왕자의 말에 문지기와 근위병들 이외에도, 오랜만에 보는 신기한 광경을 구경하려 모여든 무수한 백성이 그를 에워쌌습니다. 사실 수많은 사람들이 비극적인 최후를 맞은 이후로 그 어떤 의사도, 점성술사도, 마법사도 공주를 치료해 보겠다고 나서지 않게 된 지 이미 오래였기 때문입니다. 이런 시도를 할 사람은, 아니 그런 생각을 품을 만큼 얼빠진 사람은 이 세상에 더 이상 존재하지 않는다고 믿고 있던 터였죠.

하지만 왕자의 호감가는 얼굴과 고귀한 풍모, 무엇보다도 그가 아직 앳된 소년이라는 사실은 많은 사람들의 동정심을 자아냈습니다. 왕자와 가까이에 있던 어떤 사람은 이렇게 말하기도 했습니다.

「여보시오, 대체 무슨 생각으로 이러는 거요? 보아하니 앞날이 창창한 사람인데, 왜 분명히 죽을 짓을 사서 한단 말이오? 저 성문 위에 걸려 있는 머리들을 보고도 두렵지 않소? 제발 그런 미친 계획일랑 내려놓으시오! 돌아가란 말이오!」

이처럼 힐책을 했건만 카마르알자만 왕자는 끄떡도 하지 않았습니다. 그는 훈계하는 구경꾼들은 안중에도 없다는 듯, 모든 이의 간담을 서늘케 하는 쩡쩡 울리는 목소리로 다시 한 번, 자신을 궁으로 들여보내 달라고 외쳤습니다. 이에 모든 사람들이 소리쳤습니다.

「저자는 죽으려고 작심한 거야! 오, 하느님! 저자의 젊음과 영혼을 불쌍히 여기소서!」

왕자는 세 번째로 외쳤고, 결국 중국 왕의 분부로 대재상이 직접 그를 맞으러 나왔습니다.

대신은 카마르알자만을 왕에게 데려갔습니다. 왕자는 옥좌에 앉은 왕을 보자마자 넙죽 엎드려 절하고 땅바닥에 입을 맞추었습니다. 사실 왕의 입장에서는, 그동안 공주를 고치겠노라 호언장담하면서 자기 발밑에 머리를 조아린 자들 가운데 눈여겨 볼 만한 사람이 없었습니다. 그런데 왠지 카마르알자만에 대해서는, 그 앞에 놓여 있는 위험을 생각하니 깊은 연민을 금할 수 없었습니다. 그는 이례적으로 왕자를 자기 곁에 앉히고 말했습니다.

「젊은이! 비록 연소하지만 이렇게 내 딸을 고쳐 보겠다고 나선 걸 보니, 자넨 이미 상당한 실력을 갖추었는가 보군! 참으로 놀랍기 그지없네! 난 진심으로 자네가 성공하길 바라네. 여태까지도 많은 자들이 나섰지만, 설령 그들이 성공했다 하더라도 내 딸을 아내로 주는 내 마음은 상당히 역겨웠을 거야. 하지만 자네에게만큼은 너무도 흔쾌히 줄 수 있을 것 같네! 그럼에도, 내 마음이 대단히 아프지만, 경고해야겠네. 만일 성공하지 못하면, 자네가 아무리 어리고 또 고귀한 풍모를 지니고 있을지라도 난 어쩔 수 없이 자네의 목을 베어야 한다네.」

「폐하!」 카마르알자만 왕자가 대답했습니다. 「생면부지의 저에게 이처럼 큰 영예와 호의를 베풀어 주시니 몸 둘 바를 모르겠습니다. 저는 폐하께서는 아마 이름도 들어 보지 못하셨을 먼 나라에서 왔습니다. 그리고 불원천리 이곳까지 찾아온 것은 한 가지 분명한 뜻이 있었기 때문입니다. 한데 그 힘들고 위험한 길을 거쳐 여기까지 온 마당에 죽음이 두렵다는 이유로 그 뜻을 포기해 버린다면, 제가 얼마나 경박한 인간으로 보이겠습니까? 폐하 자신께서도 저에 대해 실망하시지 않겠습니까? 폐하! 만일 제가 죽어야 한다면 기쁜 마음으로 죽겠습니다. 최소한 폐하께서 내려 주신 영예에 걸맞은 행동을 하고 죽는 것이니까요. 그러므로 폐하! 한시라도 빨리 제가 지닌 확실한 의술을 발휘하게 해주십시오! 저는 모든 준비가 되어 있습니다.」

중국 왕은 옆에 있던 호위 대장에게 그를 공주가 있는 곳으로 데려다 주라고 분부했습니다. 그는 왕자가 떠나기 전, 지금이라도 늦지 않았으니 포기하라고 다시 한 번 권유했습니다만 왕자는 귀 기울이려 하지 않았습니다. 오히려 내시를 따라나서는 그의 결연한 태도, 아니 신이 나 있는 모습은 사람들을 놀라게 했지요.

내시는 카마르알자만 왕자를 인도했습니다. 그들이 공주의 병실로 통하는 긴 복도에 들어서자, 왕자는 걸음을 빨리하여 내시를 앞질러 갔습니다. 지금까지 그 많은 눈물을 흘리게 했던 이유, 그 오랜 세월을 한숨으로 보내게 했던 사람이 불과 몇 걸음 떨어진 곳에서 기다리고 있다고 생각하니 마음이 급하지 않을 수 없었죠.

내시 역시 걸음을 재우쳤지만 왕자를 따라가기 힘들었습니다. 견디다 못한 그는 왕자의 팔을 잡았습니다.

「어딜 그리 빨리 뛰어가오? 내가 없으면 들어갈 수 없다는 걸 모르시오? 그렇게 달려가는 걸 보니 빨리 죽고 싶어서 환장한 모양이구먼? 지금까지 수많은 점성술사들을 데리고 와 보았지만, 당신처럼 서두르는 사람은 처음이오.」

「여보시오!」 왕자는 속도를 늦추어 보조를 맞추면서, 내시를 돌아보고 웃는 얼굴로 대꾸했습니다. 「그 점성술사들이 왜 그랬는지 아시오? 그건 그들의 학문에 대한 확신이 없었기 때문이오. 실패할 경우 목숨을 잃게 되리라는 확신은 있되, 성공할 수 있다는 확신은 없었던 거요. 그랬기에 그들은 공주의 방에 다가감에 따라 더욱 심하게 떨었던 것이지. 하지만, 난 거기서 내 행복을 찾아낼 확신이 있소이다!」

어느덧 두 사람은 공주의 방 앞에 이르렀습니다. 내시는 문을 열어 공주의 방으로 통하는 큰 홀에 왕자를 들여보냈습니다. 홀과 공주의 방은 칸막이 휘장 하나로 나뉘어 있을 뿐이었죠.

왕자는 휘장 앞에서 걸음을 멈추었습니다. 그러고는 공주가 듣지 못하게끔 아까보다도 훨씬 낮은 소리로 내시에게 말했습니다.

「내가 이 일을 시도한 것이 단지 턱없는 만용이나 엉뚱한 망상이나 젊은 혈기에 의한 것임이 아님을 보여 주리다. 자,

둘 중 하나를 골라 보시오! 내가 공주님을 보면서 그분을 고쳐 드릴까, 아니면 방안에 들어가지도, 그분을 보지도 않고 이 자리에서 고쳐 드릴까?」

내시는 왕자의 엄청난 자신감에 크게 놀랐습니다. 더 이상 그를 모욕할 마음이 사라진 그는 어조를 바꾸어 말했습니다.

「안이든 밖이든 상관없습니다. 무슨 방법을 사용하시든 공주님을 고쳐 주시기만 한다면, 선생께서는 이 궁전뿐 아니라 온 인간 세상 가운데 불멸의 영광을 얻게 될 것입니다.」

「그렇다면 그녀를 보지 않고 치료하는 편이 낫겠소. 그래야 내 솜씨를 똑똑히 보여 줄 수 있을 테니까. 물론 얼마 후면 내 아내가 될 존귀한 공주를 보고 싶은 마음이 굴뚝같지만, 그대를 위해 그 기쁨은 잠시 뒤로 미루도록 하겠소.」

점성술사에게 필요한 모든 도구를 갖추고 있었던 그는 품 안에서 펜과 종이를 꺼내어, 중국의 공주에게 전할 쪽지를 쓰기 시작했습니다.

카마르알자만 왕자가 중국의 공주에게

사랑스러운 공주여! 그 운명의 밤, 그대의 매력은 나로 하여금 평생 간직하리라 굳게 결심했었던 나의 자유를 포기하게 만들었소. 그 밤 이후, 그대를 보고 싶은 마음에 내가 얼마나 큰 고통을 겪었는지는 누구의 설명하지 않으리다. 단지 이것만은 말하고 싶소. 그날 밤 그대가 예쁘게 자고 있을 때, 난 그대에게 내 마음을 주었다오. 아, 하지만 얼마나 야속한 잠이었던지! 그대를 깨워 보려는 내 노력에도 불구하고, 끝내 당신의 고운 눈이 빛내는 그 아름다운 광채를 보지 못했으니 말이오! 나는 사랑의 표시로 감히 내 반지를 빼어 그대의 손에 끼워 주고 대신 그대의 반지를 취했거니와, 오늘 이 쪽지에 동봉하여 그대에게 보내는 바요. 만일 당신이 사랑의 표시로서 그 반지를 내게 다시 보내 준다면, 이 몸은 세상에서 가장 행복한 남자가 될 것이오. 만약 그렇게 하지 않는다면, 즉 당신이 거절한다면, 그렇다 해도 나는 담담히 죽음을 받아들이겠소. 내 마음이 평안할 수 있음은 당신을 위해 죽는 것이기 때문이오. 옆방에서 당신의 회답을 기다리고 있겠소.

쪽지를 다 쓴 카마르알자만 왕자는 내시가 그 내용물을 알지 못하도록, 쪽지로 반지를 싸서 조그만 꾸러미로 만들어 그에게 주면서 말했습니다.
「자, 이걸 공주에게 가져다주시오. 만일 그녀가 이 편지를 읽고 그 속에 든 것을 보고도 즉시 병이 낫지 않는다면, 내가 지금까지 존재했고, 존재하고 있으며, 또 존재하게 될 모든 점성술사 중에서 가장 형편없고 무모한 작자라고 온 세상에 떠들어도 좋소이다……」

여기까지 말한 셰에라자드는 아침 빛이 밝아 온 것을 보고 거기서 멈출 수밖에 없었다. 다음 날 밤 그녀는 이야기를 계속하여, 인도의 술탄에게 이렇게 말했다.

이백스물두 번째 밤

폐하! 내시는 공주의 방에 들어가 카마르알자만 왕자가 보낸 쪽지를 바치면서 말했습니다.
「공주님! 지금 밖에 누가 와 있는지 아십니까? 지금껏 왔던 그 누구보다도 훨씬 무모한 점성술사이옵니다. 또 그가 뭐라고 하는지 아십니까? 아 글쎄, 공주님이 이 쪽지를 읽고, 이 안에 든 것을 보기만 하면 병이 싹 나을 거라지 뭡니까? 아무

튼 그자가 거짓말쟁이나 사기꾼이 아니었으면 합니다만…….」

바두르 공주는 쪽지를 받아 무심코 펼쳐 보았습니다. 하지만 자신의 반지를 본 순간, 편지의 내용은 눈에 들어오지도 않았습니다. 벌떡 몸을 일으킨 그녀는 용을 써서 자신을 묶은 쇠사슬을 끊어 버린 다음, 칸막이 쪽으로 달려가 휘장을 활짝 열었습니다. 공주는 왕자를 알아보았고, 왕자도 공주를 알아보았습니다. 둘은 즉시 서로에게 달려가 꼭 부둥켜안았고, 너무 기뻐 말도 제대로 못한 채 서로를 한없이 바라보기만 했습니다. 이해할 수 없는 상황 속에서 처음 서로를 보았던 이후, 이렇게 다시 보게 된 것이 마치 꿈만 같다는 표정들이었습니다. 공주와 함께 달려왔던 유모는 두 사람을 방으로 들어가게 했습니다. 공주는 반지를 돌려주면서 말했습니다.

「자, 다시 받으세요! 안 그러면 당신의 반지를 돌려줘야 하잖아요? 하지만 난 그걸 평생토록 간직하고 싶거든요. 우리의 반지들은 지금 있어야 할 손에 끼워져 있지 않나요?」

한편 내시는 황급히 중국 왕에게 달려가 지금 무슨 일이 일어나고 있는지 알렸습니다.

「폐하! 지금까지 공주님을 고치겠다고 설쳐 댔던 점성술사, 의사, 기타 등등은 모두가 돌팔이들이었습니다! 지금 온 젊은이가 어떻게 했는지 아십니까? 부적도, 귀신 쫓는 굿도, 요상한 향도, 기타 다른 방법도 사용하지 않았습니다. 그는 아예 공주님을 보지도 않고 치료해 버렸습니다!」

내시는 그가 어떻게 공주를 고쳤는지 상세히 아뢰었습니다. 뜻밖의 낭보를 전해 들은 왕은 즉시 공주의 궁실로 달려갔습니다. 공주를 부둥켜안은 왕은 이어 왕자도 안아 준 다음, 그의 손을 잡아 이끌어 공주의 손에 쥐어 주며 말했습니다.

「복 받은 이방인이여! 그대가 누구이든 간에 난 약속을 지키겠네. 자, 내 딸을 그대의 아내로 주겠네! 그런데 자네를

보면, 점성술사 행세를 하고는 있지만 꼭 그런 것 같지는 않단 말이야.」

카마르알자만 왕자는 지극히 공손한 표현으로 왕에게 감사한 후 덧붙였습니다.

「저의 진정한 신분에 대해서는 폐하께서 잘 보셨습니다. 사실 저는 점성술사가 아닙니다. 다만 우주 가운데 가장 강력한 군주이신 폐하와의 존귀한 결연을 이루기 위해, 잠시 그 복장을 걸쳤을 따름입니다. 저 역시 왕과 여왕의 아들이요, 일국의 왕자이옵니다. 제 이름은 카마르알자만이며, 부친의 존함은 샤자만으로서 〈칼레단의 자식들의 섬〉이라 불리는 나라를 다스리고 계시옵니다.」

이어 왕자는 자신의 이야기를 들려줌으로써 그의 사랑의 기원이 얼마나 기묘한 것인지 알게 해주었습니다. 그는 공주의 사랑의 기원 역시 동일한 것이며, 이 모든 것은 둘이서 교환해 가진 반지들이 증명한다고도 설명했습니다.

카마르알자만 왕자의 이야기를 모두 듣고 난 중국 왕은 외쳤습니다.

「이렇게 기이한 이야기는 후세에 남길 필요가 있다! 이 이야기를 적은 원문을 왕국 문헌실에 보관해 놓고, 이 나라뿐 아니라 온 세상 모든 사람에게 알리도록 하라!」

결혼식은 그날 즉시 거행되었습니다. 이를 축하하는 각종 행사와 축연이 중국 땅 전체에서 성대하게 벌어졌습니다. 왕은 마르자반의 공로도 잊지 않았습니다. 관직을 하사하여 궁에 들였고, 이후 더욱 높은 직위에 올려 주겠다고 약속했습니다.

소망을 온전히 이룬 카마르알자만 왕자와 바두르 공주는 신혼의 달콤함을 마음껏 누렸습니다. 중국 왕도 수개월 동안 끊임없이 축제를 벌여 그의 지극한 기쁨을 표현했습니다.

이처럼 행복하게 흘러가던 나날의 어느 밤이었습니다. 자고 있던 카마르알자만 왕자의 꿈속에, 침대에 누워 임종을 기다리는 샤자만 왕이 나타나 이렇게 말하는 것이었습니다.

〈내가 세상에 나오게 한 내 아들, 내가 그토록 사랑했던 내 아들이 날 버렸어! 그리고 이렇게 날 죽게 만들었어!〉

왕자는 큰 한숨을 내쉬며 잠에서 깨어났고, 그 바람에 옆에 있던 공주까지 깼습니다. 바두르 공주는 무엇 때문에 그리 한숨을 쉬었느냐고 물었습니다. 왕자는 탄식하며 말했습니다.

「아아! 우리가 이야기하고 있는 이 순간, 어쩌면 우리 아버님께서는 이 세상 사람이 아닐지도 모르오!」

이어 그는 자신을 그토록 슬프게 만든 꿈 얘기를 들려주었습니다. 공주는 항상 남편의 마음을 기쁘게 해주기 위해 애쓰는 착한 아내였습니다. 꿈 이야기를 들은 그녀는, 지금 그가 만리타향에서 자신과 결혼해 살고 있지만 부친에 대한 생각으로 마음이 편치 않다는 사실을 눈치채고는 속으로 뭔가를 계획하였고, 다음 날 적당한 기회를 잡아 중국 왕에게 이를 밝혔습니다.

「아바마마!」 공주는 왕의 손에 입을 맞추며 말했습니다. 「아바마마께 드릴 청이 있으니 제발 거절하지 말아 주세요! 혹시 제 남편이 부탁하여 이런 청을 하는 것은 아닌가 생각하실까 봐서 미리 말씀드리는데, 그이는 이 일과 아무 관련이 없답니다……. 각설하고, 그이와 함께 제 시아버님이신 샤자만 왕을 뵈러 가는 것을 허락해 주세요!」

이에 중국 왕이 대답했습니다.

「네가 멀리 간다 하니 몹시 섭섭하긴 하다만, 네 생각이 잘못된 것은 아니니 할 수 없구나. 그래! 갈 길이 무척 멀고도 험해 걱정이 되긴 해도, 그런 기특한 생각을 하다니 말릴 수 없다. 하지만 한 가지 조건이 있다. 샤자만 왕의 궁정에서 한 해가 지나도록 머물러서는 안 된다. 그래야 그와 내가 너희 둘을 독차지하지 않고 번갈아 가며 데리고 있을 수 있지 않겠니? 샤자만 왕도 이 방식에 찬성하리라 믿는다.」

공주는 남편에게 이러한 사실을 알렸습니다. 왕자는 크게 기뻐하며, 공주가 다시 한 번 보여 준 사랑의 표현에 진심으로 감사했습니다.

중국 왕은 신하들에게 명하여 여행 준비를 시작하게 했고, 모든 것이 갖추어지자 함께 출발하여 며칠간 그들과 동행해 주었습니다. 마침내 이별의 순간이 왔습니다. 보내는 사람이나 떠나가는 사람이나 피차 많은 눈물을 흘렸죠. 왕은 두 사람을 따뜻하게 안아 주고 왕자에게는 자신이 딸을 사랑하듯 공주를 변함없이 사랑해 달라고 부탁했습니다. 그렇게 두 사람을 떠나보낸 다음, 왕은 사냥을 즐기면서 수도로 돌아갔습니다.

이별의 눈물을 닦아 낸 카마르알자만 왕자와 바두르 공주의 얼굴은 다시 밝게 빛나고 있었습니다. 샤자만 왕이 그들을 보면 얼마나 기뻐할까, 또 그들 자신은 얼마나 기쁠까 하는 생각에서였죠.

이렇게 길을 떠난 지 한 달쯤 되었을 때, 일행은 어떤 넓은 들판에 이르렀습니다. 커다란 나무들이 군데군데 시원한 그늘을 드리우고 있는 곳이었죠. 그날따라 몹시 무더웠던지라 왕자는 이곳에 천막을 치고 숙영하는 게 좋겠다고 판단했고, 공주 역시 같은 생각이었습니다. 일행은 적당한 장소를 택해 말에서 내렸고, 공주는 나무 그늘에서 쉬고 있다가 천막이 설치되자 즉시 들어갔습니다. 왕자가 다른 천막들을 세우느라 아직 밖에 있는 동안 공주는 몸을 편하게 하기 위해 거추장스러운 허리띠를 풀었고, 시녀들은 그것을 그녀 옆에다 두었습니다. 곧 피곤에 지친 공주가 곯아떨어지자 시녀들은 그녀만 남겨 두고 밖으로 나왔지요.

숙영지가 정리되자 카마르알자만 왕자는 천막으로 갔습니다. 그는 공주가 잠들어 있는 것을 보고는 소리 나지 않게 살그머니 들어와 앉았습니다. 그렇게 잠이 오기를 기다리고 있던 그는 무심코 공주가 벗어 놓은 허리띠를 집어 들었습니다. 허리띠는 다이아몬드며 루비 등으로 장식되어 있었는데, 문득 그의 눈에 주둥이가 끈으로 조인 채 매달려 있는 자그만 천 주머니 하나가 눈에 들어왔습니다. 만져 보니 속에 뭔가 딱딱한 것이 느껴졌습니다. 불현듯 호기심이 일어 꺼내어 보니, 그건 홍옥수(紅玉髓) 덩어리였습니다. 그 위에는 알 수 없는 문자와 그림 같은 것들이 잔뜩 새겨져 있었죠. 왕자는 생각했습니다.

〈뭔지는 모르지만 이 홍옥수는 아주 귀한 물건인 모양이군. 그렇지 않다면 이렇게 잃어버리지 않기 위해 허리띠에 꼭꼭 매달고 다닐 이유가 없지.〉

과연 그것은 중국의 왕비가 행운을 가져다준다며 딸에게 선사한 부적이었습니다. 좀 더 자세히 보고 싶었던 카마르알자만 왕자는 부적을 들고 천막 밖으로 나왔습니다. 그런데 밝은 햇빛 아래에서 들여다보려고 손바닥 위에 올려놓는 순간, 이게 웬일입니까! 갑자기 새 한 마리가 덮치더니 덥석 그걸 채가는 게 아니겠습니까?

왕비 셰에라자드가 여기까지 말했을 때 벌써 아침 빛이 밝아 오고 있었고, 이를 본 그녀는 이야기를 멈추었다. 다음 날 밤, 그녀는 같은 이야기를 이어서 인도의 술탄에게 이렇게 말했다.

이백스물세 번째 밤

폐하! 새가 손에서 부적을 채갔을 때 카마르알자만 왕자가 느낀 그 놀람과 고통, 저로서는 제대로 표현할 길이 없지만 폐하께서는 충분히 느끼실 수 있을 것입니다. 자신의 뜬금없는 호기심으로 인해 공주의 가장 소중한 물건을 잃어버린 이 불행한 사건에, 왕자는 한동안 움직이지도 못하고 멍하니 서 있었습니다.

새는 부적을 물고 왕자에게서 얼마 떨어지지 않은 곳에 내려앉았습니다. 왕자는 녀석이 부적을 떨어뜨릴지도 모른다는 희망을 품고 다가가 보았습니다. 하지만 그가 가까이 가자 녀석은 조금 더 저쪽으로 날더니 다시 땅바닥에 내려앉았습니다. 계속 쫓아갔더니 녀석은 이번에는 아예 부적을 꿀꺽 삼키고는 더욱 멀리 날아갔습니다. 이에 왕자는 돌팔매질로 녀석을 잡을 수 있지 않을까 생각하고는 계속 따라갔습니다. 새는 계속 도망갔고, 왕자 역시 집요하게 녀석을 끝까지 쫓았습니다.

이렇게 골짜기에서 언덕으로, 또 언덕에서 골짜기로 온종일 새에 이끌려 간 카마르알자만 왕자는 바두르 공주가 있는 들판으로부터 점점 더 멀어져 갔습니다. 마침내 저녁이 되었습니다. 왕자는 녀석이 덤불에 내려앉기만을 간절히 바랐습니다. 주위가 어두워지면 덮쳐 보리라는 요량이었죠. 하지만 이런 기대를 비웃기나 하듯, 녀석은 높다란 나뭇가지에 내려앉는 것이 아니겠습니까?

아무런 소득 없이 온종일 고생만 했다는 생각에 맥이 탁 풀려 버린 왕자는 이제 숙영지로 돌아가야겠다고 생각했습니다.

〈그런데 어느 길로 가야하지? 여기서 올라가야 하나? 아니면 내가 거쳐 온 저 언덕과 골짜기들을 통해 다시 내려가야 하나? 어둠 속에서 길을 잃으면 어떡하지? 과연 내게 돌아갈 힘이나 남아 있을까? 아니, 설사 그럴 힘이 있다 해도, 부적을 잃어버린 주제에 무슨 낯으로 공주를 볼까?〉

이렇게 우울한 생각에 더하여 피로와 배고픔과 갈증, 그리고 쏟아지는 잠에 짓눌린 왕자는 그대로 나무 아래 드러누워 밤을 보냈습니다.

다음 날, 카마르알자만 왕자는 새가 나무를 떠나기 전에 잠에서 깨어났습니다. 그리고 새가 날아오르는 것을 보고는 다시 그 뒤를 따르기 시작했습니다. 도중에 눈에 띄는 열매나 풀 같은 것으로 허기를 달래 가면서 하루 종일 뒤쫓았지만 전날과 마찬가지로 허탕이었습니다. 그다음 날도 새를 눈으로 쫓으면서 아침부터 저녁까지 달렸고, 밤이 되자 새가 앉은 나무 아래 드러누워 잤습니다. 이런 과정은 열흘 동안 반복됐습니다.

열하루째 되는 날, 날아가는 새를 계속 뒤쫓던 카마르알자만은 어느 큰 도성에 이르렀습니다. 그러자 새는 하늘 높이 날아오르더니 성벽 너머 도성 안으로 훌쩍 모습을 감춰 버렸습니다. 이제는 새를 볼 수조차 없게 되었으니, 공주의 부적을 되찾을 희망은 완전히 사라져 버린 셈이었습니다.

극도로 낙심한 카마르알자만은 어깨를 축 늘어뜨리고 성으로 들어갔습니다. 그곳은 아주 아름다운 항구가 있는 바닷가의 도시였습니다. 그는 자신이 어디로 가고 있는 것인지, 또 어디서 멈춰야 하는지도 모른 채 하염없이 걷기만 했습니다. 그렇게 터덜터덜 걸어서 여러 개의 거리를 지나니 항구가 나왔고, 거기서도 무얼 해야 할지 몰라 그저 해변을 따라 멍하니 걷다 보니 담으로 둘러싸인 과수원이 보였습니다. 문이 열려 있기에 왕자는 그 앞으로 가 사람을 불러 보았습니

다. 그러자 주인으로 보이는 어떤 노인이 밭일을 하고 있다가 고개를 들었습니다. 왕자를 발견한 그는 상대가 이방인이며 이슬람교도임을 알고는, 다급한 목소리로 빨리 들어와 문을 닫으라고 소리쳤습니다.

카마르알자만은 들어가 문을 닫았습니다. 그러고서 농부 노인에게 다가가 왜 그리 놀랐는지 물었죠. 이에 농부는 대답했습니다.

「보아하니 이곳에 온 지 얼마 안 되는 외국인인 데다, 이슬람교도인 것 같아 그랬던 것이오. 이 도시 대부분의 지역에는 우상 숭배자들이 살고 있소. 그자들은 이슬람교도들을 극도로 혐오할 뿐 아니라, 선지자 무함마드의 종교를 신봉하는 우리를 심하게 박해하고 있다오. 젊은이는 그 사실도 모르고 돌아다녔겠지. 그들을 만나지 않고 여기까지 온 것만 해도 기적이라오. 이 우상 숭배자들은 이곳에 오는 외국인들을 잘 지켜보고 있다가, 이곳에 대해 모르는 순진한 그들을 함정에 빠뜨리곤 한다오. 당신을 이 안전한 곳까지 이끌어 주신 하느님께 감사할 따름이오.」

카마르알자만은 이렇듯 너그러이 피신처를 제공해 주어 너무도 감사하다고 말했습니다. 그러고는 더 말하려는데 농부가 말을 막았습니다.

「자, 감사의 말은 그 정도면 됐소. 그것보다는 매우 피곤하고 시장해 보이니, 들어와서 좀 쉬는 게 좋겠소.」

그는 왕자를 자신의 조그만 집으로 안내했습니다. 농부는 손수 정성스레 음식을 차려 왔고, 왕자가 충분히 먹고 나자 어떻게 해서 이곳까지 오게 되었는지 물었습니다.

카마르알자만은 농부의 궁금증을 풀어 주었습니다. 지금까지 일어난 일을 숨김없이 이야기해 준 다음, 어떻게 하면 부친 샤자만 왕의 나라로 돌아갈 수 있는지 물으며 이렇게

덧붙였습니다.

「온 길로 돌아가서 공주를 찾고 싶은 마음은 굴뚝같지만, 사실 이제 와 어딜 가서 그녀를 찾을 수 있겠습니까? 이렇게 기이한 일로 인해 그녀와 헤어진 지도 벌써 열하루 째인걸요. 벌써 그녀는 이 세상 사람이 아닐지도 모르고……」

이 슬픈 생각에 왕자는 말을 맺지 못하고 눈물만 흘렸죠.

농부는 오직 이슬람교도들만이 살며, 이슬람교를 신봉하는 군주가 다스리는 나라에까지 가려면 이 도시에서 육로로 꼬박 일 년이 걸린다고 대답해 주었습니다. 하지만 바닷길로 〈흑단(黑檀)의 섬〉까지 가는 것은 시간이 훨씬 덜 걸리며, 거기서부터 〈칼레단의 자식들의 섬〉까지 가는 것은 한결 수월하다고도 알려 주었죠. 그는 덧붙여 매년 상선 한 척이 〈흑단의 섬〉으로 떠나는데, 〈칼레단의 자식들의 섬〉으로 돌아가기 위해서는 이 배를 이용하는 것이 좋을 거라고 설명했습니다.

「며칠만 더 일찍 왔더라면 올해 떠나는 배를 탈 수 있었을 것이오. 하지만 어쩌겠소? 내년 배를 기다리는 수밖에. 그때까지 누추하지만 이 집에서 나와 함께 지내면 어떻겠소?」

아는 사람도, 알아야 할 사람도 없는 이 낯선 타향 한가운데 떨어진 왕자로서 이처럼 의지할 수 있는 사람을 만났다는 것은 그야말로 큰 행운이 아닐 수 없었습니다. 그는 농부의 제의를 받아들이고 그와 함께 지내기로 했습니다. 그렇게 왕자는 〈흑단의 섬〉으로 떠나는 배를 기다리면서 노인과 함께 과수원 일에 열중했습니다. 하지만 밤이 되면 사랑하는 바두르 공주가 어김없이 떠올라, 후회와 한숨과 눈물로써 밤을 지새우기 일쑤였습니다.

자, 여기서 우리는 왕자를 떠나서, 천막 안에서 자고 있었던 바두르 공주에게로 돌아와 보도록 합시다.

공주는 아주 오랫동안 잤습니다. 그리고 깨어나서는 옆에 카마르알자만 왕자가 없는 것을 보고 크게 놀랐습니다. 그녀는 시녀들을 불러 왕자가 어디 있는지 아느냐고 물었습니다. 시녀들이 왕자가 들어오는 것은 보았지만 나가는 것은 보지도 못했다고 대답하는 사이, 공주는 자기 허리띠에 매달린 주머니가 열려 있고, 그 안에 있던 부적이 사라진 것을 발견했습니다. 이에 그녀는 왕자가 그걸 살펴보기 위해 잠시 가지고 나간 것이라 여기고, 따라서 곧 돌아오리라고 생각했습니다. 그렇게 저녁이 될 때까지 공주는 불안과 초조함 속에서 남편이 오기만을 기다렸죠. 대체 무슨 일로 이렇게 아무 말 없이 사라져서 오랫동안 들어오지 않고 있는 것인지 답답하기만 했습니다. 밤이 되어 바깥이 컴컴해질 때까지도 여전히 아무런 소식이 없자 걱정은 말할 수 없는 고통으로 바뀌었습니다. 그녀는 부적과 그것을 만든 사람을 한없이 저주했습니다. 부모에 대한 존경심으로 자제하지 않았더라면, 이 불길한 물건을 선사한 어머니 왕비에게도 욕설을 퍼부었을 것입니다. 부적과 남편의 실종 사이에 무슨 관계가 있는 것인지 도무지 이해할 수 없어 더욱 답답하기만 했지요. 이 불행한 사건으로 인해 극도로 상심한 공주는, 그러나 냉철한 판단력을 잃지 않았습니다. 오히려 여성으로서는 보기 드문 결연한 용기로 마음을 다잡았던 것입니다.

일행 가운데 카마르알자만 왕자의 실종에 대해 알고 있는 사람은 공주와 시녀들밖에 없었습니다. 다른 사람들은 자신들의 천막에서 쉬거나 잠을 자고 있었기 때문입니다. 왕자가 없어졌다는 사실을 알게 되면 배신자들이 나올 수도 있다는 데 생각이 미친 공주는 슬픔을 억누르고, 시녀들에게도 사람들의 의심을 살 수 있는 언행을 삼가라고 당부했습니다. 그러고 나서는 자신의 옷 대신 남편의 옷으로 갈아입었습니다. 워낙에 용모가 닮은 부부였던지라, 다음 날 아침 그녀가 나타나 짐을 꾸리라고 명했을 때 그녀의 정체를 의심한 사람은 하나도 없었습니다.

공주는 카마르알자만 왕자의 신분으로 일행을 이끌고 〈칼레단의 자식들의 섬〉을 향해 계속 길을 갔습니다. 이렇게 산 넘고 바다 건너 여러 달 동안 여행하여 이른 곳은 아르마노스라는 이름의 왕이 다스리고 있는 〈흑단의 섬〉의 수도였습니다. 숙소를 찾기 위해 먼저 배에서 내린 사람들이 방금 도착한 배에 타고 있는 사람은 카마르알자만 왕자이며, 그는 긴 여행을 하고 있는 중인데 풍랑을 피하려 잠시 정박했다고 원주민들에게 밝히자, 이 소문은 삽시간에 퍼져 그곳 왕의 귀에까지 들어갔습니다.

아르마노스 왕은 신하들을 이끌고 즉시 달려와, 마침 배에서 내려 사람들이 잡아 놓은 숙소로 향하려던 공주를 맞았습니다. 그는 자신과 친밀한 선린 관계를 유지해 온 샤자만 왕의 아들을 환영한다고 말하며, 일행을 자기 궁으로 데려갔습니다. 그는 공주가 별궁(別宮)에서 따로 자고 싶다고 극구 사양했음에도 불구하고 그녀를 포함한 일행 전체를 왕궁에서 유숙하게 했죠. 그리고 사흘에 걸친 성대한 향연을 벌이는 등, 그녀에게 온갖 영예를 베풀어 주었습니다.

이렇게 사흘이 지나자 공주는 다시 승선하여 여행을 계속해야겠다고 아르마노스 왕에게 말했습니다. 하지만 왕은 잘생겼을 뿐 아니라 서글서글한 성격에 총명하기 그지없는 카마르알자만 왕자에게 ─ 사실은 공주였지만 ─ 이미 홀딱 반해 버린 터였습니다. 왕은 그녀를 따로 불러 말했습니다.

「왕자! 그대도 보다시피 이 몸은 나이가 너무 많아 살날이 얼마 남지 않았소. 그러한데도 아직 이 나라를 물려줄 아들이 없으니 내 마음 한없이 무겁다오. 그래도 하늘이 은혜를 베푸시사 외동딸을 주셨는데 용모가 제법 고와서, 그대처럼 준수하고 혈통 좋고 모든 면에서 완벽한 왕자와 딱 어울리는 아이오. 그러니 그대의 나라로 돌아가는 대신 차라리 딸애와 결혼하는 게 어떻겠소? 그러면 난 당장에 그대에게 왕위를 물려주리다! 사실 이 무거운 짐을 져온 지도 너무 오래되어 이제는 나도 휴식이 필요하오. 그대처럼 합당한 후계자가 내 나라를 다스리는 것을 본다면 지금까지의 노고를 다 잊게 될 것이오.」

왕비 셰에라자드는 더 계속하고 싶었지만, 벌써 아침 빛이 밝아 오고 있어 그럴 수 없었다. 다음 날 밤, 그녀는 같은 이야기를 이어 인도의 술탄에게 이렇게 말했다.

이백스물네 번째 밤

폐하! 〈흑단의 섬〉의 왕으로부터 딸을 아내로 주겠다는 뜻밖의 제안을 받은 바두르 공주는 몹시 당황했습니다. 자신은 카마르알자만 왕자가 아니오, 사실은 그의 아내라고 밝힐 수도 없는 노릇이었죠. 지금까지 스스로 카마르알자만 왕자라고 공언하면서 그의 행세를 해온 마당에, 이제 와서 아니라고 한다는 것은 일국의 공주로서 떳떳한 행동이 못 되었기 때문이죠. 그렇다고 하여 그냥 거절하기도 힘들었습니다. 무슨 일이 있어도 결혼을 성사시키려 애쓰고 있는 왕의 호의가 한순간에 반감과 증오로 뒤바뀔 수도 있는 일이었습니다. 게다가 지금 샤자만 왕에게 간다고 해도 카마르알자만 왕자를 다시 만날 수 있다는 보장도 없었습니다. 이런 생각들에 더하여, 남편을 다시 찾게 될 경우 그에게 또 하나의 왕국을 얻게 해줄 수 있으리라는 데까지 생각이 미친 공주는, 아르마노스왕의 제안을 받아들이기로 결심했습니다. 그리하여 잠시 침묵을 지키고 있다가 이윽고 얼굴을 붉히며 — 왕은 이 홍조를 왕자의 겸손함으로 해석했습니다 — 대답했습니다.

「폐하! 저를 그토록 좋게 보아 주시고 너무나도 큰 영예를 베풀어 주시니 다만 감사할 뿐이며 그 황송스러운 제안, 감히 거절하기 어렵습니다. 하지만 폐하! 이 영광스러운 결연을 받아들이는 데는 조건이 있습니다. 즉 모든 일을 함에 있어, 폐하께서 저를 이끌어 주셔야만 합니다. 저 역시 폐하께서 승인하지 않으신 일은 하지 않을 것입니다.」

이렇게 하여 결혼이 결정되었고, 결혼식은 이튿날로 예정되었습니다. 그동안 공주는 부하들에게 가서 그들이 놀라지 않게끔 자신이 내일 결혼할 것이며, 이는 바두르 공주의 동의하에 이루어지는 일이라고 알려 두었습니다. 그리고 시녀들에게는 계속 비밀을 지킬 것을 당부했지요.

〈흑단의 섬〉왕은 너무도 흡족한 사위를 얻게 된 데 크게 기뻐하며, 다음 날 어전 회의를 소집하여 공주를 카마르알자만 왕자에게 아내로 줄 것이라고 선언했습니다. 그러고는 그를 곁에 앉히고 머리에 왕관을 씌워 준 다음, 신하들에게는 이제부터 그가 왕이니 이 사실을 받아들이고 그에게 경의를 표하라고 명했습니다. 그는 스스로 옥좌에서 내려와 바두르 공주를 거기 오르게 했으며, 이렇게 왕을 대신하여 옥좌에 앉게 된 공주는 〈흑단의 섬〉의 가장 유력한 귀족들로부터 충성을 서약받았습니다.

어전 회의가 끝나자, 새 국왕의 등극이 온 도성에 엄숙히 선포되었습니다. 왕은 여러 날 동안의 축연을 고시하고, 왕국 각지로 전령을 보내어 모든 곳에서 같은 기간 동안 동일한 의식과 잔치를 벌이도록 했습니다.

그날 저녁 온 왕궁이 축제 분위기로 떠들썩한 가운데 하이아탈네푸스[72] 공주 — 이는 〈흑단의 섬〉 공주의 이름이었습니다 — 가 국왕의 의관을 정제한 바두르 공주 앞으로 왔습니다. 곧 혼례 의식이 끝나고 사람들이 모두 물러가자, 두 여인은 함께 신방에 들었습니다.

다음 날 아침, 어전에 든 바두르 공주가 결혼과 새 국왕이 된 것에 대해 만조백관의 축하를 받고 있을 때, 아르마노스 왕과 왕비는 새 왕비가 된 그들의 딸을 찾아가 첫날밤을 어떻게 보냈는지 물었습니다. 그녀는 대답 대신에 힘없이 고개를 내려뜨렸습니다. 그 얼굴에는 그녀가 결코 행복하지 못했음을 짐작하게 해주는 슬픈 기색이 떠올랐습니다.

왕은 하이아탈네푸스 공주를 위로했습니다.

「애야! 너무 상심하지 말거라! 카마르알자만 왕자가 여기 도착했을 때, 그에게는 하루빨리 그의 부친 샤자만 왕에게 가고 싶은 마음뿐이었다. 물론 우리가 그를 붙잡아 놓은 이곳 역시 아무 부족함 없는 곳이긴 하지만, 갑자기 운명이 바뀌어 부친과 가족을 영영 못 볼 수도 있게 된 왕자의 마음은 몹시 울적할 것이다. 하지만 갸륵한 효성에서 비롯된 이런 감정이 지나고 나면, 그는 네게 나무랄 데 없는 남편이 되어 주지 않겠느냐?」

〈흑단의 섬〉의 왕이 된 바두르 공주는 그날 종일 대신들의 축하를 받았을 뿐 아니라, 군대를 사열하는 등 국왕으로서의 제반 직무를 수행하였습니다. 그리고 이런 일 가운데 그녀가 보여 준 위엄과 능력은 모든 이로 하여금 고개를 끄덕이게 만들었습니다.

그녀가 다시 하이아탈네푸스 왕비의 궁실로 들어온 것은 밤이 되어서였습니다. 그녀는 자신을 맞는 왕비의 뾰로통한 표정을 보고는, 그녀가 어젯밤 일로 인해 화가 나서 아직 마

72 아랍어로 〈영혼들의 생명〉을 뜻한다 — 원주.

음이 풀리지 않았음을 짐작했습니다.

그녀는 오랫동안 왕비와 대화를 나누며 화를 풀어 주려 했습니다. 그리고 갖고 있는 모든 기지와 화술을 동원하여 그녀를 진심으로 사랑하고 있음을 이해시키려 애썼습니다. 그러고 나서 왕비를 먼저 침대에 오르게 한 후에, 자신은 잠시 기도를 하겠다며 자리를 잡았습니다. 하지만 그 기도는 한없이 길어졌고, 결국 기다리던 왕비는 잠이 들고 말았습니다. 그제야 바두르 공주는 기도를 멈추고 왕비 옆에 살그머니 누워 잠을 청했습니다. 하지만 이처럼 자신으로서도 달갑지 않은 남편 역할을 해야만 하는 처지에, 그리고 앉으나 서나 생각나는 카마르알자만 왕자에 대한 그리움에 마음은 너무도 울적했지요. 그녀는 하이아탈네푸스가 깨기 전, 꼭두새벽부터 깨어나서 서둘러 어의를 갖추고 어전으로 향했습니다.

그날도 아르마노스 왕은 딸을 보러 왔지만, 또다시 딸은 눈물을 철철 흘리면서 울고 있었습니다. 묻지 않아도 뻔한 이유였습니다. 왕은 이번에는 분개하지 않을 수 없었습니다. 이해할 수 없는 사위의 행동을 자신에 대한 모욕이라 생각한 것입니다.

「애야! 하룻밤만 더 기다려 보자꾸나! 네 남편을 왕위에 올린 것은 바로 나다. 만일 오늘도 네게 남편으로서의 의무를 다하지 않는다면, 그때는 내가 그를 옥좌에서 끌어내리고 창피를 주어 추방해 버릴 수도 있어. 아니, 그냥 가벼운 벌로 끝내지는 않을 거야. 네가 이렇게 형편없는 취급을 받는 것을 보니 화가 치밀어 견딜 수가 없다. 이 엄청난 모욕은 네가 아니라, 바로 나에 대한 것이란 말이다!」

이날 바두르 공주는 하이아탈네푸스의 방에 아주 늦게 들어왔습니다. 그리고 지난밤과 마찬가지로 오래도록 그녀와 이야기를 나눈 후, 그녀더러 침대에 들라 하고 자신은 기도를 하려 했습니다. 하지만 하이아탈네푸스는 그녀를 붙잡아 다시 자리에 앉히고 따지기 시작했습니다.

「뭐예요! 오늘 밤도 지난 이틀 밤처럼 하려고 하죠? 제발 말해 주세요! 저의 어떤 점이 그렇게 싫은 거죠? 저는 당신을 그냥 사랑하는 게 아니라, 열렬히 사랑하고 있어요! 당신처럼 사랑스러운 왕자를 남편으로 맞이하게 된 스스로를 이 세상에서 가장 행복한 공주라고 여기고 있었어요! 그런데 당신은 여자로서 가장 민감한 부분에서 저를 모욕했어요. 다른 여자 같았으면, 당신이 곧 닥쳐올 고약한 운명에 스스로 떨어지도록 수수방관하며 복수했을 거예요. 하지만 나는, 설사 사랑하는 이가 아니라 하더라도, 사람들이 불행을 당하는 것이 가슴이 아파서 견딜 수 없는 그런 사람이에요. 그래서 당신에게 알려 드리는 건데, 지금 부친께서는 당신 때문에 화가 머리끝까지 나 계세요. 만일 오늘도 그러신다면 내일 그분의 정당한 분노는 폭발하고 말 거예요. 그러니 제발 당신을 사랑하지 않을 수 없는 이 공주를 절망에 빠뜨리지 말아 주세요!」

이 말을 들은 바두르 공주의 마음은 말할 수 없이 혼란스러웠습니다. 하이아탈네푸스의 말이 진심이라는 건 의심의 여지가 없었습니다. 오늘 마주쳤던 아르마노스 왕의 차가운 표정이 그가 극도로 화나 있다는 걸 말해 주고 있었기 때문입니다. 이제 자신의 행동을 정당화할 수 있는 유일한 방법은, 하이아탈네푸스에게 자신의 진정한 성(性)을 밝히는 것뿐이었습니다. 결국 모든 것을 실토해야 한다는 것은 알고 있었지만, 진실을 들은 공주가 이를 좋게 받아들일지 아니면 나쁘게 받아들일지 알 수 없어, 바두르 공주의 마음은 심하게 떨렸습니다. 하지만 다음 순간 이런 생각이 스쳐갔습니다. 만일 카마르알자만 왕자가 아직 살아 있다면 샤자만 왕의 왕국에 가기 위해 반드시 이 섬을 거쳐야 할 것이므로 그때까지는 무슨 일이 있더라도 자기 목숨을 보전하고 있어야 하며, 그럴 수 있는 유일한 길은 하이아탈네푸스 공주에게 사실을 밝혀야 한다는 생각이었죠. 이리하여 마침내 그녀는 결심할 수 있었던 것입니다.

바두르 공주가 한동안 침묵을 지키고 있자 답답해진 하이아탈네푸스는 다시 뭐라고 말하려 했습니다. 바로 그때 바두르 공주가 입을 열었습니다.

「너무도 사랑스럽고 매력적인 공주님! 제가 잘못했음을 고백합니다. 그래요! 제가 나빴어요. 하지만 이제 모든 것을 밝힐 테니, 제발 저를 용서하시고 비밀을 지켜 주실 것을 부탁드립니다.」 바두르 공주는 앞섶을 열어 자신의 젖가슴을 보여 주며 말을 이었습니다. 「자, 보세요, 공주님! 저도 당신처럼 여자이며 왕녀입니다. 그러니 이제 용서받을 수 있지 않겠어요? 제 사연을 전부 듣고 나시면, 그리고 그 어떤 불행한 운명으로 이렇게 왕자 행세를 하게 됐는지 알게 되시면, 공주님은 분명히 저를 따뜻하게 품어 주시리라 믿어요.」

바두르 공주는 〈흑단의 섬〉 공주에게 자신과 관련한 모든 것을 이야기해 주었습니다. 그러고는 비밀을 지켜 주고, 카마르알자만 왕자가 올 때까지만이라도 계속 남편 역할을 하게 해달라고 다시 한 번 간청했습니다. 그러자 〈흑단의 섬〉의 공주가 대답했습니다.

「바두르 공주님! 그토록 놀라운 일들로 점철된 사랑을 나눈 끝에 겨우 얻은 결혼의 행복을 그렇게 빨리 끝맺어야 한다면, 그건 말도 안 되는 이상한 운명일 거예요! 두 분이 하루빨리 재회할 수 있기를 저도 간절히 빌겠습니다. 그리고 걱정 마세요! 당신이 고백하신 모든 것은 비밀로 간직할 테니까요. 저는 이 〈흑단의 섬〉에서 당신의 진정한 신분을 아는 유일한 사람이라는 사실에 무한한 기쁨을 느껴요. 그러니 어제와 오늘 잘 시작했던 것처럼, 앞으로도 이 나라를 위엄 있게 다스려 주세요. 제가 당신에게 사랑을 갈구했었지요? 하지만 이제는 우정을 나누는 친구가 되어 달라고 부탁하고 싶어요. 당신이 내게 우정을 준다면 난 이 세상에서 더 바랄 것이 없는 여자가 될 거예요.」

두 여인은 서로를 다정하게 껴안았습니다. 그들은 우정이 넘치는 말들을 오랫동안 나누다가, 이윽고 잠자리에 들었죠.

이 나라의 관습에 따르면, 신혼부부는 두 사람이 완전한 부부가 되었다는 증거물을 공개해야 했습니다. 두 공주는 이 곤란한 문제를 해결할 방법을 금방 찾아낼 수 있었습니다. 다음 날 아침, 하이아탈네푸스의 시녀들은 두 공주가 꾸며 낸 증거물에 속아 넘어갔고, 이를 아르마노스 왕과 왕비와 궁중 모든 사람들에게 알렸습니다. 그렇게 하여 바두르 공주는 아무 문제 없이 나라를 계속 다스려 나갈 수 있었고, 왕과 온 백성은 지극히 만족했습니다…….

왕비 셰에라자드는 이날 밤은 더 이상 이야기하지 않았다. 아침 빛이 보이기 시작했기 때문이다. 다음 날 밤, 그녀는 이야기를 계속하여 인도의 술탄에게 이렇게 말했다.

이백스물다섯 번째 밤

폐하! 흑단의 섬에 있는 바두르 공주, 하이아탈네푸스 공주, 아르마노스 왕, 왕비, 신하들, 그리고 왕국 백성의 일이 제가 어젯밤 말씀드린 대로 되어 가고 있을 때, 카마르알자만 왕자는 여전히 우상 숭배자들의 도시 한가운데, 그에게 거처를 제공해 준 농부의 집에 머물고 있었습니다.

어느 날, 왕자는 아침 일찍 일어나 평소처럼 과수원에서 일할 준비를 하고 있었습니다. 그런데 이를 본 농부가 만류하며 말했습니다.

「오늘은 우상 숭배자들의 큰 축일이라네. 모든 일을 중단하고 함께 모여 하루 종일 즐기며 놀지. 그들은 이슬람교도들이 일하는 것도 원치 않네. 우리 이슬람교도들은 그들과 우의를 다지고자, 그들의 축제를 구경하면서 함께 즐긴다네. 사실 볼 만한 것들이 좀 있지. 그러니 자네도 오늘만큼은 푹 쉬도록 하게. 자, 나는 나갔다 오겠네. 며칠 후면 내가 전에 말한 상선이 〈흑단의 섬〉으로 출발할 거야. 그러니 오늘 친구들을 만나 배가 출범하는 날을 알아보고, 또 자네가 승선하는 문제도 상의하고 오겠네.」

농부는 가장 좋은 외출복으로 차려입고 나갔습니다.

도성 전체는 축제의 소리로 떠들썩했지만, 카마르알자만 왕자는 참가하고 싶은 생각이 별로 없어 그냥 혼자 집에 있었습니다. 그런데 이처럼 아무 일도 안 하고 있으려니까 바두르 공주가 더욱 사무치게 그리워지는 것이었습니다. 이렇게 왕자가 탄식을 하고 한숨을 내쉬면서 정원을 산책하고 있을 때였습니다. 갑자기 나무 위에서 세차게 푸드덕거리는 소리가 들려 고개를 들어 올려다보니, 새 두 마리가 맹렬하게 싸우고 있었습니다.

카마르알자만은 새들이 서로를 마구 쪼아 대며 싸우는 잔인한 광경을 놀란 눈으로 구경했습니다. 얼마 후 두 놈 중 하나가 죽어서 나무 아래 떨어졌고, 이긴 놈은 다시 날아올라 어디론가 사라져 버렸습니다.

그런데 잠시 후 멀리서 이 싸움을 구경하고 있던, 보다 몸집이 큰 새 두 마리가 날아오더니, 한 놈은 죽은 새의 머리 쪽에, 다른 놈은 발치에 내려앉았습니다. 그러고는 그들의 슬

품을 표현하는 듯 한동안 대가리를 흔들더니, 이윽고 발톱으로 구덩이를 파서 그 속에 죽은 놈을 묻어 주었습니다.

새들은 파낸 흙으로 구덩이를 메운 다음 다시 날아갔습니다. 그리고 얼마 지나지 않아서 다시 돌아오는데, 이번에는 아까의 그 못된 새를 잡아 오는 것이었습니다. 놈은 끔찍한 비명을 지르면서 벗어나려 발버둥쳤지만 역부족이었습니다. 한 새는 부리로 놈의 날개를, 그리고 다른 새는 다리 한 짝을 꽉 물고 있었기 때문이죠. 두 새는 희생된 새의 무덤 위에 놈을 내려놓았습니다. 그러고는 놈의 죄를 벌하고 죽은 새의 원수를 갚아 주려는 듯, 놈을 부리로 쪼아 죽였습니다. 마지막으로 놈의 배를 갈라 창자를 끄집어내고는, 죽은 몸과 창자를 거기 던져 놓고서 다시 날아가 버렸습니다.

이 놀라운 광경이 벌어지고 있는 내내, 카마르알자만 왕자는 벌린 입을 다물지 못했습니다. 그는 일이 일어난 곳, 나무 아래로 다가가 보았습니다. 땅 위에는 새의 창자가 여기저기 널려 있었는데, 두 새가 찢어발긴 새의 위장에서 무언가 붉은 것이 삐죽 나와 있는 것이 눈에 띄었습니다. 위장을 들어 그 붉은 것을 꺼내 보니, 그것은 다름 아닌 사랑하는 바두르 공주의 부적이 아닙니까! 그에게 그토록 큰 후회와 고통과 한숨을 안겨 주었던 바로 그 부적이었던 것입니다! 왕자는 즉시 새를 노려보며 외쳤습니다.

「잔인한 놈! 그렇게 흉악한 짓을 하는 걸 보니, 내게 한 짓은 아무것도 아니었군! 하지만 네놈이 내게 죄를 지은 건 사실인 만큼, 나는 동족의 원수를 갚아 내 복수까지 대신해준 두 마리 새에게 감사할 뿐이다.」

카마르알자만 왕자가 느낀 기쁨은 말로 형언할 수 없는 것이었습니다. 그는 다시 외쳤습니다.

「사랑하는 공주! 당신의 소중한 물건을 되찾은 이 행운의 시간! 이는 아마도 예상보다 빨리 당신을 찾을 수 있으리라는 길조가 아니겠소? 부적을 되찾은 이 행복과, 내가 바랄 수 있는 가장 큰 희망을 내려 주신 하늘에 감사하오!」

이렇게 말한 카마르알자만 왕자는 부적에 입을 맞춘 후, 천으로 싸서 자기 팔에 묶어 놓았습니다. 그때까지 그는 극도의 슬픔으로 밤에 제대로 잠을 자 본 일이 없었지만, 그날 저녁에는 아주 편안히 잠들 수 있었습니다. 다음 날, 아침 일찍 일어나 농사꾼 옷을 걸친 왕자는 그날 할 일을 지시받으러 노인에게 갔습니다. 노인은 나이가 너무 들어 더 이상 과일을 맺지 못하는 어떤 나무를 찍어 넘어뜨리고, 그 뿌리도 뽑아내 달라고 부탁했습니다.

카마르알자만은 도끼를 집어 들고 작업을 시작했습니다. 그런데 뿌리 한 가닥을 자르고 있을 때, 갑자기 도끼날에 무언가 단단한 것이 닿는 느낌과 함께 큰 소리가 났습니다. 땅을 파헤쳐 보니 커다란 청동 판이 드러났고, 그 밑으로는 열 개의 계단으로 이루어진 층계가 보였습니다. 왕자는 즉시 내려가 살펴보았습니다. 가로와 세로가 스무 자 남짓한 정사각형의 지하실이었는데, 거기에는 주둥이가 뚜껑으로 막혀 있는 큼직한 청동 항아리 쉰 개가 방을 한 바퀴 삥 둘러 놓여 있었습니다. 뚜껑을 열어 보니, 놀랍게도 항아리마다 금가루가 그득그득 담겨 있는 것이었습니다. 엄청난 보물을 발견한 왕자의 기쁨은 말로 표현할 수 없었습니다. 그는 신이 나서 지하실에서 뛰어나와 층계 입구를 닫아 놓은 후, 나무뿌리를 뽑아내고 농부가 돌아오기만을 기다렸습니다.

전날, 농부는 매년 〈흑단의 섬〉으로 가는 상선이 조만간에 출발한다는 사실을 알게 된 터였습니다. 이날 그가 외출한 것은 이 사실을 알려 준 그의 친구가, 아직 정확한 출항일이 결정되지 않았다며 다음 날 다시 오면 알려 주겠다고 했기 때문이죠. 이날 저녁 집으로 들어오는 노인은 환하게 웃고 있어서, 무언가 기쁜 소식이 있음을 짐작하게 했습니다. 그는 카마르알자만에게 말했습니다.

「여보게, 아들! — 나이로 치면 왕자의 조부뻘 되는 농부는 그를 이런 식으로 부르곤 했습니다 — 기뻐하게! 그리고 사흘 후에 떠날 준비를 하게! 그날 배가 출범한다네. 내가 선장에게 말해 자네가 배를 탈 수 있도록 해놓았다네.」

「저에겐 이 이상 좋은 소식이 없군요! 저 또한 아저씨에게 기쁜 소식을 하나 알려 드리겠습니다. 자, 저를 따라와 보세요! 하늘이 아저씨에게 보내 주신 행운의 선물을 보여 드릴게요.」

카마르알자만은 나무를 뽑아낸 장소로 농부를 데려가, 아까의 지하실로 인도했습니다. 그리고 금가루로 가득 찬 쉰 개의 항아리를 보여 주면서, 하느님께서 오랫동안 고생하며 착하게 살아오신 아저씨에게 드디어 상을 내리신 거라고 말하며 웃었습니다.

「아니, 지금 무슨 말을 하는 건가?」 농부가 정색을 하며 대꾸했습니다. 「내가 덥석 이 보물을 차지할 사람으로 보이는가? 이건 엄연히 자네 것이며, 나는 손댈 생각이 추호도 없네. 내 부친이 작고하신 이후 여든 해 동안 이 과수원의 땅을 파헤쳐 왔지만, 난 여기서 아무것도 발견하지 못했다네. 이는 이 보물이 자네에게 예정된 것이라는 뜻이야. 하느님께서 자네만이 그걸 찾을 수 있도록 하셨으니까. 이런 보물은 자네 같은 왕자에게나 어울리는 것이지. 난 무덤에 들어갈 날도 얼마 남지 않았을뿐더러, 딱히 재산이 필요할 일도 없네. 이제 자네 나라에 돌아갈 때가 되었으니 요긴하게 쓰라고 하느님이 때맞춰 보내 주신 것이 분명해.」

하지만 너그럽기로는 농부 못지않은 카마르알자만 왕자였

던지라, 둘은 한동안 옥신각신 서로가 양보하려 들었습니다. 마침내 왕자는 만일 농부가 반이라도 받지 않는다면 자신은 아무것도 갖지 않겠노라 선언했습니다. 농부는 받아들였고, 그들은 항아리 스물다섯 개씩 사이좋게 나누어 가졌습니다.

분배가 끝나자 농부는 왕자에게 말했습니다.

「여보게 아들! 아직 해야 할 일이 있네. 이제 이 항아리들을 배에다 실어야 할 터인데, 이 속에 보물이 든 걸 아무도 눈치채지 못하도록 해야 할 거야. 잘못하면 누가 노릴 수도 있으니까 말일세. 그런데 듣자 하니 〈흑단의 섬〉에는 올리브가 나지 않아. 이곳에서 올리브를 가져가면 아주 잘 팔린다고 하네. 그래서 내게 좋은 생각이 떠올랐다네. 마침 내게 과수원에서 수확한 올리브가 꽤 있다는 걸 자네도 알지 않나? 단지 쉰 개를 가져다가 각기 금가루를 반씩 채우고, 그 위를 올리브로 덮는 거야. 그리고 자네가 배를 탈 때 함께 싣는 거지.」

카마르알자만 왕자는 농부의 의견을 받아들여, 금가루와 올리브를 섞어 쉰 개의 단지를 채우는 데 남은 반나절을 보냈습니다. 그리고 또다시 바두르 공주의 부적을 잃게 될까 봐, 아예 단지 중 하나에 부적을 집어넣은 다음 그 위에 표시를 해두었습니다. 이처럼 단지를 모두 준비해 놓고, 왕자는 농부와 함께 집 안에 들어가 얘기를 나누었습니다. 특히 왕자는 두 새가 싸운 일과, 어떻게 해서 바두르 공주의 부적을 되찾았는지 상세히 들려주었죠. 농부는 이 모든 일에 매우 놀라워하면서 함께 기뻐해 주었습니다.

하지만 그렇잖아도 연로한 노인은 이날 너무 많이 움직였던 탓에 밤이 되자 앓아눕게 되었습니다. 이렇게 시작된 병은 다음 날 더 심해졌고, 사흘째 되던 날 아침에는 한층 악화되었습니다. 이날 아침에는 상선의 선장이 수부 몇 명과 함께 찾아와 과수원 문을 두드렸습니다. 그리고 문을 열어 준 카마르알자만에게 그들의 배에 탈 승객이 누구인지 물었습니다.

「바로 접니다.」 카마르알자만이 대답했습니다. 「저를 대신하여 부탁하신 농부 아저씨는 지금 병석에 계셔서 여러분과 말씀을 나누실 수 없습니다. 하지만 들어오셔서 제 짐과 이 단지들을 배에다 좀 실어 주세요. 저는 아저씨에게 작별 인사를 드리고 따라가겠습니다.」

수부들이 단지와 짐을 어깨에 짊어졌고, 선장은 떠나면서 카마르알자만에게 주의를 주었습니다.

「지체하지 말고 빨리 오도록 하시오! 지금 순풍이 불고 있기 때문에 돛을 올리고 나면 곧 출발해야 하오.」

선장과 수부들이 떠나자, 카마르알자만은 농부의 방에 들어갔습니다. 작별 인사를 하고 그동안 여러 가지로 도와준 것에 감사하려 함이었습니다. 하지만 가련하게도 노인은 이미 죽어 가고 있었습니다. 그는 신실한 이슬람교도들이 죽음의 순간에 행하는 관습에 따라 신앙 고백을 하고는 즉시 숨을 거두었습니다.

배가 곧 출발하기 때문에 시간이 촉박했지만, 그래도 카마르알자만 왕자는 고인에 대한 마지막 의무를 소홀히 하지 않았습니다. 그의 몸을 깨끗이 씻은 다음 염을 하고, 과수원에 구덩이를 파서 묻어 주었습니다. 이 이교도의 도시에서 이슬람교도들은 우상 숭배자들의 눈치를 보며 사는 처지였기 때문에 그들만의 공동묘지가 없었던 것입니다. 몹시 서둘렀지만 이 모든 일들을 마치고 나니 벌써 하루가 저물어 있었습니다. 그는 더 이상 지체하지 않고 배를 타러 달려갔습니다. 시간을 절약하기 위해 과수원 열쇠까지 들고 나갔죠. 가능하면 과수원의 소유주에게 직접 넘겨주거나, 아니면 증인이 보는 앞에서 믿을 수 있는 사람에게 맡길 생각이었던 것입니다. 하지만 항구에 도착해 보니, 배는 이미 얼마 전에 돛을 올

리고 출항하여 수평선 저 멀리 감실감실 멀어져 가고 있었습니다. 수부들이 세 시간이나 그를 기다린 끝에 막 떠났다는 것이었습니다…….

셰에라자드는 이야기를 더 계속하려 했다. 하지만 아침 빛이 밝아 오고 있었으므로 그럴 수 없었다. 다음 날 밤, 그녀는 카마르알자만의 이야기를 다시 이어 인도의 술탄에게 이렇게 말했다.

이백스물여섯 번째 밤

폐하! 배를 놓친 카마르알자만 왕자의 심정이 얼마나 참담

했을지 충분히 상상되지 않습니까? 드디어 이 섬을 떠날 절호의 기회를 놓치고, 여전히 낯선 데다 정 붙일 마음조차 나지 않는 나라에서 또 한 해를 버텨야 하는 처지가 얼마나 암울했겠습니까? 가장 가슴이 아픈 것은 바두르 공주의 부적을 또다시 잃어버린 것이었습니다. 이제는 다른 방법이 없었습니다. 방금 전에 떠나온 과수원을 다시 빌려 밭이나 일구며 사는 수밖에요. 자신의 불운과 기구한 팔자를 한탄하면서 말입니다. 이렇게 다시 과수원에 돌아온 그는 일을 도와줄 소년을 한 명 고용했습니다. 그리고 상속인이 없는 농부가 남긴 보물을 잃지 않기 위해, 그의 단지에도 금가루를 올리브와 섞어 넣었습니다. 때가 오면 배에 실어 가지고 갈 계획이었죠.

이렇게 카마르알자만 왕자가 고된 농사일과 슬픔과 답답함 속에서 흘러갈 한 해를 다시 시작하고 있을 때, 배는 순풍을 타고 항해를 계속하여 무사히 〈흑단의 섬〉에 도착했습니다.

왕궁이 바닷가에 위치하고 있던 탓에 새 국왕, 아니 바두르 공주는 무수한 깃발을 펄럭이며 항구에 들어오는 배를 발견할 수 있었습니다. 그녀는 그것이 무슨 배인지 신하들에게 물었습니다. 이에 신하들은 해마다 같은 계절에 우상 숭배자들의 도시에서 오는 상선으로, 보통 값비싼 상품을 가득 싣고 온다고 대답했죠.

국왕으로서의 화려한 삶 속에서도 자나 깨나 카마르알자만 왕자만을 생각하고 있던 공주는, 어쩌면 그가 이 배에 타고 있을지도 모른다는 생각이 들었습니다. 그렇다면 이러고 있을 때가 아니었습니다. 배에서 사람들이 내리기 전에 달려가 봐야 할 일이었죠. 물론 왕자는 자신의 모습을 알아보지 못하겠지만 최소한 그가 있는지 살펴보고, 만약 그가 있다면 둘의 재회를 위해 필요한 일들을 준비해야 하기 때문이었습니다. 공주는 무슨 상품들이 도착했는지 친히 알아보고 왕에게 걸맞은 가장 귀한 물건을 미리 골라 놓겠다는 구실을 대고는 타고 갈 말을 끌고 오라고 분부했습니다. 그렇게 신하 여럿을 거느리고 항구에 도착해 보니, 마침 선장이 배에서 내리고 있는 참이었습니다. 공주는 그를 자기 앞으로 오게 한 뒤 그가 어디서 왔는지, 오는데 얼마나 걸렸으며 항해 중에 별일은 없었는지, 혹시 이 배에 지체 높은 외국인이라도 타고 있는지, 그리고 특히 배에 무엇이 실려 있는지 등을 물었습니다.

선장은 이 모든 질문에 빠짐없이 대답했습니다. 또 배에 타고 있는 사람들은 모두 항상 오는 상인들이며, 그들은 각국에서 생산된 지극히 귀한 직물, 물들이거나 물들이지 않은 최고급 아마포, 각종 보석, 사향, 용연향, 장뇌, 사향고양이의 향, 각종 향료와 약재, 올리브, 그리고 그 밖의 수많은 상품들을 가져왔다고 설명했습니다.

평소 올리브를 몹시 좋아했던 바두르 공주는 배에 올리브가 있다는 말을 듣자마자 선장에게 말했습니다.

「배에 실린 올리브를 내가 전부 사겠소. 그러니 빨리 배에서 하역하라고 하시오. 또 다른 상인들에게도 말하시오. 그들이 가져온 상품 중 최상품은 다른 사람에게 보이기 전에 내게 먼저 가져오라고 말이오.」

「폐하!」 상인은 어의를 입고 있는 공주를 〈흑단의 섬〉의 왕이라 생각하고 있었으므로, 몹시 어려워하며 입을 열었습니다. 「배 안에 제법 큰 올리브 단지가 쉰 개나 있는 것은 사실입니다. 하지만 이것들은 이곳에 오지 못한 어떤 상인의 것이옵니다. 그는 배에 타기로 되어 있었는데 아무리 기다려도 나타나지 않았습니다. 결국 순풍을 놓치게 될까 봐 불안해진 저는 더 이상 기다리지 않고 돛을 올려 버렸던 것입니다.」

「어쨌거나 올리브 단지는 다 내리시오! 그가 없다고 해서 거래를 할 수 없는 건 아니잖소?」

선장은 정박해 있는 배에 거룻배를 보내어 올리브 단지들을 실어 오게 했습니다. 공주는 〈흑단의 섬〉에서 올리브 쉰 단지의 가격이 어느 정도 되는지 물었습니다. 이에 선장이 대답했습니다.

「폐하! 그 상인은 매우 가난한 사람입니다. 만일 은화 천 냥 정도로 쳐주신다면 그는 아주 감지덕지할 것이옵니다.」

「물론 그이가 섭섭하지 않도록 해줘야겠지! 또 그가 가난하다는 점도 감안하여 금화 천 냥을 줄 터이니 선장이 전해 주도록 하시오!」

그녀는 그 액수를 치러 주라고 분부했습니다. 그러고 나서 자신이 보는 앞에서 단지들을 나르게 한 뒤, 왕궁으로 돌아갔습니다.

밤이 가까워 오고 있었으므로, 그녀는 하이아탈네푸스 공주가 거처하는 내전으로 들어가 쉰 개의 올리브 단지를 그곳으로 가져오게 했습니다. 그러고는 맛을 보기 위해 단지 하나를 열어 쟁반에 부었습니다. 그런데 이게 웬일입니까? 단지에서 올리브 열매들과 섞여 금가루가 쏟아져 나오는 것이 아닙니까!

「이게 웬일이야! 정말로 신기하기도 해라!」

그녀는 하이아탈네푸스의 시녀들을 시켜 다른 단지들도 차례로 열어 보게 했습니다. 단지마다 올리브 열매와 함께 금가루가 가득 차 있는 것을 보는 그녀의 눈은 갈수록 동그래졌으며 탄성은 더욱 커졌습니다. 그러다가 마침내 마지막 단지에서 나온 것을 본 공주는 너무도 놀라 그대로 정신을 잃고 말았습니다. 그것은 바로 자신이 잃어버린 부적이었던 것입니다.

하이아탈네푸스 공주와 시녀들은 그녀를 구조하려 달려와, 얼굴에 물을 뿌려 정신을 차리게 해주었습니다. 의식이 돌아온 바두르 공주는 부적을 들고 여러 차례 입을 맞추었습니다. 자신이 변장한 여자라는 사실을 모르는 시녀들 앞에서 아무 말도 하고 싶지 않았고 마침 잘 시간이 되기도 하였으므로, 그녀는 시녀들을 모두 물러가게 했습니다. 그리고 둘만 남게 되자 하이아탈네푸스에게 이렇게 말했습니다.

「공주님! 이미 내 이야기를 알고 계셨으니, 내가 부적을 보고 기절했다는 걸 공주님도 눈치챘을 거예요. 맞아요! 그건 내 부적이에요. 사랑하는 내 남편 카마르알자만 왕자와 나를 찢어 놓은 물건, 너무나도 고통스러운 우리 이별의 원인이랍니다. 하지만 우리 부부의 재결합 또한 이것으로 인해 이루어지리라 저는 확신해요.」

다음 날 날이 밝자마자 바두르 공주는 사람을 보내어 선장을 불러왔습니다. 그리고 그가 도착하자 이렇게 말했습니다.

「내가 어제 구매한 올리브의 주인이라는 상인에 대해 좀 더 자세히 설명해 보라! 그를 우상 숭배자들의 도시에 두고 왔다고 말했던 것 같은데, 그가 거기서 하는 일이 뭔지 말해 줄 수 있겠는가?」

「폐하! 그 점에 대해선 제가 직접 경험한 일이니 확실하게 말씀드릴 수 있습니다. 저는 나이가 무척 많은 어떤 농부의 부탁으로 그의 승선을 허락했습니다. 그는 제게 어느 과수원의 위치를 알려 주면서, 그 상인이 거기서 자기와 함께 일하고 있다고 말하더군요. 그래서 폐하께 그가 가난하다고 말씀드렸던 겁니다. 저는 그를 직접 찾아가 늦지 않도록 승선하라고 주의를 주고 왔습지요.」

「그 말이 사실이라면, 그대는 오늘 당장 다시 돛을 올려 우상 숭배자들의 도시로 돌아가 그 농사꾼 청년을 데려와야 할 것이다. 왜냐면 그는 내게 빚을 지고 있는 자이기 때문이야! 만일 그를 데려오지 못한다면 그대와 배에 탄 다른 상인들의 상품뿐 아니라, 그대들의 목숨까지 내놓아야 할 것이다. 지금 즉시 그대들의 물건이 보관된 창고는 모두 봉금(封禁)될 것이며, 이는 내가 요구한 그 자를 넘겨주어야만 해제될 것이다. 이것이 내가 할 말이었다. 자, 서둘러 시행하도록!」

왕의 명령을 따르자면 그와 다른 상인들이 막대한 손해를 입게 될 터였지만 어쩔 수 없는 일이었습니다. 선장은 끽소리 못하고 물러 나와 이 사실을 상인들에게 알렸고, 모두는 서둘러 항해에 필요한 식량과 물을 배에 실었습니다. 이 모든 일은 너무나도 신속히 이루어졌기 때문에 배는 그날 당장 돛을 올릴 수 있었습니다.

항해는 무사히 이루어졌고, 선장이 항속을 교묘히 조절한 덕분에 배는 그날 밤 우상 숭배자들의 도시 앞바다에 이를 수 있었습니다. 배가 어느 정도 해안과 가까워지자 선장은 닻을 내리지 않고 돛만 조정하여 배를 멈추게 했습니다. 그리고 꺽진 수부 여섯 명을 골라 함께 거룻배를 타고 해안에서 얼마 떨어지지 않은 곳에 상륙하여, 거기서 곧장 카마르알자만이 있는 과수원으로 향했습니다.

카마르알자만은 자고 있지 않았습니다. 항상 그랬듯이, 이 날 밤도 헤어진 아내인 아름다운 바두르 공주를 그리워하며 눈물짓고 있었죠. 또 경솔한 호기심을 이기지 못하고 허리띠에 손을 댄 그 운명의 순간을 저주하고 있었습니다. 이렇게 휴식의 시간에도 잠을 이루지 못하고 괴로워하는데, 밖에서 대문 두드리는 소리가 들려왔습니다. 왕자는 옷도 제대로 걸치지 않은 채 뛰어나가 문을 열었습니다. 그러자 어둠 속에 서 있던 선장과 수부들이 다짜고짜 그를 붙잡아 끌고 가더니, 거룻배에 태워 상선으로 데리고 갔습니다. 그리고 모두 승선하는 순간 배는 다시 돛을 올렸습니다.

선장과 수부들과 마찬가지로 그때까지 아무 말도 하지 않고 있던 왕자가 마침내 입을 열었습니다. 그는 이미 안면이 있는 선장에게, 대체 왜 이처럼 난폭하게 자신을 납치하는 것이냐고 따졌습니다. 그러자 선장이 반문했습니다.

「당신은 〈흑단의 섬〉 왕의 채무자가 아니었소?」

「내가 〈흑단의 섬〉 왕의 채무자라고요?」 왕자는 경악하여 소리쳤습니다. 「나는 그를 알지도 못하고, 그와 한 번도 거래해 본 적이 없소! 아니, 심지어 그의 왕국에 발을 디뎌 본 적도 없단 말이오!」

「흠, 그래? 당신이 나보다 더 잘 알고 있겠지.」 선장이 대꾸했습니다. 「하여간 난 모르겠으니 당신이 직접 그에게 말하시오! 하지만 그때까지는 참고 있어야 하오.」

여기에서 셰에라자드는 이야기를 끝내야 했다. 인도의 술탄이 자리에서 일어나 평소의 직무를 수행하기 위해 나가야 할 시간이었기 때문이다. 다음 날 밤, 그녀는 다시 이야기를 시작하여 이렇게 말했다.

이백스물일곱 번째 밤

폐하! 어젯밤에는 카마르알자만 왕자가 과수원에서 어떻게 납치되었는지 이야기해 드렸지요. 이번에도 배는 순조롭게 항해를 계속하여, 왕자는 무사히 〈흑단의 섬〉에 도착할 수 있었습니다. 배가 항구에 정박했을 때는 벌써 사방이 어둑해진 밤이었지만 선장은 즉시 카마르알자만 왕자와 함께 배에서 내려 왕궁으로 가, 국왕을 알현하게 해달라고 요청했습니다.

내전에 있던 바두르 공주는 선장과 카마르알자만 왕자가

왔다는 소식을 듣자마자 달려 나왔습니다. 그리고 왕자에게 눈길을 던진 순간 그가 자신의 남편임을 바로 알아볼 수 있었습니다. 비록 형편없이 남루한 옷을 걸치고 있긴 했지만, 헤어진 이후 자기로 하여금 수없이 눈물을 흘리게 했던 사랑하는 남편이 분명했습니다. 한편 엎드려 떨고 있던 왕자는 앞에 버티고 있는 사람, 자신의 채무자라고 주장하는 이 〈흑단의 섬〉 국왕이 자신이 그토록 되찾고 싶어 하는 바로 그 여인인 줄은 상상도 못하고 있었습니다. 공주는 당장에라도 그를 부둥켜안으며 자신의 정체를 밝히고 싶었지만, 이런 충동을 애써 억눌렀습니다. 얼마간은 정체를 감추면서 왕 행세를 하는 게 피차에게 좋을 것이기 때문이었습니다. 그녀는 옆에 있던 신하에게 왕자를 맡기면서, 내일까지 부족한 것이 없도록 그를 잘 보살펴 주라고 분부하는 것으로 만족해야 했습니다.

이렇게 왕자와의 일을 일단락 지은 바두르 공주는, 이번에는 선장에게 몸을 돌려 자신을 위해 중요한 봉사를 해준 것에 감사했습니다. 그녀는 다른 신하를 시켜 묶여 있는 상품의 봉인을 즉시 해제해 주도록 한 후, 선장에게는 그가 쓴 항해 비용보다 훨씬 많은 액수에 상당하는 다이아몬드를 선사했습니다. 뿐만 아니라 빚은 상인과 둘이 알아서 처리할 터이니, 올리브 단지 값으로 주었던 금화 천 냥도 그냥 가지라고 했습니다.

마침내 내전에 돌아온 공주는 하이아탈네푸스에게 자신에게 일어난 기쁜 소식을 들려주었습니다. 그녀는 아직 이 사실을 비밀로 해달라고 부탁한 뒤, 자신의 정체를 왕자에게 밝히고 또 그의 정체를 모든 사람에게 알리기 전까지 어떻게 할 것인지 설명해 주고는 이렇게 덧붙였습니다.

「일개 농사꾼과 위대한 왕자 사이에는 크나큰 거리가 있어요. 사회의 가장 낮은 신분에 있는 그를 느닷없이 가장 높은 위치로 올리면 뭔가 문제가 발생할지도 몰라요. 물론 그분의 원래 신분을 되찾아 주는 것이 너무도 정당한 일이긴 하지만요.」

〈흑단의 섬〉 공주는 항상 그래 왔듯이, 그녀의 계획에 전적으로 찬성했습니다. 그녀는 이 일에 기꺼이 자신의 힘을 보탤 터이니, 도움이 필요하면 언제든지 알려만 달라고 했습니다.

다음 날, 〈흑단의 섬〉의 국왕의 옷을 입은 중국의 공주는 아침 일찍 카마르알자만 왕자를 목욕탕에 보내어 몸을 깨끗이 씻긴 다음 에미르, 즉 지방 총독의 옷을 입혀 어전 회의에 데려오게 했습니다. 훤한 인물에 당당한 풍채의 왕자가 어전에 들어서는 순간, 거기 있던 모든 귀족들의 시선은 동시에 그쪽으로 향했죠.

바두르 공주도 예외는 아니었습니다. 전에 수없이 보았던 남편이었지만, 오늘 다시 보아도 여전히 멋지고 사랑스러운 모습이었던 것입니다. 왕자가 자신의 서열에 따라 자리를 잡고 도열한 에미르들 가운데 서자, 그녀가 말했습니다.

「여러분! 오늘 귀공들의 동료가 되신 카마르알자만 공을 소개하오! 모두들 처음 보는 분이겠지만, 귀공들과 함께 서기에 조금도 부족함이 없는 분이오. 나도 지난번 여행을 통해 이분의 가치를 충분히 알게 되었다오. 그리고 확신하거니와, 이분이 얼마나 훌륭한 장점들과 큰 재능을 지니고 있는지는 조만간에 여러분들 눈으로 직접 확인할 수 있을 것이오.」

왕자는 〈흑단의 섬〉 국왕이 여자인 줄은 꿈에도 모르고 있었습니다. 자신이 사랑하던 공주인 줄은 더더욱 몰랐지요. 그는 여태껏 한 번도 만난 적 없는 사람이 자신의 이름을 부르고, 심지어 자신을 안다고까지 하자 깜짝 놀랐습니다. 여기에 과분할 정도의 칭찬까지 늘어놓으니 더욱 놀라지 않을 수 없었죠.

하지만 한편으로는 공주의 지극히 위엄 있는 목소리를 통해 흘러나온 이 칭찬이 그다지 어색하거나 당황스럽지 않았습니다. 그는 왕의 칭찬을 매우 겸손한 태도로 받아들였습니다. 그것은 보는 이로 하여금, 그가 칭찬받을 자격은 충분하되 그렇다고 하여 결코 교만하지는 않음을 느끼게 해주는 의젓한 모습이었습니다. 왕자는 옥좌 앞에 엎드려 왕에게 배례를 올린 후, 다시 몸을 일으키며 아뢰었습니다.

「폐하! 폐하께서 베풀어 주신 그 큰 영예와 은혜, 저로서는 어떻게 감사해야 할지 모르겠습니다. 다만 폐하의 기대에 합당한 사람이 되고자 최선을 다하겠다는 마음뿐입니다.」

왕자가 어전 회의에서 나오자, 한 신하가 그를 인도하여 바두르 공주가 미리 꾸며 놓은 큰 성관으로 데리고 갔습니다. 집사들과 하인들은 그의 명이 떨어지기만을 기다리고 있었고, 멋진 준마들로 가득 찬 마사도 딸려 있었죠. 한마디로 에미르로서의 위엄 있는 생활에 필요한 모든 것이 갖춰져 있는 저택이었습니다. 집무실에 들어가자 집사가 와서, 그를 위한 것이라며 금화가 가득 든 궤짝을 보여 주었습니다. 하지만 왕자는 이 갑작스러운 행복 앞에서 그저 어안이 벙벙할 뿐이었습니다. 이 모든 것 뒤에 중국의 공주가 숨어 있다는 사실은 상상도 못했던지라, 이 모든 행운이 어디서 나오는 것인지 도무지 가늠할 수 없었던 것입니다.

그로부터 이삼일 후, 바두르 공주는 왕자를 좀 더 자신과 가까운 곳에 두고 지위도 보다 높여 주려는 목적으로, 마침 공석이 된 재무 대신직에 그를 임명했습니다. 이 직분을 지극히 청렴하게 수행하면서도 모든 이에게 은혜를 베푼 왕자는 얼마 되지 않아 모든 귀족들의 우정을 얻었을 뿐 아니라, 올곧으면서도 너그러운 처사로 백성의 마음까지 사로잡았습니다.

이처럼 이국땅에서 국왕의 총애는 물론 모든 사람의 존경을 한몸에 받게 된 카마르알자만 왕자는 스스로를 세상에서 가장 행복한 사람이라 생각했을 수도 있었을 것입니다. 하지만 문제는 곁에 사랑하는 공주가 없었다는 점입니다. 이에 그는 끊임없이 괴로워하지 않을 수 없었죠. 생각대로라면 그들이 가슴 아픈 이별을 겪은 이후, 공주가 이 섬을 한 번은 거쳐 갔어야 옳았습니다. 하지만 이상하게도 왕자는 이곳에 온 이후, 그녀의 소식을 전혀 들을 수 없었습니다. 만일 바두르 공주가 〈카마르알자만〉이라는 이름을 계속 사용하고 있었다면 뭔가를 알아챌 수도 있었겠죠. 하지만 그녀는 장인에게 경의를 표하기 위해, 왕위에 오르면서 그 이름을 버리고 대신 〈아르마노스〉라는 이름을 취했던 것입니다. 그래서 이미 모든 사람들이 그녀를 〈아르마노스 2세〉라는 이름으로 알고 있었고, 단지 몇몇 신하만이 그녀가 〈흑단의 섬〉 궁정에 처음 들어왔을 때 사용했던 〈카마르알자만〉이라는 이름을 기억할 뿐이었습니다. 카마르알자만 왕자는 아직 그들과 그다지 친밀한 사이가 아니어서, 이에 대한 정보를 얻을 기회가 없었던 것이죠. 하지만 언젠가는 결국 밝혀지게 될 진실이었습니다.

바로 그렇게 될까 봐 바두르 공주는 걱정이었습니다. 다시 말해서 왕자가 자신의 입이 아닌 다른 경로를 통해 진실을 알게 될까 두려웠던 것입니다. 마침내 그녀는 이제 자신과 왕자의 고통에 종지부를 찍기로 결심했습니다. 사실 그녀는 남편의 괴로운 마음을 잘 알고 있었습니다. 직무에 관한 일로 왕자와 대화를 할 때면 그는 이따금 땅이 꺼질 듯 한숨을 내쉬곤 했는데, 그것이 바로 자신 때문이라는 걸 공주가 모를 리 없었죠. 사실 그녀 자신이 느끼는 답답함도 더 이상 견딜 수 없는 상태였습니다. 더욱이 왕자는 지금까지의 업적으로 귀족들로부터는 우정과 신망을, 백성들로부터는 애정과 충성심을 얻은 터라, 그의 머리에 〈흑단의 섬〉의 왕관을 씌워 주어도 아무 문제가 없을 터였습니다.

바두르 공주는 이 문제를 하이아탈네푸스 공주와 함께 상의하여 결정하고, 그날 당장 카마르알자만 왕자를 따로 불렀습니다.

「카마르알자만! 그대와 더불어 한 가지 사안에 대해서 의논하고 싶소. 시간이 꽤 오래 걸릴 듯하니, 밤 시간에 하는 것이 가장 좋겠소. 그러니 오늘 저녁, 사람들에게는 외박할 것이라 하고 나를 찾아오시오! 내가 그대를 위해 침상을 하나 준비해 놓으리다.」

카마르알자만은 바두르 공주가 말한 시간에 왕궁에 도착했습니다. 그녀는 그를 데리고 내전으로 들어갔습니다. 호위대장이 두 사람을 따라오려 했지만 바두르 공주는 도움이 필요치 않으니 문단속이나 잘하고 있으라고 분부한 후, 왕자를 데리고 하이아탈네푸스의 방이 아닌 평소 자신이 침실로 사용하는 다른 궁실로 들어갔습니다.

침상이 하나 놓여 있는 그 방에 들어서자, 바두르 공주는 문을 닫고 조그만 상자에서 부적을 꺼내어 카마르알자만에게 보여 주며 말했습니다.

「이건 오래전에 어떤 점성술사가 내게 선물한 것이오. 박학다식하기로 소문난 경이 이것이 무엇에 쓰는 물건인지 좀 봐주시겠소?」

부적을 받아 든 카마르알자만은 자세히 들여다보려고 촛불로 다가갔습니다. 그리고 그것을 알아본 순간 크게 놀라며 — 공주는 그 모습을 보면서 속으로 웃었습니다 — 외쳤습니다.

「폐하! 이 물건이 무엇에 쓰는 거냐고 물으셨습니까? 아아! 바로 이것이 지금 소신을 고통과 슬픔으로 말려 죽이고

있는 놈입니다! 이것 때문에 저는 이것의 주인이자 하늘 아래 가장 아름답고 사랑스러운 공주를 잃게 되었습니다. 그 사연은 아주 기이한 것으로, 폐하께서도 들어 보시면 제가 얼마나 불운한 남편이며 연인인지를 아시고 동정하시게 될 것이옵니다.」

「그 이야기는 나중에 듣기로 합시다.」 공주가 대꾸하고 다시 덧붙였습니다. 「사실은 나도 그것에 대해 약간 아는 바가 있소. 자, 곧 돌아올 테니 잠깐만 기다리시오!」

바두르 공주는 옆에 있는 골방에 들어가 왕의 터번을 벗어 던졌습니다. 그러고는 순식간에 여자의 머리 모양과 복장으로 바꾸고 그들이 헤어진 날 둘렀던 허리띠를 두른 다음 다시 방으로 들어왔습니다.

대번에 사랑하는 공주를 알아본 카마르알자만 왕자는 그녀에게 달려가 뜨겁게 포옹하며 외쳤습니다.

「아아! 이토록 기쁜 뜻밖의 선물을 주신 폐하께 어떻게 감사드려야 할지 모르겠소!」

「왕은 다시 돌아오지 않을 거예요.」 공주 역시 눈물을 글썽이며 왕자를 끌어안고 말했습니다. 「바로 내가 그 왕이랍니다. 자, 우리 여기 앉아요! 내가 이 수수께끼를 설명해 줄게요.」

공주는 왕자에게 지난 일을 모두 이야기해 주었습니다. 그들이 마지막으로 숙영했던 들판에서 그가 아무리 기다려도 돌아오지 않자 어떤 결심을 했는지, 〈흑단의 섬〉에 이를 때까지 어떤 식으로 이 결심을 실행했는지, 그리고 이 섬에서는 어떻게 해서 하이아탈네푸스 공주와 결혼하게 되었으며, 또 어떻게 아르마노스 왕이 양보한 왕위를 물려받게 되었는지, 자신의 진정한 성(性)을 밝혔을 때 하이아탈네푸스 공주가 — 바두르 공주는 그녀가 정말로 좋은 아가씨라고 칭찬을 아끼지 않았습니다 — 어떤 태도로 받아들였는지……. 그리고 올리브 단지들에서 금가루와 부적을 발견하고, 우상 숭배자들의 섬에 선장을 보내어 왕자를 데려올 생각을 하게 된 것도 빠뜨리지 않았죠.

이야기를 모두 마친 바두르 공주는 이번에는 부적이 두 사람을 헤어지게 한 정황에 대해 왕자의 설명을 듣고 싶어 했습니다. 왕자는 먼저 그녀의 궁금함을 풀어 주고 난 후, 자신이 괴로워하는 것을 뻔히 보면서도 어찌 그리 오랫동안 시치미를 뗄 수 있었는지 참으로 잔인했다고 웃으면서 불평했습니다. 그녀는 우리가 앞에서 말한 바 있는 그 이유를 설명해 주었죠. 그러고 나니 벌써 밤이 이슥했으므로, 부부는 잠자리에 들었습니다…….

여기까지 말한 셰에라자드는 아침 빛이 밝아 오는 것을 보고 이야기를 중단했다. 다음 날 밤, 그녀는 이야기를 계속하며 인도의 술탄에게 다음과 같이 말했다.

이백스물여덟 번째 밤

폐하! 다음 날 아침, 카마르알자만 왕자와 바두르는 날이 밝자마자 일어났습니다. 공주는 어의 대신 여자 옷으로 갈아입고는, 호위대장을 장인 아르마노스 왕에게 보내어 자신의 궁실에 왕림해 줄 것을 청하게 했습니다.

내전에 도착한 아르마노스 왕은 입이 딱 벌어졌습니다. 왕의 침실에 왕은 보이지 않고 대신에 웬 낯선 여자와 재무 대신, 이렇게 두 사람만 보였기 때문입니다. 더욱이 이곳 내전은 재무 대신뿐 아니라, 궁정의 그 어떤 고귀한 왕공이라 할지라도 함부로 출입할 수 없는 장소가 아닙니까. 그는 자리에 앉으면서 국왕은 어디 있느냐고 물었습니다.

「폐하!」 공주가 대답했습니다. 「어제까지 저는 국왕이었습니다. 그리고 오늘, 저는 샤자만 왕의 진짜 아들, 진짜 카마르 알자만 왕자의 아내인 중국 공주이옵니다. 만일 폐하께서 조금만 인내심을 지니시고 저희 두 사람의 이야기를 들어 주신다면, 제가 본의 아니게 폐하를 속인 일을 너그럽게 용서해 주시리라 믿습니다.」

아르마노스 왕은 들어 보겠노라 허락했습니다. 그리고 시종 놀라움을 금치 못하면서 공주의 이야기를 모두 들었죠.

공주는 이야기를 끝내면서 덧붙였습니다.

「폐하! 우리의 종교는 한 남자가 여러 아내를 취하는 것을 허용하고 있습니다. 비록 이러한 관행이 우리 여자들에겐 썩 유쾌한 것이 아닙니다만, 폐하께서 따님 하이아탈네푸스 공주를 카마르알자만 왕자에게 아내로 주는 것에 동의해 주신다면, 저는 그녀에게 마땅한 왕비의 자리를 기꺼이 양보해 드리고 그저 두 번째 왕비의 위치로 만족할 준비가 되어 있습니다. 공주님께서는 이러한 위치를 과분하게 생각하실지도 모르겠지만, 저로서는 그토록 너그러운 마음으로 비밀을 지켜 주신 그분께 보답을 하고 싶습니다. 만일 폐하의 결정을 위해 공주님의 동의가 필요하시다면, 그 점에 대해선 조금도 걱정할 필요가 없으십니다. 이미 공주님께 다 말씀드려 놓았고, 공주님 자신도 매우 기뻐하실 테니까요.」

아르마노스 왕은 바두르 공주의 넓은 도량에 크게 감탄했습니다. 그는 카마르알자만 왕자를 돌아보며 말했습니다.

「여보게! 자네의 아내 바두르 공주가 한 말, 잘 들었겠지? 공주가 내 딸애와 자네의 침대를 공유할 용의가 있다 하니, 내가 할 일은 자네 뜻을 알아보는 것밖에 더 있겠나? 자, 내 딸애와 결혼하여 바두르 공주로부터 왕위를 이어받겠나? 물론 자네를 위하여 왕위에서 물러날 생각을 하지 않았다면,

공주가 평생 지켜야 마땅한 자리이긴 하지만 말일세.」

「폐하! 비록 〈칼레단의 자식들의 섬〉에 계신 아버님을 뵙고 싶은 마음은 간절합니다만, 폐하와 하이아탈네푸스 공주님께 크나큰 은혜를 입고 있는 제가 감히 무얼 거절할 수 있겠습니까?」

그리하여 그날 당장 카마르알자만 왕자는 왕으로 선포되었고, 성대한 결혼식이 치러졌습니다. 왕자가 하이아탈네푸스 공주의 아름다움과 재치와 애정에 크게 만족한 것은 두말할 나위가 없습니다.

그 이후로 두 왕비는 이전과 조금도 다름없이 아주 화목하고 의좋게 살았습니다. 그녀들은 카마르알자만 왕자로 인해 시샘하거나 반목하는 일도 전혀 없었습니다. 왕자가 너무도 공평하게 두 왕비의 침전에 들었던 까닭입니다.

그녀들은 같은 해, 그리고 거의 같은 시각에 귀여운 아들을 하나씩 낳았고, 카마르알자만은 이 두 왕자의 탄생을 온 백성과 함께 기뻐했습니다. 그는 바두르 왕비가 낳은 첫째 아들에게는 암지아드,[73] 그리고 하이아탈네푸스 왕비가 낳은 둘째에게는 아사드[74]라는 이름을 붙여 주었습니다.

---

73 아랍어로 〈지극히 영광스러운 자〉라는 뜻이다 — 원주.
74 아랍어로 〈지극히 행복한 자〉라는 뜻이다 — 원주.

암지아드 왕자와 아사드 왕자 이야기

 카마르알자만의 두 아들, 암지아드 왕자와 아사드 왕자는 지극한 정성 속에 양육되었습니다. 어느 정도 자라나자 선생들을 붙여 주었는데, 양육을 담당한 훈육 교사나 각종 학문과 예술을 가르치는 가정 교사나 기예를 전수하는 사범이나 가릴 것 없이, 둘은 같은 선생 밑에서 함께 배웠습니다. 이렇게 어린 시절부터 띠앗이 유별난 형제는 자라남에 따라 점점 더 떨어질 수 없는 사이가 되어 갔습니다.

 좀 더 장성하여 이제 각자의 집을 가질 나이가 되었지만, 그들은 한 집에서 같이 살게 해달라고 부친인 카마르알자만 왕에게 간청했습니다. 왕은 그 청을 받아들였고, 둘은 같은 집사와 같은 하인을 부리며, 같은 말과 마차, 같은 궁실과 같은 식탁을 사용하게 되었습니다. 한편 카마르알자만 왕은 점점 더 그들의 능력과 공명정대함을 신뢰하게 되어서, 여러 날 사냥을 떠날 일이 있으면 서슴지 않고 형제로 하여금 번갈아 가며 어전 회의를 주재하도록 했습니다.

 형제는 하나같이 용모가 준수하고 체격이 늘씬했습니다. 그래서 두 왕비는 어린 시절부터 이들을 끔찍이도 귀여워했죠. 그런데 바두르 왕비는 하이아탈네푸스 왕비의 아들인 아사드를 더 좋아하는 반면, 하이아탈네푸스는 바두르의 아들인 암지아드에게 한층 마음이 끌렸습니다.

왕비들은 처음에는 이러한 감정을 친자매처럼 지내는 자신의 우정이 상대방의 아들에게 옮겨진 것이라고 생각했습니다. 하지만 왕자들이 장성해 감에 따라 아이들에 대한 관심은 이성에 대한 이끌림으로, 그리고 이끌림은 걷잡을 수 없는 사랑으로 변해 갔습니다. 청년들의 매력이 여인들의 눈을 멀게 했던 것입니다. 물론 이러한 정열이 얼마나 불순한 것인지는 그녀들 자신도 잘 알고 있었고, 이 그릇된 정열에 저항하려 발버둥도 쳐보았습니다. 하지만 매일 얼굴을 마주쳐야 하는 상황인 데다, 어린아이였을 때부터 그들을 귀여워하고 그 매력 앞에서 황홀해하던 습관은 쉽게 벗어날 수 있는 게 아니었지요. 결국 그네는 거센 정염의 포로가 되어 자지도, 먹지도, 마시지도 못하는 상태가 된 것입니다. 그네에게도 왕자들에게도 더욱 불행했던 일은, 일상적인 애정에 익숙해진 왕자들은 왕비들의 가슴속에서 타오르는 이처럼 끔찍한 불길을 전혀 눈치채지 못하고 있었다는 점이었습니다.

피차의 비밀을 알고 있었던 두 왕비는 의논 끝에 한 가지 방법을 생각해 냈습니다. 차마 입을 열어 왕자들에게 자신의 정열을 고백할 용기는 없으니, 각자 쪽지를 써서 고백하기로 한 것이죠. 그리고 이 사악한 계획은 카마르알자만 왕이 사나흘 동안 사냥을 떠나 궁정을 비우는 때를 이용해 실행하기로 했습니다.

왕이 출발한 날, 암지아드 왕자는 어전 회의를 주재하고 오후 두세 시까지 왕국 최고 재판관으로서 각종 송사를 처리했습니다. 그가 이 모든 업무를 마친 후 어전을 나와서 궁으로 돌아가고 있을 때였습니다. 한 내시가 다가오더니 하이아탈네푸스 왕비가 전하는 것이라며 쪽지 한 장을 은밀히 건넸습니다. 그것을 펼치고 내용을 읽어 감에 따라, 왕자의 얼굴은 충격과 두려움에 휩싸였습니다.

「이게 뭐냐? 이 천하의 역적 놈 같으니라고!」 편지를 다 읽은 그는 칼을 뽑아 들며 소리쳤습니다. 「이게 네 상전이신 국왕께 대한 충성이란 말이냐?」 그는 단칼에 내시의 목을 베어 버렸습니다.

암지아드는 분노에 휩싸여 자신의 어미 바두르 왕비를 찾아갔습니다. 그는 분을 삭이지 못한 얼굴로 쪽지를 내밀면서 이를 보낸 장본인이 누구인지, 그리고 그 안에 어떤 내용이 적혀 있는지 알려 주었습니다. 하지만 바두르 왕비는 아들의 말에 귀를 기울이기는커녕 오히려 버럭 화를 내면서 맞받았습니다.

「이놈아! 지금 네 말은 사기와 중상일 뿐이야! 하이아탈네푸스 왕비는 현숙한 분이다! 그렇게 건방진 태도로 내게 와서 그분을 욕하다니 무엄하기 짝이 없구나!」

이 말을 들은 왕자는 왕비에게도 분통을 터뜨렸습니다.

「여자들이란 하나같이 사악한 존재들이군! 내가 아버님의 얼굴을 봐서 참지 않았다면, 오늘은 하이아탈네푸스의 제삿날이었소!」

바두르 여왕은 아들 암지아드 왕자의 모습을 보고 교훈을 얻었어야 했습니다. 그 못지않게 현덕한 아사드 왕자 역시 자신이 보내려 하는 비슷한 내용의 편지를 결코 곱게 받아들이지 않으리라는 사실을 짐작했어야 했던 것입니다. 하지만 그녀는 아랑곳 않고 그 가증한 계획을 실행하고야 말았습니다. 다음 날 한 노파에게 쪽지를 주어 왕궁에 보냈던 것입니다.

노파 역시 어전 회의를 주재하고 나오는 아사드 왕자에게 다가가 쪽지를 전했습니다. 왕자는 받아 읽기 시작했습니다.

하지만 그 또한 내용을 읽어 감에 따라 격렬한 분노에 사로잡혔고, 다 읽기도 전에 그대로 칼을 뽑아 노파를 처단해 버렸습니다. 그는 쪽지를 들고 그의 어미 하이아탈네푸스 왕비의 궁실로 달려가 그것을 보여 주려 했습니다. 하지만 왕비는 그럴 시간을 주지 않고, 심지어는 왕자가 입을 열기도 전에 소리쳤습니다.

「네놈이 무슨 말을 하려는지 난 잘 알고 있다! 넌 네 형제 암지아드 만큼이나 시건방지구나! 자, 썩 물러가거라! 그리고 다시는 내 앞에 나타나지 마라!」

예상치 못했던 왕비의 반응에 아사드는 어안이 벙벙해졌습니다. 그리고 다음 순간 화가 머리끝까지 치밀어 하마터면 지극히 불경한 모습까지 보일 뻔했습니다. 하지만 그는 꾹 참고 아무 대꾸 없이 그냥 물러났습니다. 입을 열면 그의 위대한 영혼에 어울리지 않는 말이 쏟아져 나올까 두려웠던 까닭입니다. 비록 암지아드 왕자에게서 아무 말도 듣지 못했지만, 어미의 말로 미루어 보아 그녀 역시 바두르 왕비와 같은 짓을 했다는 사실을 짐작할 수 있었습니다. 그는 즉시 암지아드 왕자에게 달려갔습니다. 왜 진작 이 사실을 자기에게 알려 주지 않았느냐고 책망하고, 피차의 괴로움을 함께 나누려 함이었습니다.

왕자들의 흔들림 없는 덕성에 부딪힌 두 왕비는 그때라도 정신을 차리고 근신했어야 옳았습니다. 하지만 절망한 그녀는 이제 모성을 내팽개치고 두 아들을 해칠 음모를 꾸미기에 이르렀습니다. 그들은 시녀들에게 왕자들이 자신들을 강제로 범하려 했다고 떠들어 댔습니다. 그렇게 울며불며 자식들에게 저주를 퍼부었고, 마침내는 금방이라도 죽을 듯한 시늉을 하면서 침대에 나란히 드러누웠죠……

「하지만 폐하!」 여기서 셰에라자드가 말했다. 「날이 밝아 저는 입을 다물어야겠습니다.」

그녀는 이야기를 중단했다. 다음 날 밤, 그녀는 전날의 이야기를 이어서 인도의 술탄에게 이렇게 말했다.

이백스물아홉 번째 밤

폐하! 어제 우리는 패륜한 두 왕비가 자신의 아들들인 두 왕자를 파멸시키겠다는 가증스러운 결심을 하는 데까지 이야기했습니다. 다음 날, 카마르알자만 왕이 사냥에서 돌아와 보니 두 왕비는 눈물로 퉁퉁 부은 얼굴을 하고서, 금방이라도 죽을 것 같은 모습으로 침대에 나란히 누워 있었습니다. 왕은 가슴이 미어지는 듯하여 대체 무슨 일이 있었느냐고 황급히 물었습니다.

그러자 두 왕비는 한층 목청을 돋우어 신음하고 울어 댔습니다. 왕이 다시금 재촉하자 바두르 왕비는 간신히 입을 열어 대답했습니다.

「폐하! 폐하의 아들들인 두 왕자가 유례없는 난폭함으로 우리 두 사람을 모욕했사옵니다. 이 고통을 가슴에 안고 어찌 이 하늘 아래 살아갈 수 있단 말입니까? 그들은 고귀한 혈통에 먹칠할 음모를 꾸미고, 폐하께서 안 계신 틈을 타 무엄하고도 뻔뻔스럽게도 우리 둘의 명예를 더럽혔습니다. 더 이상은 차마 입에 담을 수조차 없습니다. 나머지 일은 우리가 괴로워하는 모습을 보시면 충분히 짐작하시겠지요.」

왕은 즉시 두 왕자를 불렀습니다. 전(前) 왕이자 장인인 아르마노스 왕이 그의 팔을 붙잡고 만류하지 않았더라면 그 자리에서 둘을 죽여 버렸을 것입니다. 늙은 왕은 애원했습니다.

「여보게, 사위! 대체 왜 이러는가? 자네 자식의 피로써 자

네의 두 손과 이 궁전을 더럽히고 싶단 말인가? 정말로 이 아이들이 죄를 범했다면, 다른 식으로 벌할 수도 있을 걸세.」

이렇게 노왕은 카마르알자만 왕을 진정시키면서 먼저 왕자들에게 죄가 있는 것이 확실한지 확인해 보라고 간청했습니다. 이때 카마르알자만 왕이 노왕의 말을 듣고 좀 더 신중했더라면 제 자식의 도살자가 되는 끔찍한 불행은 피할 수 있었을 것입니다.

하지만 그는 왕자들을 체포하고 지온다르라는 이름의 에미르를 시켜 죄인들을 도성 밖 멀리 떨어진 곳, 아무 곳이나 그가 원하는 장소로 데려가 죽이라고 명했습니다. 또 명을 분명히 집행했다는 증거로 그들의 옷을 가져오라고 말하며, 그리하지 못하면 돌아올 생각을 말라고 으름장을 놓았습니다.

두 왕자를 넘겨받은 지온다르는 밤새도록 길을 갔습니다. 그리고 다음 날 아침, 말에서 내린 그는 눈물을 글썽이면서 자신이 어떤 명을 받았는지 그들에게 알려 주었습니다.

「두 분 왕자님! 아무리 왕명이라지만 이는 너무도 잔혹하옵니다. 그리고 하필 제가 이 끔찍한 일의 집행자로 선택되어 가슴이 찢어질 듯합니다. 이 괴로운 의무에서 벗어날 수만 있다면 얼마나 좋겠습니까!」

「경의 의무를 다하도록 하시오!」 왕자들이 말했습니다. 「당신 때문에 죽는 게 아니라는 것 우리도 잘 알고 있소. 진심으로 그대를 용서하는 바요.」

말을 마친 두 왕자는 서로를 부둥켜안았습니다. 그들은 오랫동안 서로 떨어질 줄 모르고 가슴 아픈 마지막 인사를 나눴습니다. 먼저 칼을 받겠다고 나선 것은 아사드 왕자였습니다.

「자, 지온다르 경, 나부터 시작하시오! 그래야 암지아드가 죽는 모습을 보는 고통을 피할 수 있지 않겠소?」

이에 암지아드는 자신이 먼저라고 나섰고, 이처럼 형제가 서로 다투는 모습을 보는 지온다르는 눈시울이 뜨거워졌습니다. 그들의 우애가 얼마나 진실되고 완벽한 것인지 절실히 느낄 수 있었기 때문입니다.

하지만 이 너무나도 감동적인 다툼은 곧 매듭지어졌습니다. 왕자들은 지온다르에게 자신들을 한데 묶어 함께 죽을 수 있는 자세로 만들어 달라고 부탁했던 것입니다. 그들은 이렇게 덧붙였습니다.

「이 불행한 두 형제에게 최소한 함께 죽을 수 있다는 위안을 허락해 주시오! 우리는 이 세상에 태어난 이후 모든 것을 공유해 왔다오. 지금 이 모함과 결백까지 말이오.」

지온다르는 그들의 원대로 해주겠다고 말했습니다. 그는 그들을 한데 결박하고 일격에 동시에 숨을 거둘 수 있는 가장 적절한 자세를 취하게 한 다음, 죽기 전에 내리실 말씀은 없는지 물었습니다.

「오직 한 가지 일을 부탁하고 싶소!」 두 왕자는 대답했습니다. 「궁에 돌아가면 부왕께 꼭 전해 드리시오! 우리는 무고하게 피를 흘리며 죽어 가지만, 결코 아버님을 탓하지 않겠노라고. 아버님은 우리에게 씌워진 누명에 대한 진실을 모르고 계실 뿐이라고 말이오.」

지온다르는 반드시 그리하겠다고 약속한 다음 칼을 뽑아 들었습니다. 그런데 근처의 나무에 매어 놓았던 그의 말이 주인의 살벌한 동작과 번득이는 칼의 광채에 놀라 고삐를 끊고 있는 힘을 다해 들판으로 내닫기 시작했습니다.

그것은 매우 값비싼 마구를 입힌 고가의 말이어서, 만일 잃어버리기라도 한다면 낭패가 아닐 수 없었습니다. 순간적으로 당황한 지온다르는 왕자들의 목을 베는 대신, 칼을 내던지고 말을 붙잡으러 달려갔습니다.

힘이 넘치는 준마는 지온다르 앞에서 이리저리 방향을 틀면서 뛰어 대더니만 근방의 숲 속으로 들어가 버렸습니다. 지온다르도 뒤쫓아 들어갔는데, 아뿔싸! 말 울음소리가 숲 속에서 잠자고 있던 사자 한 마리를 깨워 버렸지 뭡니까! 설상가상으로, 달려 나온 사자는 말 대신 지온다르를 보고 곧장 그에게 달려들었습니다.

이제 말 따위는 생각할 겨를도 없었습니다. 걸음아 날 살려라 하며 나무 사이를 내달렸지만, 사자는 계속 지온다르를 노리고 바로 뒤에서 쫓아왔습니다. 그는 도망치면서 생각했습니다.

〈하느님께서 내게 이런 불행을 내리시는 것은, 바로 두 왕자님이 결백하시기 때문이야! 게다가 칼이 없어 방어할 수도 없으니, 대체 이 일을 어찌한단 말인가!〉

이렇게 지온다르가 사자에게 쫓기고 있을 때 두 왕자는 어떻게 하고 있었을까요? 부당한 벌이라 해도 왕명을 받아 의연하게 죽으리라 마음먹고 있었지만 그래도 사람의 감정은 어쩔 수 없기에, 죽음의 공포로 속은 바짝바짝 타들어 갔고 마침내는 심한 갈증을 느끼게 되었습니다. 이때 저쪽에서 샘을 하나 발견한 암지아드 왕자는 아사드 왕자에게 포박을 풀고 가서 목이나 축이자고 제안했습니다. 그러자 아사드 왕자가 대꾸했습니다.

「암지아드! 살 시간이 얼마 남지도 않은 몸들이 목을 축여 무얼 하겠나? 조금만 더 참으면 모든 게 끝날 걸세!」

하지만 암지아드는 그의 말에 아랑곳하지 않고 몸을 묶은 끈을 푼 다음 아사드의 것까지 풀어 주었습니다. 이렇게 둘이 샘으로 가 목을 축이고 있는데, 말과 지온다르가 들어간 숲 속에서 사자가 으르렁대는 소리와 함께 커다란 비명이 들려왔습니다. 암지아드는 즉시 지온다르가 버리고 간 칼을 집어 들고 아사드에게 말했습니다.

「아사드! 어서 가서 불쌍한 지온다르를 구해 주세! 지금 달려가면 늦기 전에 그를 위험에서 꺼내 줄 수 있을 거야.」

두 왕자는 지체하지 않고 달려갔습니다. 그들이 도착했을 때는 사자가 막 지온다르를 땅바닥에 넘어뜨린 참이었습니다. 칼을 들고 달려오는 모습을 본 사자는, 넘어진 지온다르를 버리고 맹렬히 포효하며 왕자에게 달려들었습니다. 왕자는 한 걸음도 물러서지 않고 용감하게 맞섰습니다. 그는 힘차고도 능란한 솜씨로 칼을 휘둘러 일격에 사자를 쓰러뜨렸습니다.

지온다르는 두 왕자가 자신의 목숨을 구해 주었다는 사실을 알고, 그들의 발밑에 무릎을 꿇고는 그들이 베풀어 준 큰 은혜에 깊이 감사했습니다. 몸을 일으킨 그는 눈물을 글썽이면서 두 왕자의 손에 입을 맞추고 말했습니다.

「두 분 왕자님! 이렇게 은혜를 베풀어 저를 구해 주셨는데, 제가 어찌 두 분의 목숨을 해칠 수 있겠습니까? 그런 배은망덕한 짓을 한다면 이 에미르 지온다르는 천하 만인의 욕을 들어도 쌀 것입니다.」

「그대가 우리의 도움을 받은 것은 사실이지만, 그렇다고 왕명을 집행하지 않을 필요는 없소. 우선 그대의 말을 다시 붙잡은 다음, 아까 당신이 우리를 묶었던 장소로 돌아갑시다.」

말은 이제 진정되어 한 곳에 서 있었으므로 어렵지 않게 붙잡을 수 있었습니다. 하지만 샘 근처로 돌아온 형제가 아무리 간청하고 부탁해도, 절대로 그들을 죽일 수 없다는 에미르 지온다르의 굳은 결심을 꺾을 수는 없었습니다.

「두 분께 그 무엇도 요구할 수 없는 이 몸이지만, 그래도 한 가지만 부탁드리겠습니다. 두 분은 옷을 벗어 제게 주십시오! 대신 제 옷을 드릴 테니 그것으로 두 분이 어떻게든 나눠 입으십시오! 그리고 폐하께서 두 분의 소식을 영원히 듣지 못하시게끔 가급적 멀리멀리 떠나 주십시오!」

왕자들은 그의 소원대로 하지 않을 수 없었습니다. 그들이 옷을 벗어 주고 대신 지온다르의 옷으로 몸을 대충 가리고 나자, 에미르 지온다르는 수중에 있던 금붙이를 꺼내 그들에게 주고 작별을 고했습니다.

이렇게 왕자들과 헤어진 에미르 지온다르는 숲 속으로 들어가 그들의 옷을 사자 피로 물들인 다음, 〈흑단의 섬〉의 도성으로 향했습니다. 그가 도착하자 카마르알자만 왕은 자신의 명을 충실히 이행했는지 물었고, 이에 지온다르는 두 왕자의 옷을 바치며 대답했습니다.

「폐하! 여기에 그 증거물이 있나이다.」

「말해 봐라! 그들이 내가 내린 형벌을 어떻게 받아들였는지를.」

「폐하! 형벌을 받아들이는 두 분의 모습은 놀라울 정도로 차분했습니다. 하느님의 뜻을 묵묵히 받아들이는 모습, 그것은 그분들의 진실한 신앙 고백이었습니다. 특히 두 분은 폐하께 깊은 경의를 표했으며, 당신들의 사망 선고에 믿을 수 없을 정도로 담담하게 복종하셨습니다. 그분들은 이렇게 말씀하셨습니다. 〈우리들은 무고하게 죽어 가지만, 결코 불평은 하지 않으련다. 우리는 하느님께서 내리시는 죽음을 받아들일 뿐이다. 또 우리는 아버님을 용서하련다. 그분이 진실을 잘 알지 못하셔서 그러셨음을 알기 때문이다.〉」

에미르 지온다르의 말을 듣고 크게 감동한 카마르알자만 왕은 문득 두 왕자의 옷에 달린 호주머니를 뒤져 봐야겠다고 생각했습니다. 암지아드 왕자의 옷부터 시작하자, 거기서 쪽지 한 장이 나왔습니다. 이를 펼쳐 본 왕은 이 모든 일의 장본인이 하이아탈네푸스 왕비임을 대번에 깨달을 수 있었습니다. 글씨체가 그녀의 것이었을 뿐 아니라, 그녀가 잘라서 감

아 넣은 모발 한 뭉치도 들어 있었던 까닭입니다. 진실을 본 왕은 전율했습니다. 그는 떨리는 손으로 아사드 왕자의 옷도 뒤졌고, 거기서 바두르 왕비의 쪽지도 찾아냈습니다. 엄청난 충격을 받은 왕은 그대로 실신해 버렸죠…….

여기까지 말한 셰에라자드는 날이 밝아 오는 것을 보고 이야기를 중단했다. 다음 날 밤, 그녀는 전날의 이야기를 이어 인도의 술탄에게 이렇게 말했다.

이백서른 번째 밤

폐하! 의식을 회복한 카마르알자만 왕이 비통해하는 모습처럼 처절한 광경은 세상에 없을 것입니다. 그는 외쳤습니다.

「아, 잔인한 아비야, 네놈이 지금 무슨 짓을 한 것이냐! 네 자식들을 무참히 죽여 버렸구나! 그것도 죄 없는 아이들을 말이다! 그들의 착함과 겸손함, 네 모든 뜻에 복종하는 태도와 그 미덕……. 이 모든 것을 보고도 그들이 결백하다는 사실을 몰랐더냐? 눈먼 아비 같으니! 그렇게 추악한 범죄를 저지르고도 땅이 네 몸을 받쳐 주기를 바라느냐? 너 스스로 이 끔찍한 죄악에 몸을 던졌구나! 아! 이 모든 것은 나의 천성적인 여성 혐오증을 고수하지 않았기 때문에 하느님이 내리신 벌이야! 하지만 가증스러운 여인들이여! 난 너희의 죄악을 너희들의 피로 씻지는 않으련다. 그래! 너희는 내 분노를 받을 자격조차 없어. 다만 내 눈에 흙이 들어가기 전에는 다시는 너희를 보지 않을 것이야!」

카마르알자만 왕은 이 맹세를 지켰습니다. 그날 당장 두 왕비를 두 개의 궁실에 따로 감금하고 호위병으로 하여금 감시하게 했습니다. 그리고 두 번 다시 그녀들의 처소에 발을 들여놓지 않았습니다.

이렇게 카마르알자만 왕이 아들들을 오해한 자신의 경솔함을 애통해하는 동안, 두 왕자는 무얼 하고 있었을까요? 그들은 사람이 사는 장소를 피해 인적이 드문 황야를 헤매고 있었습니다. 풀과 야생의 열매로 허기를 달랬으며, 바위틈에 고여 있는 형편없는 빗물로 목을 축였습니다. 밤에는 사나운 들짐승들로부터 몸을 지키기 위해 번갈아 가면서 망을 보았습니다.

이렇게 한 달을 유랑한 끝에 그들은 어떤 산의 기슭에 이르렀습니다. 검은 바위들이 뻐죽뻐죽 솟아 있는 험악한 산세여서 얼핏 보기에도 도저히 접근할 수 없을 성싶었습니다. 오솔길이 하나 나 있긴 했지만 너무도 협착하고 험난하여 감히 들어설 용기가 나지 않았죠. 그들은 보다 평탄한 다른 길이 있지 않을까 싶어 닷새 동안 산 주위를 빙 돌아보았지만 헛수고여서, 처음 포기했던 길로 다시 돌아오지 않을 수 없었습니다. 그들은 한동안 고민했습니다. 그 길을 통해 산을 오른다는 것은 거의 불가능해 보였기 때문입니다. 하지만 결국 서로를 격려해 가며 올라가기 시작했지요.

오르면 오를수록 산은 더욱 높고 험준해져서, 포기하고 싶은 마음이 한두 번 드는 것이 아니었습니다. 한 사람이 지쳐 뒤처지면 다른 사람은 걸음을 멈추고 함께 가쁜 숨을 골랐습니다. 때로는 둘 다 기진맥진하여 주저앉아 버릴 때도 있었죠. 그럴 때면 그냥 모든 것을 포기하고 죽고 싶은 심정이었습니다. 그러다 잠시 후, 다시 실낱같은 힘이 솟아오르면 또다시 지척지척 전진하곤 했습니다.

두 왕자는 최대한 빨리 산을 넘으려 애썼지만, 저녁이 될 때까지 산마루에도 도달할 수 없었습니다. 밤이 되자 기진맥진한 아사드 왕자는 그냥 땅바닥에 널브러져 버렸습니다. 그는 암지아드 왕자에게 말했습니다.

「암지아드! 난 더 이상 갈 수 없네! 그냥 여기서 죽어 버리는 게 낫겠어.」

「그럼 여기서 충분히 휴식을 취하세!」 암지아드 왕자가 걸음을 멈추며 말했습니다. 「용기를 내라고! 정상까지 얼마 남지 않았잖아? 게다가 달빛이 있으니 길도 어둡지 않고.」

그렇게 반 시간 정도 휴식을 취한 후, 아사드는 다시 한 번 힘을 내었습니다. 마침내 두 사람은 정상에 오를 수 있었고, 거기서 또다시 약간의 휴식을 취했습니다. 그러고서 이번에도 암지아드가 먼저 몸을 일으켜 나아갔는데, 얼마 떨어지지 않은 곳에 나무 한 그루가 서 있는 게 보였습니다. 다가가 보았더니 그것은 탐스러운 열매들이 주렁주렁 달려 있는 무화

과나무였고, 그 아래에는 맑은 샘까지 솟아나고 있었습니다. 그는 아사드에게 달려가 이 기쁜 소식을 알리고, 그를 나무 아래 샘으로 데려왔습니다. 그들은 샘물로 목을 축인 다음 각자 무화과 한 개씩을 먹고 잠이 들었습니다.

다음 날 아침, 잠에서 깨어난 암지아드가 아사드에게 말했습니다.

「자, 다시 길을 가자고! 보게! 산의 이쪽 부분은 훨씬 더 평탄하지 않은가? 이제는 그냥 내려가기만 하면 되네.」

하지만 아사드는 전날의 힘든 등반으로 너무도 지친 상태여서, 몸을 완전히 회복하는 데는 사흘이라는 시간이 필요했습니다. 그 사흘 동안 그들은 많은 이야기를 나누었습니다. 주된 화제는 그들을 이런 처지로 몰아넣은 두 어미의 미친 사랑에 관한 것이었죠. 그들은 결국 이렇게 결론지었습니다.

「이 모든 일 가운데 하느님의 움직임이 아주 분명히 보이니, 우리는 이 불행을 그저 인내하며 견뎌 내는 수밖에 없어. 그분께서 언젠가 이 모든 것을 끝내 주시리라는 희망을 결코 버리지 말자고!」

이렇게 사흘이 지난 후, 형제는 다시 길을 가기 시작했습니다. 산의 이쪽 비탈에는 큰 구릉들이 마치 계단처럼 층층이 펼쳐져 있었는데, 그 길로 닷새를 내려가자 드넓은 평원이 나타났습니다. 마침내 어느 큰 도성을 발견하게 된 그들의 기쁨은 말로 표현할 수 없었습니다. 암지아드가 아사드를 향해 말했습니다.

「아사드! 자, 내 의견은 이러하네! 자네는 도성 밖 어딘가에 머물면서 기다리는 거야. 일단 나 혼자 들어가 사람들과 접촉하며 여기가 대체 어딘지, 이 도시의 이름이 무엇인지 알아보고 오겠네. 물론 돌아올 때는 먹을 것도 구해 와야겠지. 위험이 도사리고 있을지 모르는데 처음부터 함께 들어가는 것은 신중하지 않은 듯하네.」

「암지아드! 그 의견에 전적으로 찬성하네. 아주 신중하고도 현명한 생각이야! 하지만 자네를 보낼 수는 없네. 대신 내가 가도록 허락해 주게나. 자네에게 무슨 일이라도 생긴다면 난 너무도 괴로울 걸세.」

「무슨 말이야, 아사드! 나 역시 똑같은 걱정을 하고 있단 말이야. 제발 나를 보내고 자네는 여기서 기다려 주게.」

「절대로 허락할 수 없어!」 아사드는 단호하게 말했습니다. 「만일 내게 무슨 일이 생긴다 하더라도, 최소한 자네만큼은 무사하다는 사실로 스스로를 위로할 수 있지 않겠나?」

결국 암지아드는 굴복하고 산기슭에 있는 나무들 아래 앉았습니다.

아사드 왕자는 암지아드가 들고 온 전대에서 약간의 돈을 꺼내어 호주머니에 넣은 다음, 도성을 향해 발걸음을 옮겼습니다. 성에 들어가 첫 번째로 마주친 사람은 옷을 말끔하게 차려입고 지팡이를 든, 점잖게 생긴 노인이었습니다. 아사드는 이런 노인의 겉모습을 보고, 필시 지체 높은 양반일 거라고 확신했습니다. 또 이런 사람이라면 자기를 속일 리 없다고 생각하고는 그에게 다가가 말을 걸었습니다.

「선생님! 사람들이 많이 모이는 광장에 가려면 어느 길로 가야 하나요?」

노인은 입가에 미소를 지으며 왕자를 쳐다보았습니다.

「보아하니 젊은이는 이방인 같은데? 그렇지 않고서야 이곳 사람들이 다 아는 광장을 물어보겠나?」

「맞습니다, 저는 이방인입니다.」

「잘 오셨소! 자네처럼 준수한 젊은이가 찾아와 주다니 우리 나라로서는 영광이 아닐 수 없네그려. 그런데 광장에 무슨 볼일이라도 있소?」

「한두 달 전, 저와 제 형제는 여기서 멀리 떨어진 고향을 떠나왔습니다. 이후 쉬지 않고 걸어서 오늘에야 겨우 여기 도착했지요. 제 형제는 긴 여행에 지쳐 지금 산기슭에서 쉬고 있는 중이고, 먹을 것을 구하기 위해 저 혼자 성에 들어왔답니다.」

「젊은이! 정말이지 자네와 자네의 형제는 복도 많네그려! 시간을 딱 맞춰서 왔다니까! 마침 오늘 내가 친구 여럿을 불러 한바탕 잔치를 벌였던 참이라, 아직 입도 대지 않은 음식이 잔뜩 남아 있단 말일세. 자, 먹을 걸 줄 테니 따라오게나! 우선 요기를 하고 나면, 자네와 자네 형제가 며칠 먹을 것을 싸줌세. 광장에 가서 아까운 돈을 쓸 필요가 없다는 거지. 여행하려면 돈을 아껴야 하지 않겠나? 그리고 자네가 음식을 먹는 동안 나는 이 도시에 대해 필요한 정보를 알려 주겠네. 이래 뵈도 나는 여러 영예로운 관직들을 거친 몸이니, 그 누구보다도 제대로 설명해 줄 수 있네. 다른 사람이 아닌 내게 말을 건 것을 다행으로 여겨야 할 걸세! 지나가며 하는 얘기지만, 이곳 사람들이 모두 나와 같은 건 아니거든. 아주 못된 놈들도 있단 말일세. 자, 따라오게! 나 같은 신사와, 신사를 자처하지만 실상은 전혀 다른 이 세상 수많은 인간들과의 차이가 무엇인지를 분명히 보여 주겠네.」

「이렇게 호의를 베풀어 주시니 어떻게 감사를 드려야 할지 모르겠습니다.」 아사드 왕자는 감격하여 말했습니다. 「선생님만 전적으로 믿겠습니다. 어디든지 따라갈 준비가 되어 있어요!」

하지만 아사드 옆에서 걷기 시작한 노인은 수염 아래로 음흉한 미소를 짓고 있었습니다. 그는 아사드가 자신의 그런 표정을 눈치챌까 봐 짐짓 여러 가지 말들을 늘어놓으면서 자신에게 계속 호감을 품게 했습니다.

「다른 사람이 아닌 나를 만난 건 정말 행운이야! 나를 만나게 해주신 하느님께 감사를 드리게. 곧 우리 집에 도착하면 내가 왜 이런 말을 하는지 이해하게 될 거야.」

마침내 집에 도착한 노인은 아사드를 큰 홀로 인도했습니다. 홀 중앙에는 불이 활활 타오르고 있었고, 노인 마흔 명이 그 주위를 둥글게 에워싸고 있었습니다. 이 광경을 본 아사드 왕자는 기겁을 하고 놀랐습니다. 그들은 바로 창조자 무함마드가 아닌 창조물인 불을 숭배하는 우매한 우상 숭배자들이었으며, 자신은 교활한 노인에 속아 혐오스러운 장소 한복판에 와 있었던 것입니다!

이처럼 아사드가 놀라서 돌처럼 굳어 있는데, 간교한 노인은 다른 마흔 명의 노인들에게 인사를 건넸습니다.

「경건한 불의 숭배자들이여! 오늘은 우리가 일진이 좋은 것 같소이다! 그런데 가즈반은 어디 있소? 빨리 이리로 오라고 하시오!」

노인이 큰 소리로 말하자, 홀 아래층에서 그들의 말을 듣고 있던 검둥이 하나가 나타났습니다. 이 검둥이가 바로 가즈반으로, 그는 새하얗게 질려 있는 아사드를 보자마자 노인이 자신을 부른 이유를 깨달았습니다. 그는 다짜고짜 아사드에게 달려들어 얼굴을 세차게 한 방 후려쳐 땅에 쓰러뜨린 다음, 번개 같은 솜씨로 두 팔을 묶었습니다. 그러자 노인이 명했습니다.

「이놈을 아래로 끌고 가거라! 그리고 내 딸 보스탄과 카밤에게 가서 일러라! 매일 한 차례씩 이놈에게 몽둥이찜질을 해주고, 먹을 것으로는 아침저녁으로 빵 한 조각씩만 던져 주라고. 그 정도만 먹어도 〈푸른 바다〉와 〈불의 산〉으로 향하는 다음 배가 출항할 때까지 충분히 살아남을 거다. 그때 놈을 끌고 가서 우리의 신께 제물로 바치는 거야.」

벌써 날이 밝아 오고 있어 왕비 셰에라자드는 더 이상 계속하지 못했다. 다음 날 밤, 그녀는 전날의 이야기를 계속하여 인도의 술탄에게 이렇게 말했다.

이백서른한 번째 밤

폐하! 어제 말씀드린 바와 같이 노인의 잔인한 명이 떨어지자, 가즈반은 아사드를 홀 아래층으로 끌고 갔습니다. 여러 개의 문을 통과하여 스무 계단 아래에 있는 지하 뇌옥으로 내려가, 굵고도 묵직한 쇠사슬로 두 발을 채워 놓았습니다. 그러고 나서 노인의 분부를 전하러 두 딸을 찾아가 보니, 노인은 먼저 와서 딸들에게 직접 말하고 있었습니다.

「얘들아! 내가 오늘 이슬람교도 한 놈을 잡아 저 아래 가둬 놓았으니, 둘이 가서 몽둥이로 늘씬하게 패주고 오너라! 절대로 사정을 봐주면 안 되느니라! 그래야만 훌륭한 불의 숭배자라 할 수 있지.」

이슬람교도를 증오하라는 교육을 받고 자란 보스탄과 카밤은 아비의 명을 받고 좋아서 어쩔 줄 몰라했습니다. 그녀들은 당장에 뇌옥으로 뛰어 내려가더니만 아사드의 옷을 벗긴 다음 몽둥이를 들어, 피가 튀고 의식이 사라질 때까지 아사드를 때렸습니다. 이 야만스러운 행위를 마친 다음에는 쓰러져 있는 그의 옆에다 빵 한 조각과 물 한 그릇을 던져 놓고 방을 나왔습니다.

한참 후에 겨우 정신을 차린 아사드는 눈물을 흘리면서 자신의 비참한 운명을 한탄했습니다. 그래도 위안이 있었다면 최소한 암지아드만큼은 이 불행을 피할 수 있었다는 사실이었죠.

한편 산기슭에 남아 있던 암지아드 왕자는 저녁이 되어도 아사드가 돌아오지 않자 몹시 불안해졌습니다. 그리고 새벽 두 시, 세 시, 네 시가 되어도 여전히 돌아오지 않자 거의 절망하다시피 했습니다. 이렇게 극도의 불안 속에서 밤을 꼬박 새운 그는 날이 밝자마자 도성으로 향했습니다. 성안에 들어선 그는 이슬람교도가 거의 보이지 않는다는 점에 매우 놀랐습니다. 마침내 그는 이슬람교도로 보이는 한 사람을 만나 이 나라의 이름이 무어냐고 물었습니다. 그러자 그는 이 나라의 이름은 〈마구스들의 나라〉로, 이렇게 부르는 이유는 이곳에 마구스, 즉 불의 숭배자들이 많이 살고 있기 때문이며 이슬람교도는 극히 드물다고 대답했습니다. 왕자는 다시 이곳에서 〈흑단의 섬〉까지 얼마나 떨어져 있는지 물었습니다. 그러자 뱃길로는 넉 달이 걸리며, 육로로 가면 족히 일 년은 잡아야 한다는 대답이 돌아왔습니다. 그 사람은 바쁜 일이 있었던지, 답변을 마치자마자 서둘러 자기 길을 떠났습니다.

아사드와 함께 이곳까지 오는 데 불과 여섯 주밖에 걸리지 않았던 암지아드로서는 도무지 이해할 수 없는 일이었습니다. 어떻게 자신들은 그토록 짧은 시간에 이 먼 곳까지 올 수 있었던 것일까요? 어떤 알 수 없는 마법에 의한 것이었을까요? 혹은 지름길이지만 지극히 험난하여 아무도 사용하지 않는 산길을 통해 왔기 때문인지도 모를 일이었습니다. 여하튼 암지아드 왕자는 다시 걷기 시작했습니다. 그는 조금 가다가 어느 양복점 앞에서 걸음을 멈췄는데, 이는 가게 안에 앉아 있는 재봉사가 조금 전에 만난 사람처럼 이슬람교도의 복장을 하고 있었기 때문이었습니다. 왕자는 그의 곁에 가서 앉아 인사를 건네고, 지금 자신이 처한 딱한 상황을 설명했습니다.

재봉사는 암지아드의 말을 다 듣더니 이렇게 말했습니다.

「만일 당신의 형제가 어떤 마구스의 손아귀에 들어갔다면,

거기서 빠져나오는 건 불가능하니 다시 볼 생각은 안 하는 게 좋겠소. 그냥 체념하고 당신 몸 보전할 생각이나 하시오. 만약 나를 신뢰한다면 이 집에서 나와 함께 지내도 좋소. 내가 마구스들이 사람을 꾈 때 사용하는 간계들을 모두 설명해 주겠소. 그걸 알면 당신 혼자 나다녀도 놈들로부터 스스로를 보호할 수 있을 것이오.」

아사드를 잃었다는 생각에 마음이 찢어지는 듯했지만, 암지아드는 재봉사의 제의를 받아들이지 않을 수 없었습니다. 그는 은혜를 베풀어 준 고마운 재봉사에게 수없이 머리 숙여 고마움을 표했습니다.

암지아드는 처음 한 달 동안은 시내에 나갈 일이 있을 때, 항상 재봉사와 동행했습니다. 그러다 어느 날 드디어 혼자 외출하여 공중목욕탕에 다녀오는데, 인적이 드문 길거리에서 한 아가씨와 마주치게 되었습니다.

목욕탕에서 갓 나온 산뜻한 미남을 본 여자는, 얼굴을 가린 너울을 들어 올리고는 살살 눈웃음을 치면서 어디에 가느냐고 물었습니다. 여자의 노골적인 교태에 마음이 흔들린 암지아드 왕자는 자신도 모르게 이렇게 대답해 버리고 말았습니다.

「아가씨! 내 집이든 당신 집이든 아무 곳이나 고르시오! 아가씨가 원하는 곳으로 따라갈 테니까!」

여자는 달콤한 미소를 지으면서 대꾸했습니다.

「선생님! 저 같은 여염집 아가씨가 외간 남자를 집 안에 들이면 좀 그렇잖아요? 여자가 남자 집으로 가는 것 아닌가요?」

이 예상치 못했던 말에 암지아드는 크게 당황했습니다. 그녀를 집으로 데려갈 수는 없는 노릇이었습니다. 주인인 재봉사가 화를 낼 게 뻔했고, 잘못하면 이 위험한 도시에서 생활하는 데 반드시 필요한 보호자와 은신처를 잃게 될 수도 있는 일이었죠. 그렇다고 다른 곳으로 데리고 가자니, 아직 이 도시가 낯설기만 한 암지아드로서는 난감하기만 했습니다. 하지만 우연히 찾아온 이 행운을 놓치기엔 너무나 아까웠습니다. 어정쩡한 상태로 고민하던 암지아드는 그냥 모든 것을 우연에 맡겨 버리기로 마음먹었습니다. 그는 여자의 말에 대답하지 않고 무작정 걷기 시작했습니다. 여자는 그가 집으로 데려가는 것이라 생각하고는 냉큼 뒤따라오기 시작했죠.

그런 식으로 암지아드는 시내의 이 거리 저 거리, 이 교차로 저 교차로, 이 광장 저 광장으로 정처 없이 여자를 끌고 다녔습니다. 결국 너무 오래 걸어 기진맥진해진 두 사람이 걸음을 멈춘 곳은, 보기에도 멋들어진 어느 저택의 대문 앞이었습니다. 대문 앞 양쪽에는 벤치가 하나씩 놓여 있었는데, 암지아드가 숨 좀 돌리려고 한쪽 벤치에 앉자, 그보다 더 녹초가 되어 있던 여자는 맞은편 벤치에 털썩 주저앉았습니다.

여자는 가쁜 숨을 몰아쉬며 물었습니다.

「그래, 여기가 바로 당신 집인가요?」

「보시는 대로.」

「그러면 왜 문을 열지 않나요? 무얼 기다리는 거죠?」

「열쇠가 없어서 그렇소. 종놈한테 열쇠를 맡기고 심부름을 시켰는데, 아직 돌아오지 않은 모양이오. 게다가 맡긴 일을 처리하고 들어오면서 저녁거리를 좀 사 오라고 시켰소. 어쩌면 오래 기다려야 할지도 모르겠소.」

끓어오르는 정열을 충족시키는 것이 생각처럼 쉽지 않음을 알게 된 암지아드는 여자를 끌고 온 것을 후회하고는 이렇게 핑계를 꾸며 댔습니다. 자신의 말에 여자가 성을 내고 떠나 버리길 바랐던 거죠. 하지만 그건 큰 오산이었습니다. 여인에게는 다른 나비를 찾아 떠날 생각이 없어 보였습니다.

「주인을 이렇게 기다리게 하다니 참으로 버르장머리 없는 종놈이군요! 이따가 그놈이 돌아올 때, 당신이 벌주지 않으면 내가 대신 벌줄 거예요! 그런데…… 이렇게 대문 앞에서 남자랑 여자랑 같이 있는 건 점잖지 못한 일이잖아요?」

그녀는 몸을 일으키더니, 땅바닥에서 돌덩이를 하나 집어 들어, 그대로 대문 자물쇠를 부수기 시작했습니다. 그 지방의 관습에 따라 나무로 만들어진 자물쇠는 허술하기 짝이 없었습니다.

절망이 엄습한 암지아드는 그녀를 만류하려 했습니다.

「아가씨! 어떻게 하려는 거요? 제발 조금만 더 기다려 봅시다!」

「뭐가 그렇게 겁나죠? 이 집은 당신 거잖아요. 이까짓 자물쇠 하나 부순다고 큰일이라도 나나요? 다른 걸로 바꿔 달면 되잖아요!」

그녀는 결국 자물쇠를 부수고, 문이 열리자마자 서슴없이 집안으로 걸어 들어갔습니다. 당당히 들어가는 여자의 뒷모습을 보는 암지아드는 이제 망했구나 싶은 심정이었죠. 자기도 뒤따라 들어가야 하는지, 아니면 저 안에 도사리고 있을 분명한 위험을 피해 지금이라도 뺑소니를 쳐야 하는지, 그는 잠시 망설였습니다. 그런데 그가 결국 후자를 택하려 할 때, 여자가 몸을 돌려 그가 꾸물대는 것을 보고는 소리쳤습니다.

「뭐하고 있어요? 집에 들어가지 않을 건가요?」

「종놈이 오지 않는지 보고 있었소. 집 안에 준비해 놓은 게 아무것도 없을 것 같아서 말이오.」

「자, 이리 들어오세요! 기다리는 것도 좋지만, 안에서 기다리는 편이 낫잖아요?」

암지아드 왕자는 도살장에 끌려가는 심정으로, 포석이 예쁘게 깔린 널찍한 내정에 들어섰습니다. 거기서 몇 계단 올라가니 큰 현관방이 나왔고 안으로는 널찍한 홀이 보였는데, 화려한 가구들로 꾸민 그 홀 안에는 진수성찬을 차린 식탁 하나, 각종 과일을 올려 놓은 또 다른 식탁 하나, 그리고 포도주병들을 가득 실은 뷔페 테이블이 나란히 놓여 있었습니다.

이 모든 것을 본 암지아드는, 이제는 정말 죽었구나 하는 심정이었습니다. 그는 속으로 자책했습니다.

〈암지아드 이놈아, 이제 넌 끝났어. 너도 곧 사랑하는 아사드의 뒤를 따르게 될 거라고!〉

반면 아가씨는 이 흐뭇한 광경에 신이 나서 외쳤습니다.

「뭐예요, 선생님! 뭐, 준비해 놓은 게 아무것도 없다고요? 보세요! 당신 종은 당신이 생각하는 것보다 훨씬 더 똑똑하군요. 그렇지만 내 생각이 맞다면, 이 모든 준비는 나 아닌 다른 아가씨를 위한 것이겠죠. 하지만 상관없어요. 그녀가 오더라도 질투한다거나 하는 짓 따위는 삼갈 테니까요. 오, 선생님! 제발 제가 당신과 그 아가씨를 시중들게 해 주세요!」

암지아드는 괴로운 와중에도 여자의 농담에 웃지 않을 수 없었습니다.

「아가씨!」 그의 입에서는 죽을 듯 고민하고 있는 속마음과는 전혀 다른 말이 흘러나오고 있었습니다. 「이건 아가씨가 생각하는 그런 것이 아니오! 이건 내가 평소 드는 평범한 저녁상에 불과하오.」

큰소리를 치긴 했지만, 자신을 위해 준비해 놓은 것이 아님을 뻔히 아는 처지에 식탁에 앉을 용기는 나지 않아, 그는 그냥 좌단에 앉으려 했습니다. 하지만 이번에도 여자는 가만히 있지 않았습니다.

「뭐하는 거예요? 목욕을 다녀오셨으니 몹시 시장하실 거예요. 자, 같이 식탁에 앉아서 먹고 즐겨요.」

암지아드는 여자가 원하는 대로 하지 않을 수 없었습니다.

그들은 식탁에 앉아 음식을 들었습니다. 여자는 우선 음식을 몇 입 먹은 다음, 잔에다 포도주를 따르더니 암지아드의 건강을 위해 먼저 한 잔 들이켰습니다. 그러고는 같은 잔을 가득 채워 암지아드에게도 권했고, 그 역시 그녀를 위해 건배했습니다.

한데 생각하면 할수록 지금 일어나고 있는 일은 참으로 신기한 것이었습니다. 주인은 왜 나타나지 않는지, 이렇게 모든 것이 호화롭고 깨끗하게 꾸며져 있는 집에 어떻게 하인 한 명 보이지 않는지, 정말 알다가도 모를 일이었습니다. 암지아드는 생각했습니다.

〈무슨 영문인지는 모르겠다만, 이왕 이렇게 된 것, 내가 이 호랑이 굴에서 나가고 난 다음에 주인이 온다면 얼마나 좋을까! 세상에 그보다 행복한 일은 또 없을 텐데 말이야…….〉

그가 속으로 생각을 하는 동안에도, 아가씨는 계속 먹고 마셔 대면서 그도 자기처럼 하게 했습니다. 집주인이 도착한 것은, 그들이 후식으로 과일을 들고 있을 때였습니다.

그는 〈마구스들의 나라〉 국왕의 마사를 책임지고 있는 대신으로, 이름은 바하데르라고 했습니다. 이 집은 그의 소유이긴 했지만, 그는 평소에는 다른 집에서 지내다가 가끔씩 몇몇 친구들과 함께 들러 주연을 벌이는 일종의 별장으로 이곳을 쓰고 있던 것입니다. 술과 음식 들은 그의 본가에서 가져왔는데, 그날 그의 명에 따라 상을 차려 놓은 하인들은 암지아드와 여자가 도착하기 직전에 집을 떠났던 터였습니다.

평소의 습관대로 수행원도 없이 다른 신분의 옷차림으로 변장한 바하데르는 친구들과 약속한 시간보다 약간 일찍 도착했습니다. 그는 대문 자물쇠가 부숴져 있는 것을 보고는 크게 놀라 살그머니 집 안으로 들어가 보았습니다. 그런데 홀에서 누군가의 말소리와 웃음소리가 들려오는 것이 아니겠습니까? 그는 벽에다 몸을 바짝 붙이고 살금살금 홀의 문에까지 다가가, 고개만 반쯤 내밀고 안에 누가 있는지 살펴보았습니다. 자신과 친구들을 위해 차려 놓은 상에 웬 청년과 젊은 여자가 앉아서 음식을 먹고 있는데, 그다지 흉악한 사람들 같아 보이지는 않았습니다. 사태가 심각한 것은 아니라고 생각한 바하데르는, 그렇다면 저들을 데리고 장난이나 한번 쳐보자고 마음먹었습니다.

여인은 등을 돌리고 있었기 때문에 문 뒤에 서 있는 그를 보지 못했습니다. 하지만 술잔을 입술에 가져가다가 그를 발견한 암지아드는 순간 얼굴빛이 변했습니다. 바하데르는 그에게 아무 말도 하지 말고 자기 쪽으로 오라는 의미로 손짓했습니다.

암지아드는 술을 들이켜고 난 뒤 몸을 일으켰습니다.

「어디 가시죠?」 여자가 물었습니다.

「금방 돌아올 터이니, 아가씨는 앉아 계시오! 소변을 보러 나가는 것뿐이니.」

바하데르는 현관방에서 기다리고 있다가, 아가씨에게 소리가 들리지 않게끔 암지아드를 내정으로 데리고 나갔습니다……

여기까지 이야기한 셰에라자드는 이제 인도의 술탄이 자리에서 일어나야 할 시간임을 알고는 입을 다물었다. 다음날 밤, 전날의 이야기를 계속할 시간을 다시 얻은 그녀는 이렇게 말했다.

이백서른두 번째 밤

폐하! 암지아드 왕자를 내정에 데리고 나온 바하데르는 어떻게 하여 그가 여인과 함께 자기 집에 있는 것인지, 또 집 대문은 왜 부쉈는지 물었습니다.

「선생님!」 암지아드가 대답했습니다. 「선생님의 눈에는 당연히 제가 범죄자로 보일 것입니다. 하지만 잠시만 제 얘기를 들어 주십시오! 그러면 제 결백을 아시게 될 것입니다.」

이어서 왕자는 지금까지 있었던 일을 사실대로 들려주었습니다. 그리고 자신이 고의로 남의 집에 무단 침입할 정도로 형편없는 인간은 아니라는 사실을 뒷받침하기 위해, 자신이 왕자라는 사실과 이 〈마구스들의 나라〉에 오게 된 과정까지 상세히 밝혔습니다.

워낙 외국인을 좋아하는 바하데르는 암지아드 같은 고귀하고 지위 높은 외국인에게 은혜를 베풀 기회가 생긴 것에 크게 기뻐했습니다. 그의 풍채와 깍듯한 예의, 그리고 세련된 말투를 볼 때, 그의 주장이 결코 거짓이 아님을 확신할 수 있었던 것입니다. 바하데르는 말했습니다.

「왕자님! 우선 오늘 아주 유쾌한 아가씨와 만나시게 된 걸 축하드립니다. 저는 이 흥을 깨뜨릴 생각이 조금도 없고, 오히려 두 분이 즐거운 시간을 가지시는 데 기꺼이 기여하고 싶습니다. 우선 제 소개부터 하도록 하죠. 저는 이곳 국왕 폐하의 마구간을 책임지고 있는 대신이며, 이름은 바하데르라고 합니다. 제가 평상시에 거처하는 집은 다른 곳에 있으며, 이 집은 기분을 풀고 싶을 때 친구들과 가끔씩 들르는 장소입니다. 왕자님께서 여자 친구 분에게 여기 종이 한 명 있다고 말씀하셨다고요? 제가 그 종이 되어 드리겠습니다. 아, 그렇다고 전혀 부담을 갖지는 마세요! 다시 말씀드리거니와, 저는 꼭 그러고 싶고 그 이유는 곧 알게 되실 겁니다. 자, 이제 다시 자리로 돌아가셔서 계속 즐기십시오! 잠시 후엔 제가 종 옷을 입고 나타날 터이니, 저를 크게 꾸짖으십시오! 심지어 저를 때리셔도 됩니다. 두 분이 식탁에 앉아 계시는 동안, 아니 밤이 될 때까지 제가 시중들어 드리겠습니다. 오늘 밤은 이 집에서 아가씨와 자고 가십시오. 그럼 내일 아침에는 제가 두 분을 정중히 보내 드리겠습니다. 그러고 나서 왕자님에게 필요한 좀 더 실제적인 것들을 도와 드리도록 하겠습니다. 자, 빨리 가세요!」

암지아드는 집에서 나가려 했지만 바하데르는 그를 극구 만류하며, 안에 있는 아가씨에게 돌아가도록 했습니다.

암지아드가 다시 홀로 들어가자마자 초대받은 친구들이 도착했습니다. 바하데르는 미안하지만 오늘은 그냥 돌아가 달라고 그들에게 정중히 부탁하고, 그 이유는 다음에 만나서 자세히 설명해 주겠다고 말했습니다. 그러고서 자신은 종 옷으로 갈아입기 위해 집을 나왔습니다.

아가씨 곁으로 돌아온 암지아드는 기분이 몹시 좋았습니다. 어쩌다 남의 집에 들어온 자신을 벌하려 들기는커녕 오히려 친절히 대해 주는 집주인, 그것도 이 나라에서 힘깨나 쓰는 자리에 있는 집주인을 만나게 된 것은 정말이지 큰 행운이었기 때문입니다. 암지아드는 다시 식탁에 앉으며 늦게 돌아온 것을 사과했습니다.

「아가씨! 결례를 범해 죄송하오! 사실 나도 종놈이 없어 기분이 썩 좋지 않다오. 이 못된 놈이 들어오기만 하면 이렇게 오랫동안 바깥을 싸돌아다닌 대가를 치르게 해주겠소.」

「전 괜찮으니 걱정 마세요! 잘못을 저지른 종놈만 불쌍하죠. 대가를 톡톡히 치르게 될 테니까요. 자, 더 이상 그놈 생각은 그만하고, 우리 신나게 놀기나 해요.」

그들은 다시금 희희낙락 술과 음식을 즐기기 시작했습니다. 나갔다 와서 마음이 한결 가벼워진 암지아드는 술맛이 더 나는 것 같았습니다. 사실 아까는 남의 집 대문을 부숴 버린 여인의 경솔한 행동이 어떤 결과를 가져올지 몰라 좌불안석이었던 것입니다. 하지만 주인을 만나 모든 걱정이 사라진 지금, 그는 여인 못지않게 주흥이 올라 있었습니다. 이렇게 두 사람이 술잔을 기울이며 온갖 농담을 나누고 있는데, 드디어 종으로 변장한 바하데르가 도착했습니다.

바하데르는 늦게 들어와 어쩔 줄 몰라 하는 종의 시늉을 하면서 들어왔습니다. 그는 암지아드의 발밑에 엎드려 홀 바닥에 입을 맞추며 용서를 빌었습니다. 그러고 다시 몸을 일으켜 고개를 숙인 채 두 손은 앞에 모으고 서서는, 주인이 분부를 내리기만을 기다렸습니다.

「이 못된 종놈 같으니!」 암지아드는 눈을 부릅뜨고 성난 목소리로 소리쳤습니다. 「이 세상에 너보다 못된 종놈이 있다면 말해 봐! 어디에 가 있었어? 이 시간에 들어오다니, 도대체 무얼 한 게냐?」

「용서해 주세요, 나리! 나리가 시키신 심부름을 하고 돌아오는 길이랍니다. 나리께서 이렇게 빨리 오실 줄 몰랐어요.」

「고얀 놈 같으니라고! 자기 의무를 소홀히 하고 거짓말하는 일이 다시는 없도록 늘씬하게 패줄 테다!」

그는 몸을 일으켜 몽둥이를 집어 들었습니다. 그러고는 바하데르를 아주 살짝 두세 대 때린 다음, 다시 자리에 앉았습니다.

하지만 여자는 이 처벌에 만족하지 않았습니다. 벌떡 일어나더니 직접 몽둥이를 집어 들고는 바하데르를 향해 인정사정없이 매타작을 하기 시작한 것이었습니다. 지극히 존귀한 왕실 마구간 대신이 눈물을 철철 흘릴 정도로 가혹하게 다루는 여인의 방자한 행동에 암지아드는 크게 분개하여 이젠 그만하라고 외쳤습니다. 하지만 그녀는 들은 척도 않고 계속 매질하면서 말했습니다.

「가만 놔둬요! 나 오늘 몸 좀 풀어야겠어요. 이 종놈이 다시는 그렇게 오랫동안 싸돌아다니지 않도록 확실히 가르쳐 주겠다고요!」

이렇게 그녀가 마치 미친 여자처럼 몽둥이를 휘둘러 대자, 보다 못한 암지아드는 달려가 몽둥이를 빼앗지 않을 수 없었습니다. 한동안 버티던 그녀는 결국 몽둥이를 빼앗겨 더 이상 바하데르를 매질할 수 없게 되자 씩씩대면서 자기 자리로 돌아가 앉더니, 이번에는 온갖 욕설을 퍼부어 댔습니다.

바하데르는 눈물을 훔치고 두 사람에게 술을 따라 주기 위해 식탁 옆에 섰습니다. 하지만 그들이 더 이상 먹지도 마시지도 않으려 하자, 식탁을 치운 다음 홀을 정리했습니다. 그리고 밤이 되자 촛불을 켰죠. 이렇게 그가 일을 하며 방을 드나드는 것을 볼 때마다, 여자는 고래고래 야단치고 위협하고 욕을 해댔습니다. 어떻게 해서든 그를 감싸 주고 싶지만 감히 입을 열 수도 없었던 암지아드로서는 참으로 답답한 일이 아닐 수 없었습니다. 밤이 깊어지자 바하데르는 두 사람을 위해 잠자리를 하나 마련해 준 다음, 자신은 현관방으로 물러갔습니다. 그러고서 피곤에 지쳐 이내 곯아떨어지고 말았죠. 암지아드와 여자는 반 시간여를 더 노닥거렸습니다. 마침내 잠잘 시간이 되자, 여자는 잠시 용무를 보러 밖으로 나갔습니다. 그런데 그녀는 들어오면서 현관방을 지나다가 바하데르가 코를 골며 자고 있는 것을 보더니, 홀에 들어와 암지아드에게 말했습니다.

「공자님! 사랑하는 저를 위해 한 가지 일을 해주시지 않겠어요?」

「무슨 일을 도와 드릴까요, 아가씨?」

「아까 보니 저기 칼이 한 자루 걸려 있더군요. 그걸로 당신 종놈의 머리를 잘라 버리세요!」

술김에 한 말인지는 모르지만, 암지아드는 전신이 오싹해졌습니다.

「아가씨! 이제 내 종놈 얘기는 그만 좀 합시다. 당신이 생각할 가치도 없는 놈이오. 내가 벌을 줬고, 당신도 벌을 줬으니 이젠 충분하지 않소? 더욱이 난 그에게 큰 불만도 없소. 오늘 같은 실수를 항상 하는 건 아니란 말이오.」

「내가 그런 말에 넘어갈 줄 알아요?」 그녀는 길길이 날뛰며 소리쳤습니다. 「난 이 못된 놈이 죽었으면 좋겠어요! 만일 당신 손으로 죽일 수 없다면 내가 죽일 거예요!」

이렇게 말하면서 그녀는 칼을 뽑아 들고, 그 사악한 계획을 실행하기 위해 달려갔습니다.

암지아드는 황급히 그녀를 쫓아가며 말했습니다.

「아가씨! 그렇게 원한다면 내가 그 소원을 풀어 드리리다! 하지만 난 나 아닌 다른 사람이 내 종의 목숨을 빼앗는 것은 원하지 않소.」

그녀가 칼을 내주자 그는 다시 말했습니다.

「자, 나를 따라오시오! 그가 깨어날지도 모르니 소리를 내지 맙시다!」

그들은 바하데르가 자고 있는 방에 들어갔습니다. 하지만 암지아드는 그를 내리치는 대신, 여자에게 일격을 가해 그녀의 목을 날려 버렸습니다. 여자의 목은 자고 있던 바하데르의 몸 위로 굴러떨어졌습니다.

셰에라자드가 여기까지 말했을 땐 벌써 아침 빛이 밝아 오고 있었고, 이를 본 그녀는 이야기를 멈추었다. 다음 날 밤, 그녀는 전날의 이야기를 계속하여 인도의 술탄에게 이렇게 말했다.

이백서른세 번째 밤

 폐하! 자고 있던 마구간 대신은 윙윙대는 칼부림에도 여전히 코를 골고 있다가, 여자의 머리가 굴러떨어지고 나서야 비로소 눈을 떴습니다. 그는 암지아드가 피 묻은 칼을 들고 서 있고, 그 옆에는 머리 없는 여자의 시체가 나뒹구는 것을 보고는 눈이 휘둥그레져 대체 이게 무슨 변고인지 물었습니다. 암지아드는 무슨 일이 있었는지 이야기해 주고는 이렇게 덧붙였습니다.

「이 성깔 더러운 여자가 대감을 해치는 것을 막기 위해서는, 이렇게 그녀의 목숨을 빼앗는 수밖에 없었습니다.」

「선생!」 바하데르는 감격하여 외쳤습니다. 「선생처럼 너그럽고도 고귀한 분이 그런 사악한 행동을 좌시하고 있을 수는 없었겠지요! 선생은 내 생명의 은인이오! 어떻게 감사해야 할지 모르겠소!」

그는 왕자를 포옹하며 깊은 감사를 표하고 다시 말했습니다.

「자, 날이 밝기 전에 시체를 치워야겠소. 이 일은 내가 맡겠소.」

암지아드는 이에 반대하며, 자신이 저지른 짓이니 자신이 치우겠다고 주장했습니다. 하지만 바하데르는 양보하려 들지 않았습니다.

「선생처럼 이 도시에 익숙하지 않은 분으로서는 처리하기 힘들 것이오. 그러니 내게 맡기고 여기서 쉬도록 하시오. 만일 날이 밝기 전까지 내가 돌아오지 않으면, 내가 포졸에게 붙잡혔다고 생각하시오. 그럴 경우를 대비하여 이 집과 모든 가구를 선생에게 증여한다는 증서를 써주겠소. 그러니 선생은 그냥 여기 있으면 되오.」

바하데르는 암지아드에게 증여 증서를 써준 다음, 여자의 시체와 머리를 자루에 넣어 어깨에 메고는 도성의 거리를 통해 해안 쪽으로 걸었습니다. 그러나 바닷가에 거의 다 이르렀을 때, 불행히도 그는 그만 직접 순찰을 돌고 있던 포도대장 일행과 딱 마주쳐 버렸습니다. 포졸들은 그를 멈춰 세운 후 자루를 열어 보았고, 그 안에서 살해된 여자와 그녀의 머리를 발견했습니다. 비록 변장을 했지만 그가 마구간 대신임을 알아본 포도대장은 그를 포도청으로 끌고 갔습니다. 하지만 왕에게 보고하기 전까지는 상관인 그에게 감히 손을 댈 수가 없어 새벽까지 기다렸다가 동이 트자마자 왕에게 데려갔지요. 포도대장의 보고를 듣고 그가 흉악한 범죄를 저질렀다는 사실을 알게 된 왕은 그에게 욕설을 퍼부었습니다.

「그래, 네놈이 내 백성들을 살해하고 약탈했다고? 그것도 모자라, 네놈의 죄를 은폐하기 위해 그 시체를 바다에 던져 버리려 했구나! 자, 네놈을 교수형에 처하여 네놈의 폭정에서 백성들을 해방해 주겠다.」

비록 바하데르는 백설같이 결백한 몸이었지만, 조금도 변명하지 않고 체념하며 묵묵히 사형 선고를 받아들였습니다. 포도대장은 그를 끌고 갔습니다. 그리고 교수대가 세워지는 동안 광고꾼들을 시켜 살인을 범한 마구간 대신을 그날 정오에 처형한다는 사실을 온 도성에 알리게 했습니다.

전날 마구간 대신을 기다리며 꼬박 밤을 샜던 암지아드 왕자는 광고꾼이 외치는 소리를 듣고 기절할 듯 놀랐습니다.

〈그 못된 여자의 죽음에 책임을 지고 죽어야 할 사람이 있다면, 그건 마구간 대신이 아니라 바로 나다. 죄인을 대신해 무고한 사람이 죽고 있는데 구경만 하고 있을 수는 없지.〉

그는 더 이상 생각하지 않고 집을 뛰쳐나와, 백성들이 처형을 구경하러 몰려가는 광장으로 향했습니다.

암지아드는 포도대장이 바하데르를 끌고 오는 것을 발견

하고는 그의 앞으로 달려갔습니다.

「나리! 나리께서 지금 처형하려 하시는 마구간 대신님은 여인의 죽음과는 아무 상관 없는 무고하신 분입니다. 죄를 저지른 사람은 바로 접니다. 그 가증스러운 여자가 마구간 대신님을 해치려는 걸 막기 위해 어쩔 수 없이 저지른 죄이긴 하지만 말입니다. 자, 그 사연을 말씀드리겠습니다.」

이어 암지아드 왕자는 그동안 있었던 일을 들려주었습니다. 자기가 목욕탕에서 나왔을 때 여자가 어떻게 접근해 왔는지, 어떻게 해서 마구간 대신의 별장에 들어가게 되었는지, 그 다음에는 어떤 일들이 일어났는지...... 결국 대신의 목숨을 구하기 위해 그녀의 목을 자를 수밖에 없었던 상황까지, 그는 모두 이야기해 주었습니다. 포도대장은 즉시 처형을 유예하고 왕자와 마구간 대신을 왕에게 데려갔습니다.

왕은 사건의 진상을 암지아드 왕자 자신의 입을 통해 듣고 싶었습니다. 이에 암지아드는 자신과 마구간 대신의 무고함을 뒷받침하기 위해 아사드 왕자와의 사연까지 모두 이야기했습니다.

이야기를 듣고 난 왕은 말했습니다.

「왕자! 이런 기회에 그대를 알게 되어 참으로 기쁘오! 그대와 마구간 대신의 목숨은 살려 주는 것은 물론, 가상한 일을 한 대신의 직위도 회복시켜 주겠소. 그뿐만이 아니오. 나는 그대를 내 대재상으로 삼겠소. 부왕으로부터 억울한 대우를 받은 그대를 조금이나마 위로해 주고 싶은 내 마음이오. 또한 아사드 왕자에 대해서는, 내 그대에게 전권을 위임할 테니 모든 방법을 다하여 그를 찾아보도록 하시오.」

암지아드는 〈마구스들의 나라〉 국왕에게 깊이 감사했습니다. 그리고 이제 대재상이 된 그는 그의 형제 아사드 왕자를 찾기 위해 가능한 모든 방법을 사용했습니다. 도성의 각 구역에 광고꾼들을 보내어 그를 데려오거나 그에 대한 소식을 아는 사람에게는 큰 보상을 내리겠다고 알리게 했으며, 시골에도 사람을 보내어 찾아보았습니다. 하지만 이렇게 애를 썼음에도 불구하고 아무런 소식을 얻어 낼 수 없었습니다.

이때 아사드는 여전히 지하의 쇠사슬에 묶인 채, 그를 거기에 가둔 교활한 늙은이의 두 딸 보스탄과 카밤의 잔혹한 매질을 매일 견뎌 내고 있었습니다. 마침내 마구스들의 엄숙한 축제 기간이 다가왔습니다. 그들은 〈불의 산〉으로 가는 배를 의장하고, 광신도 중 하나인 베람이라는 선장의 지휘 아래 화물을 선적했습니다. 배가 돛을 올릴 수 있는 상태가 되자 베람은 궤짝에 아사드를 넣어 선창 밑바닥에 싣게 했습니다. 그 궤짝은 상품들로 반쯤 채워져 있지만, 널판 사이의 간격이 충분히 넓어서 호흡하는 데는 지장이 없었지요.

배가 아직 돛을 올리기 전, 대재상 암지아드는 불의 숭배자들이 해마다 〈불의 산〉에 가서 이슬람교도 한 사람씩 제물로 바치는 관습이 있다는 사실을 알게 되었습니다. 그는 어쩌면 마구스들이 아사드를 이 피비린내 나는 의식의 제물로 쓰기 위하여 잡아 놓고 있을지도 모른다고 생각하고는, 배를 수색하기로 마음먹었습니다. 그는 직접 항구로 가서 배에 탄 선원들과 승객들을 갑판에 집합시킨 후, 부하들로 하여금 배를 샅샅이 뒤져 보게 했습니다. 하지만 여기서도 아사드는 찾을 수 없었습니다. 아사드가 너무 은밀한 곳에 숨겨져 있었던 탓이었죠.

검사를 받은 배는 항구를 빠져나왔습니다. 난바다에 이르자 베람은 아사드 왕자를 궤짝에서 끌어내 쇠사슬에 묶어 놓으라고 명했습니다. 왕자가 곧 제물로 바쳐질 것을 비관하고 바닷물에 몸을 던지지 않을까 걱정한 것입니다.

며칠간의 항해 후, 줄곧 불어오던 순풍이 돌변하여 역풍으로 바뀌더니, 이내 바다에는 거친 폭풍우가 몰아쳤습니다. 배는 항로를 벗어났고, 베람과 항해사는 그들이 어디에 있는지조차 알 수 없었습니다. 언제 배가 암초에 부딪혀 산산조각나 버릴지 알 수 없는 상황이었습니다. 폭풍이 절정에 달했을 때 그들은 육지를 발견했습니다. 하지만 베람은 그곳이 마르지안 여왕이 사는 나라의 수도라는 것을 알고는 큰 두려움에 사로잡혔습니다.

이 마르지안 여왕은 이슬람교도로서, 불의 숭배자들의 철천지원수였던 까닭입니다. 그녀는 어떤 이교도도 자신의 영토에 발을 들여놓지 못하게 했을 뿐 아니라, 심지어는 항구에 배를 대는 것조차 허용하지 않았습니다.

하지만 베람으로서는 여왕의 항구에 배를 대지 않을 수 없는 상황이었습니다. 안 그러면 해안에 늘어선 무시무시한 암초들에 부딪혀 난파될 게 뻔했으니까요. 이러한 절박한 상황에 직면하여, 그는 항해사와 선원들을 모아 놓고 회의를 열었습니다.

「얘들아! 지금 우리가 어떤 곤경에 처해 있는지 잘들 알고 있겠지? 둘 중 하나야. 이 풍랑에 빠져 죽든지, 아니면 마르지안 여왕의 항구로 피신하는 거다. 하지만 그녀가 우리의 종교와 우리 신도들을 얼마나 증오하고 있는지는 익히 알고 있을 거다. 그녀는 분명히 우리 배를 탈취하고 우리 모두를 인정사정없이 죽여 버릴 거야. 여기서 우리가 목숨을 건질 수 있는 방법은 단 한 가지인 것 같다. 이 배에 있는 이슬람교도 녀석의 쇠사슬을 풀어 주고, 놈에게 노예의 옷을 입히는 거야. 마르지안 여왕은 나를 불러내어 내가 거래하는 물건이 무엇인지 물어볼 것이다. 이때 나는 〈저는 노예 상인입니다, 다른 노예들은 다 팔아 버렸고 저놈만 남았는데 그것은 놈이 글을 읽고 쓸 줄 알아서입니다. 저는 놈을 서기로 삼으려 합니다〉라고 대답할 거야. 그녀는 놈을 보고 싶어 하겠지. 그런데 모두 알다시피 놈은 얼굴이 꽤나 멀끔한 데다가 종교도 그녀와 같으므로, 여왕은 측은한 마음이 생겨서 놈을 자기에게 팔라고 제의할 것이 분명해. 그리고 바람이 잦아들 때까지 우리가 이 항구에 머무는 것을 참아 줄 거야. 어디, 내 계획보다 더 좋은 의견이 있으면 말들 해보라고!」

항해사와 다른 선원들은 그의 멋진 계책에 박수를 보냈습니다.

날이 밝아 오고 있었으므로 왕비 셰에라자드는 이 대목에서 중단해야 했다. 다음 날 밤, 그녀는 전날의 이야기를 이어 인도의 술탄에게 이렇게 말했다.

이백서른네 번째 밤

폐하! 베람은 아사드 왕자를 쇠사슬에서 풀어 주고는, 배의 서기처럼 보이도록 말쑥한 노예 옷을 입혔습니다. 그렇게 서둘러 왕자의 단장을 막 끝냈을 때 배가 항구에 들어섰고, 베람은 닻을 내리게 했습니다.

마르지안 여왕의 궁전은 바닷가에 위치해 있었는데 그 정원은 해변에까지 내려와 있었습니다. 배가 정박한 것을 본 여왕은 사람을 보내어 선장을 불러오게 한 후, 궁금증을 한시라도 빨리 풀기 위해 정원에 나와서 기다렸습니다.

베람은 왕비가 자신을 부르리라 예상하고 있었으므로 지체 없이 아사드 왕자와 함께 배에서 내렸습니다. 내리기 전 왕자에게는 여왕 앞에 가게 되면 자신은 노예이며 서기라고 말하라고 단단히 주의를 주었죠. 그는 여왕의 발밑에 엎드려 절하고는 피치 못할 사정으로 항구에 정박하게 되었다고 설명한 다음, 자신은 노예 상인이라고 밝혔습니다. 또한 옆에 있는 아사드는 그에게 남은 유일한 노예이며, 서기로 쓰려고 데리고 있다고 말했습니다.

처음 본 순간부터 아사드에게 호감을 느끼고 있던 마르지안 여왕은 그가 노예라는 말에 기쁨을 금할 수 없었습니다. 값이 얼마가 되든 간에 꼭 그를 사야겠다고 마음먹은 그녀는 노예에게 이름을 물었습니다.

「위대하신 여왕님!」 아사드 왕자는 눈물을 글썽이면서 대답했습니다. 「이전에 제가 가졌던 이름 말입니까, 아니면 지금의 이름 말입니까?」

「뭐라고?」 여왕이 어리둥절하여 물었습니다. 「그대는 이름이 두 개란 말인가?」

「아! 슬프게도 그렇습니다. 과거에 저는 〈아사드(지극히 행복한 자)〉라고 불렸지만, 지금은 〈모타르(제물로 예정된 자)〉로 불리고 있답니다.」

이 말의 진정한 의미를 제대로 파악하지 못한 마르지안은 단순히 그가 노예로 전락한 자기 신세를 한탄하는 말이라고만 추측했습니다. 어쨌든 참으로 재치 있는 대답이라고 생각하며 다시 말했습니다.

「서기라고 했으니 글씨를 잘 쓰겠군! 어디 내게 그대의 글씨를 한번 보여 줄 수 있겠는가?」

아사드는 용의주도한 베람이 미리 허리춤에 채워 준 필통을 꺼내, 한쪽으로 물러나서 자신의 불행을 암시하는 격언들을 써 내려갔습니다.

> 현철한 사람은 구덩이에 빠져 버렸건만, 눈먼 놈은 잘도 피해 가노라.
> 현자는 웅변을 지니고도 먼지 속에 묻혀 있건만, 무식한

놈은 허망한 말들로 높은 지위에 오르노라.

이슬람 신자는 그 모든 부를 지니고도 극도의 비참에 빠져 있건만, 불신자는 큰 재산을 누리며 번창하는도다.

이 모든 것이 바뀌기를 바라겠는가? 세상만사 이 같음은 전능자의 뜻이니!

아사드가 종이를 마르지안 여왕에게 건네주자 이를 읽은 여왕은 멋진 서체, 그리고 무엇보다도 글에 담긴 심오한 의미에 감탄을 금치 못했습니다. 이제 완전히 그에게 사로잡혀 버린 여왕은 진정한 연민을 느꼈습니다. 그녀는 글을 다 읽자마자 베람에게 말했습니다.

「둘 중 하나를 택하시오! 이 노예를 내게 팔든지, 아니면 선물로 주시오! 아마 후자를 택하는 편이 당신 신상에 이로울 거요.」

시건방지게도 베람은 자신은 그 어느 쪽도 택하고 싶지 않으며, 그 노예는 자신에게 필요하므로 팔지 않겠다고 답변했습니다.

이 무엄한 태도에 화가 난 마르지안 여왕은 더 이상 아무 말도 하지 않았습니다. 대신 다짜고짜 아사드 왕자의 팔을 잡더니 앞장서 걷게 하여 궁전으로 데리고 갔습니다. 그러면서 신하로 하여금 베람에게 통고하게 했습니다. 만일 그가 오늘 밤중까지 항구에 남아 있으면, 그가 가진 모든 물건을 압수한 후 배를 불살라 버리겠다는 것이었습니다. 베람은 무거운 마음으로 돌아가 출범할 준비를 하지 않으면 안 되었습니다. 아직도 바다에는 거센 폭풍우가 휘몰아치고 있는데 말입니다.

궁정에 들어간 마르지안 여왕은 빨리 저녁 식사를 준비하라고 분부한 후, 아사드를 자신의 궁실로 데려가 옆에 앉혔습니다. 아사드는 이런 영예는 일개 노예에게 과분한 것이라며 사양하려 들었습니다.

「일개 노예라니요!」 여왕이 반문했습니다. 「조금 전에는 그랬을지 모르지만 지금은 아니에요. 자, 내 옆에 앉으세요! 그리고 당신의 사연을 얘기해 봐요! 당신이 쓴 글과 그 노예 상인이라는 작자의 뻔뻔스러운 태도를 보고서 당신에게 뭔가 기막힌 사연이 있으리라고 짐작했지요.」

결국 그녀의 청에 굴복한 아사드 왕자는 자리에 앉아 말했습니다.

「폐하께서 잘 보셨습니다. 사실 제 사연은 기구하기 그지없습니다. 폐하께서 생각하시는 것 이상입니다. 지금까지 제가 겪어 온 믿을 수 없는 불행과 고통, 그리고 폐하께서 구해 주시지 않았다면 피할 수 없었을 죽음, 이 모든 것을 아신다면, 폐하께서 제게 얼마나 큰 은혜를 베풀어 주셨는지 깨달으실 것입니다. 하지만 끔찍했던 최근의 상황을 말씀드리기에 앞서, 먼저 제 삶을 거슬러 올라가 이 모든 불행의 근원이 무엇이었는지부터 말씀드리도록 하겠습니다.」

이렇게 서두를 떼어 마르지안 여왕의 호기심을 더욱 자극한 후, 아사드는 자신과 암지아드의 탄생과 그들의 우애, 어미들의 빗나간 사랑, 그리고 그것이 변해 생긴 흉측한 증오…… 즉 그들의 기이한 운명의 기원에서부터 이야기를 시작했습니다. 그리고 나서 그들의 부친 카마르알자만 왕의 격노와 거의 기적적으로 목숨을 보전하게 된 일, 형과 헤어지고 난 후 너무도 길고 고통스러운 감금 생활 끝에 〈불의 산〉의 희생 제물로 도살되기 위해 끌려오게 된 일까지 모두 들려주었죠.

아사드가 이야기를 마치자, 마르지안 여왕은 불의 숭배자들에 대해 한층 분개했습니다.

「왕자님! 내 비록 지금까지 불의 숭배자들을 혐오해 오긴 했지만, 그래도 놈들을 가능한 인간적으로 대해 주려고 노력해 왔어요. 하지만 놈들이 당신을 그토록 야만스럽게 취급하고 제물로 바치려고까지 했다는 말을 들으니 더 이상 참을 수 없군요! 이제 놈들에게 인정사정없는 전쟁을 선포할 거예요!」

여왕은 흥분하여 더 말하려 했지만 마침 저녁상이 들어와 일단 식탁에 앉았습니다. 왕자를 가까이서 보고 대화를 나누는 동안 갈수록 그에게 매력을 느낀 여왕의 가슴속에는 어느덧 그에 대한 연정이 일기 시작했고, 곧 적당한 기회를 잡아 자신의 마음을 표현하리라 생각하고는 이렇게 말했습니다.

「자, 많이 드세요, 왕자님! 그 피도 눈물도 없는 불의 숭배자들 때문에 밥도 제대로 못 드셨을 테니, 드시고 원기를 회복하셔야죠.」

그녀는 마치 아이 옆에 앉은 어머니처럼 손수 음식을 덜어 주고 마실 것을 따라 주었습니다. 식사는 오랫동안 계속되었고, 왕자는 자신의 주량을 넘어 몇 잔을 더 마셨습니다.

상이 치워지자, 용변이 급했던 아사드는 여왕이 안 보는 틈을 타서 살그머니 방을 빠져나왔습니다. 그는 내정으로 내려가 정원 문이 열려 있는 것을 보고 거기로 들어갔습니다. 다채롭게 꾸민 정원의 아름다움에 끌려 잠시 산책하던 그는 그곳에서 가장 아름다운 장소인 분수대에 이르렀습니다. 그러고는 술기운을 식히기 위해 물로 손과 얼굴을 씻은 다음, 주위에 펼쳐져 있는 잔디밭에 드러누워 그대로 잠이 들어 버렸습니다.

밤이 오고 있었습니다. 이때 베람은 제물로 쓰려 했던 아사드를 빼앗겨 잔뜩 화가 나 있었지만, 마르지안 여왕의 위협이 실행되면 큰일이기 때문에 벌써 닻을 올리고 있었습니다. 그나마 다행히도 마침 폭풍이 잦아들고 배를 난바다 쪽으로 미는 육풍이 불기 시작하고 있었습니다. 베람은 거룻배를 타고 항구에서 빠져나간 뒤, 거룻배를 배에 끌어 올리기 전에 함께 있던 선원들에게 명했습니다.

「잠깐, 애들아! 너희들은 아직 승선하지 말고 있어! 자, 이 통들을 줄 테니 다시 육지로 가서 물을 길어 와! 나는 배에서 기다리고 있겠다.」

선원들은 지금 어디 가서 물을 찾겠느냐며 난색을 표했습니다. 하지만 마르지안 여왕과 얘기하면서 왕궁 정원에 분수대가 있는 것을 눈여겨보았던 베람이 말했습니다.

「왕궁 정원 쪽으로 거룻배를 저어 가 봐! 그곳의 벽 높이는 팔꿈치 정도밖에 안 되는데, 그 너머로 정원 한가운데 있는 분수대 수반이 보일 거야. 거기 가면 물을 얼마든지 떠올 수 있다고!」

선원들은 베람이 알려 준 장소로 갔습니다. 각자 어깨에 통을 하나씩 메고 거룻배에서 내린 그들은, 쉽사리 정원의 벽을 뛰어넘을 수 있었습니다. 그러고 분수대에 다가갔는데, 수반 옆 잔디밭에 웬 사람이 드러누워 자고 있는 것이 보였습니다. 가까이 가서 살펴보니 그것은 다름 아닌 아사드였습니다. 선원들은 일을 분담했습니다. 몇 사람이 통에 물을 채우는 동안, 다른 사람들은 아사드 주위에 서서 그가 깨어날 기미를 보이면 꼼짝 못하게 하려고 주시하고 있었습니다. 하지만 아사드는 세상모르고 잠만 자고 있었죠. 통들이 다 차자 몇 사람은 통을 어깨에 짊어졌고, 다른 사람들은 아사드에게 덮쳐 아직 어리벙벙한 그를 일으켜 세운 다음 다짜고짜 끌고 갔습니다. 그렇게 그들은 정원을 달리고 벽을 뛰어넘어 포로를 거룻배에 태우고는 있는 힘을 다해 노를 저었습니다. 거룻배가 배에 가까워지자 선원들은 신이 나서 소리쳤습니다.

「선장님! 풍악을 울리십시오! 선장님의 노예를 다시 붙잡아 왔습니다!」

베람은 어리둥절했습니다. 주위가 어둑하여 거룻배 안이 잘 보이지 않았을뿐더러, 어떻게 선원들이 아사드를 다시 잡아 올 수 있었는지 이해할 수 없었던 것입니다. 그래서 어찌 된 영문인지 물어보려고 선원들이 배에 오르기만을 초조하게 기다렸습니다. 잠시 후 아사드를 직접 본 그는 너무도 좋아서 입이 헤벌어지고 말았습니다. 하지만 어떻게 이 멋진 선물을 잡아 올 수 있었는지 부하들에게 물어볼 겨를은 없었습니다. 이곳을 뜨는 일이 무엇보다 급했기 때문이었죠. 그는 아사드를 쇠사슬에 묶으라고 명한 다음, 즉시 거룻배를 끌어 올리고 배의 돛들을 모두 펼치게 했습니다. 그리하여 기구한 운명의 배는 다시금 〈불의 산〉을 향해 달려가기 시작했던 것입니다…….

이날 밤 왕비 셰에라자드는 더 이상 계속하지 못했다. 다음 날 밤, 그녀는 전날의 이야기를 이어 인도의 술탄에게 이렇게 말했다.

이백서른다섯 번째 밤

폐하! 어젯밤에는 선원들이 아사드 왕자를 다시 잡아 왔으며, 신이 난 베람 선장이 다시금 〈불의 산〉을 향해 항해를 시작했다는 데까지 이야기해 드렸습니다.

한편 마르지안 여왕은 크게 걱정하고 있었습니다. 그녀는 아사드 왕자가 밖에 나간 것을 알고 처음에는 대수롭지 않게 생각했습니다. 곧 돌아오리라 여기고 차분하게 기다렸던 것입니다. 하지만 한참이 지나도 여전히 나타나지 않자 점차 불안해지기 시작했습니다. 그녀는 시녀들에게 그가 어디에 있는지 찾아보라고 분부했습니다. 하지만 시녀들은 아무 소식도 가져오지 못했습니다. 밤이 되자 여왕은 불을 밝혀 들고 찾아보라고 시켰지만 이번에도 헛수고였습니다.

극도의 불안과 초조에 사로잡힌 그녀는 이번에는 직접 횃불을 들고 왕자를 찾아 나섰습니다. 정원의 문이 열려 있는 것을 보고는 시녀들과 함께 그 안으로 들어가 샅샅이 뒤져 보았습니다. 그렇게 분수대 수반 옆을 지나다가 그녀는 잔디 위에 가죽신 한 짝이 떨어져 있는 것을 발견했습니다. 시녀들에게 주워 오게 해서 살펴본 여왕은 그것이 왕자의 신발이라고 생각했고, 시녀들도 같은 의견이었습니다. 수반 주위가 온통 물로 젖어 있는 것으로 보아, 그녀는 베람의 소행을 의심하지 않을 수 없었습니다. 그녀는 즉시 신하를 보내어 베람이 아직도 항구에 남아 있는지 확인하게 했습니다. 그런데 잠시 후 신하가 돌아와 보고하기를, 베람이 탄 배는 이미 밤이 되기 전에 돛을 올리고 떠났는데, 그 전에 얼마 동안 연안에 머물면서 부하들을 시켜 정원의 물을 떠갔다는 것이 아니겠습니까! 이에 여왕은 즉시 함대 제독에게 사람을 보냈습니다. 열 척의 전함이 언제라도 출동할 수 있게끔, 항상 만반의 준비를 갖추고 있는 제독에게 이튿날 낮 한 시에 여왕이 직접 배를 탈 터이니 준비하라고 명한 것입니다.

제독은 서둘러 휘하의 선장, 장교, 선원, 병사 등 모든 병력을 소집했고, 여왕이 지시한 시간까지 출동 준비를 완료해 놓았습니다. 배에 오른 여왕은 함대가 돛을 펼치고 항구를 벗어나자 자신의 뜻을 제독에게 알렸습니다.

「지금부터 귀공은 전속력으로 항해하여 어제저녁 이 항구를 떠난 상선을 따라잡도록 하시오! 붙잡으면 그 상선을 그대에게 줄 터이지만, 그러지 못할 경우에는 대신 공의 목을 내놓아야 할 것이오!」

열 척의 전함은 이틀 동안 베람의 배를 뒤쫓았지만 아무것도 발견할 수 없었습니다. 하지만 사흘째 되는 날 새벽 마침내 상선을 발견한 제독 일행은, 그날 오후에 상선을 에워싸 독 안의 쥐로 만들어 놓았습니다.

베람은 이 열 척의 전함을 보는 순간, 이들이 자신을 추격해 온 마르지안 여왕의 함대임을 직감했습니다. 이때 베람은 아사드를 심하게 매질하고 있었습니다. 그를 이처럼 혹독하게 다루는 것은 왕자가 〈마구스들의 나라〉에서 승선하면서부터 이미 하나의 일상이 되어 있었던 것입니다. 그러던 참에 배가 포위되어 버렸으니 베람으로서는 참으로 난감하지 않을 수 없었습니다. 아사드를 데리고 있으면 자신의 잘못이 증명될 터였고, 그렇다고 죽여 버리자니 어떤 흔적이 남게 될 것 같았습니다. 그는 배 밑바닥 선창에 갇혀 있는 아사드의 쇠사슬을 풀어 갑판으로 끌고 나와 자기 앞에 세웠습니다.

「우리가 이렇게 추격을 당하는 건 바로 네놈 때문이야.」

이렇게 말하며, 베람은 그를 바닷물에 던져 버렸습니다.

하지만 다행스럽게도 아사드 왕자는 수영을 할 줄 알았습니다. 그는 부지런히 팔다리를 놀려 헤엄을 쳐 마침 육지 쪽으로 향하는 조류의 도움을 받아 익사하지 않고 뭍에 닿을 수 있었습니다. 해변에 올라선 그가 처음 한 일은 하느님께 기도를 드리는 것이었습니다. 너무나도 큰 위험에서 구해 주신 것과, 불의 숭배자들의 손아귀에서 다시 한 번 꺼내 주신 것에 대해 깊은 감사를 드리기 위함이었죠. 그리고 나서 젖은 옷을 벗어 물기를 짜낸 후 바위 위에 널어 놓았습니다. 옷은 태양열과, 또 그것으로 데워진 바위의 뜨끈한 열기 덕분에 이내 말랐습니다.

그동안 아사드 왕자는 잠시 휴식을 취했습니다. 하지만 지금 자신이 가야 할 곳은커녕, 여기가 대체 어딘지조차 모른다 생각하니 그 비참한 신세에 눈물이 절로 나왔습니다. 그

는 옷이 마르자 다시 주위 입고 바다에서 너무 떨어지지 않은 거리를 유지하며 걸었습니다. 그러다 길을 하나 발견하고는 그 길로 열흘 이상을 계속 걸었습니다. 아무도 살지 않는 황량한 고장이었지만, 다행히 그는 간간이 야생 열매와 시냇가에 난 식물들을 발견하여 배를 채울 수 있었습니다. 마침내 어떤 도시에 이르게 되었는데, 가만히 살펴보니 그곳은 다름 아닌 그가 심한 고초를 겪었던 〈마구스들의 나라〉였습니다. 또한 — 아직 그는 이 사실을 모르고 있었지만 — 그의 형제 암지아드가 대재상으로 있는 도시이기도 했습니다.

무사히 귀환한 아사드 왕자의 기쁨은 말로 표현할 수가 없었습니다. 이번에 들어가서는 불의 숭배자들에게 절대로 접근하지 않을 것이며, 처음 들어갔을 때 간혹 눈에 띄었던 이슬람교도들만을 찾아봐야겠다고 단단히 마음먹었습니다. 날은 벌써 어두워져 있었습니다. 도성 안에 들어가 봐야 가게들은 닫혀 있겠고 거리에는 사람들도 없을 것이 분명했으므로, 그는 우선 성 근처에 있는 공동묘지에서 걸음을 멈추기로 결정했습니다. 묘당 형태로 지어진 무덤이 많아 밤을 새우기에 적당한 장소였던 까닭입니다. 묘지 안을 헤맨 끝에 문이 열려 있는 묘당 하나를 발견한 왕자는 그 안으로 들어갔습니다.

여기서 우리는 베람의 배로 돌아와 보겠습니다. 그가 아사드 왕자를 바다에 던진 지 얼마 되지 않아 마르지안 여왕의 전함들이 사방에서 포위해 오기 시작했습니다. 저항할 능력이 전혀 없었던 베람은 여왕이 탄 전함이 닿을 듯 가까이 다가온 것을 보고 항복의 표시로 배의 돛을 모두 접었습니다.

직접 그의 배로 건너온 마르지안 여왕은 베람에게 물었습니다.

「네놈이 겁도 없이 내 왕궁에 침입하여 납치해 간 서기는 지금 어디 있느냐?」

「여왕 폐하!」 베람이 대답했습니다. 「맹세하거니와 그는 이 배 안에 없습니다. 의심이 들면 직접 찾아보십시오! 그러면 저의 결백함을 확인하실 수 있을 것이옵니다.」

마르지안은 배 안을 샅샅이 뒤져 보게 했습니다. 하지만 그녀가 그토록 찾고 싶어 하는 아사드는 온데간데없었습니다. 화가 치민 여왕은 음흉한 베람을 자기 손으로 죽여 버리고 싶다는 생각까지 들었습니다. 하지만 꾹 참고 배와 거기 실린 모든 것들을 압수한 뒤, 베람과 선원들을 거룻배에 태워 육지로 쫓아 보내는 것으로 만족해야 했습니다.

아사드가 공동묘지에 들어간 바로 그날 밤 베람과 선원들 역시 〈마구스들의 나라〉로 돌아왔습니다. 성문이 닫혀 있었으므로, 그들 또한 공동묘지에 들어가 날이 샐 때까지 이슬을 피할 수 있는 묘당을 찾기 시작했습니다.

아사드에게는 불행한 일이었지만, 베람 일행도 그가 있는 묘당 앞을 지나가게 되었습니다. 베람은 그 안에 들어가, 옷으로 머리를 덮고 자고 있는 사람을 발견했습니다. 베람이 내는 소리에 잠이 깬 아사드는 머리를 쳐들고는 누구냐고 물었습니다. 베람은 그가 누구인지 즉시 알아보았습니다.

「어, 이것 봐라? 내 인생을 완전히 망쳐 버린 녀석 아니야? 좋아! 올해는 운 좋게도 피했다마는, 내년에는 희생 제물이 되는 것을 절대 피할 수 없을 것이다!」

그는 왕자에게 달려들어 소리치지 못하도록 입안에 손수건을 쑤셔 넣은 다음, 부하들을 시켜 그를 결박하게 했습니다.

다음 날 아침, 성문이 열리자마자 베람은 아사드를 그 고약한 늙은이의 집으로 끌고 갔습니다. 멀쩡한 젊은이를 결박하여 큰길에서 끌고 가는 것이 사람들의 눈에 띨 수도 있었지만, 아직 아무도 다니지 않는 이른 아침이어서 크게 어렵진 않았습니다. 베람은 늙은이의 집에 들어가자마자 아사드를 지하에 가둔 후, 늙은이를 만나 이번 여행이 실패로 끝나게 된 자초지종을 들려주었습니다. 이에 못된 늙은이는 두 딸을 불러, 아사드를 이전보다 훨씬 더 가혹하게 다뤄 주라고 명했습니다.

과거 그토록 고통받았던 장소에 또다시 끌려온 아사드는 기가 막혀 할 말을 잃었습니다. 영원히 벗어났다고 믿은 그 끔찍한 악몽이 또다시 시작되려 하고 있었던 것입니다. 이렇게 아사드가 가혹한 운명을 원망하며 흐느끼고 있는데 한 여자가 빵 한 조각과 물병, 그리고 몽둥이를 들고 들어왔습니다. 바로 늙은이의 딸 보스탄이었습니다. 이 무자비한 여자를 보는 순간, 그의 몸에는 전율이 일었습니다. 비참한 죽음을 맞이할 그날을 기다리며 보낼 앞으로의 한 해 동안 매일같이 겪게 될 그 혹독한 고통들을 능히 짐작할 수 있었던 까닭이지요…….

하지만 여기까지 말한 왕비 셰에라자드는 날이 밝아 오는 것을 보고 이야기를 중단해야 했다. 다음 날 밤, 그녀는 전날의 이야기를 이어 인도의 술탄에게 이렇게 말했다.

이백서른여섯 번째 밤

폐하! 보스탄은 가련한 아사드 왕자를 이전에 감금했을 때만큼이나 가혹하게 다뤘습니다. 아사드는 흐느끼고 절규하면서 제발 그러지 말아 달라고 간곡히 애원했습니다. 그리고 이 처절한 눈물의 호소에, 언제부턴가 냉혹한 보스탄의 마음도 조금씩 움직이게 되었습니다. 마침내 그녀는 함께 눈물을 흘리면서 드러난 그의 어깨를 다시 덮어 주며 말했습니다.

「선생님! 이제까지의 잔혹한 행위를 용서해 주세요! 지금까지 저는, 당신을 증오하며 기어코 파멸시키려 하는 아버님의 부당한 명에 복종해야 했어요. 하지만 이제 이 야만스러운 짓들을 나 스스로 혐오하지 않을 수 없습니다. 자, 눈물을 닦으세요! 이제 당신의 고통은 끝났습니다. 지금까지 제가 얼마나 끔찍한 짓을 저질렀는지는 잘 알고 있어요. 이 모든 죄를 씻기 위해 당신을 보다 잘 대해 주겠어요. 지금까지 저를 이교도로 생각해 오셨죠? 이제는 한 사람의 이슬람교도로 보아 주세요! 이미 당신의 종교를 신봉하는 여종으로부터 기본적인 교리 몇 가지를 들었답니다. 그녀가 시작한 것을 당신이 완성해 주세요! 제가 못 미더우신가요? 그렇다면 지금껏 당신에게 자행해 온 그 모든 악행을 용서해 달라고 참된 신에게 이렇게 빌겠어요. 당신께 온전한 자유를 돌려 드릴 방법을 신의 도움으로 꼭 찾아내리라 저는 믿어요.」

보스탄의 말은 아사드 왕자의 마음을 크게 위로해 주었습니다. 그는 우선 보스탄의 마음을 감동시켜 주신 하느님의 은혜를 찬양한 후, 자신에게 동정과 호의를 보여 준 보스탄에게도 깊이 감사했습니다. 그리고 그녀가 품은 착한 결심을 더욱 굳게 다져 주고자 최선을 다했습니다. 이슬람 교리를 완전하게 설명해 주었을 뿐 아니라, 고귀한 신분으로 태어난 자신이 어떻게 하여 불행의 나락으로 떨어지게 되었는지, 그간의 기구한 사연도 들려주었습니다. 잠시 후 그녀의 결심이 굳건함을 완전히 확인한 아사드 왕자는 만일 그녀의 동생 카밤이 이 모든 사실을 알게 되어 그녀를 대신하여 그를 다루겠다고 나서면 어떻게 할 생각인지 물었습니다.

「걱정하지 마세요!」 보스탄이 대답했습니다. 「그녀가 당신을 찾아오지 못하게끔 제가 알아서 처리할게요.」

정말로 그녀는 카밤이 뇌옥에 내려오고 싶어 할 때마다 선수를 쳐서 자기가 먼저 내려왔습니다. 또 매우 자주 내려오기도 했습니다. 그녀는 빵과 물 대신에, 열두 명의 이슬람교도 노예들을 시켜 요리한 맛난 음식과 포도주를 가져왔습니다. 심지어 이따금씩 그와 함께 먹기도 했으며, 그의 지친 심신을 어루만져 주려고 최선을 다했습니다.

며칠 후, 보스탄은 대문 앞에 서 있다가 밖에서 광고꾼이 무언가를 알리는 소리를 들었습니다. 하지만 너무 멀리 떨어져 있어 그의 말은 잘 들리지 않았죠. 마침 광고꾼이 대문 쪽으로 다가오고 있어서, 그녀는 얼른 안으로 들어와 빼꼼이 연 문틈으로 밖을 내다보았습니다. 광고꾼의 뒤에는 아사드 왕자의 형제인 대재상 암지아드가 수많은 신하들과 부하들을 거느린 채 걷고 있었습니다.

광고꾼은 대문에서 몇 걸음 떨어지지 않은 곳에서 목청을 돋우어 같은 내용을 반복해 외쳤습니다.

「여기 계신 탁월하시고 영명하신 대재상께서는 일 년 전 헤어진 사랑하는 동생을 찾고 계신다. 만일 그를 집에 데리고 있거나 어디에 있는지 알고 있는 사람이 있다면, 재상 각하께서는 그를 데려오든지, 아니면 그에 대한 소식을 알려 줄 것을 명하고 계신다. 그리하면 큰 보상이 있을 것이다. 반대로 누군가가 그를 숨기고 있다가 집에서 그가 발견된다면, 각하께서는 당사자는 물론 그의 아내와 자식과 온 집안을 몰살할 것이며, 집은 완전히 파괴해 버릴 거라고 경고하신다.」

이 말을 들은 보스탄은 즉시 대문을 닫고 뇌옥에 있는 아사드에게 달려갔습니다. 그리고 기쁨에 들뜬 목소리로 외쳤습니다.

「왕자님! 드디어 당신의 불행이 끝났어요. 자, 빨리 저를 따라오세요!」

그녀는 처음 여기 끌려왔을 때부터 그를 묶고 있던 쇠사슬

을 풀어 주었습니다. 아사드가 그녀를 따라 거리로 나오자, 그녀는 외쳤습니다.

「그가 여기 있어요! 그가 여기 있다고요!」

아직 멀리 가지 않았던 대재상은 고개를 돌렸습니다. 그가 자신의 형임을 알아본 아사드는 달려가 그를 부둥켜안았습니다. 암지아드 역시 동생을 알아보고 꽉 마주 안아 주었죠. 그러고 나서 암지아드는 한 신하를 말에서 내리게 하고 대신 아사드를 태워, 개선장군처럼 왕궁에 돌아왔습니다. 그는 되찾은 동생을 왕에게 소개했으며, 왕은 그를 재상 가운데 하나로 임명했습니다.

아사드가 왕궁에 들어가는 모습을 뒤따라가며 지켜보았던 보스탄은 아비의 집에 돌아가고 싶지 않았습니다. 아니, 설사 원했다 해도 그럴 수가 없었습니다. 그 끔찍한 집은 그날 당장에 완전히 파괴되어 버린 것입니다. 하지만 다행스럽게도 그녀는 왕비가 거처하는 내전에 보내져 안전하게 지낼 수 있게 되었습니다. 그녀의 늙은 아비는 베람과 온 식솔들과 함께 왕 앞에 끌려왔습니다. 참수형을 선고받은 그들이 왕의 발밑에 엎드려 너그럽게 용서해 달라고 애원하자 왕이 대답했습니다.

「너희 같은 놈들에게 자비란 없다! 단 너희가 불의 숭배를 포기하고 이슬람교를 받아들인다면 용서해 주겠다.」

그들은 이슬람교를 선택함으로써 목숨을 건질 수 있었습니다. 보스탄의 동생 카밤과 다른 모든 식구들도 마찬가지였습니다.

암지아드는 베람이 비록 고약한 짓을 했지만 전 재산을 잃고 이제는 개과천선하여 이슬람교도가 된 이상 과거의 손실을 보상해 주기로 마음먹고, 그를 신하로 삼아 자기 집에 머물게 했습니다. 며칠 후 베람은 자신의 은인인 암지아드와 그의 동생 아사드의 사연을 보다 자세히 듣고는, 배를 한 척 준비하여 형제를 카마르알자만 왕에게 데려다 주겠노라고 제의했습니다.

「분명 그분께서는 두 분의 결백함을 알게 되셔서, 지금은 두 분을 몹시 보고 싶어 하실 것입니다. 그렇지 않다 하더라도, 배에서 내리기 전에 미리 사람을 보내어 진실을 알려 드릴 수도 있습니다. 만일 그분이 끝까지 오해를 풀지 않으신다면, 그때는 그냥 돌아와 버리면 되지 않겠습니까?」

두 형제는 베람의 제의를 받아들였습니다. 그들이 왕에게 이 계획을 말씀드리자, 왕은 허락하고 배를 의장하라는 분부를 내렸습니다. 베람이 서두른 덕에 배의 출항 준비는 신속하게 끝났고, 마침내 어느 날 아침 형제는 작별 인사를 드리러 왕을 찾아갔습니다. 형제가 왕에게 문안 인사를 드리고 그동안 베풀어 준 은혜에 대해 감사를 올리던 중이었습니다. 홀연 도성 전체에서 소란스러운 소리가 들려오더니 한 신하가 헐레벌떡 뛰어 들어와 고하기를, 지금 큰 군대가 도성 쪽으로 쳐들어오고 있는데 그들이 누구인지는 아무도 모른다는 것이었습니다.

이 불길한 소식에 왕이 크게 당황해하자 암지아드가 즉시 나서서 아뢰었습니다.

「폐하! 소신이 비록 방금 전에 영예로운 수상직을 반려했습니다만, 이렇듯 긴박한 상황에서 또다시 폐하를 위해 봉사할 기회를 얻고 싶사옵니다. 그러니 소신을 보내 주시옵소서! 가서 선전 포고도 없이 폐하의 도성에 쳐들어오는 이 적들이 누구인지 알아보겠나이다.」

왕이 제발 좀 그래 달라고 부탁하자, 암지아드는 즉시 신하 몇 명을 거느리고 출발했습니다.

암지아드 왕자는 곧 그 군대를 발견할 수 있었습니다. 강력해 보이는 그들은 여전히 도성 쪽으로 진격해 오고 있었습니다. 왕자가 먼저 마주친 것은 전위대였는데, 뜻밖에도 그들은 호의적인 태도로 그를 맞아 그들의 왕녀 앞으로 데리고 갔습니다. 왕자는 전군을 멈추게 하고 그녀에게 정중히 예를 표한 후, 지금 적으로 오는 것인지 친구로 오는 것인지, 만일 적으로 오는 거라면 자신의 주군에게 무슨 불만이 있는 것인지 물었습니다.

「나는 친구로 오는 것이오.」 왕녀가 대답했습니다. 「그리고 〈마구스들의 나라〉 국왕에 대해서는 아무 원한도 없소. 그의 나라와 내 나라는 한참 떨어져 있는데 서로가 척질 까닭이 있겠소? 내가 온 것은 단지 아사드라는 이름의 노예 때문이오. 이 도성에 사는 베람이라는 아주 시건방진 선장이 감히 내 왕궁에서 그를 납치해 갔소. 당신네 국왕도 내가 마르지안이라는 사실을 알면 이 일을 공정하게 처리해 주실 것이오.」

「강력하신 여왕이시여!」 암지아드 왕자가 다시 말했습니다. 「저는 폐하께서 그토록 애타게 찾고 계시는 그 노예의 형 되는 사람입니다. 저 역시 그 애를 잃었다가 다시 찾게 되었죠. 자, 저를 따라오십시오! 제가 직접 그 애를 폐하 앞에 데려오고, 나머지 일은 다 알아서 처리하겠습니다. 주군이신 국왕께서도 폐하를 만나면 매우 기뻐하실 것입니다.」

여왕의 군대가 그 자리에 숙영 막사를 세우는 동안, 암지아드 왕자는 그녀를 왕궁에 있는 왕에게로 모시고 갔습니다. 왕이 합당한 예를 갖추어 그녀를 영접하자, 나타난 순간부터 그녀를 알아보고 있었던 아사드 왕자가 앞으로 나서서 인사를 했습니다. 그를 다시 보게 된 여왕이 뛸 듯이 기뻐하던 참이었습니다. 또 한 명의 신하가 헐레벌떡 뛰어 들어와서는, 아까보다도 훨씬 더 강력해 보이는 대군이 도성의 다른 방향에서 쳐들어오고 있다고 알렸습니다.

과연 도성에 다가오고 있는 대군이 일으키는 흙먼지는 하늘을 가릴 정도여서, 여왕의 군대보다도 훨씬 수가 많음을 짐작할 수 있었습니다. 왕은 아까보다도 훨씬 더 겁에 질려서 소리쳤습니다.

「아이고, 암지아드! 이제 우리는 어찌 된단 말인가? 또 다른 군대가 공격해 오고 있다지 않나?」

왕이 원하는 바를 알아차린 암지아드는 즉시 말에 올라, 쳐들어오는 다른 군대를 향해 전속력으로 달려갔습니다. 그는 처음 만나는 병사들에게 그들의 총지휘관이 누구인지 물었습니다. 이에 병사는 그를 어떤 노인 앞으로 인도했는데, 머리에 왕관을 쓰고 있는 것으로 보아 일국의 국왕임에 틀림없었습니다. 아직 거리가 떨어져 있었지만 암지아드는 노왕을 본 순간 말에서 내렸고, 좀 더 거리가 가까워지자 땅에 부복한 후 자신의 군주께 무슨 볼 일이 있으시냐고 물었습니다. 그러자 노왕이 대답했습니다.

「내 이름 가이우르요, 중국의 왕이외다. 내게는 바두르라는 여식이 하나 있었는데, 여러 해 전 〈칼레단의 자식들의 섬〉의 왕인 샤자만 왕의 아들, 카마르알자만 왕자와 결혼시켰다오. 나는 왕자를 보내면서 부친을 뵙고 일 년 후에는 다시 나를 보러 오겠다는 다짐을 받아 놓았다오. 하지만 이후 둘 다 감감무소식이어서, 그들의 소식을 찾아 나선 거라오. 혹시 그대의 주군으로부터 그들의 소식을 얻을 수 있다면, 내게 이보다 큰 은혜는 없을 것이오.」

암지아드 왕자는 그가 자신의 외조부임을 알아차리고는, 그의 손에 따뜻하게 입을 맞춘 후 대답했습니다.

「폐하! 이 무람없는 행동이 조부에 대한 존경심의 발로라는 사실을 아신다면 저를 용서해 주실 것입니다. 저는 지금 〈흑단의 섬〉의 국왕인 카마르알자만과 폐하가 애타게 찾고 계신 바두르 왕비의 아들이옵니다. 그분들께서는 분명 그들의 왕국에서 아주 건강하게 계실 것입니다.」

외손자를 만난 중국 왕은 기뻐 어쩔 줄 몰라 하며 그를 꼭 껴안았습니다. 너무나도 뜻밖에 이루어진 행복한 상봉에 두 사람은 눈물을 흘렸죠. 어떤 사연으로 이런 이국땅에 오게 되었느냐고 중국 왕이 묻자, 암지아드 왕자는 자신과 동생 아사드의 사연을 모두 들려주었습니다.

「애야!」 중국 왕이 다시 말했습니다. 「너희처럼 아무 죄 없는 왕자들을 핍박한다는 건 말도 안 되는 일이야. 걱정 마라! 내가 너희를 고국에 데려가서 부왕과 화해시켜 주겠다. 자, 돌아가서 네 동생에게 내가 왔다고 알려 주어라!」

중국 왕이 손자와 해후한 장소를 숙영지로 삼아 머무를 준비를 하는 동안, 암지아드 왕자는 초조하게 기다리고 있는 왕에게로 돌아갔습니다. 그의 보고를 들은 왕은 깜짝 놀랐습니다. 지금 자기 도성 밖에 진을 치고 있는 사람이 다름 아닌 그 유명한 중국 왕이며, 그처럼 강대한 나라의 왕이 딸을 보고 싶어 하는 마음 하나로 그 길고도 힘든 여행을 하고 있다는 사실이 믿기지 않았기 때문입니다. 그는 즉시 귀빈을 융숭하게 접대할 준비를 하라고 분부했고, 자신이 직접 나가 영접할 채비를 갖추었습니다.

그러고 있는데, 또다시 도성의 다른 쪽에서 흙먼지가 크게 일더니, 신하가 뛰어와 세 번째 군대가 쳐들어오고 있다고 고했습니다. 왕은 다시 자리에 주저앉아 암지아드 왕자에게 그들이 원하는 바를 알아봐 달라고 부탁했습니다. 암지아드는 즉시 출발했고, 이번에는 아사드 왕자도 동행했습니다. 그리고 그들이 만나게 된 것은 다름 아닌, 그들을 찾아 나선 아버지 카마르알자만 왕이었습니다.

그렇다면 그가 어떻게 이곳까지 오게 되었을까요? 두 아들을 잃고 난 후 왕은 눈물과 고통 속에 세월을 보냈고, 이를 보다 못한 에미르 지온다르가 결국 자신이 두 왕자를 살려 주었음을 실토했던 것입니다. 이에 왕은 그들이 어느 곳, 어느 나라에 있든지 반드시 찾아오리라 결심했던 것이고요.

왕은 두 아들을 부둥켜안으며 목 놓아 울었습니다. 하지만 그의 눈에서 시냇물처럼 흘러내리는 눈물은 더 이상 고통의 눈물이 아닌, 더없는 기쁨의 눈물이었습니다. 그의 장인 중국 왕이 같은 날 도착했다는 소식을 왕자들로부터 전해 듣자, 그는 당장 아들들과 신하 몇 명만을 거느리고 중국 왕의 숙영지로 출발했습니다. 그렇게 얼마 가지 않았는데, 페르시아 쪽에서 대오 정연하게 오고 있는 네 번째 군대의 모습이 보였습니다.

카마르알자만은 가서 어떤 군대인지 보고 오라고 두 왕자에게 말했습니다. 그들은 즉시 떠났고, 곧 그 군대를 이끌고 있는 왕 앞에 인도되었죠. 그들은 정중히 인사한 다음, 어떤 목적으로 이처럼 〈마구스들의 나라〉 도성에 다가오고 있느냐고 물었습니다.

그러자 왕 옆에 서 있던 대재상이 대신 입을 열었습니다.

「그대들 앞에 계신 이 분은 〈칼레단의 자식들의 섬〉의 국왕인 샤자만 왕이시오. 여러 해 전에 나라를 떠난 그의 아드님인 카마르알자만 왕자님을 찾아, 오래전부터 이렇게 신하들을 이끌고 온 세상을 헤매고 계시오. 혹시 그대들이 그분의 소식을 알려 줄 수 있다면, 폐하로서는 그 이상 큰 기쁨이 없을 것이오.」

그들은 잠시 후에 답변을 가져다줄 터이니 기다리라고 말한 후, 급히 말을 달려 카마르알자만 왕에게 돌아왔습니다. 그러고는 지금 도착한 군대는 샤자만 왕의 군대이며, 왕 자신이 거기 계시다고 알려 주었습니다.

아버님이 바로 근처에 와 있다는 소식을 들은 카마르알자만은 극도의 놀람과 기쁨, 그리고 작별 인사도 드리지 않고 떠나온 이후 너무도 오랜 세월 동안 늙으신 아버님을 내팽개친 채 살아왔다는 고통스러운 자책에 그대로 실신하고 말았습니다. 잠시 후, 두 왕자의 간호로 정신을 차린 그는 즉시 달려가 아버지 샤자만 왕의 발밑에 몸을 던졌습니다.

일찍이 이 땅 위에, 이토록 감동적인 부자 간의 해후는 없었을 것입니다. 샤자만은 아들 카마르알자만의 얼굴을 어루만지며 어떻게 그렇게 말도 없이 떠나가 아무 소식도 없을 수 있었느냐고, 그건 너무 잔인하고도 무정한 짓이 아니었냐고 푸념했습니다. 카마르알자만은 사랑에 눈이 멀어 저지르고 만 불효를 용서해 달라고 빌며 울었습니다.

세 명의 왕과 마르지안 여왕은 사흘 동안 〈마구스들의 나라〉 왕의 궁정에 머물렀고, 왕은 네 귀빈을 융숭하게 대접했습니다. 또 이삼 일 동안 두 쌍의 결혼식이 거행되었습니다. 바로 아사드 왕자와 마르지안 여왕, 그리고 암지아드 왕자와 보스탄의 결혼식이었습니다. 암지아드는 그녀가 아사드에게 베푼 선행을 잊지 않았던 것입니다. 마침내 세 왕과 마르지안 여왕, 그리고 그녀의 남편이 된 아사드는 각기 그들의 나라로 떠났습니다. 암지아드만은 남았는데, 그를 총애하던 〈마구스들의 나라〉의 왕에게 왕위를 물려받았기 때문이지요. 암지아드 왕은 그의 나라에서 불의 숭배를 타파하고 이슬람 신앙을 굳건히 세우기 위해 온 힘을 기울였습니다.

〈제4권에 계속〉

열린책들 세계문학 138 천일야화 3

옮긴이 임호경 서울대학교 불어교육과를 졸업했다. 파리 제8대학에서 문학 박사학위를 취득했으며, 현재 전문 번역가로 활동하고 있다. 옮긴 책으로는 요나스 요나손의 『킬러 안데르스와 그의 친구 둘』, 『셈을 할 줄 아는 까막눈이 여자』, 『창문 넘어 도망친 100세 노인』, 피에르 르메트르의 『오르부아르』, 스티그 라르손의 〈밀레니엄 시리즈〉, 베르나르 베르베르의 『신』(공역), 『카산드라의 거울』, 아니 에르노의 『남자의 자리』, 조르주 심농의 『갈레 씨, 홀로 죽다』, 『누런 개』, 『센 강의 춤집에서』, 『리버티 바』, 로렌스 베누티의 『번역의 윤리』, 다니엘 살바토레 시페르의 『움베르토 에코 평전』, 파울로 코엘료의 『승자는 혼자다』, 기욤 뮈소의 『7년 후』 등이 있다.

엮은이 앙투안 갈랑 **옮긴이** 임호경 **발행인** 홍예빈·홍유진
발행처 주식회사 열린책들 **주소** 경기도 파주시 문발로 253 파주출판도시
전화 031-955-4000 **팩스** 031-955-4004 **홈페이지** www.openbooks.co.kr
Copyright (C) 주식회사 열린책들, 2010, *Printed in Korea.*
ISBN 978-89-329-1011-6 04860 **ISBN** 978-89-329-1499-2 (세트)
발행일 2010년 1월 25일 초판 1쇄 2010년 7월 25일 세계문학판 1쇄 2021년 4월 10일 세계문학판 11쇄

이 도서의 국립중앙도서관 출판예정도서목록(CIP)은 서지정보유통지원시스템 홈페이지(http://seoji.nl.go.kr)와 국가자료공동목록시스템(http://www.nl.go.kr/kolisnet)에서 이용하실 수 있습니다.(CIP제어번호:CIP2009003644)